RITA HERRON

Le testament mystérieux

Traduction française de
CHARLOTTE DEMANIE

BLACK ROSE

HARLEQUIN

Collection : BLACK ROSE

Titre original :
ROPING RAY McCULLEN

Ce roman a déjà été publié en 2017

HARPERCOLLINS FRANCE
83-85, boulevard Vincent-Auriol, 75646 PARIS CEDEX 13
Service Lectrices — Tél. : 01 45 82 47 47 - www.harlequin.fr
ISBN 978-2-2804-8618-7 — ISSN 1950-2753

Composé et édité par HarperCollins France.
Imprimé en décembre 2022 par CPI Black Print (Barcelone)
en utilisant 100% d'électricité renouvelable.
Dépôt légal : janvier 2023.

FSC
www.fsc.org
MIXTE
Papier issu de sources responsables
FSC® C159065

Pour limiter l'empreinte environnementale de ses livres, HarperCollins France s'engage à n'utiliser que du papier fabriqué à partir de bois provenant de forêts gérées durablement et de manière responsable.

Prologue

Il n'y avait que deux choses que Ray McCullen avait en horreur : le secret et le mensonge. C'est la raison pour laquelle il méprisait son père, Joe McCullen.

Cependant, même si ses frères, Maddox et Brett, étaient persuadés qu'il n'en avait que faire de leur famille, Ray avait toujours gardé pour lui ce qu'il avait découvert sur Joe. Pour les protéger.

Dieu seul savait combien cela lui avait coûté et comme il avait souffert pendant toutes ces années.

Et maintenant qu'il était de retour à Horseshoe Creek, le ranch familial, Ray sentait remonter en lui cette douleur si familière.

Son père était à présent sur le point de mourir et, même s'il savait que Joe McCullen n'était pas l'homme remarquable qu'il avait toujours prétendu être, il ne pouvait lutter contre l'amour qu'il ressentait encore pour lui.

Bon sang… L'amour était donc aussi puissant que la haine, pensa-t-il en levant les yeux vers Maddox qui se tenait debout devant la porte de la chambre de leur père pendant que Brett était à l'intérieur.

On leur avait demandé, à lui et à Brett, de venir le plus vite possible à Horseshoe Creek, car leur père souhaitait leur parler avant de mourir.

La porte s'ouvrit et Brett apparut soudain dans le couloir. La tête baissée, il se frotta les yeux un instant avant de s'enfuir loin du regard de ses frères en descendant l'escalier à toute allure.

Maddox fit alors un signe de tête à Ray pour lui indiquer que c'était à son tour et celui-ci, après avoir pris une profonde inspiration, se leva et entra dans la chambre.

Même si l'air de la pièce était vicié et que l'odeur de la maladie semblait s'être incrustée jusque dans les lattes du parquet, Ray se sentit submergé par un flot d'émotions en reconnaissant les meubles en chêne que son père avait construits de ses propres mains.

Certes il n'était encore qu'un enfant quand sa mère était décédée, pourtant il se souvenait parfaitement de toutes ces nuits où, effrayé par de terribles cauchemars, il était venu la rejoindre dans ce grand lit. Les soirs où leur père n'était pas à la maison.

Une bruyante quinte de toux le ramena brusquement à la réalité.

Comme toujours, il s'attendait à recevoir un énième sermon de la part de son père qui ne manquerait pas de lui rappeler combien il avait pu le décevoir.

Le frère aîné de Ray, Maddox, était le fils parfait, celui qui était resté à Horseshoe Creek et qui gérait maintenant le ranch familial. Brett, quant à lui, était devenu une véritable star du rodéo et avait accumulé tout au long de sa carrière autant d'argent que de notoriété… Mais Ray, lui, n'avait toujours été que de la mauvaise graine, le rebelle de la famille, le seul de la fratrie à s'être fâché avec leur père et à avoir quitté le foyer sans l'ombre d'un remords.

— Ray ?

— Oui, papa, je suis là.

Joe fut secoué d'une nouvelle quinte de toux avant de lui tendre une main tremblante. Quand Ray la prit dans la sienne, il sentit que les doigts de son père étaient glacés.

Ray essaya de trouver quelque chose à lui dire mais en découvrant son père si maigre et si pâle, les mots restèrent coincés dans sa gorge. Joe McCullen avait été un homme imposant, une vraie force de la nature. Pendant longtemps, il avait même été pour Ray le plus puissant de tous les héros.

Jusqu'au jour où…

— Merci d'être venu, fils.

— Je suis désolé, papa, lui répondit Ray d'un ton sincère.

Joe acquiesça du menton et Ray vit une larme couler sur sa joue blême.

— C'est moi qui suis désolé, Ray. Je suis désolé de vous avoir fait tant de mal, à toi et à ta mère.

Ray serra les dents pour maîtriser sa colère.

— Je sais que je t'ai chargé d'un secret bien trop lourd à porter pour un enfant, poursuivit son père avec peine, et que c'est à cause de cela que nous nous sommes éloignés l'un de l'autre. Mais je veux que tu saches une chose, Ray, je veux que tu saches que ta mère m'avait pardonné avant de mourir. Je l'aimais tant. Je regrette tellement ce que je vous ai fait subir.

En entendant ces mots, Ray sentit une puissante vague de tristesse le submerger, balayant tout sur son passage.

— C'était il y a bien longtemps, répondit-il à son père même si la douleur ne s'était jamais atténuée.

— J'aurais aimé être un meilleur homme… Mon fils, quand tu rencontreras la bonne personne, chéris-la et fais tout pour la garder auprès de toi.

Mouais, pensa Ray, ce n'était pas près de lui arriver. Comment pourrait-il envisager de s'engager dans une relation, ou même de tomber amoureux ? À quoi bon aimer quelqu'un si c'était pour le perdre ?

Ray déglutit péniblement en voyant son père tousser une nouvelle fois. La maladie semblait vouloir leur rappeler que c'était peut-être le dernier moment qu'ils partageaient. Ray eut alors envie de dire à son père que plus rien n'avait d'importance à présent et qu'il n'était pas prêt à lui dire au revoir car ils avaient beaucoup de choses à vivre ensemble…

Mais il savait que ce n'était pas le cas et que c'était bien parce que son père n'avait plus beaucoup de temps devant lui qu'on lui avait demandé de venir en urgence au ranch.

— Le testament..., murmura son père. J'ai essayé d'être le plus juste possible. Pour vous mettre tous à l'abri du besoin...

— Que veux-tu dire par « tous » ? demanda Ray en sentant la colère l'envahir à nouveau.

Joe serra alors la main de son fils si fort que Ray grimaça. Il essaya de se dégager mais son père resserra son étreinte.

— Ray, le ranch vous revient, à toi et à tes frères, mais je vais avoir besoin de toi pour leur expliquer la situation. Je dois...

Semblant soudain manquer d'air, Joe n'arriva pas à finir sa phrase et se mit à tousser si violemment que son corps commença à convulser. Ses yeux s'écarquillèrent alors comme s'il comprenait que son heure était venue.

— Tu dois quoi ? lui demanda Ray, totalement paniqué.

Mais les yeux de son père roulèrent vers l'arrière, ses doigts relâchèrent sa main et son corps tout entier se raidit à nouveau.

Ray courut dans le couloir pour appeler à l'aide et Maddox entra dans la chambre pour se précipiter au chevet de leur père.

Foudroyés par le chagrin, Ray et lui regardèrent Joe, impuissants, tandis que le dernier souffle de vie quittait son corps.

Sentant l'angoisse prendre le pas sur le chagrin, Ray quitta la pièce en silence et descendit au rez-de-chaussée.

Saloperie de géniteur...

Ray était maintenant le seul et unique détenteur d'un secret qui, s'il était révélé, risquait fort de détruire la famille McCullen tout entière.

1

Deux semaines plus tard

En garant sa voiture devant le panneau du ranch de Horseshoe Creek, Scarlet Lovett se sentit à la fois envieuse et triste.

Les terres qui s'étendaient devant elle étaient celles de Joe McCullen. C'est ce domaine qui avait fait la fierté de Joe et son bonheur. L'endroit où vivait sa famille.

Sa *véritable* famille. Ses trois fils bien-aimés, Maddox, Brett et Ray.

Maddox était l'aîné de la fratrie, apparemment le plus responsable d'entre eux. Dévoué corps et âme au ranch, il semblait être celui des trois qui suivait le plus fidèlement les traces de son père. Il était également le shérif de Pistol Whip, Wyoming.

Bel homme, Brett était champion de rodéo. Il avait le même sourire charmeur que Joe, le même tempérament de séducteur et n'avait qu'un seul but dans la vie : réaliser ses rêves.

Enfin Ray, le cadet des trois, même s'il était celui qui ressemblait le plus à Joe physiquement, était aussi celui qui s'entendait le moins bien avec lui. Scarlet connaissait les causes de leur discorde : enfant, Ray avait un jour surpris son père en compagnie de Barbara…

Scarlet parcourut des yeux les champs autour d'elle et admira un instant un cheval palomino qui, immobile et solitaire en haut de la colline, semblait regarder trois autres chevaux qui galopaient ensemble. Tout comme lui, elle avait choisi de rester à l'écart pendant les obsèques de Joe qui s'étaient déroulées quelques jours plus tôt.

Elle s'était sentie comme une intruse et, pressentant que ce n'était pas le bon moment pour se présenter aux frères McCullen, elle n'avait même pas cherché à leur parler.

Elle ne faisait pas partie de cette famille. Non, comme Barbara et Bobby, elle appartenait à la double vie de Joe, elle était un membre de son autre famille, sa famille secrète.

Celle dont les frères McCullen ignoraient totalement l'existence.

Enfin… Ray connaissait Barbara mais ne savait rien d'elle ni de Bobby.

Et pourtant, Joe avait été un véritable père pour elle.

Après avoir essuyé les larmes qui coulaient sur ses joues, elle sortit d'une main tremblante la lettre que Joe lui avait adressée avant de mourir.

Ma chère Scarlet,

Même si la vie m'avait déjà gâté en m'offrant la chance immense d'avoir trois fils, jamais je n'aurais cru pouvoir un jour connaître également la joie d'avoir une fille. Jusqu'au jour où je t'ai rencontrée.

Ma douce petite fille, le jour où je t'ai vue pour la première fois dans cet orphelinat, le jour où j'ai croisé tes grands yeux bleus si tristes, tu as pris ta place dans mon cœur. J'ai tout de suite admiré avec quelle force et quelle détermination tu essayais de t'en sortir dans ce monde, malgré les difficiles épreuves que tu avais traversées.

C'est toi qui m'as permis de devenir un homme meilleur, toi qui m'as appris que le sang n'était pas le seul lien qui unit une famille.

Je suis désolé de n'avoir pas trouvé le courage de parler moi-même à mes fils de Barbara, de Bobby et de toi. Je pense que, si j'ai tout fait pour garder ces deux parties de ma vie bien séparées l'une de l'autre, c'était pour tous vous protéger.

Et même si Barbara et moi ne sommes plus ensemble depuis bien longtemps, je veux malgré tout faire les choses du mieux possible et être le plus juste envers chacun d'entre vous.

Sache donc, ma petite fille adorée, que je te lègue une somme d'argent suffisante pour que tu puisses prendre un nouveau départ dans la vie. Je te donne aussi une parcelle de terrain de Horseshoe Creek sur laquelle se trouve un petit chalet afin que tu puisses enfin avoir un véritable chez-toi.

Bobby recevra également une part de mon héritage mais, compte tenu de ses divers problèmes, j'ai jugé bon de mettre quelques conditions à sa succession.

Ma chérie… je sais que tu te serviras de ce que je te laisse pour continuer ton travail avec les enfants de The Family Farm et que tu chériras tout ce que t'offrira la terre de Horseshoe Creek.

L'élevage et l'agriculture font partie de l'histoire des McCullen, nous avons cela dans le sang et dans le cœur.

Tu seras pour toujours dans le mien,

Je t'aime,

Joe.

Scarlet rangea soigneusement la lettre dans son sac puis redémarra sa jeep et s'engagea lentement dans l'allée qui menait jusqu'à la ferme que Joe appelait « la maison ».

Après s'être garée, elle essuya une nouvelle larme au coin de ses yeux puis prit un moment pour contempler l'immense maison et le grand porche. L'endroit semblait si chaleureux et accueillant qu'elle n'avait aucun mal à imaginer Joe vivant ici et revenant de la pêche à cheval avec ses fils pour partager un délicieux repas « fait maison ».

Pourtant, malgré cet environnement chaleureux, Scarlet avait le pressentiment que les frères McCullen n'allaient pas lui réserver le meilleur des accueils.

Son estomac se noua à l'idée d'être rejetée encore une fois et elle envisagea un instant de faire demi-tour et de s'enfuir sans réclamer sa part d'héritage. Il ne lui serait pas difficile de disparaître de Pistol Whip pour recommencer une nouvelle vie ailleurs.

Barbara et Bobby ne se souciaient guère d'elle. Et maintenant que Joe n'était plus là, elle savait qu'elle ne manquerait à personne.

En baissant les yeux sur sa lettre, elle se remémora ses mots. Grâce à lui, elle s'était sentie importante pour la première fois de sa vie. Elle reprit alors courage et sortit de sa voiture.

Joe l'avait aimée comme un père, et l'une de ses dernières volontés était qu'elle hérite d'une partie de sa terre en souvenir de lui. C'était ce qu'elle souhaitait, elle aussi.

Comme il le disait lui-même, Scarlet avait subi de nombreux coups durs dans la vie mais elle était une survivante, une combattante. Elle méritait d'être aimée et de construire son propre foyer.

Prenant alors une profonde inspiration, elle gravit les marches du porche et frappa quelques coups à la porte.

Ray considéra un instant la valise qu'il avait apportée et se félicita une nouvelle fois de ne pas avoir déballé ses affaires.

L'envie de quitter Horseshoe Creek le démangeait furieusement. Il ne supportait plus d'être ici et de garder pour lui le secret qui avait gâché sa vie.

Mais, apparemment, l'avocat de leur père avait quitté la ville, aussi lui et ses frères allaient-ils devoir prendre leur mal en patience. Ray se doutait que la lecture du testament ne serait pas une mince affaire et qu'elle risquait fort de perturber le fragile équilibre familial.

Quand Maddox avait demandé à ses deux frères, quelques semaines plus tôt, d'être les témoins de son mariage avec Rose, Ray avait été agréablement surpris et plutôt ému de le voir si heureux et amoureux. Et ce temps passé ensemble à travailler au ranch avait apaisé leur relation, si conflictuelle d'habitude.

Maddox et Rose étaient ensuite partis en lune de miel et Ray avait accepté de superviser la gestion du ranch en leur absence, ce qui lui avait permis de redécouvrir combien il aimait monter à cheval et s'occuper du bétail.

Brett, lui, s'occupait de dessiner les plans de la maison qu'il voulait faire construire pour sa famille. Après s'être mariés en petit comité, Willow et lui avaient emménagé avec leur fils dans l'un des chalets de la propriété en attendant que la maison de leurs rêves soit prête. Chaque jour, Ray voyait donc grandir son neveu, Sam, et ce merveilleux spectacle avait éveillé en lui des sentiments jusqu'alors inconnus.

Quelque chose qui ressemblait à de l'envie.

Ray secoua la tête pour chasser ces pensées qui le mettaient mal à l'aise. Il n'avait jamais rêvé de se marier ni de fonder une famille. La sienne n'était qu'une belle mascarade et les conséquences de tout ce gâchis lui suffisaient amplement aujourd'hui.

Et puis Ray aimait être seul. Il aimait traîner dans les bars et rencontrer des femmes qui n'attendaient rien d'autre de lui qu'une aventure sans lendemain. Il aimait être son propre patron et diriger comme il le voulait son agence de détective privé, sans avoir à rendre de comptes à quiconque et en se laissant la possibilité de choisir les affaires sur lesquelles il avait envie de travailler. Il pouvait ainsi décider au pied levé de s'envoler pour un autre État sans jamais avoir à prévenir personne et rentrer chez lui quand il en avait envie.

Tout sera bientôt réglé, se répéta-t-il, comme pour se

rassurer. Maddox et Rose seraient de retour dans quelques jours ainsi que Darren Bush, l'avocat responsable de la succession.

Évidemment si, comme il l'avait sous-entendu lors de sa dernière conversation avec Ray, leur père avait bien légué quelque chose à cette fichue femme, la situation allait sacrément se compliquer.

Maddox et Brett seraient furieux.

Mais peut-être qu'en lui donnant simplement sa part d'héritage, cela suffirait à la faire disparaître de leurs vies ?

Alors Ray pourrait reprendre le cours de la sienne. Il se plongerait à corps perdu dans une nouvelle affaire pour oublier toutes ces histoires et son rôle de paria dans cette fichue famille.

Soudain Ray fut tiré de ses pensées par la sonnette de la porte d'entrée. Il pensa que Mama Mary, la gouvernante de la famille, celle qui les avait quasiment élevés, lui et ses frères, après la mort de leur mère, allait se charger d'aller ouvrir, pourtant la sonnette retentit une nouvelle fois. Se rappelant soudain que Mama Mary était sortie faire quelques courses en ville, il s'empressa de descendre l'escalier.

En ouvrant la porte, il se retrouva nez à nez avec une inconnue et s'étonna de découvrir une aussi jolie femme à Pistol Whip.

Sa ressemblance avec les poupées de porcelaine que sa mère collectionnait était à couper le souffle.

Elle n'était pas grande, ses cheveux étaient blonds, longs et ondulés, et au milieu de son visage ovale au teint frais brillaient ses grands yeux bleu clair. Quelques taches de rousseur parsemaient son nez gracieux, ce qui lui donnait un air juvénile quand son corps, lui, paraissait être la définition même de la féminité. Chacune de ses formes semblait avoir été créée pour être caressée par les mains d'un homme.

Une bourrasque fit voler une mèche de ses cheveux et la jeune femme frissonna avant de resserrer son manteau autour elle.

— Monsieur McCullen ?

— Oui, lui répondit-il en hochant la tête. Je suis l'un des trois McCullen. Qui cherchez-vous, Maddox ?

— En réalité, j'aimerais parler à Ray, lui répondit-elle en haussant les épaules.

En entendant le ton de sa voix, semblable au plus doux des murmures, Ray sentit les battements de son cœur s'accélérer.

— C'est moi, répondit-il en se demandant pour quelle raison elle souhaitait le rencontrer.

Avait-elle besoin des services d'un détective privé ?

La jeune femme frissonna une nouvelle fois et jeta un coup d'œil à l'intérieur avant de lui demander :

— Est-ce que je peux entrer ?

Ray se rendit soudain compte qu'elle devait avoir froid et se décala pour la laisser passer. Nom de Dieu… D'ordinaire, les femmes ne lui faisaient pas autant d'effet !

Mais l'alliance de sa beauté et de son air vulnérable le subjuguait.

Elle le regarda d'un air circonspect et le suivit jusqu'au salon. Un feu brûlait dans la vieille cheminée en briques et réchauffait la pièce dont les meubles rustiques n'avaient jamais changé.

Soudain, Ray se rappela les bonnes manières que lui avait inculquées Mama Mary et se ressaisit.

— Voulez-vous quelque chose à boire ? Une tasse de café ?

— Volontiers, lui répondit-elle en déposant son sac à main au sol avant de s'asseoir sur le vieux canapé en cuir.

Ray se dirigea vers la cuisine pour prendre la cafetière que Mama Mary se chargeait de préparer et leur servit deux tasses.

— Voulez-vous du sucre ou du lait ?

— Non merci, je le préfère noir, lui répondit-elle et Ray ne put s'empêcher d'être surpris.

La plupart des femmes qu'il avait rencontrées jusqu'alors sucraient leur café.

Quand il lui tendit sa tasse, il remarqua que sa main tremblait et comprit que ce n'était pas seulement à cause du froid. Quelque chose ne tournait pas rond.

— Maintenant, pouvez-vous me dire pour quelle raison vous souhaitiez me rencontrer ? Est-ce que c'est le réceptionniste de l'Agence McCullen Enquêtes qui vous a dit où me trouver ?

— Non, lui répondit-elle en affichant un air étonné. Je ne savais même pas que vous étiez détective privé.

Ray s'assit dans le fauteuil qui était en face d'elle et but une gorgée de son café en prenant le temps de réfléchir un instant. Si cette femme ne venait pas pour une enquête, que pouvait-elle bien vouloir ?

— Je ne comprends pas, si vous n'avez pas besoin de mes services, que puis-je faire pour vous ?

Elle se figea.

— Je ne sais pas très bien de quelle manière vous le dire, commença-t-elle d'un ton hésitant, je m'appelle Scarlet Lovett, je connaissais votre père, Ray. En fait, je le connaissais même très bien.

Immédiatement, Ray sentit la colère monter en lui. Même s'il avait remarqué combien cette femme était séduisante, jamais il n'avait envisagé qu'elle puisse avoir eu une histoire avec son vieux père.

Eh bien, pensa-t-il, même depuis sa tombe, Joe McCullen continuait de le surprendre. Et de le décevoir…

— Bon sang, lui répondit-il en lui jetant un regard sévère. Je savais qu'il fréquentait d'autres femmes, mais je ne pensais pas qu'il les prenait au berceau.

— Oh ! lui répondit-elle en écarquillant les yeux. Non, non, cela n'a rien à voir.

— Mon père était un mari infidèle et menteur, lança Ray avant de se lever pour tenter de chasser l'image de son père au lit avec Scarlet Lovett. Depuis combien de temps étiez-vous ensemble ?

— Écoutez-moi, dit Scarlet en haussant le ton. Votre père

et moi n'avions pas ce genre de relation. Il a toujours été respectable et gentil envers moi.

Ouais, pensa Ray, *ça, je n'en doute pas une seule seconde.* Quand il se retourna vers Scarlet, il ne prit même pas la peine de cacher son mépris.

— Et que voulez-vous à présent ?

Elle posa sa tasse de café sur la table basse et croisa les bras.

— Votre père m'avait prévenue que vous étiez du genre têtu et que vous étiez toujours en colère contre lui, mais il avait omis de me dire que vous étiez aussi un vrai goujat.

— Ne m'insultez pas, mademoiselle, vous ne me connaissez pas.

— Vous ne me connaissez pas non plus, lui répondit-elle en levant le menton d'un air défiant. Mais si vous vouliez bien vous calmer et m'écouter, j'aimerais assez m'expliquer.

Ray croisa son regard et alors qu'il était submergé par un torrent de colère, de chagrin et de bien d'autres émotions qu'il ne pouvait définir, il lui sembla voir briller la même chose dans ses yeux.

Ressentant soudain le besoin de boire quelque chose de plus fort que du café, il se dirigea vers le bar et se servit un fond de whisky.

— Je prendrai la même chose, lui lança Scarlet.

Ray se retint de répliquer, lui servit un deuxième verre et le lui tendit avant de venir se rasseoir dans son fauteuil.

— Très bien, lui dit-il alors avant de descendre son verre d'un trait. Vous voulez que je vous écoute ? Eh bien, allez-y, dites ce que vous avez à dire mais après fichez le camp d'ici !

Scarlet frissonna en entendant le ton si dur de Ray. Joe lui avait montré des photos de lui et de ses frères et l'avait prévenue que Ray était le plus redoutable des trois.

C'était aussi le plus beau. Certes Brett était le séducteur, Maddox le plus musclé, mais il y avait quelque chose dans le regard de Ray, quelque chose de sombre et de mystérieux qui la troublait.

Peut-être était-ce parce qu'elle comprenait mieux que quiconque combien la colère pouvait changer une personne. Pour survivre, elle-même avait dû apprendre à dompter la sienne pendant toutes ces années passées à l'orphelinat.

Mais contrairement à elle, Ray, lui, avait eu la chance d'avoir un père qui ne l'avait pas abandonné. Même si celui-ci n'avait pas été parfait.

— Alors, allez-y, crachez votre venin, lui lança Ray d'un ton agressif. Pourquoi êtes-vous ici ?

— Je n'aurais pas dû venir, lui répondit-elle en se levant pour ramasser son sac à main. Je vais vous laisser.

Elle traversa la pièce d'un pas décidé, mais quand elle passa devant Ray, celui-ci se leva et la retint par le bras.

— Vous ne partirez pas d'ici avant de m'avoir dit ce que toute cette histoire signifie.

Scarlet leva les yeux vers lui et sentit une incroyable tension vibrer entre eux.

— Lâchez-moi immédiatement ! lui ordonna-t-elle en regardant sa main posée sur son bras.

Pendant un court instant, elle crut voir passer sur le visage de Ray une expression qui ressemblait à du regret et celui-ci relâcha son emprise.

— Je suis désolé, je n'ai pas pour habitude de malmener les femmes.

Même si Scarlet avait envie de le croire sur parole, elle avait rencontré trop d'hommes qui ne pouvaient s'en empêcher pour le laisser s'en tirer à si bon compte.

— Je vous en prie, poursuivit-il en soupirant. Rasseyez-vous, je vous promets de bien me tenir.

Il avait l'air si contrit que Scarlet ne put s'empêcher de ressentir un peu de respect pour lui. Et soudain, une image lui apparut. Les mains de Ray posées sur elle, la caressant tendrement, lui donnant l'impression d'être en sécurité. Non, pas en sécurité. En vie.

Idiote, pensa-t-elle en secouant la tête.

Ray était tout sauf sécurisant.

Et au vu de sa tendance agressive, il risquait fort d'exploser quand il allait connaître le motif de sa visite.

2

Tandis que Scarlet reprenait place sur le canapé, Ray tenta de retrouver son calme.

Mais dès qu'il posait les yeux sur elle, il repensait à ces fichues poupées que sa mère aimait tant. Tout comme elles, Scarlet Lovett semblait presque trop belle pour être réelle. Tout comme elles, elle avait l'air d'être si fragile qu'il fallait la manier avec la plus grande délicatesse.

Et pourtant, elle lui avait tenu tête, ce qui lui laissait supposer qu'il y avait autre chose en elle, caché sous cette apparente vulnérabilité.

Il n'avait aucun mal à comprendre que son père ait été séduit. Mais quand même… Elle était si jeune.

— Il faut d'abord que vous sachiez que je suis tout à fait consciente que ce que je m'apprête à vous dire risque d'être un énorme choc pour vous, commença-t-elle d'une voix plus douce. Mais c'est la volonté de votre père.

— Comment pouvez-vous savoir ce que mon père voulait ?

— Je vous l'ai dit, je le connaissais bien.

— Comment l'avez-vous rencontré ? C'était votre vieux bienfaiteur, votre petit Père Noël plein aux as ?

— Non, lui répondit Scarlet en affichant un air outré. Cela n'a rien à voir avec ce genre de choses. Nous nous sommes rencontrés dans un endroit qui s'appelle The Family Farm, à la sortie de Laramie.

— The Family Farm ?

— C'est un orphelinat, votre père y travaillait bénévolement. J'avais dix ans quand nous nous sommes connus et qu'il a décidé de me prendre sous son aile.

Ray resta silencieux un instant avant de lui répondre :

— J'ai du mal à imaginer que mon père ait pu faire du bénévolat avec des enfants. Il était propriétaire d'un ranch, il aimait travailler la terre.

Scarlet haussa les épaules.

— Il m'avait un jour confié qu'il cherchait un moyen d'expier ses péchés. Qu'il n'avait pas toujours été le père qu'il aurait voulu être et qu'il espérait que s'occuper un peu de ces enfants orphelins lui permettrait peut-être de se rattraper.

— Il vous a parlé de Horseshoe Creek ? lui demanda Ray en la regardant d'un air sceptique. Il vous a parlé de nous ?

— Oui, lui répondit Scarlet doucement. Il vous aimait, vous et vos frères. Et il était fier de vous trois.

Ray éclata d'un grand rire plein de sarcasme.

— Il était surtout fier de Maddox. Et peut-être un peu aussi de Brett, à cause du rodéo. Mais il n'en avait rien à faire de moi, ça vous pouvez me croire.

— Ce n'est pas vrai, Ray. Il vous aimait et il regrettait de vous avoir fait souffrir. Il ne s'est jamais pardonné de vous avoir montré ses faiblesses.

— Il trompait ma mère avec une femme du nom de Barbara, répondit Ray d'un ton chargé d'animosité. Malgré cela, ma mère semblait l'aimer encore, inconditionnellement.

Scarlet détourna les yeux un instant et Ray se sentit encore plus mal à l'aise.

— Je suis désolée, Ray, lui répondit-elle en serrant la lanière de son sac à main. Je ne suis pas venue vous voir pour déterrer les mauvais souvenirs.

— Mon père vient juste de mourir, Scarlet, soupira-t-il. Il m'a suffi de revenir ici pour que tout le passé resurgisse. Mais je ne comprends pas : pourquoi êtes-vous venue ici ? Pour me dire que mon père faisait du bénévolat ?

— Pas seulement, non. Je suis aussi venue pour vous raconter tout ce qu'il a fait pour moi. J'étais seule au monde et personne ne voulait m'adopter. Il est le seul qui m'a offert une famille et un foyer.

Ray sentit soudain une sueur froide lui parcourir l'échine.

— De quoi parlez-vous ?

— Il m'a permis de vivre avec Barbara et Bobby. Leur nom de famille est Lowman.

— Vous viviez avec la maîtresse de mon père ?

— Pendant un temps, oui. Avec elle et son fils, ajouta-t-elle avant de marquer une pause. Enfin, *leur* fils.

Les mots de Scarlet résonnèrent dans l'esprit de Ray comme un coup de tonnerre et il fut pris d'un vertige.

— Leur fils ? répéta-t-il.

— Je suis désolée, lui répondit Scarlet en acquiesçant. Je… Je pensais qu'il vous parlerait de Bobby avant de mourir.

Ray se sentit soudain submergé par un puissant sentiment de trahison et il serra les poings en tentant de réprimer sa violente envie de frapper dans quelque chose.

S'il savait depuis qu'il était enfant que son père avait une liaison, jamais il n'avait pensé qu'il pouvait avoir un autre fils…

Scarlet sentit les battements de son cœur s'accélérer en voyant l'expression de douleur et de surprise qui venait de s'afficher sur le visage de Ray. Elle n'avait jamais eu l'intention de blesser cette famille, mais elle ne pouvait faire autrement que d'honorer les dernières volontés de Joe.

Ray passa une main dans ses cheveux sombres et épais puis se dirigea une nouvelle fois vers le bar pour se servir un autre verre. Il revint ensuite se placer devant la cheminée pour contempler le feu en lui tournant le dos.

Pour lui laisser le temps de digérer la nouvelle, elle parcourut un instant la pièce des yeux. Elle se demanda quel effet ça devait faire d'apprendre, juste après avoir perdu son père, que l'on avait un frère dont on avait toujours ignoré l'existence…

Elle avait toujours admiré Joe, sa personnalité, son engagement auprès des enfants de l'orphelinat, et avait souvent rêvé de pouvoir un jour rencontrer ses vrais fils, ces garçons dont il était si fier et dont il parlait dès que Bobby avait le dos tourné.

Bobby et lui avaient toujours eu des rapports plutôt tumultueux. La relation de Joe et Barbara avait été longue mais instable, rythmée par les ruptures et les réconciliations, et Bobby avait dû s'adapter aux allers et retours de son père dans sa vie. Car, même après la mort de sa femme, Joe n'avait pas voulu épouser Barbara. Il avait même confié à Scarlet qu'il n'avait jamais cessé d'aimer la mère de ses trois fils et que personne ne pourrait jamais la remplacer.

C'était peut-être à cause de cela que Bobby était si amer et rancunier. Si Joe les avait toujours soutenus financièrement, sa mère et lui, jamais il ne les avait présentés à Maddox, Brett et Ray.

— J'ai donc un demi-frère ? dit finalement Ray en se retournant vers elle, le regard plein de colère. Quel âge a-t-il ?

— Vingt-six ans.

— Il est un tout petit peu plus jeune que moi, murmura Ray. Quel père ! Même à six pieds sous terre, il trouve le moyen de continuer à nous emmerder.

— Je suis désolée, Ray, lui répondit Scarlet. Je sais combien cela doit être un choc pour vous. Peut-être n'aurais-je pas dû venir mais…

— Mais vous êtes venue, la coupa Ray. Sans doute parce que Bobby et vous espérez quelque chose… Quoi ? L'argent de mon père ? Le ranch, peut-être ?

Scarlet tressaillit en entendant le ton accusateur de Ray. Mais elle savait qu'elle venait de lâcher une bombe dans la vie des McCullen juste après la disparition de leur père.

Et les mots que Joe avait écrits pour elle dans sa lettre résonnaient encore en elle. Elle l'avait aimé comme un père, et, bien qu'il ait fait de nombreuses erreurs dans sa vie, jamais il n'avait cessé de prendre soin d'elle.

Ray sembla prendre son silence pour un oui car il continua sur le même ton :

— C'est cela, n'est-ce pas ? Vous voulez votre part de Horseshoe Creek ?

— Ray, s'il vous plaît, lui répondit-elle enfin d'une voix tremblante. Il ne s'agit pas de ça.

— Alors de quoi s'agit-il au juste ? lui répondit-il en serrant les dents. Vous voulez me faire croire que vous êtes seulement venue ici pour me présenter vos condoléances ? Ou pour m'apprendre que mon père a un autre fils qui n'est pas du tout intéressé par son héritage ?

En réalité, pensa Scarlet, Bobby n'était pas du genre à refuser sa part, bien au contraire. Et même si Joe avait posé des conditions, elle savait que Bobby refuserait de s'y plier.

— Je ne vais pas vous mentir, Ray. Votre père m'a en effet légué quelque chose, lui dit-elle en sortant la lettre de Joe de son sac à main. Il nous a inclus, Bobby et moi, dans son testament. Un avocat du nom de Bush m'a contactée pour me prévenir de la prochaine lecture de celui-ci.

— C'est bien ce que je pensais, maugréa Ray et Scarlet sentit de l'animosité dans chacun de ses mots.

Pourtant, comme toujours, son instinct de survie l'aida à garder son sang-froid.

— Écoutez, Ray, je n'ai rien demandé à personne, dit-elle en lui tendant la lettre. Et je ne pense même pas que Bobby soit au courant. Lui et Joe ne s'entendaient pas et vu que Bobby a eu divers problèmes dans le passé, je ne sais pas vraiment à quoi m'attendre de sa part. Tenez, lisez cette lettre, c'est votre père qui me l'a écrite.

Scarlet croisa le regard méfiant de Ray et à nouveau, elle sentit qu'une étrange tension régnait entre eux.

Quand il lui prit la lettre des mains, elle se laissa aller au fond du canapé pour tenter de recouvrer son calme.

Mais le profil viril de Ray, éclairé par la lueur orangée du feu, éveillait en elle un désir troublant… Un désir qu'elle ne pouvait pas s'autoriser à ressentir pour cet homme. Un désir qui ne mènerait à rien de bon.

Pourtant quelque chose dans les traits de son visage, dans sa barbe naissante et dans l'intensité de son regard lui rappelait Joe. Joe, l'homme qui avait été comme un père pour elle. Et qui l'avait envoyée à la rencontre de ses trois fils.

Pourquoi l'avait-il mise dans cette position si inconfortable ? se demanda-t-elle en prenant une gorgée de son whisky.

Il ne pouvait ignorer de quelle manière Ray et ses frères allaient l'accueillir. Il savait forcément que jamais ceux-ci ne voudraient partager ne serait-ce qu'une seule pierre de leur terre et que ce n'était pas en leur révélant les secrets de leur père que Scarlet apaiserait leur fureur.

Ray se laissa aller en arrière dans son fauteuil et examina la lettre. C'était bien l'écriture de son père…

Ma chère Scarlet,

Même si la vie m'avait déjà gâté en m'offrant la chance immense d'avoir trois fils, jamais je n'aurais cru pouvoir un jour connaître également la joie d'avoir une fille. Jusqu'au jour où je t'ai rencontrée.

Le souffle coupé par ces premières lignes, il trouva malgré tout la force de continuer sa lecture.

Il s'agissait des mots de son père. De ses sentiments.

À nouveau, Ray se sentit profondément trahi.

Scarlet ne mentait pas. Son père l'avait aimée comme sa propre fille et avait bien mené une double vie.

Comment Maddox et Brett allaient-ils pouvoir encaisser cette révélation ? Eux qui ne connaissaient même pas l'existence de Barbara…

— Je comprends combien cela doit être un choc pour vous, dit Scarlet doucement. Cela l'a été pour moi aussi.

Toujours suspicieux mais déterminé à comprendre quelle personnalité pouvait bien se cacher sous cette charmante apparence, Ray la regarda de la tête aux pieds. Peu maquillée et coiffée au naturel, elle portait un jean, une chemise en chambray, une paire de bottes et peu de bijoux.

Bref, pensa-t-il, elle ne ressemblait pas du tout à l'idée qu'il se faisait d'une croqueuse de diamants…

Mais comment être sûr qu'elle n'avait pas forcé son père à écrire cette lettre alors qu'il avait l'esprit brouillé par la maladie et les médicaments ?

Cela faisait suffisamment longtemps qu'il travaillait comme détective privé pour savoir qu'il existait des escrocs de toutes sortes et que, derrière le visage le plus aimable et le plus séduisant, pouvait se cacher le pire d'entre eux.

Scarlet prétendait avoir grandi dans un orphelinat… Mais n'était-ce pas chose commune pour ces enfants qui avaient eu un passé compliqué de souffrir de troubles mentaux ? Peut-être voulait-elle tellement une famille qu'elle avait mis le grappin sur son père et que, profitant de lui dans un moment de faiblesse, elle avait réussi à le convaincre de la prendre sous son aile…

Ray décida de lui poser quelques questions supplémentaires. Il avait besoin d'en savoir plus sur elle avant de parler à ses frères.

— Où avez-vous trouvé cette lettre ?

— Elle est arrivée par la poste chez moi hier, en recommandé, lui répondit-elle en lui montrant l'enveloppe. Regardez au dos, il y a l'adresse de l'expéditeur.

Ray n'avait pas fait attention mais quand il retourna l'enveloppe, il découvrit l'adresse du bureau de l'avocat de son père, Darren Bush.

— Vous comprenez que je vais devoir m'assurer de l'authenticité de ce document ?

— Bien sûr, commença Scarlet en se mordant la lèvre. En revanche j'aimerais garder cette lettre. C'est la dernière chose que Joe m'ait écrite.

— Parce qu'il vous a écrit d'autres lettres ? lui demanda Ray en serrant les dents.

— Pas des lettres à proprement parler, mais il m'a écrit des petites cartes, oui. Pour m'encourager quand je vivais encore à The Family Farm. Et pour mes anniversaires.

Un sentiment de jalousie s'empara de Ray. Pourquoi son père avait-il eu tant d'attentions pour cette inconnue alors qu'il l'avait tant ignoré, lui qui était son propre fils ?

Parce que j'étais au courant de ce qu'il avait fait à notre mère…, pensa-t-il. Et parce que la colère et l'amertume avaient creusé un fossé entre nous.

— Je suis désolée de vous avoir contrarié, dit Scarlet. J'ai failli ne pas venir mais…

— Mais vous êtes venue, répéta Ray.

— Oui, dit-elle la voix chargée d'émotion. Ce n'est pas l'argent qui m'intéresse, mais j'admirais votre père et hériter d'une partie de la terre qu'il chérissait signifie beaucoup pour moi. C'est comme s'il me léguait une partie de lui-même. Je sais que vous et vos frères ressentez la même chose.

Sauf qu'ils étaient liés par le sang des McCullen alors qu'elle… ne faisait pas partie de la famille.

Quoique… S'il se fiait à ce que son père avait écrit dans cette lettre, il l'avait aimée comme si elle était sa propre fille.

Ray regretta soudain de ne pas savoir exactement de quelle somme d'argent ou de combien de surface de terrain son père voulait parler.

Et qu'en était-il pour ce demi-frère ?

La lettre disait qu'il avait eu des ennuis… Allait-il être un problème pour les McCullen ?

3

Scarlet sentit que le moment était venu pour elle de partir. Même si elle ne s'était pas attendue à ce que sa visite se déroule bien, elle n'avait pu s'empêcher d'espérer…

D'espérer quoi ? Que les frères McCullen l'accueillent dans la famille comme Joe l'avait fait ?

Ils ne la connaissaient même pas. Et puis, à en croire Joe, ses fils avaient déjà des différends à gérer entre eux. Alors, en leur apprenant l'existence d'un demi-frère dont ils ignoraient tout, et en leur racontant comment leur père l'avait prise sous son aile, Scarlet se doutait bien qu'ils n'allaient pas lui sauter dans les bras.

Peut-être allaient-ils même tout mettre en œuvre pour l'empêcher de toucher sa part d'héritage…

Même si son cœur se serrait à cette pensée, elle n'était pas inquiète. Elle s'en sortirait… Dieu seul savait combien elle était habituée au sentiment de rejet.

Elle n'était même pas certaine que Barbara ait jamais voulu d'elle dans sa vie.

Au début, celle-ci l'avait accueillie comme la fille qu'elle n'avait jamais eue, mais avec le temps, Scarlet avait commencé à soupçonner Barbara de ne la tolérer chez elle que pour plaire à Joe.

Quant à Bobby… Bobby l'avait détestée dès le premier regard.

En se levant du canapé, Scarlet regarda Ray et l'expression tourmentée qu'elle découvrit sur son visage lui fit de la peine.

— Je suis vraiment désolée d'avoir débarqué de la sorte dans votre vie, Ray. J'aurais préféré que Joe vous parle de nous le premier.

— C'était un lâche, lui répondit Ray.

Scarlet se mordit la langue pour ne rien dire. Même le fait de penser une telle chose à propos de Joe lui donnait l'impression de lui être déloyale. Cependant elle ne comprenait pas comment cet homme qu'elle admirait tant avait pu supporter de vivre avec cette culpabilité pendant toute sa vie.

Il avait mis Ray dans une position insupportable à vivre pour un enfant et l'avait laissé seul avec un secret qui avait dû le blesser profondément.

— Votre père disait vouloir protéger vos frères, dit Scarlet. Il détestait l'idée de vous décevoir.

— Ne prenez pas sa défense, Scarlet.

— Tout le monde fait des erreurs.

Ray fronça les sourcils et son regard s'assombrit.

— Je vais appeler l'avocat pour lui parler de tout cela, mais pour le moment je pense que vous feriez mieux d'y aller.

Eh bien, pensa Scarlet, cette première rencontre était vraiment une réussite…

Elle comprenait maintenant pourquoi Joe avait des rapports conflictuels avec son fils cadet… Ils semblaient aussi têtus et intransigeants l'un que l'autre.

Ray lui montra la porte et Scarlet se dirigea vers l'entrée. D'après Joe, cette vieille ferme avait toujours appartenu à la famille McCullen. Elle était chaleureuse et accueillante. Aux murs étaient accrochées des photos de paysages et de chevaux qui représentaient des scènes de la vie quotidienne.

Un portrait de famille, représentant Joe, sa femme et leurs trois fils encore jeunes, était accroché au mur.

Enfant, Scarlet s'était sentie si seule. Après que sa mère l'eut abandonnée, elle avait vécu dans la rue pendant quelque temps avec une femme sans-abri. Elle dormait dans des bâtiments désaffectés et avait survécu en se nourrissant de ce qu'elle trouvait dans les poubelles.

Quand elle était tombée malade, la vieille femme l'avait déposée sur le perron d'une église avec une note disant que Scarlet n'avait pas de maison et qu'elle avait besoin d'aide.

Ayant manqué de soins, Scarlet avait développé une fièvre rhumatismale et son cœur avait été affaibli par cette maladie. C'est ainsi que, comme personne ne voulait adopter une enfant souffrante et chétive, elle avait atterri à l'orphelinat.

Quand Ray ouvrit la porte d'entrée, une bourrasque d'air glacé entra et Scarlet frissonna. Mais, resserrant son châle autour de ses épaules, elle releva la tête fièrement.

Tout au long de sa vie, elle avait été rejetée de tous les événements sociaux, festifs et sportifs sous prétexte qu'elle était petite, faible et pauvre. Mais elle n'était plus malade aujourd'hui et elle ne se laissait plus intimider aussi facilement qu'auparavant. Joe lui avait appris à se respecter et à se battre pour ce qu'elle voulait dans la vie.

Et ce que Scarlet voulait plus que tout au monde, c'était fonder un jour une famille. Sa propre famille.

Elle avait espéré pouvoir faire partie de celle des McCullen mais cela ne semblait pas possible.

Alors elle quitta la maison de Joe d'un pas déterminé et se dirigea vers sa jeep sans jeter un regard en arrière. Même si les frères McCullen ne voulaient pas d'elle dans leur vie, Scarlet garderait toujours leur père dans son cœur.

Ray décida d'ignorer le sentiment de culpabilité qu'il sentait poindre en lui. Certes, il avait été odieux avec Scarlet mais il savait d'expérience qu'à la mort des gens, surtout de ceux qui avaient de l'argent, des prédateurs de toutes sortes sortaient des bois pour venir chercher leur part du gâteau.

Il devait mener son enquête sur Scarlet et vérifier ses dires.

Mais s'il s'avérait qu'elle disait la vérité à propos de leur demi-frère, alors Maddox, Brett et lui-même allaient devoir en assumer les conséquences.

Car, à ne pas en douter, il y aurait des conséquences. Surtout si leur père lui avait laissé une partie de la propriété de Horseshoe Creek.

Tout en regardant la jeep de Scarlet disparaître au loin, il se rendit soudain compte qu'il était en proie à un mélange d'émotions. Si son père avait été bénévole dans un orphelinat et qu'il s'était réellement occupé de Scarlet, cela signifiait qu'il n'était pas un salaud insensible…

Mais… comment avait-il pu vivre deux vies si différentes ? Comment avait-il pu avoir deux familles ?

Après la mort de sa mère, Ray s'était souvent demandé si son père allait épouser cette autre femme : Barbara.

Mais Joe était resté célibataire et Ray n'avait jamais compris pourquoi.

En regardant la route qui menait à leur maison, il se demanda tout à coup si Barbara serait la prochaine à venir leur rendre visite.

Une bourrasque fit entrer des feuilles mortes dans la maison et Ray referma la porte.

Que devait-il faire maintenant ?

En retournant dans le salon, il observa un instant le portrait de famille des McCullen. Les visages souriants semblaient à présent se moquer de lui. Cette image n'était qu'un pur mensonge.

Joe avait eu tant de secrets. Il avait eu une liaison avec une autre femme, Barbara, et avait même eu un fils avec elle.

Quant à cette Scarlet… Elle était la cerise sur le gâteau. Une parfaite inconnue à qui son père avait offert son amour et un foyer pour se rattraper du mal qu'il avait fait et du désordre qu'il avait semé.

Ray serra les poings. Il devait tirer tout cela au clair avant la lecture du testament.

Bon sang, on dirait que je te couvre encore une fois ! pensa-t-il en regardant le visage de son père sur le tableau.

L'idée même de détruire la vie de ses frères alors qu'il pouvait les protéger le révulsait. Après tout, Maddox et Brett venaient tout juste de se marier, Ray pouvait les ménager le temps de son enquête.

Par le passé, son frère Brett avait été un véritable coureur de jupons, mais à présent il semblait s'être lassé de cette existence, et Ray savait que jamais il ne serait un mari infidèle comme avait pu l'être leur père.

C'est aussi pour cette raison que Ray ne s'était jamais engagé dans une relation sérieuse… Si son propre père n'avait pas été capable de rester fidèle à sa femme et de respecter son engagement, comment le pourrait-il lui-même ?

Il sortit son téléphone de la poche de sa veste, composa le numéro de téléphone de l'avocat et lui laissa un message.

— Bonjour maître, Ray McCullen à l'appareil, je vous appelle car une femme du nom de Scarlet Lovett est venue me rendre visite aujourd'hui. Elle prétend que mon père lui aurait légué de l'argent et un peu de ses terres. Elle dit aussi que mon père aurait eu un autre fils et que celui-ci apparaît dans l'héritage. Comme mes frères ne sont pas au courant et que je voudrais éclaircir cette affaire avant de leur en parler, je vous remercie de me rappeler avant la lecture du testament.

En raccrochant, Ray pensa soudain à ces enfants abandonnés et il sentit une nouvelle fois la culpabilité l'envahir. Si l'histoire de Scarlet était vraie, il serait malvenu de ne pas honorer les dernières volontés de son père.

Bien décidé à aller voir de ses propres yeux ce fameux orphelinat et à vérifier les dires de Scarlet, Ray attrapa son Stetson et sortit de la maison.

En quittant la propriété des McCullen, Scarlet tremblait tellement qu'elle se gara sous un vieux chêne juste après avoir franchi le portail. Elle observa le panneau qui indiquait le ranch de Horseshoe Creek puis regarda les champs aux alentours et le terrain rocheux au loin.

Joe lui avait raconté de nombreuses histoires sur l'élevage des bêtes, sur le travail au ranch et sur la façon dont, quand arrivait le printemps, ses fils et lui déplaçaient les troupeaux et marquaient le bétail. Il avait de grands rêves concernant Horseshoe Creek… Des projets d'expansion, des envies de développer davantage la partie équine de leur exploitation. Mais quand Ray et Brett avaient quitté Pistol Whip et qu'il s'était retrouvé seul avec Maddox à gérer la propriété, tout était parti en fumée.

Le soleil se couchait au loin et les crêtes des montagnes, illuminées par d'incroyables reflets dorés, resplendissaient dans le ciel rougeoyant. D'un côté, les bêtes broutaient paisiblement dans les champs, de l'autre quelques chevaux galopaient non loin des écuries.

Scarlet comprenait l'amour de Joe pour ce domaine.

Elle comprenait aussi pourquoi ses fils étaient prêts à tout pour le garder.

Des larmes coulèrent sur ses joues. Comme elle, Ray et ses frères pleuraient la mort de Joe. Mais elle était seule et ne pouvait compter que sur elle-même. Lors des obsèques, elle était restée discrète, par peur que quelqu'un ne vienne lui demander la nature de ses relations avec Joe. Et aussi parce qu'elle le respectait trop pour jouer les intruses ce jour-là.

Peut-être que la meilleure solution pour elle serait de disparaître de la vie des McCullen à présent… D'oublier cette fichue lecture de testament et de ne rien réclamer.

Après tout, elle avait de nombreux souvenirs de Joe et c'était bien la seule chose dont elle avait réellement besoin.

En reprenant la route pour rejoindre sa petite maison de location, Scarlet se rappela qu'elle avait réussi à s'en sortir. Elle avait survécu à sa misérable enfance, elle avait accepté son statut d'orpheline et elle avait même obtenu son diplôme d'assistante sociale qui lui permettait d'aider des enfants qui avaient vécu la même chose qu'elle. Son travail la rendait profondément heureuse et lui offrait la possibilité de donner un peu en retour.

Alors, même si elle se sentait toujours seule la nuit, cela n'était pas si grave. De nombreux enfants comptaient sur elle et, comme Joe l'avait fait avec elle, elle serait à la hauteur de leurs attentes.

Mais en comprenant soudain qu'elle ne pourrait jamais fuir loin des McCullen, elle sentit son estomac se nouer. Elle avait besoin de l'argent que lui avait laissé Joe pour aider The Family Farm.

Ray observa un moment le panneau de l'orphelinat « The Family Farm » avant de regarder le bâtiment principal qui était entouré de plusieurs hectares de terrain. Il y avait une étable et une écurie mais aucune trace de bétail ou de chevaux.

Il conduisit doucement dans l'allée et se gara devant la bâtisse en bois rustique dont la structure lui rappelait davantage un pavillon de pêche qu'un foyer pour enfants.

Quelqu'un devait avoir dessiné les plans dans ce but précis, ce qui était une idée judicieuse, pensa Ray.

Un grand porche dominait la propriété et, vue de près, la maison à deux étages était plus accueillante qu'elle n'en avait l'air. Une camionnette était garée un peu plus loin et Ray distingua sur la portière un logo qui représentait des enfants se tenant par la main pour former un cercle. Le nom de l'orphelinat était peint juste à côté. Deux autres véhicules étaient garés sur le parking et Ray pensa qu'ils devaient appartenir aux employés.

Il grimpa les marches qui le séparaient de la porte d'entrée et frappa quelques coups.

Une femme rondelette, d'âge moyen, coiffée d'un court carré brun lui ouvrit.

— Oui ?

— Bonjour, je m'appelle Ray.

— Faye Gideon, lui répondit la femme en lui adressant un sourire chaleureux. Que puis-je faire pour vous ?

— Pourrais-je entrer un instant pour vous parler ?

Une expression de méfiance passa sur le visage de la femme.

— C'est l'heure du dîner, lui répondit-elle en s'essuyant les mains à un torchon. De quoi s'agit-il ?

— J'ai récemment rencontré une femme du nom de Scarlet Lovett qui dit avoir grandi ici.

— C'est vrai, lui dit Faye en esquissant un sourire. Scarlet a vécu ici mais aujourd'hui elle travaille comme assistante sociale et nous aide à placer les enfants dans des familles.

Elle s'interrompit un instant puis ouvrit un peu plus la porte et avança d'un pas vers Ray.

— Comment avez-vous dit que vous vous appeliez ?

— Ray McCullen.

— Oh ! Bonté divine ! s'exclama-t-elle en prenant son visage entre ses mains. Je me disais bien qu'il y avait un air de famille, vous êtes l'un des fils de Joe, n'est-ce pas ?

— Oui, madame, lui répondit Ray en déglutissant avec peine. Vous avez connu mon père ?

— Bien sûr ! Il travaillait comme bénévole ici, c'est même chez nous qu'il a connu Scarlet. Mais j'imagine que si vous l'avez rencontrée, elle a déjà dû vous raconter tout ça.

Alors c'était vrai, pensa Ray.

— Je suis désolée pour votre père, continua Faye. Nous l'aimions tous ici. Il était merveilleux avec les enfants. Nous étions auparavant logés dans une vieille maison proche de la ville, mais l'endroit était si petit et délabré que Joe nous a aidés à construire cet endroit. Maintenant nous avons douze chambres, une grande cuisine et un terrain pour que les enfants puissent courir et jouer dehors.

Ray n'en croyait pas ses oreilles. Ce Joe dont Faye lui parlait ne pouvait être le même homme que celui dont il se souvenait.

— Nous sommes tous très tristes qu'il soit mort et il va beaucoup nous manquer, ajouta Faye. Voulez-vous rencontrer les enfants ? Je suis certaine qu'ils seraient fous de joie de faire la connaissance d'un des fils de Joe. Il parlait de vous sans arrêt.

Ray se sentit submergé pas un torrent d'émotions. Pourquoi son père ne lui avait-il jamais parlé de cet endroit ? Et de ce qu'il y faisait ?

Peut-être parce que je suis parti et que je ne suis jamais revenu ? pensa Ray. *Peut-être parce que je refusais de communiquer avec lui ?*

Et maintenant ? Maintenant, c'était lui qui était parti. En garant sa jeep devant la petite maison qu'elle louait en périphérie de Pistol Whip, Scarlet se sentait toujours bouleversée par la conversation qu'elle avait eue avec Ray McCullen.

Le cœur lourd, elle rentra chez elle. Même si sa maison était petite, elle l'avait décorée avec des meubles chaleureux, des plaids tricotés à la main et tout un tas d'objets et de bricoles qu'elle avait chinés dans des brocantes. Sur les murs, elle avait accroché des photos des terres qui entouraient l'orphelinat.

Elle aimait les beaux paysages et avait été emballée par le projet de Joe d'ajouter à l'orphelinat une écurie avec des chevaux pour que les enfants puissent les monter. Il avait également prévu de faire venir des animaux de la ferme pour apprendre aux enfants à s'en occuper et ainsi développer leur sens des responsabilités. Travailler tous ensemble leur donnerait l'impression d'être une véritable famille. Et Dieu seul savait combien la plupart de ces enfants manquaient de confiance en eux et comme ils pouvaient être instables, émotionnellement parlant.

Scarlet déposa quelques bûches dans sa cheminée et alluma un feu avant d'aller se servir une tasse de thé. Elle s'assit ensuite à sa table de cuisine et commença à étudier une pile de dossiers. En ce moment, elle était particulièrement préoccupée par un enfant : Trenton Akers. Ce préadolescent, toujours en colère, se battait si souvent qu'il était très difficile de lui trouver une famille d'accueil.

Et puis, il y avait ce petit garçon de quatre ans, Corey Case, qu'un couple de Cheyennes voulait rencontrer. Mais alors qu'elle allait se plonger dans l'examen de leur dossier, elle entendit tout à coup un bruit suspect à l'extérieur.

Elle se leva et alla jeter un coup d'œil par la fenêtre de la buanderie. Dans l'arrière-cour, le vent balayait les feuilles mortes tandis que de sombres nuages obscurcissaient le ciel. La nuit n'allait pas tarder à tomber.

Soudain, la sonnette retentit et la porte s'ouvrit brusquement. C'était Bobby.

Il avait toujours été plus grand qu'elle, mais il pesait à présent au moins dix kilos de plus et semblait faire au moins deux fois sa taille.

Scarlet prit une profonde inspiration en constatant l'état de fureur dans lequel il semblait être. Il ne s'était pas rasé depuis des jours et il puait l'alcool et les cigarettes.

— Salut, sœurette, on doit parler.

— Tu es ivre, Bobby. Reviens quand tu auras dessoûlé.

Il avança vers elle avec un air agressif puis lui prit le bras et la traîna à travers tout le salon avant de la plaquer contre le mur.

— Non, Scarlet, nous devons parler maintenant.

Scarlet sentit la peur l'envahir. Elle avait déjà fait les frais de la colère de Bobby et savait que c'était un miracle si, à chaque fois, elle avait réussi à s'en sortir indemne.

Mais maintenant que Joe n'était plus là pour la protéger, Bobby avait le champ libre…

4

À contrecœur, Ray accepta l'invitation et entra dans le bâtiment de l'orphelinat. Il n'arrivait pas à croire tout ce que Faye venait de lui dire sur son père et n'avait qu'une seule envie : rentrer chez lui et oublier Scarlet Lovett.

Pourtant il savait que c'était impossible. Surtout si, comme celle-ci le prétendait, son père les avait bien inclus, elle et ce nouveau frère sorti de nulle part, dans son testament.

Bobby Lowman. Son demi-frère.

Bon sang… Son père avait eu un autre fils, et Maddox et Brett l'ignoraient encore. Ray pensa qu'en l'apprenant ils allaient probablement devenir fous.

En observant la décoration des lieux, Ray remarqua l'influence de son père. Tout ici lui rappelait la maison de Horseshoe Creek. Le parquet au sol, les meubles robustes en bois, l'immense table dans la salle à manger et, dans la cuisine attenante, le billot de boucher. Sans compter les nombreux tableaux qui étaient accrochés aux murs et qui représentaient la vie à la ferme et tous les outils agricoles.

Dans la salle à manger, plusieurs enfants d'âges variés étaient en train de déguster ce qui semblait être une tourte au poulet.

Deux grandes cheminées, l'une dans cette pièce, l'autre dans le salon, réchauffaient encore davantage l'ambiance déjà chaleureuse de l'endroit.

Des rires, des bavardages et des moqueries fusaient autour de la grande table.

— Comme je vous l'ai dit, c'est l'heure du dîner, dit Faye. Ici les enfants aident chacun leur tour à préparer le repas et à débarrasser. Leurs chambres se trouvent au bout du couloir, les garçons d'un côté et les filles de l'autre.

Faye le guida vers une autre pièce pour lui montrer des petits bureaux et un espace informatique.

— Dans la journée, les enfants vont à l'école publique et c'est ici qu'ils font leurs devoirs en rentrant le soir. Des bénévoles assurent le soutien scolaire pour ceux qui en ont besoin.

— Est-ce que mon père faisait partie de ces bénévoles ? demanda Ray en essayant d'imaginer Joe dans ce rôle.

— Non, il disait que l'école n'avait jamais été son fort. Mais il nous aidait de bien d'autres manières. Il organisait des activités et des jeux pour les enfants et il faisait venir, deux fois par mois, quelques chevaux pour leur apprendre à s'en occuper et à les monter.

Faye s'interrompit un instant pour montrer à Ray une fenêtre qui offrait une large vue sur les champs.

— Il avait même prévu de faire construire une écurie afin que nous puissions héberger quelques chevaux ici. Et quand les garçons ont découvert qu'il avait un fils qui était champion de rodéo, ils l'ont supplié de le faire venir ici pour le rencontrer.

— Pour cela, il aurait fallu qu'il nous parle de The Family Farm…

— Oui, je n'ai jamais vraiment compris son attitude, lui répondit Faye, le regard brillant de compassion. Mais je crois que ce n'était pas à moi de remettre en question ses choix, surtout vu le nombre de choses qu'il faisait pour nous.

Ray sentit une profonde tristesse l'envahir. Son père avait été un véritable héros pour ces inconnus alors qu'il avait trahi ses propres fils.

Un petit garçon brun qui portait des lunettes aux verres épais surgit soudain à leurs côtés.

— Mademoiselle Faye ! Nous avons fini de manger. Barry

voudrait savoir si nous pouvons sortir de table pour aller jouer au lancer de fer à cheval.

— J'arrive dans un instant, Corey, lui répondit Faye en ébouriffant ses cheveux. En attendant, allez donc aider Mlle Lois à ranger la cuisine.

Corey acquiesça d'un signe de tête puis retourna dans la salle à manger en courant.

— Si vous voulez vous joindre à nous pour faire un jeu, vous êtes le bienvenu, dit Faye à Ray en lui souriant. Je sais que les enfants en seraient très heureux, surtout si vous leur dites que vous êtes le fils de Joe.

Ray se mordit l'intérieur de la joue pour cacher son malaise. Il avait l'impression d'étouffer.

— Je suis désolé… Je ne peux pas rester, je dois partir.

Faye hocha la tête d'un air compréhensif mais afficha un sourire triste.

— Je ne sais pas ce que nous allons devenir maintenant que Joe n'est plus là…

Ray l'ignorait également. Mais était-ce réellement son problème ? se demanda-t-il. Bon sang, si son père avait pris des dispositions pour Scarlet et pour son fils illégitime, il devait sûrement avoir prévu quelque chose pour cet endroit.

Encore un point qu'il allait devoir penser à aborder avec l'avocat de son père et ses frères.

Décidant d'ignorer les éclats de rire enfantins qui s'échappaient de la salle à manger, Ray salua Faye puis se dirigea vers la porte d'entrée.

Une fois à l'extérieur, il prit une profonde inspiration d'air glacé pour tenter de détendre son corps noué.

Puis, espérant avoir reçu un appel de Bush, il vérifia son téléphone. Mais il n'avait aucun message. Il allait donc devoir découvrir par lui-même si Bobby avait prévu de se rendre à la lecture du testament et s'il comptait réclamer sa part.

Ray serra les dents en pensant à toutes ces années pendant lesquelles il avait gardé pour lui le secret de leur père. Il était grand temps de dire enfin la vérité à ses frères. Tous deux méritaient d'être prévenus avant de voir leurs vies s'écrouler.

Il prit donc la décision de tout leur révéler, dès le retour de Maddox.

Scarlet essaya d'évaluer la distance qui séparait le canapé devant lequel elle se tenait, de sa chambre à coucher où elle gardait le pistolet que Joe lui avait donné.

C'est lui qui avait insisté pour qu'elle suive des cours d'autodéfense et lui aussi qui lui avait appris à se servir d'une arme pour se protéger. Désarmée, elle ne pouvait pas lutter contre un homme de plus de cent kilos, ivre et furieux.

Scarlet connaissait bien Bobby et savait parfaitement ce qui pouvait exacerber sa colère. Il aimait intimider les femmes et n'avait aucun respect pour les gens qui osaient le défier. Elle fit donc tout son possible pour conserver un ton calme.

— Qu'est-ce que tu veux, Bobby ?

— Je veux ce qui m'appartient, lui répondit-il en la dévisageant.

Les bras croisés sur la poitrine, les pieds plantés au sol, il se tenait devant elle aussi solide et infranchissable qu'une muraille.

— Je te comprends, tu le mérites, lui dit Scarlet qui se sentait prise au piège.

— Est-ce que tu es allée aux obsèques du vieux ?

— Oui, répondit Scarlet en sentant la tristesse remonter en elle. Mais je suis restée à l'écart. Et toi ? Je ne t'y ai pas vu.

— Barbara m'en a dissuadé, lui répondit-il avant d'éclater d'un rire diabolique. Mais j'avais certainement bien plus de raisons d'y être que toi. Scarlet, je te rappelle que tu n'es et que tu ne seras jamais un membre de la famille.

Scarlet se mordit la langue pour ne pas lui répondre, mais il avait frappé juste. Ses mots remplis de haine avaient ravivé de vieilles blessures.

— J'ai pensé que ce n'était pas le moment idéal pour me présenter aux frères McCullen.

Bobby la regarda un instant sans rien dire puis sortit de sa poche une boîte d'allumettes. Scarlet se sentit défaillir. Bobby avait toujours aimé jouer avec le feu.

Il en gratta une et lorsqu'il la tendit vers elle, elle sentit la chaleur de la flamme chauffer son visage.

— Moi, j'aurais dû être un McCullen, lui dit-il en lui lançant un regard cruel. J'aurais dû avoir la même chose qu'eux. Ce putain de ranch immense, tous ces chevaux, cette exploitation et… Tous les privilèges qui vont avec.

L'allumette s'éteignit et Bobby la laissa tomber dans le fond d'une tasse à café qui était posée sur la table. Puis il en alluma une nouvelle qu'il revint agiter sous les yeux de Scarlet.

— Mais il a décidé de te ramener chez nous, poursuivit-il en la poussant brusquement vers une chaise, et il t'a traitée comme si tu étais sa propre fille.

Tout en gardant un comportement calme et docile, Scarlet se demanda comment elle allait bien pouvoir lui échapper. Si elle arrivait à courir jusqu'à la porte, puis jusqu'à sa voiture, elle pourrait s'enfuir. Mais que se passerait-il après ?

Après, elle appellerait la police. Même si elle ne souhaitait pas cela pour Bobby, elle n'hésiterait pas à le faire, pour se protéger.

— Il était désolé pour moi, lui dit-elle doucement.

— Non, Scarlet, il t'a donné plus d'amour qu'il ne m'en a jamais donné, lui répondit Bobby en lui lançant un regard si terrifiant qu'elle sentit les battements de son cœur s'accélérer.

— C'est parce que tu ne lui as jamais permis de t'aimer… Tu étais toujours tellement en colère.

— J'avais le droit d'être en colère ! Il s'est bien foutu de moi avec ce putain de nom et ce putain de ranch !

Alors que la flamme allait toucher ses doigts, il laissa soudain tomber le reste de l'allumette sur les genoux de Scarlet qui se mit à crier en sentant le feu brûler sa cuisse au travers de sa jupe. D'un revers de main, elle envoya le débris incandescent au sol puis l'écrasa avec le talon de sa botte.

Le rire mauvais de Bobby résonna dans toute la pièce et il l'attrapa violemment par le bras pour la remettre debout.

Scarlet sentit alors que la situation était sur le point de dégénérer. Mais si elle avait déjà servi de punching-ball à Bobby dans le passé, elle s'était juré que jamais cela ne se reproduirait.

— Peut-être que tu as raison sur ce qu'il a fait de son vivant, Bobby, lui dit-elle en tentant de se dégager de son emprise. Mais il ne t'a pas oublié, il t'a laissé quelque chose dans son testament.

— De quoi parles-tu ? lui demanda soudain Bobby en écarquillant les yeux.

— Tu n'as pas reçu la lettre de son avocat ?

Scarlet n'avait pas prévu de lui parler de tout cela mais il ne lui restait plus beaucoup d'options pour inverser la tendance.

— Son avocat ? répéta-t-il en la fixant de ses yeux injectés de sang.

— Oui, j'ai reçu une convocation à la lecture de son testament, continua-t-elle. Laisse-moi te la montrer, tu verras qu'il a aussi prévu quelque chose pour toi. Peut-être que c'est Barbara qui a reçu le courrier…

Bobby lança une série d'injures avant de relâcher Scarlet. Elle fila droit vers sa chambre à coucher et tendit l'oreille. Lorsqu'elle l'entendit se rendre à la cuisine pour fouiller dans le réfrigérateur, elle sortit le pistolet de sa table de chevet, le chargea et revint au salon en cachant l'arme derrière son dos.

Quand elle arriva face à Bobby qui était en train de décapsuler une canette de bière, elle le mit en joue.

— Je veux que tu t'en ailles immédiatement.

— Connasse ! lui lança-t-il en avançant vers elle le poing levé comme s'il prévoyait de la frapper.

— Alors cette histoire d'avocat et de testament n'était qu'un tissu de mensonges ? lui demanda-t-il, la mâchoire contractée.

— Non, parles-en avec Barbara. Nous sommes tous conviés à la lecture de ce document.

Bobby sembla hésiter un instant comme s'il se demandait si Scarlet lui tendait un piège puis il demanda :

— Comment s'appelle cet avocat ?

— Darren Bush, lui répondit-elle calmement. Je ne veux pas me servir de cette arme, Bobby, mais je n'hésiterai pas si tu m'y obliges. Je n'ai rien de ce que tu cherches ici. Pas d'argent. Rien qui ait appartenu à Joe. Et laisse-moi te donner un conseil : si tu veux hériter de ce qu'il t'a laissé, alors fiche le camp ou je tire.

Une étincelle de haine pure s'enflamma dans le regard de Bobby, mais il s'immobilisa puis leva sa canette de bière vers elle comme s'il voulait porter un toast.

— Fais ça et tu finiras en prison.

— Avec ton casier judiciaire, je n'aurai aucun mal à plaider la légitime défense.

Bobby la dévisagea pendant un long moment. La tension qui vibrait dans l'air était presque palpable. Enfin, il sembla reprendre ses esprits, froissa la canette de bière, la jeta dans la cheminée puis se dirigea d'un pas lourd vers la porte.

Quand il se retourna pour lui jeter un dernier regard plein de colère, Scarlet se mit à trembler.

— Tu vas regretter d'avoir pointé une arme sur moi.

Il éclata d'un rire sadique puis quitta la maison.

Quand la porte se referma sur lui, Scarlet soupira et se laissa tomber sur le canapé.

Bobby n'était pas du genre à lancer des menaces en l'air. Il reviendrait pour se venger. Ce n'était qu'une question de temps.

Au Silver Bullet, Ray se planta devant le comptoir et commanda une bière. Ce soir, le bar était plein à craquer. La foule dansait sur de la musique country et les célibataires étaient à l'affût.

Il salua d'un geste une femme brune qui ne l'avait pas quitté des yeux depuis qu'il était entré, avant de reporter son attention sur sa bière. Il avait bien trop de choses en tête pour avoir envie de passer la nuit avec une femme.

Sans compter que le visage d'une autre femme le hantait. Celui de Scarlet Lovett. Il n'arrivait pas à oublier leur conversation. Ni son visage de porcelaine et ces fichus yeux bleus qui lui rappelaient tant les poupées de sa mère.

Son père avait-il lui aussi remarqué cette troublante ressemblance ? Était-ce la raison pour laquelle il avait pris Scarlet sous son aile ?

Un homme musclé et barbu coiffé d'un chapeau de cow-boy vint s'asseoir sur un tabouret à côté de Ray et se pencha vers lui.

— Vous êtes un des fils de Joe, n'est-ce pas ?

Ray déglutit avec peine. Il avait oublié ce que c'était que de vivre dans une petite ville où tout le monde se connaît. Sans compter que Joe McCullen avait été une vraie personnalité dans le milieu de l'élevage.

— Ouais, je suis Ray.

— Arlis Bennett, lui répondit l'homme. Je travaille au Circle T.

Ray se frotta le menton. Le propriétaire du ranch Circle T, Boyle Gates, avait été arrêté récemment pour son implication dans un trafic de bétail.

— J'ai pour projet d'agrandir le ranch, poursuivit Bennett. Alors si vous ou vos frères décidez de vendre vos terres, passez-moi un coup de fil.

Il posa sa carte de visite sur le comptoir et la fit glisser jusque devant Ray.

— Nous ne vendrons pas, lui répondit Ray en lui rendant sa carte. Mon frère Maddox va reprendre la gestion du ranch et mon autre frère, Brett, prévoit de l'aider.

Bennett vida son verre de whisky d'un trait puis acquiesça.

— OK, je pensais que vous vouliez peut-être passer à

autre chose et qu'il était trop difficile pour vous de rester ici sans votre père.

— Ce ne sera pas évident, c'est certain, lui répondit Ray qui se sentait soudain un peu mal à l'aise. Mais les McCullen ont mis trop de sang, de sueur et de larmes dans Horseshoe Creek pour s'en séparer.

— Alors, j'imagine que nous serons voisins, lui lança Bennett qui s'était levé et lui tendait la main. C'était un plaisir de vous rencontrer, Ray. Encore une fois, désolé pour votre père.

Ray acquiesça puis serra la main de Bennett. Quelque chose dans le regard de cet homme lui rappelait celui d'un vautour. Mais il n'était pas surpris qu'on puisse être intéressé par le ranch, lui et ses frères allaient probablement recevoir d'autres offres.

Une blonde pulpeuse apparut soudain à ses côtés et, lui prenant le bras, plongea son regard dans le sien.

— Eh, cow-boy, tu es tout seul ce soir ?

S'il était vrai que Ray se sentait plus seul que jamais ce soir, la vision de Scarlet continuait de l'obséder. Il l'imaginait au lit, dans ses bras, brûlant de désir…

— Désolé mon chou, mais je dois partir.

Ray lança quelques pièces sur le comptoir pour payer sa bière et se dirigea vers la sortie, furieux contre lui-même de se sentir aussi attiré par cette inconnue qui allait briser sa famille.

En marchant vers son Range Rover, Ray manqua de se faire emporter par une violente rafale de vent. Il se précipita à l'intérieur du véhicule puis démarra sans attendre et se mit en route pour le ranch.

Mais alors qu'il approchait de Horseshoe Creek, il aperçut soudain un énorme nuage de fumée qui s'élevait au-dessus des champs.

Pensant qu'il s'agissait sans doute d'un petit feu de broussailles, il accéléra malgré tout.

La route lui sembla durer une éternité. Plus il se rapprochait du ranch, plus les battements de son cœur s'accéléraient car le nuage ne rapetissait pas, bien au contraire. La fumée semblait s'être épaissie et, s'enroulant et montant dans le ciel, d'immenses flammes orange et rouge illuminaient maintenant la nuit noire.

S'emparant de son téléphone, Ray appela les pompiers.

Les bourrasques aidaient le feu à se propager, et l'incendie avançait vers les nouvelles écuries. Celles que Brett venait à peine de finir de construire…

5

Ray se gara à quelques mètres seulement des flammes. Même s'il savait que les pompiers n'allaient pas tarder, il ne pouvait attendre leur arrivée sans rien faire.

Il parcourut des yeux l'étendue des dégâts. L'une des cinq granges était en feu. Mais si personne n'intervenait rapidement, tout ce que Brett avait construit allait partir en fumée.

Ray entendit les chevaux hennir et frapper les murs de leurs sabots. Il sortit à nouveau son téléphone pour appeler Brett mais celui-ci ne répondant pas, il laissa un message :

— Brett, c'est Ray. Les écuries sont en feu, j'ai appelé les pompiers mais j'ai besoin que tu rappliques ici au plus vite.

Il rangea son téléphone dans la poche de son manteau puis s'approcha de la première grange pour y jeter un coup d'œil. Les flammes dévoraient déjà l'intérieur… Il fit le tour du bâtiment pour rejoindre la porte arrière et posa sa main sur la poignée qui était chaude mais pas encore brûlante.

Quand il entra, la chaleur était telle qu'il sentit son visage s'empourprer et qu'il commença immédiatement à transpirer. D'un regard, il vit que, dans le côté droit de la grange, les flammes avaient totalement détruit le plancher et qu'elles s'attaquaient à présent aux réserves de foin dans les stalles.

Dieu merci, pensa Ray, il n'y avait pas de chevaux dans les box.

Malgré tout, si les pompiers n'arrivaient pas rapidement et

qu'ils ne parvenaient pas à contenir l'incendie, les animaux finiraient par être en danger.

Ray sortit et inspira profondément de grandes bouffées d'air frais avant de courir vers le deuxième bâtiment. La fumée alourdissait l'atmosphère et le vent faisait voler des cendres incandescentes dans l'herbe qui entourait la deuxième écurie. Bon sang, mais que faisaient les pompiers ?

Ne pouvant se résoudre à regarder l'incendie se propager sans rien faire, Ray se précipita à l'intérieur. Trois chevaux, effrayés, se cabraient et frappaient les murs de leurs box. La fumée était entrée par les ouvertures et l'air était presque irrespirable.

Ray courut vers la première stalle et ouvrit le loquet.

— Allez, sors d'ici ! Tout va bien ! cria-t-il au cheval.

Le hongre noir se précipita vers la sortie et Ray entendit une sirène retentir au loin avant de se diriger vers le box du deuxième cheval qui semblait totalement paniqué.

— Chut, calme-toi, je t'ouvre la porte, lui dit-il d'un ton calme avant de s'écarter pour laisser passer le cheval qui sortit à toute allure.

Le son de la sirène s'amplifia et Ray entendit enfin le camion de pompiers se garer devant les écuries.

Il se dirigea vers le troisième cheval mais celui-ci semblait terrifié et refusait de bouger.

— Allez, mon gars, nous devons vraiment sortir d'ici, lui lança Ray d'un ton rassurant.

Le cheval se dressa soudain et posa ses deux pattes avant sur le mur en hennissant. Les poutres en bois craquèrent avant de se fêler, et les flammes apparurent, rampant sur le plancher.

C'est alors que Ray remarqua une forte odeur d'essence.

Nom de Dieu, quelqu'un avait-il intentionnellement déclenché cet incendie ? se demanda-t-il en regardant le cheval effrayé qui continuait d'agiter ses pattes avant dans les airs devant lui.

— Tout va bien, je suis là, fais-moi confiance, je vais te sortir d'ici.

Ray attrapa une corde et se rapprocha de l'animal en continuant de lui parler gentiment. Le cheval se calma, le laissa approcher, et Ray, tout en lui caressant doucement la crinière, lui passa les rênes autour du cou. Puis il le guida lentement vers la sortie, à l'arrière du bâtiment.

Dehors, les pompiers s'affairaient, hurlant des ordres, tirant des tuyaux. La camionnette de Brett apparut au bout de l'allée.

— Allez, file loin d'ici, lança Ray au cheval après l'avoir libéré.

Puis il essuya la sueur et la suie qui recouvraient son visage et se dépêcha de rejoindre Brett et les pompiers.

Une heure après que Bobby était parti, Scarlet tremblait toujours. Elle massa doucement son poignet endolori qui, elle le savait, serait tuméfié le lendemain. Ce ne serait pas son premier bleu causé par Bobby.

Celui-ci l'avait toujours détestée. Et ce, dès le jour où Joe McCullen l'avait emmenée vivre chez Barbara.

À l'époque, Scarlet n'avait pas compris sa réaction. Elle, qui avait été bringuebalée de famille d'accueil en famille d'accueil avant d'intégrer l'orphelinat, avait été folle de joie à l'idée qu'une vraie famille veuille enfin l'accueillir, pour de bon cette fois.

Mais elle ignorait que le ressentiment de Bobby allait tout compromettre et que celui-ci allait lui gâcher la vie.

Il avait commencé par lui faire des remarques blessantes et se comporter de manière agressive avec elle à la maison et à l'école. Puis, petit à petit, cela avait empiré. Il venait en douce dans sa chambre la nuit et lui murmurait de sinistres menaces.

En repensant à tous ces mauvais souvenirs, Scarlet frissonna. Elle enfila son pyjama et se rappela cette fois où, en se glissant dans son lit, elle avait découvert un serpent, caché sous ses couvertures. Une autre fois, c'étaient des araignées.

Le mois suivant, au beau milieu de la nuit, Bobby l'avait

forcée à le suivre et l'avait emmenée en voiture dans les bois où il l'avait abandonnée…

Mais le pire était peut-être le jour où il avait manqué de la noyer dans un étang.

Chaque fois, il avait menacé de la tuer si elle en parlait à quiconque.

Quant à Barbara… Barbara adorait son fils. Et, comme lui, elle était désolée qu'il soit privé du nom des McCullen et des opportunités qui allaient avec.

Car, même si Joe avait reconnu Bobby comme étant bien son fils, même s'il l'avait pris en charge et avait essayé de créer un lien avec lui, cela n'avait jamais été suffisant pour Barbara et Bobby.

Barbara croyait tout ce que Bobby lui disait et justifiait ses mauvais comportements en mettant tout cela sur le compte de la jeunesse. Elle se comportait comme si les colères violentes de Bobby étaient une attitude on ne peut plus normale pour un adolescent.

Le fait qu'elle-même en veuille terriblement à Joe de ne jamais l'avoir épousée l'avait manifestement empêchée de voir la personnalité perverse de son fils bien-aimé.

Avant de se coucher, comme chaque soir depuis l'incident du serpent, Scarlet retourna ses couvertures pour examiner son lit et s'assurer qu'aucune créature effrayante ne l'y attendait.

En constatant que celui-ci était vide, elle poussa un soupir de soulagement. Mais lorsqu'elle ferma les yeux, le regard froid et furieux de Bobby lui revint à l'esprit. Elle savait qu'il ne se calmerait pas avant de savoir ce que Joe lui avait légué.

Et même alors, cela serait-il suffisant pour lui ?

Et comment réagirait-il quand il se retrouverait enfin face à ses demi-frères ?

Brett sur ses talons, Ray courut vers la troisième écurie. La première grange était en feu et les flammes commençaient à dévorer la deuxième.

Portées par le vent, des braises voletaient dans les airs et le son du bois qui craquait et crépitait ne cessait de s'amplifier. Travaillant frénétiquement, les pompiers arrosaient les deux bâtiments.

— Mais que s'est-il passé ? hurla Brett à Ray en ouvrant la porte de la grange.

— Aucune idée, lui répondit Ray, le visage en sueur. La première grange était déjà en feu quand je suis arrivé.

Les deux frères entrèrent à l'intérieur de l'écurie pour sauver les chevaux pris au piège dans leurs stalles. Comme les autres, ils étaient terrifiés et frappaient leurs fers contre les parois de leur box en hennissant. Un seul cheval résista, un Quarter Horse noir, mais Brett, qui avait toujours su s'y prendre avec les animaux, réussit rapidement à le calmer et à le faire sortir de l'écurie.

Après les avoir tous libérés, Ray et Brett sortirent de la grange et regardèrent les pompiers qui finissaient d'éteindre l'incendie.

— Je n'arrive pas à y croire, lâcha Brett avant d'être pris d'une violente quinte de toux. Nous venions tout juste d'achever la construction de ces écuries…

— Tout est en règle avec l'assurance, n'est-ce pas ?

— Ouais, répondit Brett en grimaçant. Mais cette histoire va nous faire perdre du temps. J'avais espéré pouvoir commencer à donner des cours dès le printemps.

C'est vrai, le temps c'est de l'argent, pensa Ray. Grâce à ses victoires de rodéo, Brett n'en manquait pas mais il en avait investi une bonne part dans la construction de sa nouvelle maison.

— Au moins, nous n'avons pas perdu de chevaux, continua Brett. Je crois que je n'aurais pas supporté de les voir souffrir.

— J'ai senti une odeur d'essence, dit enfin Ray en serrant les dents.

Brett se retourna vers lui en écarquillant les yeux.

— Tu veux dire que quelqu'un a peut-être déclenché cet incendie volontairement ?

— Nous verrons ce qu'en pense l'expert mais on dirait bien, oui.

— Nous devrions appeler Maddox, lui répondit Brett en sortant son téléphone de sa poche.

— Attends, lui ordonna Ray en hochant la tête. Il doit rentrer après-demain, je pense que nous pouvons gérer la situation tous les deux jusqu'à son retour.

Brett soupira en voyant le toit de la première grange s'effondrer.

— Tu as raison… Laissons-le profiter de sa lune de miel.

— Excusez-moi ! leur lança un pompier en s'approchant. Vous avez senti de l'essence, c'est ça ? J'ai appelé notre expert, dès que les braises auront refroidi, nous pourrons commencer les recherches.

L'incendie était à présent presque totalement maîtrisé. La première grange était détruite et le toit de la deuxième avait subi d'importants dégâts, mais l'intérieur et les box n'avaient pas été endommagés.

— J'aurais dû faire installer un système d'extincteurs automatiques, laissa échapper Brett.

— Tu ne pouvais pas savoir, lui répondit Ray en devinant la culpabilité dans le ton de la voix de son frère.

— Peut-être, mais si je l'avais fait, tout ça ne serait pas arrivé.

— Nous en parlerons plus tard mais c'est probablement une bonne idée.

Brett se tourna vers son frère et lui jeta un regard interrogateur.

— Je ne pensais pas que tu traînerais longtemps dans les parages.

Brett avait vu juste, Ray n'avait pas prévu de s'éterniser à Pistol Whip. Mais il n'avait pas encore découvert le contenu du testament de leur père, et ses frères ignoraient toujours l'existence de Barbara et de leur demi-frère.

— Je vais rester ici un moment, au moins jusqu'à ce que tout soit rentré dans l'ordre, lui répondit Ray en pensant que tout cela risquait de prendre bien plus de temps que prévu.

Une nouvelle sirène retentit soudain et un SUV aux couleurs des pompiers apparut dans l'allée, suivi par la voiture du shérif adjoint Whitefeather.

Une fois qu'ils furent garés, Whitefeather et un homme en uniforme avancèrent vers Brett et Ray.

Les présentations furent rapides. L'enquêteur chargé de déterminer s'il s'agissait d'un incendie criminel était le lieutenant Garret Hawk.

— Que s'est-il passé ? demanda-t-il aux frères McCullen sans perdre une minute.

— Alors que je rentrais chez moi, j'ai vu de la fumée sur la route et en arrivant ici j'ai découvert qu'une des écuries était en feu, expliqua Ray. J'ai immédiatement prévenu les pompiers puis je suis allé à l'intérieur pour libérer les chevaux et c'est là que j'ai senti une odeur d'essence.

— On dirait que vous avez perdu une écurie entière et une grande partie d'une autre, remarqua le lieutenant Hawk avant de saluer les pompiers d'un signe de la main.

— Sans vos hommes et leur réactivité, cela aurait pu être bien pire, dit Ray.

— Vous pensez que quelqu'un aurait pu déclencher cet incendie intentionnellement ? demanda le shérif Whitefeather.

— Nous ne stockons pas d'essence dans nos bâtiments, lui répondit Brett. Mais je ne vois pas qui aurait pu faire une chose pareille.

Ray se mordit la joue. La première personne qui lui venait à l'esprit était leur demi-frère. Si Bobby était furieux contre eux et qu'il pensait être lésé dans l'héritage, il avait peut-être voulu se venger.

Mais s'il espérait récupérer une partie du ranch, pourquoi

le détruire ? Sans ces écuries, la propriété perdait de sa valeur. Et s'il était incriminé, Bobby devrait répondre de ses actes devant la justice et finirait probablement en prison.

Le lieutenant Hawk s'approcha de la première grange qui n'était plus qu'un tas de braises fumantes. Au sol, des morceaux de bois et de cuir gisaient au milieu des cendres. Il s'agenouilla et se servit d'un bâton pour fouiller dans les décombres. Soudain, le mégot d'une cigarette surgit au milieu des débris.

— Est-ce que l'un d'entre vous fume ?

— Non, ni Brett ni moi-même, lui répondit Ray.

— Et vos employés ? insista le lieutenant Hawk.

— C'est possible, mais ils savent mieux que personne qu'il ne faut pas fumer près du foin.

Le shérif Whitefeather fit le tour des braises puis se dirigea vers les ruines du deuxième bâtiment.

— Votre père avait-il des ennemis ? demanda tout à coup le lieutenant Hawk aux deux frères.

Brett secoua la tête tandis que Ray se demandait quoi répondre. Il n'était pas encore prêt à partager les secrets de son père avec un étranger. Et surtout pas avant de les avoir révélés à Maddox et Brett.

Il se chargerait lui-même d'enquêter sur son demi-frère. Et s'il s'avérait que celui-ci avait essayé de leur nuire en déclenchant cet incendie, alors Ray veillerait à ce qu'il ne voie jamais la couleur de l'argent des McCullen ni un seul lopin de leur terre.

6

Scarlet se réveilla en sursaut. Le vent soufflait si fort dehors qu'il faisait trembler les murs de sa petite maison. En entendant les branches des arbres qui tapaient contre la vitre de sa fenêtre, elle se redressa dans son lit et frissonna. Même si elle avait toujours en tête l'effrayante visite de Bobby, elle se demanda d'où pouvait bien venir ce surprenant courant d'air qui lui donnait la chair de poule.

Elle sortit de son lit, marcha sur la pointe des pieds jusqu'au salon et découvrit que la porte qui donnait sur l'arrière-cour était grande ouverte…

Certaine d'avoir fermé cette porte avant d'aller se coucher, elle sentit la peur l'envahir. Elle retourna dans sa chambre, s'empara de son arme rangée dans sa table de chevet, vérifia le cran de sûreté puis, la tenant fermement serrée, elle avança lentement dans le couloir.

Elle s'arrêta un instant et écouta attentivement pour tenter de déceler la présence éventuelle d'un intrus.

Une rafale de vent s'engouffra brusquement à l'intérieur et quelques feuilles du dossier qui était posé sur son bureau s'envolèrent avant de se disperser sur le sol.

Inspirant profondément, elle inspecta avec attention le salon et la cuisine, mais tout semblait en ordre. Tout sauf cette porte grande ouverte.

Sa maison n'était pas grande et Scarlet constata rapidement qu'il n'y avait personne d'autre qu'elle ici.

La seule cachette possible était le placard à manteaux. Les nerfs à vif, Scarlet serra son pistolet et avança lentement vers la penderie. La main tremblante, elle ouvrit la porte et retint son souffle.

Le placard était vide.

Mais à peine eut-elle le temps de se sentir soulagée qu'un bruit la fit sursauter. Elle fit volte-face, l'arme toujours au poing, et comprit rapidement qu'il provenait de l'extérieur.

Elle se précipita donc vers la porte et scruta les bois qui se trouvaient derrière la maison. Des chiens aboyaient au loin. Soudain, Scarlet vit passer l'ombre d'une personne sous les arbres. Cette personne sortait-elle de chez elle ? se demanda-t-elle en frissonnant à nouveau.

Après avoir refermé la porte, elle s'agenouilla pour examiner la serrure mais celle-ci était intacte. Elle la verrouilla soigneusement et se promit d'aller acheter un deuxième verrou, dès le lendemain.

Malgré cela, elle sentait l'angoisse grandir en elle. Pourquoi quelqu'un était-il entré par effraction chez elle pendant qu'elle dormait ?

Le souvenir de son altercation avec Bobby lui revint et elle serra les dents. La tourmenter et l'effrayer était le genre de choses tordues qu'il aimait faire.

Combien de fois s'était-il caché dans un placard ou sous son lit pour lui faire peur ? Un jour, il s'était même dissimulé à l'arrière de sa voiture et avait attendu qu'elle soit en train de conduire pour surgir et faire mine de l'étrangler.

Terrifiée par ces souvenirs, consciente qu'elle ne pourrait pas se rendormir, elle se rendit dans la cuisine pour se préparer une tasse de thé.

Elle ramassa d'abord les feuilles de papier éparpillées sur le sol pour les remettre dans le dossier qu'on lui avait confié la semaine précédente. Elle avait été appelée pour violences domestiques et avait été obligée d'emmener Sandy, une petite fille de deux ans, loin de chez elle. Sa mère était décédée et son père, Lloyd Pullman, avait maintenant une nouvelle petite amie. Ces deux derniers avaient manifestement l'habitude de consommer beaucoup d'alcool, mais cette fois ils étaient tellement ivres que leur dispute avait dégénéré en une violente altercation.

Les voisins avaient prévenu les forces de l'ordre en entendant des cris et quand Scarlet était arrivée sur place, peu de temps après la police, elle avait découvert Sandy en pleurs et la femme avec un œil au beurre noir. Le père, hors de lui, avait été menotté et, en voyant Scarlet partir avec sa petite fille, il lui avait lancé des menaces de mort.

Scarlet rangea les divers documents dans le dossier en fronçant les sourcils. Lloyd Pullman était-il sorti de prison ? Si c'était le cas, peut-être était-ce lui qui s'était introduit chez elle…

Tandis que la nuit s'étirait, les pompiers achevaient leur tâche, s'assurant que le vent ne pourrait pas rallumer le feu. Ils avaient commencé à chercher les preuves d'un éventuel acte criminel dans les débris et avaient découvert qu'un bidon d'essence avait été jeté dans un ravin à quelques mètres seulement des écuries.

— La personne qui a cherché à s'en débarrasser devait probablement porter des gants, mais nous allons malgré tout faire des relevés d'empreintes, commenta le lieutenant Hawk. Espérons aussi que nous pourrons extraire un peu d'ADN du mégot de cigarette.

Ray se demanda soudain si Bobby Lowman fumait.

— Qui pourrait vous en vouloir à ce point ? demanda le shérif adjoint Whitefeather à Ray et Brett.

— Je ne sais pas, lui répondit Brett en passant une main dans ses cheveux. La concurrence est rude ces derniers temps, surtout depuis que Jebediah Holcutt s'est lancé dans les activités équines. Mais…

Il s'interrompit un instant et laissa échapper un soupir d'exaspération avant de reprendre :

— Ce n'est pas une raison valable. La région est bien assez grande pour héberger deux ranchs, même si les deux proposent des cours d'équitation.

— C'est vrai, ajouta Ray en hochant la tête. Mais, Brett, tu es une célébrité ici. Alors entre toi et Jebediah, qui crois-tu que les gens vont choisir pour suivre des cours ?

Brett haussa les épaules. Ray savait que même si son frère était devenu une vraie star du rodéo, il était resté modeste et altruiste. Il avait même comme projet d'ouvrir un centre équestre à vertu thérapeutique pour les enfants. Sa femme, Willow, avait en effet découvert que l'équithérapie pouvait soigner certains traumatismes quand leur petit garçon qui avait été enlevé avait retrouvé sa joie de vivre en prenant soin des chevaux.

— Je peux vérifier tout cela pour vous, proposa le shérif adjoint.

Les deux frères échangèrent un regard puis Brett acquiesça.

— OK. Essayons de tirer tout ça au clair avant le retour de Maddox.

— À part lui, vous pensez à quelqu'un d'autre ? demanda Whitefeather.

— Non vraiment, je ne vois pas, lui répondit Brett. Mais cela ne fait pas si longtemps que je suis en ville. Si ce n'est pas Holcutt qui a fait le coup, alors nous devrons en parler avec Maddox, lui saura mieux que nous si papa avait des ennemis.

Ray resta silencieux tandis qu'il repensait à ce demi-frère dont lui avait parlé Scarlet Lovett. Il allait devoir se renseigner sur ce Bobby Lowman au plus vite.

— Et qu'en est-il des employés du ranch ? poursuivit Whitefeather. Est-ce que l'un d'entre eux avait une dent contre votre père ?

— J'en doute fort, lui répondit Brett. Papa avait de bonnes relations avec tous ses employés.

Le shérif adjoint regarda Ray et celui-ci ajouta en haussant les épaules :

— Comme le dit Brett, cela ne fait pas longtemps que nous sommes de retour ici.

— Et cet ancien prisonnier que votre père a récemment embauché ? Celui qui a fait de la prison pour une histoire de vol de bétail ?

— Gus ne ferait jamais une chose pareille, objecta Brett. C'est grâce à nous qu'il a pu être blanchi.

— Très bien, conclut Whitefeather. Prévenez-moi si vous pensez à quelqu'un d'autre.

Une goutte de sueur perla sur le front de Ray et, alors qu'il cherchait un mouchoir dans sa poche, il retrouva soudain la carte de visite d'Arlis Bennett.

— Attendez, j'ai rencontré un type, un peu plus tôt dans la soirée… Il s'appelle Arlis Bennett et c'est lui qui a repris les rênes du ranch de Boyle Gates. Il m'a dit que si nous décidions de vendre notre propriété, il serait intéressé.

— C'est ce fichu Gates qui avait tendu un piège à Gus Garcia, ajouta Brett en fronçant les sourcils.

— Et c'est lui que Maddox a arrêté pour trafic de bétail, ajouta le shérif adjoint. Bennett est le cousin de Gates.

Ray sentit les battements de son cœur s'accélérer. Si Gates voulait se venger, peut-être avait-il demandé à Bennett de saboter les opérations d'agrandissement de Horseshoe Creek ? Peut-être même voulait-il forcer les frères McCullen à vendre leur ranch ?

Scarlet envisagea un instant d'appeler le shérif mais elle se ravisa. Elle n'avait pas de réelle preuve que quelqu'un s'était introduit chez elle. Rien n'avait été détruit ni même déplacé. Un simple coup de vent pouvait avoir dispersé les feuilles de son dossier…

Cependant, elle se rappelait avoir fermé cette porte avant d'aller se coucher.

Incapable de se remettre au lit, elle finit sa tasse de thé et se mit à travailler sur ses dossiers.

Quand vint l'aube, elle décida de se rendre à The Family Farm et, après avoir vérifié à nouveau les serrures de toutes les portes de sa maison, elle alla prendre une douche.

Elle voulait savoir comment se portaient Faye et les enfants avant d'aller rencontrer le couple qui voulait adopter Corey. Permettre à ce petit garçon de trouver un foyer permanent était une des choses qui donnaient du sens à son travail.

Après être montée dans sa voiture, elle sortit lentement de l'allée avant de remarquer qu'une berline noire stationnait en bas de la rue, moteur en marche. Quand elle la dépassa, la voiture s'engagea juste derrière elle, si proche qu'elle faillit érafler son pare-chocs arrière.

Agacée, Scarlet accéléra et fit demi-tour en espérant que la berline continuerait son chemin. Mais la voiture l'imita.

Les mains moites, Scarlet essaya de semer le véhicule en empruntant de nombreuses ruelles, en tournant à gauche et à droite, mais elle sentit sa paranoïa grandir en constatant que chaque fois la voiture restait derrière elle.

Elle prit alors une profonde inspiration et tenta de garder son calme. Bobby ne conduisait pas ce type de voiture. S'agissait-il de Lloyd Pullman ?

Les épaules nouées par la tension, elle s'arrêta à la station essence et poussa un soupir de soulagement en voyant la berline noire continuer son chemin.

Elle prit un instant pour se détendre en se massant les tempes puis continua sa route en ne quittant pas son rétroviseur des yeux. Car, même si la berline avait disparu, elle continuait d'avoir la désagréable impression que quelqu'un l'observait.

Elle soupira en songeant à quel point Bobby l'avait rendue paranoïaque.

Une fois garée devant l'orphelinat, elle reprit ses esprits et sortit de sa voiture, bien décidée à ne plus se laisser terroriser par qui que ce soit.

En entrant dans le foyer, elle se sentit immédiatement réconfortée par une délicieuse odeur de café et de sirop d'érable et découvrit Faye, Millie, la cuisinière, et tous les enfants installés autour de la grande table de la salle à manger pour le petit déjeuner.

En apercevant Scarlet, Faye lui adressa un grand sourire et lui fit signe de prendre place parmi eux. Scarlet prit le temps de saluer chacun des enfants et de discuter un moment avec eux pendant quelques minutes.

— Cette nuit, j'ai rêvé que je faisais du poney, lui confia Corey.

— Eh bien, lui répondit-elle en pensant à ce couple qui voulait l'adopter et qui possédait une petite ferme, peut-être que ton rêve se réalisera un jour, qui sait ?

Danny, un adolescent de quatorze ans qui avait été lui aussi placé dans de nombreuses maisons d'accueil avant d'atterrir ici, fronça les sourcils en regardant son assiette.

— Hé, Danny, lui dit Scarlet d'une voix douce. Il paraît que tu as réussi ton contrôle d'algèbre, hier ?

— Pff, une vraie perte de temps, lui répondit-il en haussant les épaules avant de plonger sa cuillère dans ses céréales.

Scarlet ignora son attitude amère. Derrière ce comportement difficile, elle savait que se dissimulait une réelle souffrance.

En levant les yeux, elle vit que Faye lui faisait signe de la rejoindre dans la cuisine et elle la suivit.

— Ray McCullen, le fils de Joe, est venu nous rendre visite hier, lui dit Faye.

Alors qu'elle se servait une tasse de café, Scarlet sentit son cœur s'emballer.

— J'imagine qu'il voulait tout savoir sur moi, pour s'assurer que ce que je lui avais dit est bien la vérité.

— Il m'a en effet posé des questions sur toi et sur Joe, lui répondit Faye en essuyant ses mains sur son tablier. Je lui ai dit combien son père aimait cet endroit et de quelle manière il nous avait aidés à construire la ferme.

Scarlet regarda les champs par la fenêtre. Aujourd'hui, la maison et le terrain avaient été intégralement payés, mais il ne restait que très peu d'argent pour faire construire les écuries et y installer des chevaux comme l'avait prévu Joe. Il serait probablement également impossible de créer un potager et d'acheter les outils nécessaires pour que les enfants puissent apprendre à cultiver leurs propres légumes…

Voilà pourquoi elle ne renoncerait pas à sa part de l'héritage. Grâce à l'argent que Joe lui avait laissé, elle pourrait mener à bien les projets de The Family Farm.

— Tout va bien, Scarlet ? lui demanda Faye, l'air inquiet.

— Que veux-tu dire ?

— Je ne comprends toujours pas pourquoi Joe n'a jamais parlé de toi ou de cet endroit à sa famille.

— Je l'ignore également. Mais je suis sûre qu'il avait de bonnes raisons de ne pas le faire.

Faye acquiesça et ne posa pas d'autres questions, même si elle semblait curieuse d'en savoir plus sur le sujet.

— Je vais devoir y aller, Faye. J'ai rendez-vous avec les Fuller à mon bureau pour parler de Corey.

— Super, lui répondit Faye dont le visage s'illumina. Ce garçon mérite tellement d'avoir une famille.

Comme tous les enfants, pensa Scarlet. Malheureusement, ce genre de choses n'arrivait pas facilement.

— Je comprends ce que tu veux dire, Faye, lui répondit Scarlet en lui serrant la main affectueusement. Mais vous êtes aussi une vraie famille pour eux, tu sais. Grace à toi, à Millie et à Lois, ces enfants reçoivent tout l'amour dont ils ont besoin.

En entendant ces mots, Faye rougit et Scarlet la prit dans ses bras pour lui dire au revoir.

Elle sortit de la maison, mais alors qu'elle marchait vers sa voiture, il lui sembla soudain apercevoir, un peu plus bas dans la rue, le véhicule qui l'avait suivie un peu plus tôt dans la journée. Mais il disparut rapidement au coin de la rue.

Scarlet suivit des yeux la bande d'enfants qui marchaient vers l'arrêt du bus scolaire en riant, puis elle se mit en route pour se rendre à son bureau.

Ressentant à nouveau cette impression étrange d'être suivie, elle décida d'appeler le bureau du shérif, à Laramie.

— Bonjour, Scarlet Lovett à l'appareil, commença-t-elle, je vous appelle car je voudrais savoir si Lloyd Pullman est toujours en détention ?

— Eh bien, non, figurez-vous qu'il a payé sa caution hier, lui répondit le shérif.

Scarlet déglutit avec peine en repensant aux menaces de mort que celui-ci avait proférées contre elle. Était-ce Pullman qui s'était introduit chez elle la veille ? Était-ce lui qui l'avait suivie en voiture ce matin ?

— Savez-vous quel genre de voiture il conduit ? demanda Scarlet.

— Non, pourquoi ?

Scarlet fut un instant tentée de faire part de ses inquiétudes au shérif, mais elle se ravisa de peur que celui-ci ne la prenne pour une folle.

— Rien de particulier, je suis seulement curieuse.

— Écoutez, Scarlet, lui répondit le shérif. Si cet homme vous cause des ennuis, prévenez-moi immédiatement. Ou mieux encore, prévenez le shérif de Pistol Whip, il pourra venir vous voir bien plus vite que moi.

— Merci, je n'hésiterai pas à le faire.

Scarlet raccrocha et reprit sa route en observant les alentours. Tout semblait normal… Le trafic dans Pistol Whip était fluide malgré les banlieusards qui se rendaient à leur travail.

Mais soudain, alors qu'elle essayait de freiner pour tourner dans la rue où se trouvait son bureau, elle sentit la panique l'envahir. Sa voiture ne ralentissait pas.

Les pneus crissèrent dans la descente et Scarlet tourna le

volant en appuyant plus fermement sur la pédale de frein. En vain, son véhicule prit davantage de vitesse. En apercevant une femme qui traversait devant elle sur un passage piéton, elle se mit à klaxonner frénétiquement, terrifiée à l'idée de la renverser. La femme courut sur le trottoir d'en face en hurlant et Scarlet donna un brusque coup de volant vers la droite.

Quand les roues de la jeep grimpèrent sur le trottoir, Scarlet comprit qu'elle avait perdu le contrôle du véhicule. Elle fit tout son possible pour éviter de foncer droit dans le salon de coiffure mais, en essayant de braquer de l'autre côté, elle se retrouva en face de l'immeuble où se trouvait son bureau.

Quelques secondes plus tard, la voiture percuta le mur de brique et Scarlet poussa un hurlement tandis que le pare-brise éclatait en mille morceaux.

7

Quand l'airbag se déclencha, Scarlet sentit sa tête projetée en arrière et eut l'impression que ses poumons allaient exploser.

Elle cligna des yeux, étourdie par la force du crash et sentit que des morceaux de verre écorchaient son visage. Que s'était-il passé ?

Ses freins… Ils ne fonctionnaient plus.

Elle entendit soudain un cri à l'extérieur.

— Scarlet !

Quelqu'un essayait d'ouvrir la portière.

Reprenant ses esprits, elle repoussa l'airbag pour tenter de défaire sa ceinture de sécurité, mais alors qu'elle essayait de se libérer, elle constata que celle-ci était coincée. Elle sentit alors la panique l'envahir. Elle ne pouvait plus respirer. Sa tête la faisait souffrir. Ses jambes étaient engourdies.

Mon Dieu… Elle ne pouvait plus les bouger.

Tout à coup, la portière s'ouvrit et elle entendit à nouveau qu'on criait son prénom.

— Scarlet ? Ça va ?

C'était son assistant, Hugh Weatherman. Il devait avoir un couteau sur lui car il déchira l'airbag en quelques secondes puis coupa la ceinture de sécurité.

— J'ai appelé les urgences, lui dit-il. Est-ce que tu es blessée ?

— Je ne sais pas, lui répondit Scarlet en tentant de déplacer ses jambes.

— Ne bouge pas, lui conseilla Hugh. L'ambulance est en route.

Terrifiée, en état de choc, elle acquiesça.

— Scarlet, tu saignes, est-ce que tu as mal quelque part ? lui demanda Hugh en sortant un mouchoir pour lui essuyer la joue.

— Non, lui répondit-elle en secouant la tête. Mais je ne peux pas bouger mes jambes.

— L'avant de ta voiture est totalement broyé, peut-être que cette partie de ton corps est coincée en dessous.

Elle sentit une nouvelle vague de peur la submerger et ferma les yeux pour tenter de résister à la panique.

— Accroche-toi, dit Hugh, nous allons te sortir de là.

Quand le son d'une sirène retentit soudain au loin, elle laissa reposer sa tête contre le siège et regarda les gyrophares qui se rapprochaient. Un instant plus tard, un camion de pompiers et une ambulance vinrent bruyamment se garer à proximité.

Hugh cria dans leur direction et une femme médecin se précipita vers eux.

— Comment vous sentez-vous, madame ? demanda-t-elle à Scarlet d'une voix rassurante.

— Je crois que ça va, lui répondit Scarlet. Mais je ne peux plus bouger mes jambes.

Un pompier s'approcha et observa un moment l'étendue des dégâts avant de lancer une série d'ordres à ses hommes.

Inspirant profondément, Scarlet attendit patiemment qu'ils commencent à scier le métal pour la libérer.

Après seulement quelques heures de sommeil, Ray prit une douche rapide puis se rendit au bureau du shérif. Brett s'était chargé de prévenir la compagnie d'assurances et leur avait demandé de venir reconstruire les bâtiments le plus vite possible.

Mais pour empêcher d'autres incidents, Ray savait que lui et son frère devaient avant tout découvrir l'auteur de cet incendie.

En entrant dans le bureau du shérif adjoint Whitefeather, il le surprit en pleine discussion téléphonique.

— Oui, je vous rejoins dès que possible, dit celui-ci à son interlocuteur avant de raccrocher. Désolé, McCullen, mais il y a eu un accident, je dois y aller.

— Que s'est-il encore passé ? demanda Ray en soupirant.

— Une femme du nom de Scarlet Lovett a foncé avec sa voiture dans le mur de l'immeuble où elle travaille. Les pompiers sont en train d'essayer de la sortir de là.

Ray sentit les battements de son cœur s'accélérer.

— Comment va-t-elle ?

— Je ne sais pas, les secours sont sur place, lui répondit Whitefeather en se dirigeant vers la sortie avec ses clés de voiture à la main.

— Je vous suis, dit Ray.

— Pourquoi ? lui demanda le shérif adjoint en fronçant les sourcils. Vous la connaissez ?

— Pas très bien, mais oui, je l'ai rencontrée il y a peu de temps.

Ray courut vers son 4x4 et suivit le shérif sur la route, en observant les imposants nuages gris qui cachaient le soleil. L'atmosphère s'était rafraîchie ces derniers jours, le vent froid fouettait les branches des arbres et les feuilles virevoltaient dans les rues.

Quand Ray tourna derrière Whitefeather dans une rue transversale, il découvrit un bâtiment en briques, coincé entre une bibliothèque et un entrepôt vide, sur lequel était suspendu un panneau des services sociaux.

Le shérif adjoint se gara sur le parking attenant et Ray fit de même en retenant son souffle. Du coin de l'œil, il avait aperçu les restes de la jeep écrasée et les pompiers qui s'affairaient tout autour du tas de ferraille.

Une fois sorti de son véhicule, il se rapprocha rapidement des ambulanciers qui essayaient de sortir Scarlet de l'épave.

Le corps parcouru de sueurs froides, il se demanda si elle était blessée…

— Que s'est-il passé ? demanda le shérif adjoint à un des secouristes après l'avoir salué.

— La dame dit que ses freins ont lâché, lui répondit l'homme. Elle a essayé d'arrêter sa voiture mais rien à faire, ça ne marchait pas.

Ray sentit le doute l'envahir. Scarlet venait tout juste de débarquer dans sa vie pour lui révéler la nature de sa relation avec Joe ainsi que le contenu de son testament, et voilà que les écuries brûlaient et qu'elle avait un accident… Tout cela ne lui disait rien de bon.

Cela faisait bien trop de coïncidences.

Penchée au-dessus de Scarlet pour prendre son pouls, la femme médecin lui cachait la vue, Ray se fraya donc un chemin jusqu'à la civière avant que les secouristes ne la chargent dans l'ambulance.

— Scarlet ?

Elle lui répondit par un gémissement et Ray sentit son cœur se serrer. Elle avait du sang sur le visage et sur les bras, et son visage était aussi blanc qu'un linge. On avait sécurisé sa nuque avec des sangles pour l'empêcher de tourner la tête.

Il s'approcha d'elle de manière à ce qu'elle puisse le voir, mais Whitefeather le devança.

— Que s'est-il passé ? demanda-t-il.

— Je ne sais pas, lui répondit-elle dans un murmure. Je me rendais à mon bureau et soudain les freins ont lâché.

— Il faut l'emmener au plus vite à l'hôpital, intervint la secouriste en fronçant les sourcils. On doit lui faire passer une batterie de tests pour s'assurer qu'elle n'a pas de lésions internes.

— Ray ? demanda Scarlet à voix basse.

Ray lui prit la main et sentit qu'elle tremblait. Elle était manifestement en état de choc, ce qui n'avait rien d'étonnant sachant qu'elle venait de frôler la mort.

— Je vous retrouve à l'hôpital, Scarlet, lui dit-il d'une voix rassurante.

Le shérif adjoint lui lança un regard interrogateur mais Ray l'ignora. Les secouristes chargèrent la civière dans l'ambulance puis le chauffeur démarra et ils s'éloignèrent.

— Comment la connaissez-vous ? demanda Whitefeather à Ray.

— Par le biais de mon père, lui répondit Ray en essayant de lui donner le moins d'informations possible.

Puis, tandis que les pompiers commençaient à ranger leur matériel, il se dirigea vers la jeep pour l'examiner et jeter un coup d'œil aux freins soi-disant défectueux.

— Que se passe-t-il, McCullen ? lui demanda Whitefeather en le rejoignant.

— Aucune idée, lui répondit Ray en examinant le véhicule. Mais on dirait que les durites ont été sectionnées et qu'il n'y a plus de liquide de frein.

Le regard du shérif s'obscurcit.

— Attendez une minute… Quelqu'un a mis le feu à vos écuries et maintenant ce sont les freins de la voiture de cette femme qui sont sabotés…, observa-t-il en retirant son chapeau pour se gratter la tête. Qu'êtes-vous en train de me dire au juste ? Est-ce que vous pensez que ces deux incidents pourraient être liés ?

Peut-être bien, pensa Ray. Mais si Jebediah Holcutt ou Arlis Bennett étaient à l'origine de l'incendie, ils n'avaient aucune raison apparente d'en vouloir à Scarlet. Bobby Lowman, par contre, avait des griefs contre elle et ses demi-frères…

Cependant Ray n'avait toujours pas envie de révéler les secrets de la famille à Whitefeather, en tout cas pas avant d'avoir mis Maddox et Brett au parfum.

— Je ne sais pas, shérif. Je pense qu'il vaudrait mieux parler à Scarlet pour tenter de découvrir qui lui veut du mal.

Scarlet était si soulagée de voir qu'elle pouvait encore bouger ses jambes qu'elle réprima un cri de joie. Comment aurait-elle pu continuer à aider les enfants à l'orphelinat si, paralysée ou blessée, elle avait dû prendre un long congé ?

Tandis que l'équipe médicale finissait de lui faire les tests et nettoyait les plaies superficielles que lui avaient causées les bris de verre du pare-brise, elle tenta de se remémorer les événements de la matinée.

Sa voiture semblait être en parfait état lorsqu'elle l'avait prise pour se rendre à l'orphelinat mais en chemin, elle avait eu l'impression d'être suivie. Puis elle avait cru reconnaître cette même voiture tout près de The Family Farm. Était-ce le conducteur de cette berline noire qui avait trafiqué ses freins pendant qu'elle rendait visite à Faye et aux enfants ?

— Est-ce que vous vous êtes cogné la tête ? lui demanda tout à coup le médecin en braquant une petite lumière vers ses yeux.

— Non, grâce à l'airbag et à la ceinture de sécurité, je n'ai pas heurté le pare-brise, lui répondit Scarlet en suivant attentivement le faisceau lumineux de gauche à droite.

— C'est une bonne chose. Ceci dit, je pense que nous allons vous garder en observation cette nuit.

— Ce n'est pas nécessaire, lui répondit Scarlet. Je crois que ça va.

— Très bien, dit le médecin en s'arrêtant un instant pour l'observer. Mais si vous vous sentez nauséeuse ou si vous avez des vertiges, revenez ici immédiatement. Vous pourriez avoir subi une légère commotion.

Scarlet acquiesça en silence. Les hôpitaux lui rappelaient l'époque où, enfant, elle était si souvent malade. Les seringues, les blouses blanches, les odeurs des produits stérilisants et ce terrible sentiment de solitude et de peur…

À présent, elle n'avait plus qu'une seule envie : rentrer chez elle.

— Le shérif adjoint Whitefeather est là, lui lança le médecin sur le pas de la porte. Il veut vous parler.

Scarlet passa une main dans ses cheveux emmêlés, tandis qu'une infirmière escortait le shérif à l'intérieur. À sa grande surprise, elle découvrit qu'il était accompagné de Ray McCullen.

— Le médecin dit que vous n'avez rien de grave ? lui dit Ray de but en blanc.

— Oui, on dirait que j'ai eu de la chance, lui répondit-elle en repensant à sa voiture broyée. J'ai les côtes endolories et je suis un peu amochée mais globalement je vais bien.

— La chance n'a rien à voir avec tout ça, lui répondit Ray dont le regard s'était obscurci.

— Je suis d'accord, ajouta Whitefeather. Ray a examiné votre voiture avec un mécanicien. Vos freins ont été sabotés.

— Vous voulez dire que quelqu'un voulait me faire du mal intentionnellement ? leur demanda Scarlet, le souffle court.

— Oui, lui répondit Ray d'un ton sévère.

— Je… Je ne peux pas le croire.

— Mademoiselle Lovett, commença Whitefeather, pensez-vous que quelqu'un a des raisons de vous en vouloir ?

Scarlet jeta un regard à Ray et sentit son estomac se nouer. Bobby était le premier sur la liste.

— Je me suis fait quelques ennemis à cause de mon travail, lui répondit-elle d'une voix hésitante.

— Vous pensez à quelqu'un en particulier ?

— Un homme du nom de Lloyd Pullman a été arrêté pour maltraitance envers sa fille, lui répondit-elle en passant sa main sur le pansement qui entourait son bras. Quand je lui ai enlevé la garde de son enfant, il était furieux et il m'a menacée.

Le shérif adjoint sortit un calepin de sa poche et commença à écrire.

— Où se trouve-t-il actuellement ?

— Je ne sais pas, mais il semblerait qu'il ait été libéré sous caution hier, lui répondit Scarlet.

— Je vais lancer un avis de recherche sur cet homme afin

que nous l'interrogions au plus vite, lança Whitefeather en sortant de la chambre de Scarlet, son téléphone à la main.

Ray se rapprocha d'elle, s'assit sur le bord de son lit puis pointa du doigt le bandage qu'elle avait sur le front.

— Ça vous fait mal ? lui demanda-t-il.

Scarlet haussa les épaules mais remarqua que Ray semblait sincèrement inquiet.

— Pas tellement. Mais ne vous en faites pas, je suis coriace, je vais m'en sortir.

— Ce n'est pas la question, lui répondit-il d'un ton bourru. Le problème, Scarlet, c'est que quelqu'un a essayé de vous tuer.

Ses mots résonnèrent en elle comme une irrévocable sentence et elle eut soudain l'impression d'étouffer. Pullman avait des raisons valables de vouloir la tuer. Quant à Bobby, il la détestait depuis toujours.

Cependant Ray, lui non plus, ne la portait pas dans son cœur… Et si elle disparaissait, les dernières volontés de Joe pourraient bien ne pas être respectées.

Pourtant, elle avait du mal à imaginer que Ray puisse s'en prendre à une femme.

— Vous ne vous êtes pas fait ça pendant l'accident, n'est-ce pas ? lui demanda soudain Ray en posant le doigt sur le bleu qu'elle avait au poignet.

Scarlet sentit la honte la submerger. Elle savait pourtant que lorsqu'un homme maltraite une femme, ce n'est pas la faute de celle-ci. Mais elle comprenait également le sentiment de vulnérabilité que pouvait ressentir la victime.

Toutefois Scarlet avait décidé de ne plus jamais être une victime.

Cette fois, Bobby l'avait prise au dépourvu. Cela ne se reproduirait plus.

Ray fit tout son possible pour garder son calme. En remarquant l'ecchymose sur le poignet de Scarlet, il avait immédiatement compris que ce n'était pas une blessure causée par son accident de voiture. Il savait reconnaître l'empreinte des hommes violents sur les femmes.

— Comment cela vous est-il arrivé ? demanda-t-il à Scarlet. C'est Bobby qui vous a fait ça ?

Scarlet se mordit les lèvres avant d'acquiescer.

— Il est venu hier soir. Il était… contrarié.

— Cela ne justifie pas qu'il puisse se comporter brutalement avec vous.

— Je sais, lui répondit Scarlet froidement avant de glisser ses jambes sur le côté de son lit. Mais ne vous en faites pas, j'ai réussi à gérer la situation.

— De quelle manière ? Vous avez appelé les forces de l'ordre ?

Elle secoua la tête et ses cheveux, lumineux et soyeux, tombèrent comme un voile doré sur un côté de son visage.

— Je l'ai fait partir, lui répondit-elle. Vous pouvez me croire, Ray, je ne suis pas le genre de femme qui permet à un homme de lever la main sur elle. J'ai appris cette leçon il y a bien longtemps.

En l'entendant, Ray se sentit à la fois agacé et admiratif. Scarlet ressemblait peut-être aux poupées de porcelaine de la collection de sa mère, pour autant elle ne semblait pas du genre à se laisser marcher sur les pieds.

Elle tenta de se lever mais ses jambes flanchèrent et elle poussa un soupir de frustration en s'appuyant sur le lit pour ne pas tomber.

— Je n'ai pas le temps pour tout ça, gronda-t-elle. J'ai un rendez-vous important aujourd'hui.

— Ne vous inquiétez pas pour vos rendez-vous, lui répondit Ray en posant ses mains sur les siennes. Votre assistant, Hugh, a dit qu'il s'occupait de les reporter.

— Ce rendez-vous est très important, Ray. Une famille veut adopter un des petits garçons de The Family Farm et Corey compte sur moi.

— Je suis certain que ça va marcher. Mais pour le moment, je vais vous ramener chez vous pour que vous puissiez vous reposer.

Quand il leva les yeux vers Scarlet, Ray vit briller dans son regard une myriade d'émotions. Il comprit qu'elle n'aimait pas devoir quoi que ce soit à quiconque. Elle était cependant en danger.

Ray prit la décision de laisser le shérif adjoint Whitefeather enquêter sur Pullman tandis qu'il se chargerait personnellement de Bobby. Il avait de toute façon prévu de se pencher plus attentivement sur son cas.

Et s'il s'avérait que c'était lui qui avait tenté de tuer Scarlet, que Ray soit lié par le sang à ce vaurien n'y changerait rien, il allait amèrement regretter son acte.

8

En grimpant sur le siège passager du Range Rover de Ray, Scarlet ne put retenir un gémissement de souffrance.

— Vous savez, dit-elle doucement, vous n'êtes pas obligé de me ramener chez moi.

— Ça ne me dérange pas, lui répondit Ray en serrant les dents. De toute façon, nous devions discuter.

Discuter ? pensa Scarlet. Ray avait-il averti ses frères de son existence et de celle de Bobby ? Avaient-ils déjà trouvé ensemble le moyen de les écarter de leur héritage ?

Elle resta silencieuse un instant, se demandant si elle voulait vraiment avoir la réponse à toutes ces questions. Car elle savait que, quoi qu'il advienne, elle ne renoncerait jamais à ce que Joe lui avait légué afin de continuer son œuvre à l'orphelinat.

Mais pour le moment, elle était épuisée, sa tête la faisait souffrir et elle sentait qu'elle devait reprendre des forces.

— Où habitez-vous ? lui demanda Ray.

Scarlet lui indiqua le chemin et ils arrivèrent bientôt dans son secteur, où les maisons étaient petites et modestes mais bien entretenues. Les jouets des enfants dans les jardins indiquaient qu'il s'agissait d'un quartier familial et c'était d'ailleurs pour cette raison précise qu'elle avait choisi de venir vivre ici. Elle aimait cette ambiance chaleureuse.

Ray engagea la voiture dans l'allée en gardant le silence, et Scarlet remarqua qu'il observait les alentours tandis qu'ils marchaient jusqu'à sa maison.

— Je peux entrer ? lui demanda-t-il quand elle tourna sa clé dans la serrure.

— Bien sûr, lui répondit Scarlet, pensant qu'il valait mieux crever l'abcès rapidement.

Elle entra dans sa maison, posa son sac à main sur la console dans l'entrée puis se dirigea vers la cuisine.

— Vous voulez du café ?

— Ne vous embêtez pas pour moi, lui répondit Ray en la suivant.

— Ça ne me dérange pas, j'allais m'en préparer une tasse. La matinée a été plutôt pénible et atrocement longue…

Tandis qu'elle s'affairait dans la cuisine, Scarlet sentit que Ray l'observait avec intensité.

Quand elle lui tendit une tasse, elle frôla ses doigts et un frisson la parcourut. Elle leva les yeux vers lui et vit quelque chose briller dans son regard, un peu comme s'il avait eu la même sensation.

Seigneur, se dit-elle, sa détresse et son sentiment de solitude étaient-ils si grands qu'elle était en train d'imaginer qu'il se passait quelque chose entre eux deux ?

Elle devait au plus vite reprendre ses esprits. Ray la considérait très probablement comme une ennemie ou comme un simple problème qu'il allait devoir régler rapidement.

— Selon vous, que s'est-il passé aujourd'hui exactement ? lui demanda-t-il après s'être éclairci la gorge.

Scarlet prit sa tasse, se rendit au salon et alluma sa cheminée à gaz avant d'aller s'asseoir sur le canapé. Ray la suivit mais resta debout devant l'âtre.

— Je me suis rendue ce matin à The Family Farm pour vérifier deux ou trois choses. Puis je suis partie pour mon bureau où j'avais rendez-vous avec un couple pour une adoption.

— Est-ce un cas particulier, y a-t-il des problèmes avec cet enfant ?

Scarlet fronça les sourcils en repensant au déroulé des événements.

— Pas sur ce dossier, non. Les parents de Corey sont morts dans un accident de voiture et il n'a aucune autre famille. Il n'y a donc personne pour contester cette adoption, si c'est ce à quoi vous pensez.

— Et votre voiture fonctionnait normalement sur la route de l'orphelinat ?

— Oui, cependant… En partant de chez moi, j'ai eu l'impression que quelqu'un me guettait. Dans une berline noire. J'ai remarqué ce véhicule et quand je suis passée devant, il a commencé à me suivre.

— Vous avez réussi à voir le conducteur ? lui demanda Ray en écarquillant les yeux.

— Non, lui répondit-elle en se blottissant sous un plaid en laine. Mais j'étais nerveuse, car la veille je me suis réveillée en sursaut au beau milieu de la nuit et j'ai trouvé la porte de derrière ouverte. Et comme je suis certaine de l'avoir fermée avant d'aller me coucher, j'ai pensé que quelqu'un était peut-être entré chez moi.

— Vous avez prévenu la police ?

— J'ai fouillé la maison mais il n'y avait rien d'anormal et il ne manquait rien. Alors j'ai pensé que si je prévenais la police, ils croiraient certainement que j'avais oublié de fermer la porte et qu'une simple bourrasque l'avait ouverte.

Ray soupira fortement.

— Donc quelqu'un s'est introduit chez vous par effraction la nuit dernière, et ce matin vous avez eu l'impression d'être suivie, c'est bien ça ?

— C'est ça. La berline noire est restée derrière moi un moment mais je me suis arrêtée dans une station-service et elle a continué sa route.

— Vous connaissez quelqu'un qui conduit ce modèle de voiture ?

— Non, lui répondit Scarlet avant de prendre une gorgée de son café. Non, vraiment, je ne vois personne.

— Et Pullman ?

— Je ne connais pas sa voiture…

— Cet homme est-il vraiment dangereux ?

— Il était furieux que je place sa fille en foyer d'accueil, mais je ne pouvais pas faire autrement.

— Vous avez dit à Whitefeather qu'il vous avait menacée ?

— Oui, et je lui ai rétorqué que s'il voulait récupérer la garde de sa fille, le tribunal exigerait un suivi psychologique.

Ray tourna la tête et regarda un instant les flammes avant de reporter son attention sur Scarlet et sur son bleu au poignet qui avait viré au violet.

— Quand avez-vous vu Bobby ?

— Il est passé ici hier soir, très remonté. Il voulait sa part d'héritage.

— S'est-il montré violent ?

— Oui, lui répondit-elle en pensant qu'elle ne voulait pas lui révéler combien elle avait peur de Bobby. Mais quand je lui ai dit qu'à lui aussi Joe avait légué quelque chose, il s'est calmé.

— Vous vous êtes donc quittés en bons termes…

— Pas vraiment, non. J'ai dû le menacer avec mon arme pour le faire partir. Et Bobby n'aime pas du tout qu'on lui dise ce qu'il doit faire.

— Il ne serait donc pas impossible que ce soit lui qui soit revenu plus tard dans la nuit pour vous faire peur ? Et que ce soit également lui qui vous ait suivie ce matin et qui ait saboté vos freins ?

— Ce n'est pas impossible, en effet.

Ray s'éclaircit la gorge puis vint s'asseoir à côté de Scarlet. Une fois encore, sa peau frôla la sienne et Scarlet sentit ce même frisson, aussi vif qu'une décharge électrique.

— Mon frère, Brett, a récemment commencé à construire de nouvelles écuries car il prévoit de développer les activités du ranch.

Scarlet le regarda en se demandant pour quelle raison Ray lui confiait tout cela.

— Et hier soir, quelqu'un a allumé un incendie là-bas…, poursuivit-il.

Scarlet sentit son cœur cogner dans sa poitrine en pensant à ce que cela impliquait. Elle avait contrarié Bobby la veille et celui-ci avait quitté les lieux furieux. D'autre part, il haïssait les McCullen.

Était-ce lui qui avait mis le feu à Horseshoe Creek pour se venger de Ray et de ses frères ?

Ray observa Scarlet. Il se sentait troublé par les sentiments qu'elle lui inspirait. Il aurait dû être suspicieux mais il ne pensait qu'à une chose : son père l'avait prise sous son aile et l'avait même incluse dans son testament.

Ray commençait à en comprendre les raisons.

Scarlet aidait des enfants dans le besoin et se battait pour ce qui était juste.

Ray ne pensait pas qu'elle puisse être capable de faire du mal à quiconque ni même de détruire quoi que ce soit, surtout pas en se servant du feu. Il ne voyait d'ailleurs aucune trace de cendrier ni même de cigarettes chez elle.

En revanche, Bobby semblait penser qu'il n'avait pas eu de compensation suffisante pour avoir été le fils caché de Joe.

Et, même si Ray avait du mal à l'admettre, il comprenait que Bobby puisse les détester, lui et ses frères.

Scarlet se pelotonna sous le plaid et Ray eut soudain envie de la prendre dans ses bras.

— Je vois bien que quelque chose vous tracasse, Scarlet. Racontez-moi ce qui vous tourmente…

— Pour tout vous dire, je ne sais quoi penser, lui répondit-elle d'une voix triste en passant son doigt sur le bord de sa tasse. Je déteste l'idée que Lloyd Pullman ait pu tenter de me tuer, mais j'aime encore moins penser que c'est peut-être Bobby qui a déclenché cet incendie au ranch.

Elle frotta son poignet, l'air embarrassé.

— Vous l'en croyez capable ? lui demanda Ray en levant un sourcil.

En voyant Scarlet blottie au fond de son canapé, Ray se sentit soudain coupable. Peut-être avait-elle besoin d'un peu de tranquillité après ce qu'elle avait vécu.

— Je suis désolé, lui dit-il. Vous avez besoin de vous reposer, je vais vous laisser.

— Non, lui répondit-elle en secouant la tête. Je crois que c'est une bonne chose que nous parlions de la situation. Si Bobby est responsable de cet incendie ou de mon accident de voiture, alors il vaut mieux regarder les choses en face.

Ray sentit grandir son respect pour Scarlet. Elle était du genre à affronter la réalité et il aimait sa franchise. Bon sang, même s'il faisait tout pour ne pas l'apprécier, il ne pouvait s'en empêcher. À présent, il comprenait mieux pourquoi son père l'avait… aidée.

— Bobby fume et il aime le feu, poursuivit Scarlet. Quand nous étions plus jeunes, il avait pour habitude de brûler des ordures au fond du jardin. J'ai même remarqué parfois que certaines de mes affaires manquaient, et j'ai découvert qu'il les brûlait à l'extérieur dans une benne à ordures.

— Continuez, gronda Ray.

— J'avais dix ans quand Joe m'a présentée à Barbara. Bobby en avait quatorze. Il venait de commencer sa puberté, il broyait du noir et il était renfrogné.

Ray se souvint qu'il avait lui-même été un adolescent en colère. Découvrir que son père trompait sa mère l'avait rendu furieux tout comme la mort de celle-ci, tuée injustement par un chauffard ivre. Mais ce n'était pas pour autant qu'il avait ressenti le besoin de brûler les affaires des autres.

— Est-ce que mon père avait encore une liaison avec Barbara à cette époque ?

Ray vit passer sur le visage de Scarlet une rapide expression d'hésitation.

— Vous êtes sûr que vous voulez savoir ? lui demanda-t-elle.

— Ma mère était déjà morte à cette époque, je me suis toujours demandé pour quelle raison mon père n'avait pas épousé Barbara après sa disparition.

— Je pense qu'il se sentait coupable, lui répondit Scarlet. Il m'a un jour confié que votre mère était la seule femme qu'il ait jamais aimée.

Ray sentit l'émotion l'envahir mais il se racla la gorge et fit tout son possible pour le masquer. La colère était sa meilleure amie depuis si longtemps qu'il ne savait que faire sans elle. C'était grâce à elle qu'il s'était endurci et qu'il avait pu devenir l'homme qu'il était aujourd'hui.

— Alors pourquoi continuait-il à voir Barbara ?

— Barbara était amoureuse de votre père, continua Scarlet en haussant les épaules. Elle peut être si charmante qu'il est difficile de lui résister. Je crois qu'elle a rencontré votre père à une époque où il était fragile et vulnérable — peut-être que votre mère et lui traversaient alors quelques difficultés —, quoi qu'il en soit, il a commencé à fréquenter Barbara. Et quand Bobby est né, je crois que Joe a choisi d'assumer ses responsabilités.

— Et même s'il vous a dit que ma mère était la femme de sa vie, il a continué à coucher avec Barbara…, ajouta Ray d'une voix sévère.

— Je ne sais pas pourquoi, Ray. Je ne le comprends pas moi-même. Il y avait quelque chose entre eux… Joe tenait à Barbara. Après tout, ils avaient eu un enfant ensemble. Il ne pouvait pas les abandonner.

Mais il ne pouvait pas non plus les imposer à sa famille…, pensa Ray. C'est probablement pour cela qu'il avait gardé cette partie de sa vie secrète.

— Est-ce que Barbara a fait pression sur mon père pour qu'il l'épouse ?

Scarlet se massa les tempes en silence avant de lui répondre :

— Peut-être avant que je ne vienne vivre chez eux. En grandissant, j'ai compris que si elle m'avait accueillie ce n'était, en réalité, que pour plaire à Joe. Elle devait croire que ce geste lui donnerait envie de l'épouser.

— Mais il ne le lui a jamais proposé…, conclut Ray. Est-ce qu'elle vous en a voulu ?

— Un peu, je crois, lui répondit Scarlet en fermant les yeux. Cependant, j'avais été trimballée dans tellement de foyers différents, que j'étais malgré tout reconnaissante de pouvoir m'installer chez elle.

Ray serra sa tasse si fort dans ses mains qu'il faillit la briser. Il ne savait pas s'il pourrait supporter d'entendre la suite de l'histoire de Scarlet.

— Mais je me suis vite rendu compte que Bobby était dangereux…, continua-t-elle.

— Que voulez-vous dire ?

— Oh ! Il avait l'habitude de me malmener quand il n'y avait personne dans les parages. Il me jouait des tours… Il cachait des serpents dans mon lit, il m'enfermait dans le placard…

Elle s'interrompit un instant, comme si elle hésitait à poursuivre.

— Puis il a commencé à boire, reprit-elle. Et là, son agressivité est montée d'un cran et il est devenu vraiment violent.

— À quel point ? demanda Ray en retenant son souffle.

— Il m'a frappée quelques fois, mais la plupart du temps les bleus n'étaient pas visibles.

— Mais, et Barbara ? Elle ne faisait rien ?

Scarlet laissa échapper un petit rire amer.

— Elle n'en savait rien. Pour elle, Bobby était le fils parfait. Quand elle était là, il se comportait comme un ange.

Ray serra les poings. Bon sang, cela allait être difficile d'apprécier son demi-frère après ce qu'il avait entendu.

— Est-ce que mon père passait du temps avec lui ?

— Il essayait, lui répondit Scarlet. Mais Bobby n'était pas facile. Il s'attirait toujours des ennuis et il était odieux avec Joe.

Eh bien, pensa Ray, lui et Bobby avaient un autre point commun, ils avaient tous les deux fait vivre l'enfer à leur père.

— Il a eu des problèmes avec la justice ?

Scarlet acquiesça.

— Je crois que Joe a payé quelqu'un pour rendre son casier judiciaire inaccessible.

— Pourquoi a-t-il été arrêté ?

— Vandalisme, port d'arme à l'école, effraction, conduite en état d'ivresse…

— Nom de Dieu…, murmura Ray.

— Je crois même qu'il a menacé un type avec un couteau dans un bar, un soir…, poursuivit-elle.

Ray resta silencieux un instant pour digérer tout ce que Scarlet venait de lui dire.

— Vous m'avez dit que Bobby fumait et qu'il avait une tendance à la pyromanie ?

Scarlet se frotta distraitement le haut de la cuisse en regardant dans le vide. Immédiatement, Ray se demanda les raisons de ce geste… Bobby l'avait-il brûlée avec une cigarette ?

— Oui, il aime mettre le feu, répondit-elle, le regard toujours vague.

— Scarlet ? insista-t-il.

Elle leva les yeux vers lui, le visage pâle.

— L'accusation de vandalisme… En fait, c'était parce que lui et quelques-uns de ses copains avaient mis le feu à un vieil entrepôt, juste pour le plaisir de le voir brûler.

9

Si Ray avait encore des doutes sur la véracité de ce que lui avait raconté Scarlet et sur le fait que Joe l'avait bien prise sous son aile, la photographie qu'il découvrit, encadrée et accrochée sur le manteau de la cheminée, finit de les lever. Sur l'image, Joe se tenait aux côtés d'une frêle adolescente avec des tresses et des taches de rousseur. Assise sur un magnifique cheval palomino, elle avait les yeux brillants de plaisir tandis que Joe paraissait… plus doux que Ray ne l'avait jamais vu.

Une autre photo montrait ce dernier tenant dans ses mains un gâteau d'anniversaire tandis que Scarlet et une femme brune — Ray supposa qu'il s'agissait de Barbara — étaient assises autour d'une table. Scarlet avait l'air d'avoir quinze ou seize ans et s'apprêtait à souffler les bougies tandis qu'un jeune garçon, qui devait être Bobby, la fixait des yeux.

Ray tenta de trouver une ressemblance entre Joe et Bobby mais en vain.

— Je crois qu'il est temps que je rencontre Bobby, dit-il soudain à Scarlet en se levant du canapé avant de regarder autour de lui. Vous vous sentez en sécurité ici ?

— Oui, et j'ai une arme, lui répondit Scarlet en attrapant son sac à main pour en sortir son téléphone portable. Et je vais appeler quelqu'un pour faire changer mes serrures.

— Bonne idée, approuva Ray en hochant la tête. Dites-moi, pouvez-vous me dire où vit Bobby ?

— Ah ça, je ne sais pas… Je ne l'avais pas vu depuis des mois. Il est juste réapparu, comme ça, sans prévenir.

— Est-ce qu'il y a des chances pour que Barbara en sache plus que vous ?

— Très probablement, mais si vous allez la voir, alors allons-y ensemble. Même si elle sait être tout à fait charmante, la plupart du temps je vois clair dans son jeu, aussi je pourrai vous dire si elle ment.

— Interroger Barbara peut s'avérer dangereux, fit remarquer Ray en considérant un instant sa proposition. Surtout si elle est au courant de ce qu'a peut-être fait son fils…

— Si elle est au courant, elle le protégera, lui répondit Scarlet. C'est justement pour cette raison que je veux vous accompagner. J'ai besoin de voir sa réaction quand vous allez lui parler de mon accident et de l'incendie.

Le téléphone de Ray vibra soudain et celui-ci regarda le numéro qui apparaissait sur son écran.

— C'est mon frère, Brett. Laissez-moi une minute.

Il décrocha puis se dirigea vers la fenêtre et observa les bois derrière la maison de Scarlet.

— J'ai parlé avec la compagnie d'assurances et l'expert va tenir ses engagements, lui annonça Brett. Le shérif dit que Jebediah Holcutt a quitté la ville depuis deux semaines pour un voyage d'affaires, ce n'est donc pas notre homme. J'ai aussi demandé au contremaître de réunir tous les employés du ranch.

— À quelle heure ? lui demanda Ray.

— Dans une demi-heure.

— OK, je te retrouve là-bas.

— Tu es sûr ?

— Ouais, lui répondit Ray. Quelqu'un a attaqué Horseshoe Creek, les frères McCullen doivent se serrer les coudes.

Brett acquiesça et Ray raccrocha avant de se retourner vers Scarlet.

— Faites changer vos serrures, pendant ce temps-là je vais

aller voir mon frère et les employés du ranch. Je passerai vous chercher après et nous irons rendre une petite visite à Barbara.

Il était grand temps que Ray rencontre la maîtresse de son père. Il voulait savoir ce qu'elle avait en tête avant de révéler à Brett et Maddox le terrible secret familial.

Dès que Ray fut parti, Scarlet appela un serrurier puis le mécanicien qui avait aidé The Family Farm à trouver une camionnette à un prix abordable pour le transport des enfants. Celui-ci vendait aussi des véhicules et fut d'accord pour lui déposer une voiture de location. Elle appela ensuite Faye pour lui raconter ce qui s'était passé, en attendant l'arrivée du serrurier.

— Tu es sûre que ça va ? lui demanda Faye d'une voix inquiète.

— Oui, je vais bien. Dis aux enfants que je vais faire tout mon possible pour être de retour rapidement.

Faye approuva et Scarlet raccrocha. Elle composa ensuite le numéro de Hugh qui avait essayé de la joindre.

— Non, vraiment, je vais bien, lui assura-t-elle. Est-ce que tu as pu rencontrer les Fuller ?

— Oui et ils ont rempli tous les papiers. J'ai donc pu envoyer le dossier, espérons maintenant que les choses iront vite.

— Tu me sauves la vie, Hugh. Je ne sais pas ce que je ferais sans toi.

— Ah, tu sais bien que je suis prêt à tout pour toi, Scarlet.

Scarlet hésita un instant avant de lui répondre. Elle avait remarqué l'attitude de Hugh et sentait qu'il avait le béguin pour elle. Pourtant, même si elle ne voulait pas qu'il se sente rejeté, elle ne voulait pas non plus lui donner de faux espoirs car elle ne ressentait pas la même chose pour lui. Rien à voir avec ce qu'elle éprouvait quand elle était avec Ray… Elle savait cependant qu'elle ne pouvait pas se permettre d'être attirée par le fils de Joe. De plus, si elle se comportait ainsi avec lui, il penserait certainement qu'elle faisait cela pour obtenir une plus grande partie de l'héritage.

La sonnette retentit soudain et Scarlet se leva en remerciant le ciel de lui fournir l'occasion d'abréger la conversation.

— Merci Hugh, dit-elle, mais je vais devoir te laisser, j'ai appelé un serrurier et je crois qu'il vient d'arriver.

— OK, est-ce que tu veux que je vienne un peu plus tard pour te tenir compagnie ? Je peux apporter le dîner…

— C'est gentil, Hugh? mais je vais aller voir Barbara.

— Très bien, mais surtout n'hésite pas à m'appeler si tu as besoin de quoi que ce soit.

Scarlet le remercia encore une fois pour sa gentillesse puis raccrocha et alla ouvrir la porte d'entrée.

Un homme chauve, vêtu d'un uniforme gris avec le logo de la société de sécurité, se tenait sur le perron.

— Mademoiselle Lovett ?

— Oui, lui répondit-elle en lui faisant signe d'entrer.

— Que voulez-vous que je fasse exactement ?

— J'ai besoin que vous changiez les serrures de toutes les portes et que vous posiez un verrou supplémentaire sur les portes-fenêtres du patio.

— Est-ce que vous seriez intéressée par un système de sécurité pour votre maison ?

— J'aimerais en installer un mais malheureusement je ne suis que locataire, lui répondit Scarlet en se demandant si elle n'allait pas soumettre l'idée à son propriétaire.

Mais cela impliquerait probablement une hausse du loyer et elle avait déjà suffisamment de mal à couvrir ses frais avec son seul salaire.

Scarlet se retira dans la cuisine pendant que le serrurier allait chercher ses outils et son matériel dans sa camionnette, et elle attendit qu'il se mette au travail pour composer le numéro de téléphone de Barbara. Celle-ci travaillait dans un salon de coiffure à Laramie et Scarlet savait qu'elle avait toujours espéré qu'un jour Joe l'épouserait et qu'elle pourrait enfin démissionner de ce job qu'elle n'aimait pas.

À la cinquième sonnerie, elle décrocha.

— Allô !

— Barbara, c'est Scarlet, j'ai besoin de te voir.

Barbara laissa échapper un soupir d'exaspération.

— À quel sujet ?

— Pour parler du testament de Joe.

Un silence s'étira entre elles et Scarlet sentit la tension qui s'y dissimulait.

— D'accord, lui répondit enfin Barbara. Retrouve-moi à la maison dans une heure.

— OK, à tout à l'heure, conclut Scarlet sans mentionner qu'elle serait accompagnée d'un des fils de Joe.

Elle avait hâte de voir la réaction de Barbara quand celle-ci découvrirait Ray sur son perron…

Brett était déjà dans la salle à manger quand Ray arriva à Horseshoe Creek. En se garant devant la maison familiale, il avait croisé deux employés qui fumaient à côté du porche, et sa nature suspicieuse en avait immédiatement été alertée. Mais il s'était rappelé que fumer et chiquer n'était pas une activité rare chez les cow-boys du Wyoming.

Lui et son frère allaient devoir attendre que le laboratoire fasse les tests d'ADN sur le mégot de cigarette qu'ils avaient découvert dans le tas de cendres pour pouvoir déterminer qui avait déclenché cet incendie.

Des murmures s'élevèrent dans la pièce quand il y entra. L'endroit sentait le barbecue et la tarte à la cerise. À en juger par les assiettes vides posées devant les ouvriers sur la grande table en bois, le dîner avait dû être sacrément bon.

Ray n'avait pas encore rencontré tous les employés du ranch et quelques têtes se tournèrent vers lui quand il traversa la pièce pour aller rejoindre Brett.

Celui-ci attira l'attention des hommes en faisant tinter sa cuillère sur son verre.

— Pour commencer, merci à tous d'être venus aujourd'hui, commença-t-il.

Clyde Hammerstone, le chef d'équipe, fit un signe de la main.

— Il ne manque que cinq gars. Ils déplacent le troupeau à l'ouest dans les champs aujourd'hui.

— OK, acquiesça Brett, j'irai leur parler à leur retour. Si je vous ai demandé de venir ici, c'est pour vous parler de ce qu'il s'est passé au ranch hier soir.

— Il y a eu un incendie, c'est ça ? demanda un jeune homme coiffé d'un chapeau de cow-boy et vêtu d'une chemise rouge. J'ai entendu la sirène et j'ai vu la fumée.

Brett leur expliqua qu'une écurie avait été détruite et qu'une autre avait été endommagée.

— Si nous n'étions pas arrivés à temps, nous aurions probablement perdu des chevaux, précisa-t-il.

Des chuchotements inquiets parcoururent la salle.

— Qu'est-ce qui a déclenché cet incendie ? demanda un autre employé.

— C'est justement le problème, répondit Ray. Nous avons trouvé un mégot de cigarette dans la grange et remarqué des odeurs d'essence.

Ray vit soudain que les deux hommes qu'il avait vus en train de fumer à l'extérieur et qui étaient sur le point de les rejoindre, faisaient à présent demi-tour.

L'un des deux était grand et avait une cicatrice au-dessus de l'œil droit. L'autre était plus mince et marchait en boitant.

— Vous pensez que quelqu'un a mis le feu exprès ? demanda Clyde en affichant un air surpris et choqué.

— C'est pour cette raison que vous nous avez réunis ? demanda le jeune homme à la chemise rouge en se levant de sa chaise. Vous pensez que c'est l'un d'entre nous qui a fait le coup ?

Après avoir échangé un regard inquiet avec son frère, Ray décida de prendre la parole.

— Bonjour à tous ! Pour ceux qui ne me connaissent pas, je suis Ray, le plus jeune des fils de Joe. Nous n'accusons personne aujourd'hui car nous savons que notre père a engagé des hommes en qui nous pouvons avoir totale confiance.

— Ça c'est bien vrai, approuva Clyde.

— Nous respections beaucoup votre père, lança un homme plus vieux avec une barbe poivre et sel. J'ai travaillé pour lui pendant quinze ans, jamais je ne ferais quoi que ce soit pour nuire aux McCullen.

— C'est bien pour cette raison que nous voulions tous vous voir, lui répondit Ray après s'être éclairci la gorge. Nous avons besoin de votre aide. Si vous voyez quelqu'un ou si vous remarquez quelque chose de bizarre près du ranch, prévenez-nous immédiatement.

— Est-ce que l'un de vous aurait entendu parler de quelqu'un qui voulait saboter cette opération d'agrandissement ? intervint Brett.

Des voix de protestation parcoururent l'assemblée.

— J'offre une récompense de dix mille dollars à celui qui nous donnera l'information qui nous permettra d'arrêter le coupable, ajouta Brett.

Les hommes s'agitèrent et recommencèrent à discuter entre eux. L'atmosphère était tendue. Mais si quelqu'un ici avait une information intéressante, cette récompense serait motivante.

Les hommes se levèrent et commencèrent à se disperser. Ray avisa alors les deux fumeurs près de la porte du fond.

— Brett, demanda Ray en faisant un signe vers eux. Tu connais ces types ?

— Non, pourquoi ? répondit Brett en regardant les hommes avec plus d'attention.

— Je les ai vus fumer à l'extérieur.

— Ray, beaucoup de gens fument, tu sais.

— Je sais… Mais ils m'ont semblé bizarres.

— Je vais jeter un œil à leurs dossiers pour voir ce que je peux trouver comme informations sur eux.

— Merci, lui répondit Ray.

Il décida d'ajouter ces deux hommes à sa liste de suspects puis quitta la maison familiale pour aller rencontrer la maîtresse de son père.

Scarlet avait été angoissée à l'idée de rencontrer les frères McCullen, mais accompagner Ray chez Barbara était presque pire.

— Est-ce que vous avez pu faire changer vos serrures ? lui demanda Ray en lui ouvrant la portière de son Range Rover.

— Oui, la maison est plus sûre à présent.

Ray referma la porte puis fit le tour du véhicule pour venir s'asseoir au volant pendant que Scarlet attachait sa ceinture de sécurité.

— J'ai appelé Barbara sur son lieu de travail et elle m'a dit de la retrouver chez elle. Par contre je ne lui ai pas dit que vous seriez avec moi.

— Bonne idée.

— Avez-vous trouvé le responsable de l'incendie ?

— Pas encore, non, lui répondit Ray en démarrant.

Scarlet lui donna l'adresse de Barbara et, après l'avoir entrée dans le GPS, il se mit en route en direction de Laramie.

— Brett a proposé une récompense à quiconque nous donnerait des informations.

— L'argent délie les langues, en général, soupira Scarlet.

— C'est ce que nous verrons.

— J'ai été très surprise d'apprendre que votre frère abandonnait le rodéo, lui dit-elle en changeant de sujet pour tenter d'alléger l'atmosphère.

— Moi aussi, lui répondit Ray en haussant les épaules. Mais je crois qu'il en avait assez. Et puis, il a toujours eu un faible pour Willow James et, quand il a appris qu'elle avait eu un enfant de lui, il a voulu être auprès d'eux.

Il s'interrompit un instant et jeta un regard interrogateur à Scarlet avant de poursuivre :

— Est-ce que mon père vous avait parlé de Willow et de Sam ? Est-ce qu'il savait que Sam était le fils de Brett ?

Mal à l'aise, Scarlet s'agita sur son siège. Joe lui avait confié certaines choses mais il s'agissait de confessions intimes qu'il n'aurait certainement pas voulu partager avec Ray.

— Il ne m'a rien dit de particulier concernant ce petit garçon. Mais il me disait souvent que Brett et vous lui manquiez terriblement et qu'il aimerait que vous reveniez à la maison.

Comme Ray restait silencieux, Scarlet décida de ne pas s'éterniser sur le sujet. Ils avaient tous les deux de lourds bagages émotionnels à gérer et un deuil à surmonter. Seuls le temps et le pardon pourraient panser leurs blessures.

Ils ne prononcèrent plus un seul mot de tout le trajet.

Scarlet n'avait pas rendu visite à Barbara depuis des mois et elle fut surprise de l'état dans lequel se trouvait la maison. Le jardin n'avait pas été entretenu, les volets méritaient un bon coup de peinture et les haies avaient besoin d'être taillées.

Ray gara la voiture puis éteignit le moteur avant de se tourner vers elle.

— J'imagine que Barbara doit nous détester, nous les frères McCullen, non ? Elle doit penser que c'est nous qui l'avons éloignée de notre père.

— Ray, je crois que je suis incapable de vous expliquer la complexité de leur relation…

— Est-elle du genre violent, comme son fils ? Vous a-t-elle déjà frappée ?

Scarlet sentit ses joues s'empourprer. Elle avait toujours eu des sentiments ambivalents concernant Barbara. D'un côté, elle était pleine de reconnaissance et de gratitude pour tout ce que Barbara lui avait offert, mais la relation que celle-ci entretenait avec Joe avait été difficile à supporter. Souvent, Scarlet s'était sentie écartelée entre eux deux.

Mais cela semblait inévitable puisque, selon Bobby, elle n'était qu'une étrangère.

— Scarlet ? répéta Ray.

— Non, elle ne m'a jamais frappée. En fait, elle était plutôt gentille avec moi, tout du moins au début. Mais quand Bobby a commencé à avoir des problèmes, elle a choisi de ne plus se consacrer qu'à son *véritable* enfant. Je suis devenue une partie du problème, une autre cause de l'agitation de Bobby, puisque moi aussi je prenais un peu du temps que Joe aurait dû lui consacrer.

Scarlet soupira puis ouvrit sa portière.

— Alors dès que j'ai eu dix-huit ans, j'ai déménagé, conclut-elle.

— Comment avez-vous fait ? lui demanda Ray dont les yeux brillaient de curiosité. Mon père vous a aidée ?

Scarlet se demanda si elle ne venait pas de percevoir un peu de dérision dans le ton de sa voix.

— Non, Ray. Il me l'a proposé mais j'ai préféré travailler après l'école. J'ai été serveuse pendant l'été et j'ai finalement réussi à économiser suffisamment d'argent pour pouvoir louer une chambre dans une vieille maison. J'ai décroché une bourse pour mes études et j'ai obtenu mon diplôme d'assistante sociale.

— Je suis sûr que mon père était très fier de vous, dit Ray après s'être éclairci la gorge.

— Il était aussi très fier de vous et de vos frères, Ray, lui répondit Scarlet en lui prenant la main.

À son contact, elle ressentit une nouvelle fois ce courant incroyable qui passait entre eux et vit une véritable tempête d'émotions passer dans le regard de Ray.

Mais la porte de Barbara s'ouvrit brusquement et celle-ci apparut sur le seuil de sa maison. Scarlet lâcha la main de

Ray et ils marchèrent côte à côte sur le trottoir en direction de la maison.

— Bonjour Barbara, dit Scarlet. Je te présente Ray McCullen, il voulait te rencontrer.

— Oh ! Bonté divine ! s'exclama Barbara d'une voix qui sonnait faux. Alors ça, pour une surprise, c'est une surprise, Scarlet, tu aurais dû me prévenir !

— Je crois qu'il était temps que nous nous rencontrions, lui répondit Ray en lui serrant la main.

— Oui, je le crois aussi, approuva Barbara avant de prendre Scarlet dans ses bras.

Surprise par cet inattendu élan d'affection, Scarlet se raidit. Mais elle comprit vite les raisons de cette étrange attitude quand Barbara lui murmura à l'oreille :

— Je ne t'imaginais pas si sournoise, Scarlet. Joe est à peine mort que tu fricotes déjà avec ses fils pour voir ce que tu peux encore extorquer aux McCullen…

Scarlet sentit le chagrin l'envahir. Barbara pensait-elle vraiment qu'elle était le genre de femme capable de coucher avec Ray pour de l'argent ?

10

Si Ray ne savait pas comment sa rencontre avec Barbara allait se passer, il fut déjà soulagé de constater que cette dernière ne lui avait pas claqué la porte au nez. Cependant il tenta de garder en tête ce que lui avait dit Scarlet… Apparemment, il ne fallait pas se fier aux sourires charmeurs de cette séductrice.

D'ailleurs, à en croire l'expression de Scarlet, Barbara devait lui avoir dit quelque chose de blessant. Elle s'était rapidement dégagée de l'étreinte de sa mère adoptive avant de lui dire froidement :

— Je ne connais Ray que depuis deux jours.

Ignorant sa réponse, Barbara les invita à entrer et leur proposa une tasse de café, offre qu'ils déclinèrent tous les deux. En la suivant jusqu'au salon, Ray prit le temps de l'observer et se demanda ce que son père avait aimé chez cette femme. Barbara avait probablement quarante-cinq ou cinquante ans, mais Ray devait reconnaître qu'elle était encore très séduisante avec sa voix mielleuse et ses cheveux bruns ondulés.

Même si l'intérieur de sa maison était modeste, elle semblait apprécier les bibelots et tout ici était accordé dans des nuances de jaune, d'orange et de vert clair. L'endroit ne ressemblait en rien à la maison familiale de Horseshoe Creek dont l'intérieur était rustique et brut de décoffrage. Évidemment, après la mort de leur mère, Joe avait vécu seul avec ses trois fils et la touche féminine avait peu à peu disparu de leur foyer.

En remarquant par la fenêtre les maisons voisines et le

petit abri au fond du jardin, Ray se demanda si Barbara était heureuse ici ou si elle avait toujours rêvé de vivre dans un endroit plus grand, comme le ranch de Horseshoe Creek…

— Je me demandais quand nous allions nous rencontrer, commença Barbara, avec une pointe d'amertume. J'ai toujours espéré que Joe me présenterait un jour à ses fils, mais il faut croire qu'il était trop mal à l'aise pour le faire… Vous êtes le plus jeune des trois, c'est bien ça ?

— Il vous avait parlé de moi ? lui demanda Ray après avoir acquiescé.

— Oui, je vous ai même vu avec votre père, il y a longtemps.

Barbara attrapa un paquet de cigarettes sur la table basse, en sortit une et la fit rouler entre ses doigts. Ray se demanda s'il s'agissait de la même marque que le mégot qui avait été retrouvé dans les cendres.

— Vous savez, je n'ai jamais voulu faire de mal à votre famille, votre père non plus d'ailleurs. Mais il traversait une période difficile et… Eh bien… Je ne vais pas nous trouver d'excuses. C'est arrivé, voilà tout. Je suis tombée amoureuse de lui.

Elle regarda un instant la cigarette qu'elle tenait du bout des doigts puis la jeta sur la table.

— J'essaie d'arrêter.

— Et ça donne quoi ? lui demanda Scarlet.

— C'est plus facile de renoncer à la cigarette que cela l'a été de renoncer à Joe.

Ray resta silencieux, attendant qu'elle développe son propos. Mais en parcourant la pièce des yeux, il découvrit une photo encadrée de son père avec Barbara et Bobby, et un puissant sentiment de trahison lui noua le ventre. C'était facile de voir la vérité… Son père avait eu deux familles et il les avait aimées toutes les deux.

Mais en agissant ainsi, il les avait tous blessés.

— Joe aimait votre mère, Ray, reprit Barbara. C'est bizarre mais j'en arrivais même à l'admirer pour sa loyauté. Je suppose que c'est pour ça que je me suis accrochée à notre histoire. Je n'ai jamais arrêté de croire qu'un jour il m'aimerait assez pour m'emmener chez lui, à Horseshoe Creek. Qu'il serait aussi loyal envers moi qu'il l'avait été envers sa femme.

— S'il avait été aussi loyal que vous le dites, il n'aurait jamais trompé ma mère.

— C'est plus compliqué que ça, Ray, lui répondit Barbara dont le regard s'était radouci.

— Je croyais que vous ne vous cherchiez pas d'excuses…, lui rétorqua Ray en essayant de maîtriser sa colère.

Car, malgré l'amour que Barbara prétendait porter à son père, celui-ci ne l'avait jamais épousée. Et elle avait dû souffrir de ce statut toute sa vie.

— Je ne le fais pas, dit Barbara en recommençant à jouer avec le paquet de cigarettes. Joe savait à quel point vous avez été déçu quand vous avez découvert qu'il avait une liaison. Il ne se l'est d'ailleurs jamais pardonné.

Pourtant, pensa Ray, il n'avait jamais envisagé de renoncer à Barbara…

— Et c'est à cause de ce sentiment de culpabilité qu'il n'a jamais pu nous emmener, moi et mon fils, à Horseshoe Creek…

— C'est la raison pour laquelle je suis venu, la coupa Ray. Pour parler de votre fils.

Barbara pencha la tête et le regarda avec curiosité.

— Vous êtes au courant pour Bobby ?

— Oui, lui répondit Ray. Scarlet m'a tout raconté.

Ray vit la désapprobation s'afficher sur le visage de Barbara tandis qu'elle tournait la tête vers Scarlet.

— Je suppose que tu lui as également raconté comment tu es arrivée chez nous ?

— Oui, je lui ai expliqué que Joe faisait du bénévolat à l'orphelinat.

— Joe était dévoué corps et âme à cet endroit, reprit Barbara d'une voix chargée de tendresse. Apparemment, lorsqu'il était enfant il avait un ami qui était en famille d'accueil. Alors quand il a appris l'existence de cette association à côté de Pistol Whip, il s'y est précipité et a rapidement décidé de tout mettre en œuvre pour les aider.

Elle marqua une courte pause et serra ses mains l'une contre l'autre

— C'est là qu'il a rencontré Scarlet. Il s'est entiché d'elle et l'a ramenée à la maison.

— Mais cette initiative n'a pas eu l'air de plaire à votre fils, n'est-ce pas ? demanda Ray.

Le sourire de Barbara s'évanouit.

— C'était un adolescent... Bobby avait besoin de l'attention de son père, mais celui-ci avait choisi de s'occuper de quelqu'un d'autre et...

Même si Barbara ne termina pas sa phrase, Ray comprit ce qu'elle sous-entendait. Bobby n'avait pas à partager son père avec quelqu'un qui ne portait même pas le nom des McCullen.

— J'aimerais rencontrer Bobby, lança subitement Ray à Scarlet.

— Vraiment ?

— Oui, je crois que ce serait une bonne idée que nous nous voyions avant la lecture du testament.

— Que se passe-t-il, Ray ? lui demanda soudain Barbara en plissant les yeux. Scarlet ? Je ne suis pas idiote, vous savez. Je sais pertinemment que vous n'êtes pas venus ici pour faire la paix et que nous ne serons jamais une grande famille unie et heureuse.

Barbara avait vu juste, ce n'était en effet pas le réel motif de leur visite, pensa Ray. Mais il ne pouvait pas lui parler de l'incendie, sinon elle comprendrait vite qu'il suspectait son fils.

Elle le préviendrait sans attendre et Bobby ne tarderait pas à disparaître dans la nature...

Contre toute attente, la porte d'entrée s'ouvrit brusquement et Bobby fit son apparition. Scarlet se raidit en voyant Barbara se lever pour l'accueillir.

— Mon chéri, je ne t'attendais pas si tôt, lança-t-elle à son fils d'une voix tremblante. Le dîner ne sera pas prêt avant un moment.

Bobby regarda Scarlet puis Ray avec un sourire ironique.

— Je ne savais pas qu'*elle* était invitée, répondit-il avant de faire un signe vers Ray. Et tu as aussi convié un de mes frères, alors ça pour une surprise…

— Salut Bobby, lui dit Scarlet en frottant la brûlure sur sa cuisse.

— C'est une situation embarrassante pour nous deux, Bobby, lui dit Ray en marchant vers lui la main tendue, mais je me suis dit qu'il était temps qu'on se rencontre.

— On peut le dire, oui, lui répondit Bobby en fixant des yeux la main tendue de Ray. Mais tu sais quoi ? Épargnons-nous les formules de politesse et allons droit au but, quelle est la vraie raison de ta visite ?

Bobby se dirigea vers le bar à côté de la cheminée et se servit un verre puis, adossé au mur, il se mit à siroter tranquillement sa boisson.

— Tu voulais rencontrer le mouton noir de la famille ? Le fils illégitime ? demanda-t-il à Ray d'une voix chargée d'animosité.

— Je voulais te rencontrer, oui. Je ne connaissais pas ton existence, c'est Scarlet qui m'a tout révélé.

— Ah ça, on peut toujours compter sur Scarlet pour se mêler des histoires de famille…

Bobby ne cherchait pas à cacher son ressentiment mais Ray refusa d'entrer dans son jeu. Et comme il savait que de toute façon ils ne deviendraient jamais amis, il décida de jouer franc-jeu avec lui.

— Où étais-tu hier soir ?

— Qu'est-ce que ça peut te faire ?

— Est-ce que tu t'es rendu à Horseshoe Creek après être parti de chez moi, Bobby ? intervint Scarlet.

Bobby termina d'un trait son verre mais avant même qu'il puisse répondre, Barbara prit sa défense.

— Il était avec moi.

Bobby tourna la tête vers sa mère puis un rictus apparut sur ses lèvres.

— C'est vrai, approuva-t-il en se dirigeant vers sa mère pour passer un bras autour de ses épaules. Nous avons dîné en tête à tête puis nous avons regardé un film, n'est-ce pas, maman ?

— Oui, confirma Barbara en esquissant un sourire. J'avais préparé le plat préféré de Bobby, des escalopes de poulet frit.

Scarlet en doutait fortement. Du temps où elle vivait encore avec eux, Bobby ne restait jamais à la maison le soir, il traînait toujours dehors…

— Papa aimait beaucoup la cuisine de maman, ajouta Bobby en se frottant le ventre. Il faut dire qu'elle fait la meilleure tarte aux airelles de tout le Wyoming.

Scarlet se retint de frapper Bobby. Son intention de blesser Ray était évidente.

— Maintenant, Ray, continua Bobby en faisant un pas vers lui, l'air menaçant, j'ai des trucs à faire, alors si tu es venu ici pour me dire quelque chose, c'est le moment.

— Pourquoi ne parlerions-nous pas à l'extérieur pendant une minute ? lui demanda Ray en lui montrant la porte.

Barbara eut soudain l'air si affolée que Scarlet tenta de jouer la médiatrice.

— Tout va bien, Barbara. Ray veut juste parler à Bobby du testament de Joe.

— Je vois, répondit Barbara en se tournant vers Ray. En fait, vous êtes venu ici pour tenter de nous faire renoncer à notre part de l'héritage de Joe, c'est ça ?

Barbara avait donc bien reçu une convocation de l'avocat, pensa Scarlet.

— Non, ce n'est pas du tout la raison de ma visite, lui répondit Ray.

— Que cela vous plaise ou non, Bobby est lui aussi le fils de Joe, répliqua Barbara. Il a été perdant toute sa vie, alors il mérite de recevoir ce que Joe lui a légué et je ne vous laisserai pas le priver d'un seul centime de cet héritage.

— Ce n'est en aucun cas mon intention, répondit Ray en pensant malgré tout que Bobby et Barbara n'avaient été dans sa vie qu'une source de complications.

— Laisse-moi gérer ça, maman, lança Bobby en pressant le bras de sa mère.

Prêt à la confrontation, Ray sortit avec Bobby. Dehors, d'imposants nuages gris assombrissaient le ciel comme de fidèles reflets de son humeur.

Pour lui, un homme qui frappait ou menaçait une femme n'était rien d'autre qu'un lâche. Les hommes McCullen avaient appris à respecter et à protéger les femmes et les faibles, surtout lorsque ceux-ci se retrouvaient face à des gens comme cette ordure de Bobby.

C'est ton frère ! L'autre fils de ton père, le même sang coule dans vos veines ! cria soudain une petite voix dans sa tête. Mais… Bobby pourrait-il changer ?

— Scarlet m'a dit que vous apparaissiez tous les trois dans le testament de notre père, commença Ray en soupirant.

— On dirait bien que maman avait raison, lui répondit Bobby. Vous êtes venus me voir pour me demander de ne pas venir chez l'avocat afin de préserver votre petite bulle familiale…

— Ma famille ne vit pas dans une bulle, répliqua Ray en serrant les dents. Nous avons nos propres problèmes, mais nous par contre, nous ne passons pas nos nerfs sur les femmes.

— Tu ne sais pas ce que c'est que d'être le fils d'un homme qui n'a jamais voulu de toi.

— Est-ce que c'est pour cette raison que tu as mis le feu à nos écuries ?

— Je ne sais pas de quoi tu parles, lui répondit Bobby en ricanant.

— Ah oui, bien sûr j'avais oublié, hier soir tu étais ici avec ta mère, c'est ça ?

— Exactement ! Et puis, continua Bobby, si j'apparais dans le testament, quel serait mon intérêt à faire du grabuge au ranch ? Je ne suis pas stupide, Ray, et j'ai hâte de savoir si mon père a pensé à moi, au moins une fois dans sa vie.

Sur ce point, Bobby n'avait pas tort. Sauf si celui-ci avait déjà une idée de ce que lui avait laissé leur père et qu'il n'en était pas satisfait.

— J'espère pour toi que tu dis la vérité, marmonna Ray en haussant les épaules. Car si je découvre que c'est toi qui as déclenché cet incendie, Bobby, alors tu iras droit en prison. Et tu ne verras jamais la couleur de ton héritage.

À ces mots, Bobby lui sauta brusquement dessus et l'attrapa par le col.

— Écoute-moi bien, McCullen, ton père m'a arnaqué depuis ma naissance, il vaudrait mieux pour tout le monde qu'il ne se foute pas encore de ma gueule maintenant qu'il est mort. Je te préviens que si tu essaies de m'empêcher de recevoir ce qui me revient, tu le regretteras.

Ray lança un regard d'avertissement à Bobby puis lui attrapa la main et écarta calmement ses doigts de son col.

— Si tu t'avises de poser une nouvelle fois la main sur moi, crois-moi que c'est toi qui le regretteras, lui répondit-il avant de faire un geste en direction de la maison. Quant à Scarlet…

— Ma relation avec elle ne te regarde en rien, le coupa Bobby.

— Dorénavant si, rétorqua Ray en lui lançant un regard menaçant. Si tu la touches encore une fois, c'est bien simple, je te tue.

— Eh bien, on dirait que votre petit tête-à-tête ne s'est pas très bien passé, dit Scarlet à Ray tandis qu'ils étaient en voiture sur la route du retour.

— Bobby est un lâche et une brute, lui répondit Ray en serrant les mains sur le volant. S'il vous fait du mal ou s'il vous menace à nouveau, prévenez-moi immédiatement.

Scarlet sentit son cœur s'emballer.

— Ray, vous n'avez pas besoin de partir en guerre pour moi. Je sais comment m'en sortir avec Bobby.

Ray lui lança un regard sombre et Scarlet vit un mélange d'émotions briller dans ses yeux.

— Malgré les liens du sang, il n'est pas un McCullen. Mon père nous a appris à respecter les femmes.

— Joe a aussi essayé de le lui apprendre, dit Scarlet. Et Bobby faisait semblant de suivre ces règles… Sauf quand Joe n'était pas dans les parages.

— Comme je viens de vous le dire, ce n'est qu'un lâche.

Le téléphone de Scarlet se mit à sonner et celle-ci regarda l'écran pour voir le nom de la personne qui cherchait à la joindre. C'était Hugh qui lui envoyait un SMS pour l'inviter à dîner. Elle soupira… Elle avait tant de fois décliné ses invitations qu'elle se demandait comment il n'avait pas encore compris qu'elle n'était pas intéressée. Elle tapa rapidement sa réponse, lui disant qu'elle ne pouvait par car elle était occupée, puis reporta son attention sur la route.

— Qui est-ce ? lui demanda Ray.

— Mon assistant.

— Il y a un problème ?

— Non, lui répondit Scarlet en hochant la tête.

Ils restèrent silencieux quelques instants puis Ray reprit la parole.

— Nous n'avons pas parlé de vos fréquentations, lui dit-il doucement. De vos ex-petits amis par exemple… Pensez-vous que quelqu'un que vous avez fréquenté pourrait avoir saboté vos freins ? Peut-être pour se venger ?

— Je n'ai pas d'anciens petits amis, lui répondit Scarlet en rougissant.

Le silence s'imposa à nouveau entre eux et Scarlet regretta de ne pas avoir mieux formulé sa réponse. Maintenant Ray allait penser qu'elle était asociale…

— C'est Bobby la personne qui me déteste le plus sur cette terre, reprit-elle. Même si Lloyd Pullman a lui aussi des raisons de m'en vouloir.

— Le shérif a lancé un avis de recherche le concernant, lui répondit Ray. Avec un peu de chance, ils ne tarderont pas à le retrouver et si c'est lui qui a trafiqué votre voiture, je peux vous garantir qu'il filera droit en prison. Vous n'aurez donc plus de soucis à vous faire.

Peut-être, pensa Scarlet, mais elle continuerait de s'inquiéter du sort de la fille de Lloyd Pullman tant que ses grands-parents ne seraient pas devenus ses tuteurs légaux. Et de toute façon, les enfants avaient besoin de leurs parents. Même si ceux-ci ne pouvaient pas être disponibles pour eux à temps plein, ils avaient besoin pour grandir de ressentir leur amour.

— Vous savez que même si je n'ai pas du tout apprécié Bobby, commença Ray, ses arguments tiennent la route. Pourquoi voudrait-il saboter le ranch ou nous causer du tort avant d'avoir pris connaissance de ce que mon père lui a légué ? En faisant cela, non seulement il se tirerait une balle dans le pied, mais en prime il risquerait de finir en prison au moment où il peut devenir propriétaire d'une partie de Horseshoe Creek.

— C'est vrai, concéda Scarlet. Mais en même temps, quand Bobby a trop bu, il peut réagir de manière totalement irrationnelle…

— Je vous crois sur parole.

— Et qu'en est-il des autres ennemis de votre père ? reprit Scarlet, Joe était plutôt connu dans le monde de l'élevage.

— C'est vrai. Et en plus, Maddox a récemment démantelé un important trafic de bétail dans la région. Nous cherchons justement certains des hommes qui étaient impliqués dans cette affaire pour les interroger.

En arrivant devant la maison de Scarlet, Ray engagea son Range Rover dans l'allée. Scarlet avait une telle migraine à présent qu'elle avait l'impression que sa tête allait éclater. Les événements des jours passés occupaient chacune de ses pensées. Elle se revit soudain au volant de sa jeep en train de foncer dans l'immeuble en briques et frissonna.

Alors qu'elle allait ouvrir sa portière, Ray lui saisit le bras.

— Vous êtes sûre que ça va ? lui demanda-t-il, l'air inquiet.

— Oui, je suis juste très fatiguée.

Ray prit alors doucement son menton dans sa main et lui fit relever la tête afin de la regarder droit dans les yeux. À nouveau, Scarlet sentit son cœur battre la chamade en remarquant la tendresse avec laquelle il la regardait.

— Appelez-moi si vous avez besoin de quoi que ce soit.

Sa voix grave et rassurante la bouleversa et elle sentit que des larmes naissaient au coin de ses yeux. Tandis que son corps semblait se réchauffer, elle se sentit tout à coup irrésistiblement attirée par Ray.

Il ressemblait bien plus à Joe qu'il ne le pensait. Mais bien sûr, il n'avait rien d'une figure paternelle. S'il avait ce même côté protecteur, Scarlet le trouvait plus… sexy. Comme un cow-boy viril avec lequel elle pourrait échanger de longs baisers lors d'une nuit torride. Avec qui les contacts physiques n'auraient rien de paternel ni de fraternel.

Scarlet baissa les yeux vers la bouche de Ray.

Quand il avança vers elle, elle fit de même. Son corps tout entier réclamait son contact, ses lèvres brûlaient de se presser contre les siennes.

Mais en levant les yeux vers lui, Scarlet vit soudain son regard s'assombrir et elle eut l'impression que Ray était en proie à un puissant conflit intérieur.

Il laissa échapper un profond soupir qui résonna dans tout

l'habitacle de la voiture. Un soupir chargé d'envie, de désir et de… doute.

Scarlet reprit alors ses esprits et comprit qu'elle devait arrêter cette folie pendant qu'il en était encore temps.

Mais soudain la bouche de Ray se posa sur la sienne et, savourant l'instant présent, elle ferma les yeux.

Quand Ray sentit les lèvres de Scarlet sous les siennes, un désir violent l'assaillit. Bon sang, c'était si puissant qu'il ne pouvait pas résister.

Il prit son visage entre ses mains et prolongea leur baiser en lui donnant plus de profondeur. Quand elle posa une main sur son épaule, il espéra qu'elle allait le repousser. Il fallait qu'elle le fasse. Mais elle lui caressa le bras comme si elle avait besoin de sa chaleur et de sa force, lui intimant de la protéger et de la réconforter. Elle avait traversé l'enfer aujourd'hui. Elle avait failli mourir dans cet accident.

Et elle était toujours en danger.

Cette pensée le ramena soudain à la réalité. Il n'avait pas le droit de la toucher. De l'embrasser. De la désirer.

Son propre père la considérait comme sa fille. Ils étaient donc… Quoi ? Presque frère et sœur ?

Mais ils n'étaient pas liés par le sang, ils n'avaient pas grandi dans la même maison, ils n'étaient même pas des frères et sœurs adoptifs…

Après tout, Scarlet n'était rien d'autre pour lui qu'une inconnue. Une inconnue séduisante et sexy qu'il avait maintenant dans la peau.

À cette pensée, il trouva finalement la force de s'éloigner d'elle.

Le désir sembla s'attarder un instant dans le regard de Scarlet. Les lèvres encore brillantes, son visage s'était empourpré. Ray serra les poings pour ne pas la prendre à nouveau dans ses bras.

Il ne pouvait pas s'engager dans une relation amoureuse avec Scarlet. Maddox et Brett ignoraient encore son existence, tout comme celle de Barbara et de Bobby.

Et si Ray ignorait comment ses frères allaient réagir en découvrant que leur père avait une deuxième famille, il était certain d'une chose, cela serait bien pire s'il couchait avec Scarlet.

Coucher avec elle ? Oui, c'était sans aucun doute vers cela qu'ils allaient.

Ray devait donc y mettre le holà avant de causer d'irrémédiables dégâts.

11

Quand Ray s'écarta d'elle, Scarlet sentit son corps entier vibrer de frustration. Pourquoi avait-il interrompu leur baiser ?

Il était si tendre, si… sensuel. Elle aurait voulu qu'il ne s'arrête jamais.

— Je suis désolé, lui dit Ray d'une voix qui semblait chargée de regret. Je n'aurais pas dû faire ça.

Scarlet sentit la confusion l'envahir et eut soudain la désagréable impression qu'ils venaient tous deux de faire quelque chose de terrible. L'accusation de Barbara suggérant qu'elle tentait de se rapprocher de Ray de façon intéressée lui revint à l'esprit.

— Non, c'est moi qui suis désolée, Ray. Je… Je ne voulais pas vous donner de fausses impressions.

— Mais vous n'avez rien fait, lui répondit Ray en fronçant les sourcils. C'est moi… La journée a été plutôt difficile…

— En effet.

Même si le fait d'avoir embrassé Ray avait calmé son anxiété, Scarlet sentait qu'une toute nouvelle nervosité l'habitait. Une tension qui, elle, n'était synonyme que de plaisir.

— Ce qu'il y a entre nous deux, c'est juste…, commença Ray.

— Naturel, le coupa-t-elle.

Tout du moins, ça l'était pour elle. Et pourtant, Scarlet n'était pas le genre de femme à accumuler les aventures. Jusqu'à aujourd'hui, elle n'avait ressenti un tel désir qu'avec un seul homme. Avec qui tout s'était fini de manière totalement catastrophique.

Et cela risquait fort de se terminer aussi de cette façon avec Ray s'ils continuaient sur cette pente glissante.

— J'allais dire compliqué, poursuivit Ray en ôtant son Stetson pour se passer la main dans les cheveux.

Un ange passa puis Scarlet rompit le silence.

— Je sais. Je…

— Vous avez l'impression que nous sommes de la même famille ? lui demanda Ray.

— Non, lui répondit-elle en secouant la tête. Nous n'avons aucun lien, Ray.

— Oui, mais mon père vous considérait comme la fille qu'il n'a jamais eue.

— Je comprends que cela puisse vous contrarier, mais Joe avait un grand cœur. Le fait qu'il m'ait prise sous son aile n'altère en rien l'amour qu'il vous portait, à vous et vos deux frères.

— Peut-être pas, répondit Ray en lâchant un profond soupir. Mais il aurait dû avoir le cran de tout nous révéler avant de mourir.

Scarlet ne pouvait lui en vouloir d'être amer. Joe les avait tous mis dans une situation on ne peut plus inconfortable. Il avait le cœur sur la main, certes, mais on ne pouvait pas dire qu'il était du genre à regarder les choses en face.

— Vous avez raison. J'aurais préféré que Joe vous parle de Barbara, de Bobby et de moi.

— Moi aussi, ajouta Ray d'une voix triste. Je ne sais pas comment mes frères vont réagir en apprenant tout ça mais de toute façon je n'ai pas le choix, je vais devoir le leur dire.

Scarlet se passa la langue sur les lèvres mais elle n'y retrouva pas la saveur enivrante de Ray, cette saveur à laquelle elle voulait encore goûter.

Elle pensa soudain que Ray avait probablement déjà une

femme dans sa vie. C'était un homme si séduisant… Peut-être était-il même fiancé ou avait-il déjà un enfant quelque part.

Le téléphone portable de Ray se mit à vibrer et il le sortit de sa poche pour regarder l'écran.

— C'est le shérif adjoint Whitefeather, je ferais mieux de répondre.

Profitant de cette opportunité, Scarlet ferma sa veste et fit un signe de la main à Ray avant de descendre de la voiture. Si elle ne le quittait pas rapidement, elle risquait de l'inviter à entrer chez elle.

Et même si son corps entier était encore brûlant de désir, elle savait que ce n'était pas une bonne idée. Elle ne voulait pas qu'il pense qu'elle tentait de le séduire à des fins vénales.

Luttant contre lui-même, Ray regarda Scarlet rentrer chez elle sans bouger. Il était tiraillé par le désir.

Mais il savait qu'il avait fait le bon choix en interrompant leur baiser.

— Ray ? appela Whitefeather à l'autre bout du fil. Je n'ai pas pu localiser Pullman. Il n'est ni à son appartement ni à son travail.

— Où travaille-t-il ?

— Dans une usine d'engrais, son patron m'a dit qu'il allait le virer s'il ne se pointait pas demain à la première heure.

Ray jeta un nouveau regard vers la maison de Scarlet en se demandant s'il ne devrait pas la surveiller au cas où Bobby et Pullman décideraient de venir lui rendre visite.

— Je l'ai appelé sur son téléphone portable, reprit le shérif adjoint. Je lui ai laissé un message en lui disant de me rappeler rapidement, sinon je n'hésiterai pas à lui coller un mandat d'arrêt sur le dos.

— Vous avez trouvé quelque chose en examinant la voiture de Scarlet ?

— Pas encore, non. Nous avons fait des relevés d'empreintes

mais manifestement celui qui a saboté les freins portait des gants.

Ce salaud devait probablement penser qu'il allait s'en sortir. Mais Ray était bien décidé à retrouver la personne qui avait tenté de tuer Scarlet.

— De mon côté, j'ai rencontré Bobby Lowman, le frère adoptif de Scarlet, poursuivit Ray qui fut étonné de constater que, même s'il ne connaissait son demi-frère que depuis peu, il se sentait un peu coupable de le soupçonner. Il est possible qu'il ait quelque chose à voir avec l'accident. Ils ne se sont jamais vraiment entendus tous les deux et il a un casier judiciaire.

— Si vous voulez, je peux faire quelques recherches sur lui, proposa le shérif adjoint.

Ray accepta et après l'avoir remercié, il décida de ne pas lui parler de son propre lien avec Bobby. Car, même si ce que lui avait dit Bobby tenait la route, Ray continuait malgré tout à se demander si ce n'était pas lui qui avait déclenché l'incendie.

— Puisque vous m'avez dit qu'Arlis Bennett vous avait proposé de racheter Horsehoe Creek, continua Whitefeather, je pense que ce serait une bonne idée d'aller le voir pour en discuter un peu avec lui.

— Vous avez raison, je vous retrouve chez lui.

— Je pensais y aller seul, Ray. Ce n'est peut-être pas une bonne idée que vous m'accompagiez.

— Je m'en moque, lui répondit Ray en démarrant son Range Rover. Si Bennett veut la terre de mon père et qu'il essaye de nous pousser à vendre, alors je veux assister à la discussion.

— OK, mais vous me laissez lui parler, conclut le shérif adjoint. Je ne veux pas que ça tourne mal. Je ne pense pas que Maddox apprécierait que je passe les menottes à l'un de ses frères.

Ray grimaça. S'il s'avérait que Bobby était l'auteur de l'incendie, c'était pourtant ce que le shérif adjoint allait devoir faire…

Après avoir avalé un comprimé pour lutter contre sa migraine, Scarlet s'était mise au lit pour faire une sieste, mais alors qu'elle allait s'endormir, elle entendit la sonnette de sa porte d'entrée retentir. L'esprit ensommeillé, elle pria en silence pour que ce visiteur s'en aille.

Quoique… Peut-être était-ce Ray qui était revenu.

À cette pensée, son cœur se remit à battre la chamade. Quelle idiote, pensa-t-elle. Elle, Ray, ses frères et même Bobby avaient à régler une situation familiale très complexe. Il était temps qu'elle redescende sur terre.

Elle parcourut du bout du doigt le visage d'une poupée en porcelaine que lui avait offerte Joe et sentit le chagrin la submerger. C'était déjà bien assez douloureux de perdre son père « de cœur », elle n'avait pas besoin de tomber amoureuse de son fils.

Se protéger était quelque chose dont elle devait s'assurer pour survivre. Car c'était bien ce qu'elle était : une survivante.

La sonnette retentit une nouvelle fois et Scarlet repoussa l'édredon qu'elle avait acheté dans une brocante pour aller ouvrir.

— Scarlet ? C'est moi, Hugh. Je peux entrer ?

Scarlet grogna. La seule chose dont elle avait envie pour le moment était d'être seule, mais elle connaissait suffisamment Hugh pour savoir que s'il était inquiet pour elle, il ne partirait pas avant d'avoir constaté de ses propres yeux qu'elle allait bien.

Elle et lui s'étaient rencontrés à l'orphelinat quand ils étaient enfants, et Hugh ne l'avait plus lâchée d'une semelle depuis. Il avait été très contrarié quand Scarlet avait déménagé pour aller vivre chez Barbara mais malgré cela, Scarlet et lui étaient restés amis. Quand elle était partie pour l'université, elle l'avait encouragé à faire des études lui aussi et avait été surprise de le voir suivre le même cursus qu'elle. Quand Hugh avait été embauché par les services sociaux, ils s'étaient retrouvés.

Scarlet savait que Hugh nourrissait d'autres espoirs à son égard, mais il n'était pas du tout son genre. Elle se sentait plus attirée par des hommes grands, costauds et ténébreux qui portaient des Stetson… Des hommes comme Ray.

— Scarlet ?

— J'arrive ! répondit-elle à Hugh en déverrouillant la porte.

Quand elle ouvrit, elle le découvrit tout sourire sur le perron. Il passa sa main dans ses cheveux en bataille et elle sentit l'irritation la gagner. C'était un des nombreux tics dont il n'arrivait pas à se débarrasser.

— Je suis si soulagé de te voir, lui dit-il en la poussant pour entrer. Je me faisais un sang d'encre.

Scarlet referma la porte derrière lui et le suivit dans le salon. Comme la pièce était fraîche, elle alluma la cheminée et s'enroula dans son plaid avant de s'écrouler sur le canapé. Son attitude n'était pas très courtoise mais elle ne voulait pas lui offrir à boire de peur qu'il s'éternise.

— Hugh, je t'ai dit au téléphone que j'allais bien, lui dit-elle. Merci de t'être occupé des Fuller.

— Pas de problème, tout est réglé avec le juge pour l'audience finale.

Scarlet sentit le soulagement l'envahir.

— Alors le petit Corey va enfin avoir une vraie famille.

Hugh l'observa de son regard perçant. Depuis toujours, il savait deviner si elle était contrariée ou inquiète.

— Ce n'était pas un accident, n'est-ce pas ?

Scarlet secoua la tête.

— Non, quelqu'un a saboté mes freins. Le shérif a ouvert une enquête.

Hugh écarquilla les yeux, manifestement choqué par cette nouvelle.

— C'est probablement ce Lloyd Pullman, c'est un homme violent.

Scarlet haussa les épaules. Elle refusait d'accuser quiconque pour le moment. Qu'arriverait-il si elle accusait à tort Pullman ou Bobby ?

— Je ne sais pas, Hugh.

— Mais si je me souviens bien, Pullman t'avait menacée quand tu lui as retiré la garde de sa fille, non ?

— Si, et en plus, il a été libéré sous caution. Du coup, tu dois toi aussi être prudent, Hugh. S'il vient te voir au bureau ou que tu le croises ailleurs, ne lui parle pas.

— OK, lui répondit-il en étudiant avec attention la photo qui était accrochée sur le manteau de la cheminée avant de se retourner vers elle, les yeux brillants de curiosité. Qui était cet homme avec qui tu étais tout à l'heure ?

— Comment sais-tu que j'étais avec quelqu'un ? lui demanda Scarlet en sentant les battements de son cœur s'accélérer.

Hugh détourna le regard. Il semblait nerveux.

— Ce type est venu au bureau après ton accident. C'est lui qui t'a raccompagnée chez toi, n'est-ce pas ?

Scarlet sentit une désagréable impression grandir en elle.

— Tu m'espionnes, Hugh ?

— Non. Je suis seulement passé en voiture devant chez toi et je t'ai vue descendre de son Range Rover.

Les avait-il surpris en train de s'embrasser ? se demanda Scarlet en se blottissant sous le plaid. Elle ne savait par où commencer pour expliquer la nature de sa relation avec Ray. D'autant que tout était encore plus compliqué depuis qu'ils avaient échangé ce baiser.

— C'est Ray, le plus jeune fils de Joe McCullen.

— J'ignorais que tu connaissais les frères McCullen, lui répondit Hugh en affichant un air surpris.

— Je ne les connais pas. Enfin, pas vraiment.

Elle avait tout de même embrassé Ray et n'espérait qu'une chose : recommencer. Cependant, quand ses frères apprendraient son existence, tout cela risquait fort de se terminer en bataille juridique.

— J'ai dû les rencontrer pour parler du testament de Joe, poursuivit-elle.

— Tu apparais dessus ?

— Oui, et Bobby aussi.

Hugh lâcha un profond soupir.

— Laisse-moi deviner, les McCullen ne connaissaient pas ton existence ni celle de Bobby, et ils ne sont pas très heureux de découvrir que vous faites partie des héritiers.

— C'est tout à fait ça, répondit Scarlet qui ne pouvait nier l'évidence. Mais maintenant Ray est au courant.

— Tu penses qu'il pourrait te faire du mal ?

Scarlet retint un éclat de rire. Elle savait que, même si lui ou ses frères voulaient lui faire renoncer à sa part d'héritage, jamais Ray McCullen ne pourrait s'en prendre à une femme.

— Non, c'est impossible. Je pense que celui qui a saboté mes freins est soit Pullman, soit Bobby. Quoi qu'il en soit, je m'en suis tirée saine et sauve.

Scarlet soupira et se leva avant d'ajouter :

— Maintenant, Hugh, je ne veux pas te chasser mais j'ai la migraine et je voudrais vraiment me reposer.

— Laisse-moi rester, Scarlet, lui répondit Hugh en posant sa main sur son épaule. Je peux surveiller les alentours et m'assurer que personne ne vient te déranger.

Scarlet savait qu'elle ne réussirait pas à fermer l'œil tant que Hugh serait chez elle. Elle se sentait de plus en plus mal à l'aise en sa compagnie.

— Je te remercie, c'est gentil de ta part. Mais si tu veux vraiment m'aider, alors occupe-toi plutôt de ce qui se passe au bureau en mon absence. Je ne voudrais pas que quelque chose vienne gâcher l'adoption de Corey.

— Bien sûr, tu peux compter sur moi. Mais…

— Mais quoi ? lui demanda-t-elle en remarquant qu'il semblait toujours inquiet. Qu'est-ce que tu me caches ?

Hugh fit quelques pas dans le salon avant de fourrer les mains dans ses poches en soupirant.

— Je suis désolé, Scarlet. Je voulais régler tout ça pour toi, mais j'ai finalement changé d'avis car je pense que tu as le droit de savoir.

Scarlet se figea.

— De savoir quoi ?

Hugh sortit une enveloppe de sa poche et la lui tendit. Scarlet vit qu'elle lui était adressée et que les lettres de son nom avaient été découpées dans un magazine.

— Tu l'as ouverte ? demanda-t-elle à Hugh.

— Elle n'était pas fermée et quand j'ai vu ces lettres découpées, je me suis inquiété. Regarde à l'intérieur, mais je préfère te prévenir, Scarlet, c'est plutôt effrayant.

Scarlet prit une profonde inspiration et sortit le contenu de l'enveloppe. Elle découvrit d'abord une première photo d'elle, prise de très loin alors qu'elle quittait le bureau. Puis une deuxième, presque identique… Sauf que sur celle-ci, son visage avait été barré d'une croix au marqueur noir et chacun des coins soigneusement brûlé.

12

Quand Ray et le shérif Whitefeather entrèrent dans le bureau d'Arlis Bennett, Ray dévisagea ce dernier avec la plus grande attention. Bennett était le cousin de Gates et manifestement c'est lui qui était à présent aux commandes du ranch Circle T et qui devait faire son possible pour que les activités se déroulent sans heurt en l'absence du patron.

— Vous venez voir comment je m'en sors ? leur lança Bennett qui semblait déjà sur la défensive.

En parcourant la pièce des yeux, Ray remarqua d'abord une photo de Gates qui brandissait un prix — gagné pour sa viande de qualité — puis un cendrier sur le bureau. Tiens donc, pensa Ray, Bennett était-il fumeur ?

— Je crois que nous devons avoir une petite conversation, lui répondit le shérif adjoint en le regardant d'un air méfiant.

— Est-ce que je dois appeler mon avocat ? lui demanda Bennett en posant ses mains puissantes sur son bureau.

— Je ne sais pas, qu'en pensez-vous ? lui répondit le shérif calmement.

Ray aimait sa manière de procéder. Son attitude tranquille et son impassibilité avaient le don de rendre nerveux la plupart de ses interlocuteurs.

— Je n'ai rien à me reprocher, répondit Bennett en s'agitant sur sa chaise. Mon cousin m'a demandé de m'installer ici afin de gérer le ranch en son absence.

— Vous voulez dire pendant son incarcération, corrigea Whitefeather.

— Oui, répondit Bennett en serrant les dents. Mais si vous avez enquêté sur moi — ce que vous avez déjà fait, j'en suis certain —, vous savez que je suis blanc comme neige.

— Boyle paraissait irréprochable lui aussi, fit remarquer Ray, pourtant il a trompé les ouvriers du ranch, mon père et tous les autres propriétaires d'exploitation de la région.

— Comme je vous l'ai dit, je suis ici pour m'assurer que tout se passe dans les règles maintenant. Mais, dites-moi, vous avez réfléchi à mon offre ?

Ray haussa les épaules.

— Non, mes frères et moi n'avons aucun intérêt à vendre la moindre parcelle de Horseshoe Creek. Cette terre doit rester dans la famille.

— Surtout, faites-moi signe si vous changez d'avis, dit Bennett en tambourinant de ses doigts sur le bureau.

— Cela n'arrivera pas, lui répondit fermement Ray. Même si je pense que quelqu'un essaie de saboter nos plans d'expansion.

— De quoi parlez-vous ? lui demanda Bennett d'un ton étonné.

— Quelqu'un a mis le feu aux nouvelles écuries que nous faisions construire.

— Nom de Dieu… Et vous êtes venus me voir parce que vous pensez que c'est moi qui ai fait ça ?

— Je ne sais pas, lui répondit Ray en le regardant droit dans les yeux. C'est vous ?

— Écoutez, tout cela est ridicule, lui répondit Bennett en soupirant. Vous ne pouvez pas m'accuser d'une telle chose seulement parce que vous avez eu des problèmes avec mon cousin. Si ça se trouve, continua-t-il d'un ton exaspéré, c'est vous-même qui avez déclenché cet incendie pour me piéger et détruire le Circle T. Vous savez comme moi que si nous étions sur la touche, le ranch de Horseshoe Creek ferait un bien meilleur chiffre d'affaires.

— Foutaises ! lui répondit Ray, furieux.

Le shérif Whitefeather posa une main sur l'épaule de Ray pour tenter de le calmer.

— Bennett, intervint-il, où étiez-vous hier soir ?

Bennett les regarda l'un après l'autre puis posa les mains sur son bureau et se pencha vers eux, les joues en feu.

— J'ai dîné au Cattleman's Club. Si vous ne me croyez pas, vous pouvez vérifier auprès des vingt-cinq personnes qui y étaient également.

Ray serra les dents. Il venait de se faire un ennemi et ce n'était pas une bonne chose pour les affaires. Mais comment faire autrement ? Il devait découvrir la vérité.

— Vous pourriez avoir demandé à quelqu'un de le faire pour vous…

Bennett jura puis leur indiqua la porte du doigt.

— J'en ai assez de vos accusations et de vos insultes. Sortez de mon bureau, McCullen !

— J'aimerais d'abord parler à vos employés, ajouta le shérif adjoint.

— D'accord mais pas sans mandat, lui répondit Bennett en reprenant son calme.

— Je n'ai pas besoin d'un mandat pour avoir une conversation avec eux, lui répondit Whitefeather sur un ton qui ne tolérait aucune discussion.

— Eh bien dans ce cas, je vais appeler mon avocat.

— Comme vous voulez, ajouta le shérif adjoint en haussant les épaules. Si vous avez quelque chose à cacher, allez-y.

Bennett attrapa son téléphone qui était posé sur son bureau.

— Je n'ai rien à cacher mais je ne vais certainement pas me laisser accuser de quelque chose que je n'ai pas fait et vous laisser ruiner ma réputation, dit-il au shérif avant de se tourner vers Ray. Tu vas le regretter, McCullen.

— Ça ressemble à une menace, lui répondit Ray.

— Prends-le comme tu veux. Mais quand les autres propriétaires de ranch de la région vont apprendre que tu accuses les gens du pays, personne ne voudra plus avoir quoi que ce soit à faire avec votre famille.

Ray comprit soudain l'étendue de la menace. Bennett allait écarter la famille McCullen de la communauté des éleveurs, et lui et ses frères ne pouvaient pas se permettre d'être boycottés.

Mais il eut soudain une idée. Lui aussi pouvait jouer à ce petit jeu.

— Tu crois peut-être qu'ils vont te faire confiance après ce que ton cousin a fait ?

Le visage de Bennett s'empourpra. Ray avait visé juste.

— Imprimez-moi une liste de tous vos employés et réunissez-les sans tarder, ordonna Whitefeather à Bennett. Si vous n'avez rien à cacher, vous ne me verrez plus traîner par ici.

Bennett murmura une nouvelle injure, puis appela son contremaître et imprima la liste qu'il tendit au shérif.

— Je vous accompagne, lui dit Bennett.

— Eh bien, allons-y alors, lui répondit Whitefeather en se levant.

Ray pensait les suivre mais son téléphone se mit à vibrer et en regardant son écran, il vit qu'il s'agissait de Brett.

— Ouais ? lui dit-il en décrochant.

— Gus Garcia veut nous voir. Il pourrait avoir une piste concernant l'auteur de l'incendie.

Paralysée par la peur, Scarlet ne pouvait détacher son regard de la lettre. Quand elle parvint à sortir de sa torpeur, elle retourna l'enveloppe pour regarder s'il y avait un cachet postal mais, à part son propre nom, l'enveloppe était vierge.

— Où as-tu trouvé ça ? demanda-t-elle enfin à Hugh.

— Par terre dans le bureau, quand je suis revenu de ma pause déjeuner. On a dû le glisser sous la porte.

— Est-ce que tu as vu quelqu'un traîner dans le quartier ?

Hugh fourra les mains dans ses poches.

— Non, les Fuller sont les seules personnes à être passées aujourd'hui.

— Tu n'as pas remarqué de véhicule louche ? Peut-être dans le parking ou dans la rue ?

— Je n'ai rien vu, Scarlet, lui répondit Hugh d'un ton soudain légèrement agacé. Sinon, je t'en aurais parlé.

— Je sais, mais j'essaie seulement de comprendre qui a pu laisser cette lettre au bureau. Si ça se trouve, c'est la même personne qui a saboté ma voiture.

— Est-ce que tu vas la montrer au shérif ?

Scarlet posa l'enveloppe sur la table en soupirant.

— Il n'est pas en ville en ce moment, mais je vais la montrer à son adjoint, le shérif Whitefeather. Peut-être qu'il pourra relever quelques empreintes sur l'enveloppe ou sur la photo.

Cependant, Scarlet se doutait qu'il n'en trouverait pas. La personne qui avait déposé cette lettre de menace semblait prudente et avait de toute évidence pensé à porter des gants.

— Je comprends combien cela doit être effrayant, Scarlet, lui dit Hugh en prenant sa main. Tu sais, je préférerais rester avec toi ce soir, tu ne devrais pas rester seule.

Scarlet serra sa main puis la retira brusquement, gênée par le regard que Hugh posait maintenant sur elle.

— Merci de ton offre, mais je suis épuisée et je voudrais vraiment me reposer.

— Fais comme si je n'étais pas là, je vais juste m'asseoir là, insista-t-il en lui montrant le canapé du doigt.

— Hugh, le coupa Scarlet d'une voix ferme en le guidant vers la sortie. Cela n'a pas été une journée facile et j'ai besoin d'être seule. Je te verrai demain au bureau.

Hugh s'attarda encore quelques secondes devant la porte, espérant manifestement que Scarlet change d'avis, mais plus il s'éternisait plus elle sentait l'exaspération monter en elle.

— Il y a bien quelque chose que tu pourrais faire pour moi, lui dit-elle finalement, soucieuse d'apaiser les tensions.

Pourrais-tu te charger d'ouvrir le bureau demain matin, le temps que j'aille déposer cette enveloppe au bureau du shérif ?

Hugh acquiesça en silence puis, après lui avoir fait un signe de la tête, il quitta enfin les lieux. Scarlet referma la porte derrière lui et le regarda s'éloigner par la fenêtre. Mais alors qu'elle était sur le point de retourner dans son lit, elle vit que des phares avançaient dans la rue sombre.

Elle ne pouvait voir le type de voiture dont il s'agissait mais quand celle-ci ralentit en passant devant sa maison, Scarlet vit la fenêtre s'ouvrir et aperçut le visage du conducteur.

C'était Pullman.

— Que pensez-vous de Bennett ? demanda Ray au shérif adjoint Whitefeather tandis qu'ils se dirigeaient tous les deux vers son véhicule.

— Je ne l'apprécie pas particulièrement mais pour le moment nous n'avons aucune preuve qu'il ait fait quoi que ce soit d'illégal. Cependant, il pourrait tout à fait avoir commandité quelqu'un pour déclencher l'incendie. Je vais jeter un œil à ses comptes bancaires.

— Est-ce qu'il a un casier judiciaire ?

— Je n'ai encore rien trouvé, je vais continuer de chercher, répondit Whitefeather en faisant un signe à Bennett qui les observait depuis son porche. Mais cet homme nous cache quelque chose, j'en suis certain.

— Tenez-moi au courant dès que vous aurez du nouveau, lui répondit Ray. De mon côté, je vais aller retrouver Brett pour voir un de nos hommes qui pourrait avoir des informations sur l'incendie.

Après s'être serré la main et promis de se tenir au courant de leurs avancées mutuelles, Ray sauta dans son Range Rover et prit la route de Horseshoe Creek. Des nuages menaçants roulaient dans le ciel alors que la nuit commençait à tomber.

Ray se demanda ce que pouvait bien faire Scarlet à cet instant. Était-elle en sécurité ?

Mais bon sang, pourquoi s'en préoccupait-il autant ?

En tournant dans l'allée qui menait au ranch, il vérifia que tout était en ordre. Le souvenir des flammes montant dans le ciel ne le quittait pas.

Brett avait déplacé les animaux dans une écurie plus proche du bâtiment principal car ils ne pouvaient se permettre qu'un de leurs chevaux soit blessé ou… pire.

À cette pensée, Ray sentit la nervosité le gagner. La cruauté envers les animaux était pour lui aussi intolérable que celle contre les femmes et les enfants.

Brett lui avait suggéré de les retrouver, Garcia et lui, devant le chalet qu'il occupait avec sa femme et leur fils afin d'éviter que les autres employés ne soient au courant de leur entrevue.

Profitant des dernières lueurs du jour, Willow et Sam jouaient au fer à cheval devant chez eux. En entendant le son de la voiture, Willow leva les yeux et salua Ray d'un signe de la main.

Celui-ci se gara, sortit de son 4x4 et se dirigea droit vers eux.

— On dirait que ton père t'a appris à jouer comme un professionnel, dit-il à son neveu en lui ébouriffant tendrement les cheveux.

— Papa m'a donné une leçon d'équitation ce matin.

— Fais attention ou tu vas devenir une star du rodéo, toi aussi !

— Ne lui donne pas de mauvaises idées, intervint Willow en riant.

Ray se sentit soudain heureux pour son frère et les siens. Ils semblaient tous les trois ravis de vivre ici…

Il se demanda un instant si pour lui aussi le moment était venu de revenir à Horseshoe Creek, puis il fronça les sourcils en se demandant d'où pouvait bien surgir une telle pensée.

Il était libre et sans attaches. Il allait où bon lui semblait, faisait ce qui lui chantait et personne ne lui demandait rien.

D'ailleurs, personne ne se souciait de lui.

En même temps, l'amour n'avait jamais fait partie de ses priorités.

Brett apparut soudain sous le porche et lui fit un signe de la main.

— Je reviens te voir tout à l'heure, Sam, lança alors Ray au petit garçon. Continue à t'entraîner et nous ferons un tournoi en famille.

Sam lui tapa dans la main et Ray s'éloigna en direction de la maison. Garcia était déjà à l'intérieur, en train de boire une tasse de café.

— Tu te souviens de mon frère Ray, Gus ?

— Oui, monsieur.

Gus se leva et essuya ses mains sur son jean avant de serrer la main de Ray.

Brett avait raconté à Ray comment Boyle Gates avait piégé Gus Garcia dans l'affaire de trafic de bétail — le chef de la bande avait menacé de s'en prendre à sa famille s'il révélait le nom des voleurs impliqués. Heureusement, Brett avait convaincu Garcia de parler et, en échange, avait offert une protection à sa famille. Une fois les responsables arrêtés, Maddox avait également proposé à Garcia de venir travailler à Horseshoe Creek.

— Tu as des informations concernant l'incendie ? lui demanda Brett.

Gus se frotta le menton avant de répondre.

— Je n'aime pas dire du mal des gens, commença-t-il. La plupart des hommes qui travaillent ici ne comptent pas leurs heures et sont dans le même cas que moi, ils ont besoin de garder leur emploi.

— Je comprends que ce soit difficile, Gus, lui dit Ray. Cependant tu peux me croire, personne ne saura que tu nous as parlé.

— D'accord, lui répondit Gus en regardant ses mains

posées sur la table devant lui. Mais je suis désolé, je ne sais pas qui a déclenché cet incendie.

— Mais alors pourquoi voulais-tu nous voir ? demanda Ray.

— Quelqu'un en veut à votre famille.

— De qui parles-tu, Gus ? demanda Brett en posant sa main sur son épaule.

Gus prit une gorgée de son café et les deux frères s'assirent à ses côtés. Gus se tapota la jambe avant de répondre.

— Un des nouveaux employés, Marvin Hardwick, il travaillait avant pour Boyle Gates.

Ray et Brett se redressèrent tous les deux en même temps.

— Hardwick ? C'est un des gars que je t'ai montrés quand nous nous sommes réunis dans la salle à manger, l'autre jour, n'est-ce pas, Brett ? Il était en train de fumer dehors.

— Ouais, et l'autre type c'est Stan Romley. J'ai vérifié leurs dossiers d'embauche mais tout avait l'air en ordre.

Évidemment, pensa Ray, mais ils pouvaient avoir trafiqué leurs papiers.

— Tu es sûr que Hardwick travaillait pour Gates ? demanda Brett à Gus.

— Oui, monsieur, lui répondit celui-ci en relevant la tête. Il travaillait pour Gates quand ils m'ont tendu le piège dans l'affaire du trafic de bétail.

— Tu veux dire qu'il a aidé à te piéger ? demanda Brett.

— Je ne sais pas, lui répondit Gus en haussant les épaules. Mais tout cela n'a plus d'importance aujourd'hui. C'est juste que je l'ai entendu parler des nouvelles écuries, l'autre jour. Il disait qu'il s'y était rendu pour vérifier l'avancée des travaux.

Brett se leva si brusquement qu'il fit grincer les pieds de sa chaise.

— Je vais aller le voir immédiatement et le faire parler !

À ce moment, le téléphone de Ray se mit à vibrer.

En regardant l'écran il vit qu'il s'agissait de Scarlet et décida d'ignorer son appel. Lui et Brett avaient des choses plus importantes à régler au ranch… Mais se rappelant soudain que quelqu'un avait essayé de tuer Scarlet un peu plus tôt dans la journée, il décida finalement de décrocher.

— Scarlet, je…

— Ray, c'est cet homme, le coupa-t-elle. Lloyd Pullman, il est dehors, devant ma maison.

Ray sentit les battements de son cœur s'accélérer.

— Restez à l'intérieur, gardez vos portes bien fermées. J'arrive.

13

Malgré les trombes de pluie qui s'abattaient sur son pare-brise et les violentes bourrasques qui fouettaient les arbres, Ray conduisit pied au plancher, bien décidé à arriver chez Scarlet au plus vite.

Soudain, une autre voiture apparut derrière lui. Aveuglé par les phares, Ray décida de ralentir pour la laisser passer, mais le conducteur, au lieu de le doubler, se colla contre son pare-chocs. Ray jura et resserra les mains sur son volant avant d'appuyer sur la pédale d'accélérateur pour prendre le virage.

Le conducteur derrière lui accéléra lui aussi et se trouva bientôt si près du Range Rover de Ray que celui-ci pensa qu'il allait l'emboutir.

Furieux, Ray aperçut un chemin boueux sur le côté et s'y engagea en faisant crisser ses pneus sur le gravier. Il dérapa un moment, braqua à droite pour éviter un rocher et fila encore sur quelques mètres avant de réussir à s'arrêter à quelques centimètres seulement d'un bosquet.

Le souffle court, Ray jeta un œil dans son rétroviseur et jura une nouvelle fois en constatant que le véhicule qui le suivait fonçait maintenant droit sur lui.

Sentant son instinct de survie se réveiller, Ray se pencha vers la boîte à gants pour y prendre son arme, mais au moment même où il allait l'ouvrir, la voiture emboutit son pare-chocs.

Il essaya à nouveau d'attraper son pistolet, mais un homme

imposant ouvrit brusquement sa portière et le tira hors de son 4x4.

En levant le poing pour se défendre, Ray tenta de regarder le visage de son assaillant mais il faisait si sombre et il pleuvait tant qu'il ne pouvait rien distinguer.

L'homme esquiva le coup et força Ray à s'agenouiller au sol. Espérant pouvoir le faire tomber en arrière, Ray lui donna un violent coup de tête dans le ventre. Ce salaud n'allait pas s'en tirer comme ça, pensa-t-il en grondant.

S'il y avait bien une chose que Ray savait faire, c'était se battre.

Mais alors qu'il allait attaquer son agresseur une nouvelle fois, il sentit soudain quelque chose dans le bas de son dos. Quelque chose de métallique… Était-ce un cric ?

Une violente douleur le plia en deux et il posa ses mains dans le sol boueux pour ne pas s'écrouler. Avant même d'avoir pu se relever, il reçut un nouveau coup. Le choc fut tel qu'il lui coupa la respiration et l'envoya valser au sol.

Ray cracha la boue qu'il avait dans la bouche et essaya de se relever pour se battre. Il attrapa la cheville de son assaillant et tenta de le frapper sur les genoux pour le faire tomber, mais un nouveau coup de cric dans les reins le fit se tordre de douleur.

Profitant de sa faiblesse, son agresseur lui donna une série de coups de pied dans le dos, puis dans les genoux. Ray tenta de respirer malgré la douleur mais son agresseur avait la force de trois hommes réunis et savait où frapper pour faire mal.

Ray roula donc sur le côté pour essayer de se protéger mais reçut malgré cela un violent coup de cric sur le côté de la tête. Dans un dernier sursaut, il essaya d'attraper une des jambes de l'homme mais quand le cric s'abattit une nouvelle fois sur son crâne, il s'écroula et perdit connaissance.

En regardant une nouvelle fois par sa fenêtre, Scarlet vit que Pullman était en train de garer son camion dans la rue.

Il avait choisi de stationner à un endroit stratégique car, de là, il pouvait avoir plusieurs points de vue sur sa maison.

Elle frissonna en se demandant ce qu'il comptait faire… Allait-il entrer chez elle par effraction ou voulait-il seulement lui faire peur ?

Alors que la pluie recommençait à tomber, Scarlet vit Pullman remonter sa vitre à moitié. Grâce à l'éclairage urbain, elle pouvait distinguer son visage menaçant.

Elle inspira profondément, déterminée à ne pas se laisser envahir par la panique. Ray était en chemin. Et elle était en sécurité dans sa maison.

Malgré tout, elle se précipita dans sa chambre à coucher, s'empara de son arme cachée dans sa table de nuit puis retourna faire le guet à la fenêtre.

Quand elle revint, Pullman n'était plus dans son camion. Était-il en train d'essayer de forcer la serrure pour entrer chez elle ?

Le cœur battant, Scarlet tira le rideau davantage et inspecta la rue. En vain. Pullman n'était pas à côté de son véhicule, il n'était pas dans le jardin, où diable était-il passé ?

Elle avança à pas feutrés jusqu'à sa porte d'entrée et se risqua à regarder par le judas.

Personne.

Un bruit à l'arrière la fit soudain sursauter et elle resserra ses doigts sur la crosse du pistolet. Se forçant à rester immobile, elle tendit l'oreille. Dehors, la pluie tombait toujours et le vent soufflait violemment.

Tout à coup, quelque chose vint s'abattre contre la fenêtre à l'arrière de sa maison. Était-ce une branche d'arbre ? Ou Pullman ?

Parcourue de sueurs froides, Scarlet traversa lentement le salon et jeta un coup d'œil dans le couloir qui menait à la buanderie et à la porte de derrière.

Les bourrasques faisaient grincer toute la maison. Soudain,

elle entendit un nouveau bruit. Est-ce que quelqu'un était en train de trafiquer le verrou de sa porte ?

Terrifiée, elle pria intérieurement pour que Ray ne soit plus loin avant de lever son arme en direction de la porte, prête à tirer. Si Pullman essayait de lui faire du mal, elle n'hésiterait pas.

Un nouveau bruit résonna. Il semblait cette fois provenir de la porte arrière et Scarlet resta en position, le canon de son arme levé à hauteur d'homme. Si Pullman entrait, elle voulait qu'il comprenne immédiatement qu'elle était armée.

Soudain, elle entendit un bruit de verre brisé et céda à la panique.

— Je suis armée ! cria-t-elle. Et je n'ai pas peur de tirer !

Les lumières de la maison se mirent à clignoter et elle se retrouva dans l'obscurité.

Affolée, elle sortit son téléphone de sa poche et composa le numéro de la police.

Mais un coup frappé à sa porte la fit à nouveau sursauter.

Un coup fort, lourd.

Serrant son arme dans sa main tremblante, elle retourna dans la pièce principale tandis qu'on frappait à nouveau.

Quand elle trouva enfin le courage de regarder par le judas, elle découvrit Pullman qui se tenait tranquillement sur son perron et la fixait de ses petits yeux de fouine.

Lentement, Ray reprit connaissance. Son dos le faisait atrocement souffrir et sa vision était trouble, mais après avoir cligné des yeux une ou deux fois, il réussit à y voir plus net.

Bon sang… Non seulement cette ordure l'avait forcé à quitter la route et à prendre la fuite, mais en plus il l'avait salement amoché.

Ce salaud n'allait pas s'en sortir comme ça.

Il essuya le sang qui coulait de son œil à demi clos et gonflé avant de regarder les alentours pour s'assurer que son agresseur était bel et bien parti. Mais si son Range Rover était toujours là, l'autre véhicule, lui, avait disparu.

Soulagé, Ray se releva et grimaça en sentant la douleur qui irradiait dans tout son corps. Bon sang, il allait probablement avoir mal pendant plusieurs jours.

Tout en s'installant tant bien que mal dans sa voiture, il se remémora les dernières heures pour essayer de collecter des informations sur son assaillant. Mais les coups qu'il avait reçus semblaient avoir ramolli son cerveau et le monde autour de lui paraissait à présent totalement flou.

Ray croyait que le véhicule du type était noir mais il savait que celui-ci pouvait tout aussi bien être vert ou marron foncé. Et il n'avait pas pu relever la plaque d'immatriculation.

Quand il s'écroula enfin derrière le volant, il tâtonna pour mettre le moteur en marche avant de se rendre compte que ses clés n'étaient plus sur le contact. Il laissa échapper une série de jurons. Son assaillant devait les avoir ôtées pour qu'il ne puisse pas le suivre…

Du sang coula à nouveau sur son visage et il l'essuya d'un revers de main avant d'inspecter le sol et les sièges de son Range Rover. En vain.

Un sentiment puissant de frustration le submergea tandis qu'il regardait le sol boueux.

Il faisait si sombre et il y avait tant d'herbes folles qu'il attrapa la lampe torche qu'il gardait sous son siège et s'en servit pour tenter d'y voir un peu plus clair.

Mais alors qu'il fouillait les buissons, il soupira en se rendant compte que la douleur, loin de s'atténuer, s'amplifiait.

Il savait qu'il n'y avait que deux possibilités : soit l'homme avait emporté les clés avec lui, soit il les avait jetées dans les bois avant de partir.

Il lui faudrait probablement beaucoup de temps, voire la nuit entière, pour les retrouver.

Du temps qu'il n'avait pas. Scarlet avait l'air terrifiée quand elle l'avait appelé après avoir découvert que Pullman était devant chez elle. Il hurla de colère. Il ne pouvait pas fouiller ces fichus bois. Il devait se rendre au plus vite auprès de Scarlet.

Il se dépêcha de remonter dans son 4x4 et tenta de le faire démarrer en trafiquant les fils du contact. À peine quelques minutes plus tard, il démarra en trombe et, après avoir vérifié une dernière fois que le véhicule de son agresseur n'était plus dans les parages, il quitta le chemin et s'engagea sur la route déserte.

La voix terrifiée de Scarlet résonnait tout au fond de lui. Si Pullman lui avait fait du mal, il ne pourrait jamais se le pardonner.

En croisant un autre véhicule, Ray se raidit en pensant qu'il s'agissait peut-être de son agresseur, mais la voiture le dépassa sans ralentir et disparut rapidement.

Le sang continuait de couler sur son visage et lui gênait la vue. Il chercha un mouchoir dans sa poche pour l'essuyer tout en maintenant son pied fermement appuyé sur la pédale d'accélérateur.

Une fois arrivé dans le quartier de Scarlet, Ray ralentit et observa les voitures sagement garées devant les parkings et les quelques lumières qui brillaient encore aux fenêtres.

Il aperçut une camionnette stationnée devant la maison de Scarlet mais continua son chemin et alla se garer un peu plus loin. Il ne voulait pas éveiller les soupçons de Pullman.

Ne sachant pas si l'homme était armé ou non, il ouvrit la boîte à gants et prit son revolver avant de s'extraire lentement de sa voiture.

Il regarda ensuite attentivement le jardin qui se trouvait devant la maison de Scarlet, puis jeta un œil sur les côtés. Des bois entouraient la petite maison et il jura en constatant que c'était un endroit idéal pour se cacher.

Il avança lentement en se dissimulant derrière les arbres quand, soudain, il aperçut une ombre filer sur le mur de la maison. Se figeant, il la suivit des yeux et la vit se déplacer jusque derrière le bâtiment avant de disparaître.

Ray serra les dents et longea la façade le plus discrètement possible afin que Pullman ne puisse pas le voir. Mais quand il arriva au coin, l'homme avait disparu.

Il fit alors le tour de la maison, jeta un rapide coup d'œil dans les bois mais ne trouva personne. Nom de Dieu, pensa-t-il, où était passé ce type ? Il se dirigea vers le côté opposé du bâtiment puis revint vers l'avant mais en vain.

S'appuyant un instant contre le mur pour reprendre son souffle, il leva les yeux et le vit enfin. Pullman était sur le perron de Scarlet en train de frapper à la porte.

Qu'est-ce qu'il trafiquait ? À quoi tout cela rimait-il ?

Ray comprit soudain ; Pullman jouait avec les nerfs de Scarlet. Ce foutu pervers voulait la terroriser.

Serrant son arme dans sa main, Ray se dirigea vers le porche. Les marches grincèrent quand il monta l'escalier et Pullman fit volte-face.

— Attendez ! dit-il en levant lentement les mains. Ne tirez pas.

— Vous avez découvert que Scarlet avait survécu à son accident de voiture, alors vous êtes venu pour finir le boulot ? C'est ça, n'est-ce pas, espèce d'ordure ? lui lança Ray en le mettant en joue.

— De quoi parlez-vous ? Je suis venu m'excuser, lui répondit Pullman qui semblait réellement surpris.

— Vous mentez et nous le savons tous les deux. Vous avez essayé de la tuer.

— Si j'avais essayé de la tuer comme vous dites, je peux vous garantir qu'elle serait morte, siffla Pullman entre ses dents.

— Je pense pourtant que c'est ce que vous avez fait et qu'à présent vous essayez de l'intimider.

— Elle m'a volé ma fille, lui répondit Pullman en affichant un sourire méprisant. Et je vais faire tout ce qui est en mon pouvoir pour la récupérer.

Ray sortit son téléphone de sa poche pour appeler le shérif adjoint.

— Je vais vous laisser régler ça avec la justice… Mais si je découvre la moindre preuve que vous êtes celui qui a saboté les freins de la voiture de Scarlet, alors vous finirez en prison pour tentative de meurtre, lui lança Ray en l'agrippant par le col. Maintenant, à vous de choisir : soit je vous fais embarquer par le shérif adjoint, soit vous quittez sagement cette propriété de votre plein gré. Qu'en pensez-vous ?

— Et qui êtes-vous pour me dire ce que je dois faire ? gronda Pullman.

— Quelqu'un que vous feriez mieux de prendre au sérieux, vous pouvez me croire, lui répondit Ray en le fusillant du regard. Mlle Lovett a déposé une injonction contre vous, alors si vous l'embêtez à nouveau, votre petit jeu se retournera contre vous et vous vous retrouverez vite fait derrière les barreaux. Et là, vous pouvez me croire sur parole, vous ne reverrez jamais votre enfant.

Quand Scarlet entendit une autre voix d'homme sur son perron, elle regarda à nouveau par son judas.

Pendant une demi-heure au moins, Pullman l'avait poussée à bout en tournant autour de sa maison, en grattant à une fenêtre puis à une autre. Il voulait lui faire savoir qu'il pouvait s'en prendre à elle. Ce qu'il faisait déjà en jouant à la terroriser.

Puis elle vit que Ray était en train de le ramener à sa camionnette et elle soupira de soulagement. En montant dans son véhicule, Pullman lança un dernier regard menaçant puis il démarra en faisant crisser ses pneus et s'éloigna sur les chapeaux de roues.

Scarlet regretta d'avoir cédé à la panique. Pullman avait réussi son coup…

Une fois qu'il fut parti, Ray fit demi-tour et revint vers elle. Mais quand elle découvrit son visage sous la lueur des réverbères, elle retint un cri de détresse en remarquant son œil meurtri et gonflé et ses joues tuméfiées.

— Ray ! lui lança-t-elle en ouvrant la porte, le cœur battant. Mon Dieu, que vous est-il arrivé ?

— J'ai eu un accident.

Il avait dû reconnaître la peur dans ses yeux car il s'empressa de la prendre dans ses bras. Scarlet s'effondra contre lui, si soulagée de le voir qu'elle parvenait à peine à respirer.

— Il ne vous a pas fait de mal, si ? lui demanda Ray doucement.

— Non, non, ça va, mais entrez, je vous en prie, lui répondit-elle en oubliant sa peur.

Elle le conduisit jusqu'à la cuisine et Ray la suivit en boitant puis grimaça lorsqu'elle commença à examiner ses blessures. Après avoir mouillé une serviette sous le robinet de l'évier, elle lui fit lever le menton puis commença délicatement à laver son visage.

— Ça a l'air douloureux, lui dit-elle en tapotant doucement le sang séché avec le tissu humide. Vous devez voir un médecin, Ray. Vous avez mal ailleurs ?

Ray lui attrapa la main et la força à s'arrêter.

— Je suis juste un peu secoué, ne vous en faites pas pour moi.

— Non, vous êtes en sang et vous avez un œil au beurre noir, le corrigea-t-elle en haussant les sourcils. Dites-moi ce qu'il s'est passé. Est-ce que quelqu'un a aussi saboté votre voiture ?

Ray secoua la tête et lâcha la main de Scarlet qui reprit sa tâche.

— Un type a essayé de me faire sortir de la route. J'ai pris une autre voie et me suis arrêté mais il m'a suivi et m'a foutu une sacrée raclée.

Scarlet perçut une pointe d'autodérision dans la voix de Ray qui ajouta :

— Je n'arrive toujours pas à croire qu'il ait eu le dessus.

Scarlet dégagea délicatement une mèche de cheveux de

son front et poussa un soupir de soulagement en constatant que la coupure au-dessus de son œil semblait superficielle.

— J'ai l'impression que vous n'avez pas besoin de points de suture. Montrez-moi les autres endroits qui vous font mal.

Ray secoua la tête.

— Je vous ai dit que ça allait. Je suis seulement désolé d'être arrivé si tard ici. Est-ce que Pullman a essayé d'entrer chez vous de force ?

En se rappelant ce qu'il venait de se passer, Scarlet sentit un frisson glacé lui parcourir l'échine.

— Pas vraiment.

— Qu'est-ce que vous voulez dire ? lui demanda Ray en prenant ses mains dans les siennes.

L'inquiétude qui brillait dans son regard troubla Scarlet qui détourna les yeux. Ce qu'elle voulait surtout, c'était que Ray la prenne dans ses bras. Qu'il la serre fort contre lui.

Qu'il l'embrasse.

Et qu'il reste avec elle cette nuit pour la protéger.

— Scarlet ?

— Pullman a juste cherché à me faire peur, Ray. Il a couru de fenêtre en fenêtre, il a tapé contre tous les carreaux, il a fait du bruit. En gros, il a tout fait pour me faire croire qu'il allait entrer chez moi mais il n'a jamais sauté le pas.

— Quelle ordure, gronda Ray. Il dit ne pas avoir saboté vos freins mais, ne vous en faites pas, nous trouverons un moyen de le coincer. Il faut aussi que vous portiez plainte contre lui afin qu'il ne puisse plus vous approcher.

Scarlet acquiesça.

— Et vous ? Avez-vous reconnu l'homme qui vous a attaqué ?

— Non, mais je vais tout de même faire un rapport aux forces de l'ordre.

Scarlet hocha la tête en silence et, quand elle croisa à nouveau son regard, ce qu'elle sentit passer entre eux deux était chargé d'inquiétude, de peur et de… quelque chose d'autre. Quelque chose qui avait tout de la tension sexuelle, chose qu'elle n'avait pas ressentie depuis bien longtemps.

Elle sentit qu'elle devait faire marche arrière au plus vite. Elle devait se rappeler toutes les raisons pour lesquelles elle ne pouvait pas s'engager dans une relation avec Ray. Ses frères ne la connaissaient même pas et ils avaient encore toutes ces histoires d'héritage à régler.

— Vous auriez dû appeler le shérif adjoint, murmura-t-elle.

Le regard brûlant de désir, Ray tendit la main vers son visage et glissa une mèche de ses cheveux derrière son oreille.

— J'étais bien trop inquiet pour vous. J'avais peur que Pullman ne vous fasse du mal.

Le ton de sa voix déclencha en elle une série de doux frissons. Réprimant son envie de sentir sur elle ses caresses, elle passa sa langue sur ses lèvres sèches.

— Bon sang, Scarlet, continua Ray d'une voix rauque. Que nous arrive-t-il ?

— Je ne sais pas, chuchota-t-elle, impuissante à contrôler l'envie de son corps et de son cœur.

Ray sembla la comprendre car d'un doigt, il lui effleura la bouche puis attira son visage vers le sien et l'embrassa.

Quand Scarlet entrouvrit les lèvres, Ray sentit le désir s'emparer de son corps tout entier. Des images de son agression, de l'accident de voiture de Scarlet et de ce pervers de Pullman lui revinrent en tête comme une violente série de flash-back et il prolongea leur baiser.

Il avait besoin de la savoir en sécurité.

Ses lèvres étaient douces et tendres, son corps tremblant. Il lui caressa le dos et plongea sa langue plus profondément dans sa bouche. Scarlet laissa échapper un long soupir vibrant de désir et Ray souleva ses cheveux pour déposer une série de baisers, de sa nuque jusqu'à la naissance de son décolleté.

Elle pencha la tête en arrière et, en goûtant la saveur de sa peau, Ray en voulut soudain davantage.

Scarlet attrapa son Stetson et le jeta sur le canapé, puis quand elle plongea les mains dans sa chevelure, Ray gémit de plaisir.

Sans se séparer, ils se dirigèrent jusqu'à la chambre à coucher.

Cédant au puissant désir qui le consumait, Ray appuya Scarlet contre le mur et commença à ouvrir les boutons de sa robe, tout en embrassant la peau délicate de son cou. Comme pour lui répondre, Scarlet se serra encore plus intimement contre lui.

Ray sentit alors son sexe se raidir et, après avoir fait sauter les derniers boutons, il découvrit avec émotion le soutien-gorge en dentelle bleu nuit de Scarlet.

Il inspira profondément. Son corps entier vibrait d'une violente passion pour elle. Un sentiment qu'il n'avait pas ressenti depuis bien longtemps.

En découvrant les ecchymoses sur sa poitrine, il supposa qu'elles étaient les conséquences du choc causé par l'airbag mais il remarqua deux étranges cicatrices. Deux petits ronds qui ressemblaient à des brûlures de cigarette. Et une croix qui avait l'air d'avoir été tracée par une lame.

Scarlet sembla comprendre sa surprise et se couvrit soudain le corps de ses mains.

— Comment t'es-tu fait ça ? lui demanda-t-il doucement.

Scarlet essaya de se dégager mais Ray la retint.

— Réponds-moi, insista-t-il. Qui t'a fait ça ? Un parent adoptif, Bobby ?

— Les deux, lui répondit-elle dans un murmure plein de tristesse.

Bon sang… Ray sentit la rage l'envahir mais il garda son sang-froid. Scarlet en avait probablement assez de ces hommes en colère qui passaient leurs nerfs sur les femmes.

Jamais il ne serait comme eux. Elle pouvait avoir confiance en lui.

C'est le message qu'il essaya de lui faire passer dans un regard, et Scarlet sembla comprendre le sens de cette promesse silencieuse car elle releva la tête et l'embrassa de nouveau. Un baiser qui était, cette fois, dénué d'ambiguïté.

C'était une invitation, en bonne et due forme.

Mais…

S'il lui faisait l'amour, pourrait-il seulement s'éloigner d'elle après ?

14

Animé par la passion, Ray embrassa Scarlet, puis s'aventura vers sa poitrine et ses cicatrices pour y déposer de tendres baisers. Il la caressa ensuite à travers la fine barrière de dentelle et Scarlet laissa échapper un gémissement de plaisir en agrippant ses cheveux.

Il dégrafa rapidement son soutien-gorge et retint son souffle en prenant ses seins, à présent libérés, à pleines mains. Ils étaient lourds et doux, quant à ses mamelons… Ils étaient aussi parfaits que deux boutons de roses.

Quand il sentit qu'ils se durcissaient, Ray ne put résister et il baissa la tête pour en prendre un dans sa bouche. Scarlet répéta son nom doucement et, comprenant que cela lui était agréable, il commença à sucer son sein jusqu'à faire trembler son corps tout entier.

Puis Scarlet chercha à ouvrir sa chemise et se mit à caresser son torse du bout des ongles. Haletant, Ray sentit sa chair se réveiller, électrisée par des sensations presque oubliées.

Mais quand Scarlet frôla ses côtes probablement fêlées, Ray ne put s'empêcher de grimacer.

— Je suis désolée, lui dit-elle dans un souffle.

— Je suis sûr que tu peux mieux faire, lui répondit-il d'une voix rendue rauque par le désir.

Laissant alors tomber sa chemise au sol, il l'attira vers le lit mais alors qu'ils allaient s'y étendre, Scarlet s'écarta soudain pour déplacer quelque chose.

Une poupée.

À sa vue, Ray se figea, le cœur battant. Cette poupée… Ces cheveux blonds, ces grands yeux bleus…

Pendant un instant, il eut l'impression qu'on venait de lui planter un couteau dans le dos.

— Où as-tu eu cette poupée ?

Les yeux de Scarlet qui, un instant plus tôt, pétillaient d'envie s'assombrirent tout à coup. La question de Ray venait de rafraîchir considérablement l'atmosphère.

— C'est ton père qui me l'a donnée.

Ray ne savait pas exactement pourquoi cela le contrariait, pourtant c'était le cas, il était bouleversé.

— Ma mère collectionnait ces poupées, dit-il enfin, le cœur serré.

— Je sais, lui répondit doucement Scarlet. Joe m'avait parlé d'elle et m'avait dit combien elle les aimait. Je crois que c'est pour cette raison qu'il voulait que j'en aie une.

Ray ne pouvait écarter la vision de sa mère, qui occupait maintenant son esprit. Il n'en comprenait pas la raison mais il lui semblait déplacé que son père ait donné à Scarlet une des rares choses que sa mère ait laissées derrière elle, après sa mort. Lui-même n'avait jamais voulu récupérer ces poupées mais… Elles avaient quelque chose de particulier.

Une nouvelle fois, il avait le sentiment d'avoir été trahi, comme quand, enfant, il avait surpris son père avec Barbara.

— Ray ? murmura Scarlet en lui caressant le bras.

Ray se détourna légèrement. Puis son téléphone se mit à vibrer et en le sortant de sa poche de jean, il découvrit que c'était un appel de Brett.

Et merde…

Scarlet était devant lui, à moitié nue. Son corps tout entier semblait le supplier de l'emmener jusqu'au lit pour finir ce qu'ils avaient commencé.

Mais cette satanée poupée et maintenant l'appel de son frère lui rappelèrent soudain ce qui était en jeu.

Si lui-même se sentait trahi par son père, comment ses frères allaient-ils réagir lorsqu'ils découvriraient qu'ils avaient un autre frère et que Ray avait couché avec celle que leur père considérait comme sa propre fille ?

Cette fille dont il ne leur avait jamais parlé… Celle qui allait hériter d'une partie de leur patrimoine familial.

— Je…, commença-t-il en ramassant sa chemise sur le sol.

Il se détestait pour ce qu'il était sur le point de faire. Il allait la quitter alors qu'elle était si belle. Et si vulnérable.

Son téléphone se remit à vibrer et Ray le montra à Scarlet tout en se dirigeant vers la porte.

— Je suis désolé, Scarlet. Je dois vraiment répondre à ce coup de téléphone.

Scarlet eut l'air blessée mais elle ne répondit rien et tendit seulement la main vers un fauteuil pour attraper la robe qui était posée dessus.

Alors Ray quitta la chambre, avec le sentiment profond et sincère d'être le dernier des salauds.

Scarlet enfila sa robe les joues en feu. Elle se sentait nue, seule et… blessée.

Qu'avait-elle fait de mal ? Ray n'avait pas semblé un instant rebuté par ses cicatrices. Mais la découverte de cette poupée l'avait fait changer d'attitude.

Elle ferma les yeux pour retenir ses larmes. Il n'était pas question qu'elle se mette à pleurer, pas question qu'elle ressente une nouvelle fois ce sentiment de rejet. Mais comment Ray avait-il pu la rendre folle de désir avant de l'abandonner de la sorte ?

Sur la pointe des pieds, elle se rendit au salon et découvrit qu'il était en train de téléphoner devant la cheminée. Peut-être ce coup de téléphone était-il réellement important ?

Ils avaient quand même bien failli être tous les deux tués aujourd'hui. Et le danger rôdait toujours. Quelqu'un voulait détruire Horseshoe Creek et Pullman n'aspirait qu'à une chose : se venger d'elle.

Voilà pourquoi elle avait tellement besoin de Ray.

Besoin de lui ? À cette pensée, Scarlet sentit la panique l'envahir. Elle n'avait encore jamais eu besoin d'un homme. Et en aucun cas, elle ne pouvait se permettre d'avoir besoin de Ray McCullen.

Cependant avec lui, c'était autre chose, se rappela-t-elle en silence. Elle avait besoin de son réconfort, de sa virilité, d'une nuit d'amour pour exorciser cette tension sexuelle qui vibrait entre eux. Sans compter qu'être dans ses bras ce soir lui aurait rappelé qu'ils étaient encore tous les deux en vie.

Mais il avait fallu qu'il voie cette poupée… En la découvrant, Ray s'était rappelé sa mère, la trahison de son père avec Barbara et le fait que celui-ci avait eu, pendant toutes ces années, une deuxième famille cachée.

Famille qui allait maintenant leur mettre des bâtons dans les roues en prenant part aux affaires familiales.

Toutefois, Scarlet ne faisait partie d'aucune des deux.

C'était d'ailleurs pour cette raison qu'elle n'avait d'abord pas voulu de cette poupée. Elle n'était pas une McCullen et tout l'amour de Joe n'y pourrait rien changer, elle ne le serait jamais.

Un profond sentiment de désespoir s'empara d'elle.

Si Ray ne voulait pas qu'elle garde cette poupée, il ne voudrait probablement pas qu'elle hérite d'une partie du ranch de son père.

— Qu'est-ce qu'il s'est passé, Ray ? demanda Brett à l'autre bout du fil. Tu es parti comme si quelque chose de grave venait d'arriver…

Ray se mordit l'intérieur de la joue. Il n'aimait pas mentir à ses frères, d'ailleurs il était vraiment temps de leur parler de Scarlet et Bobby.

Enfin… pas ce soir.

— Je suis désolé. J'avais un truc à régler mais un type a surgi de nulle part et après m'avoir poursuivi en voiture, il m'a flanqué une raclée.

— Quoi ? demanda Brett en prenant une voix aiguë. Mais tu vas bien ?

— Oui, j'ai juste quelques bleus, répondit-il en pensant que malheureusement son ego lui aussi en avait pris un coup.

— Tu sais qui c'était ?

— Non, un type crasseux plutôt grand et balèze. Mais il faisait nuit et il m'a foncé dessus tellement vite que je n'ai pas vraiment pu voir son visage.

— Tu en as parlé à Whitefeather ?

— Pas encore, mais je vais le faire, lui répondit Ray en se rappelant que Scarlet devait elle aussi porter plainte contre Pullman. Mais pour quelle raison voulais-tu me parler, Brett ?

Brett resta silencieux un instant et Ray regretta d'avoir semblé sur la défensive. Ils étaient frères, et Brett n'avait pas besoin d'une raison pour l'appeler.

— J'ai trouvé Hardwick, dit Brett, mais je ne lui ai pas encore parlé. Je suis devant le Silver Bullet où j'ai découvert que son camion était garé. Je pensais que nous pourrions aller le confronter ensemble.

Ray jeta un regard vers la chambre à coucher. Vu ce qu'il s'était passé ce soir, il n'avait pas envie de laisser Scarlet seule. En effet, que se passerait-il si Pullman décidait de revenir ?

Pourtant… s'il restait ici, il savait qu'il risquait fort de retourner auprès d'elle pour s'excuser de s'être comporté comme un salaud et l'implorer de lui accorder une deuxième chance.

Ce qui n'était vraiment pas une bonne idée. Non, il valait mieux qu'il appelle le shérif adjoint et qu'il lui demande de venir au plus vite.

— Je te retrouve dans dix minutes au bar, répondit-il à son frère en essayant d'ignorer le sentiment de culpabilité qu'il ressentait en omettant volontairement de lui parler de Scarlet.

Il le ferait, en temps voulu. Il le devait.

Puis il rentra sa chemise dans son jean, referma la boucle de sa ceinture, récupéra son arme et remit son Stetson avant d'aller frapper à la porte de la chambre de Scarlet.

Quand celle-ci lui ouvrit, Ray sentit le regret l'envahir. Il pouvait voir la douleur briller au fond de ses yeux, pourtant elle releva le menton faisant manifestement tout son possible pour dissimuler ses émotions.

— C'était mon frère, lui dit-il doucement. Nous avons une piste pour l'incendie des écuries. Je vais le retrouver pour interroger un homme que nous suspectons.

— Très bien.

Son ton sévère confirma ce que Ray savait déjà : elle était furieuse.

— Je vais appeler Whitefeather et le prévenir de mon agression et de la visite de Pullman chez toi. Je vais aussi lui demander de venir ici pour surveiller ton domicile.

— Merci, Ray, lui répondit-elle en acquiesçant.

Il hésita un instant, tenté par l'envie de la prendre dans ses bras, et faillit lui dire que tout allait bien se passer maintenant. Mais il ne pouvait en être sûr, d'autant plus qu'il n'avait toujours rien dit à ses frères.

— Scarlet, je…

— Va-t'en maintenant, Ray, le coupa-t-elle sèchement. Et sache qu'il valait mieux que nous en restions là…

Elle leva alors les yeux vers lui, comme pour le défier d'oser la contredire. Mais Ray en était incapable car il était d'accord avec elle.

Ce qui ne signifiait pas pour autant qu'il avait aimé prendre cette décision.

Scarlet promit sagement à Ray de garder toutes ses portes fermées à double tour jusqu'à l'arrivée du shérif adjoint.

Toutefois, au fond d'elle-même, elle bouillonnait.

Elle comprenait les hésitations de Ray et savait qu'elle aurait dû se réjouir de cette interruption. Mais son corps tout entier tremblait de frustration.

Elle n'était pas le genre de femme qui couchait avec n'importe qui. En fait, elle n'avait couché qu'avec deux hommes dans toute sa vie. Enfin, on ne pouvait même pas parler d'hommes, il s'agissait plutôt de garçons.

La première fois, elle avait dix-sept ans et venait d'entrer à l'université. Elle était jeune, insouciante et pensait qu'elle était amoureuse. Et elle n'avait surtout aucune expérience en la matière… Les relations de couple étaient synonymes pour elle d'exclusivité et de mariage mais pour son petit ami de l'époque, cela rimait plutôt avec de bonnes parties de jambes en l'air sans prise de tête.

La seconde fois, elle avait vingt et un an et elle sortait avec un procureur mais, lorsqu'il avait décidé de rejoindre un cabinet d'avocats qui se concentrait sur la défense de criminels endurcis, elle avait senti ses sentiments s'émousser. Ne partageant visiblement pas les mêmes valeurs, ils s'étaient rapidement éloignés l'un de l'autre.

Elle allait se préparer une tasse de thé quand elle entendit tout à coup le moteur d'une voiture qui approchait de sa maison. Elle se précipita à la fenêtre pour s'assurer qu'il ne s'agissait pas de Pullman.

Mais elle fut immédiatement rassurée en découvrant la voiture du shérif adjoint et elle posa sa tasse de thé sur la table basse pour aller lui ouvrir la porte.

— Mademoiselle Lovett, Ray McCullen m'a appelé pour me dire que vous aviez des ennuis ? lui dit Whitefeather en montant les quelques marches de son porche.

— Oui, lui répondit-elle en lui faisant signe d'entrer. J'ai besoin d'une ordonnance de restriction contre Lloyd Pullman.

— Racontez-moi ce qu'il s'est passé.

Après lui avoir proposé une tasse de café qu'il refusa, Scarlet conduisit le shérif adjoint jusqu'au salon en lui expliquant l'affaire qui la liait à Pullman et ce que celui-ci avait fait plus tôt dans la soirée.

Ce faisant, Scarlet se rendit compte que ce dernier ne semblait pas avoir compris qu'en s'en prenant à elle, il compromettait réellement ses chances de récupérer sa fille.

En arrivant sur le parking du Silver Bullet, Ray aperçut le camion de Brett et se gara près de lui. Son frère marcha vers lui dès qu'il descendit de son Range Rover.

— Nom de Dieu, Ray, tu t'es pris une sacrée raclée ! lui dit-il en lui prenant le bras, les sourcils froncés.

— Comme tu dis, répondit Ray qui avait presque réussi à oublier ses blessures. Tu es allé à l'intérieur ?

— Non, je me suis dit qu'il valait mieux que j'attende les renforts, lui répondit Brett en esquissant un sourire.

Ray acquiesça et ils entrèrent tous deux dans le bar. L'endroit était enfumé et sentait la bière et le whisky. La chanson country qui sortait des baffles parlait d'un homme qui avait perdu sa femme, et Ray ne put s'empêcher de penser à Scarlet.

Du bar provenaient des rires bruyants et des bribes de conversations tandis que dans un coin, au fond de la pièce, des groupes jouaient aux fléchettes. Deux types aux allures de motards s'affairaient autour de la table de billard.

Ray parcourut des yeux la salle bondée et Brett lui attrapa le coude pour lui montrer discrètement un jeune homme d'une vingtaine d'années qui portait un bouc et était coiffé d'un chapeau de cow-boy. À ses poignets, Ray remarqua une montre et une gourmette plutôt luxueuses… Les cow-boys ne gagnaient d'ordinaire pas suffisamment d'argent pour pouvoir s'offrir de tels cadeaux, pensa-t-il. Mais peut-être celui-ci avait-il arrondi ses fins de mois en travaillant pour l'ennemi ?

Brett se fraya un chemin jusqu'au bar et Ray le suivit. Il s'installa non loin de l'endroit où était assis l'homme tandis que Brett, lui, se dirigeait de l'autre côté. Le type vida son verre d'un trait avant d'en commander un autre.

Brett en profita pour demander au serveur de les servir et celui-ci déposa trois verres sur le comptoir.

Quand Hardwick prit le sien, Brett posa une main sur son épaule.

— Je crois que nous avons quelques mots à nous dire.

— Je le crois aussi, Hardwick, ajouta Ray en posant sa main sur son autre épaule.

L'homme sembla soudain en proie à la panique et, en un éclair, il glissa de son tabouret et s'enfuit en se frayant un passage parmi la foule.

— Bon sang, soupira Brett en levant les yeux au ciel.

Ray jura lui aussi puis ils s'élancèrent à sa poursuite.

15

— Je n'arrive pas à croire qu'il s'enfuit ! lança Brett à Ray tandis qu'ils se lançaient aux trousses de Hardwick.

De toute évidence, ce n'était pas l'attitude d'un homme qui n'avait rien à se reprocher, pensa Ray en avançant dans la foule sans quitter Hardwick des yeux. Brett partit dans la direction opposée pour tenter de lui barrer le passage avant la sortie.

— Je t'offre un verre, cow-boy ? proposa tout à coup à Ray une femme brune au décolleté plongeant.

Ray secoua la tête et reprit son chemin en remarquant que deux autres femmes tentaient également d'attirer l'attention de Brett. Mais si son frère avait été un véritable séducteur dans le passé, Willow occupait maintenant toutes ses pensées.

Ray vit soudain Hardwick bousculer un couple pour sortir et il se hâta de le suivre. Une fois à l'extérieur, il retrouva son frère puis s'arrêta un instant pour observer le parking avec attention.

— Là, il est en train de monter dans son camion ! s'exclama Brett en montrant du doigt Hardwick qui grimpait dans un pick-up noir.

— Arrêtez-vous immédiatement ! lui cria Ray en traversant le parking en courant.

Mais Hardwick démarra et quitta les lieux en trombe.

— Brett, viens, prenons ma voiture ! lança Ray à son frère en sortant les clés de son Range Rover.

Ils montèrent dans le véhicule et partirent à la poursuite de Hardwick.

Les pneus hurlant sur le bitume, ils prirent Hardwick en chasse, mais comme celui-ci s'était manifestement rendu compte que les frères McCullen le suivaient, il accéléra et s'engagea bientôt sur une route secondaire.

Quand une petite berline apparut en face d'eux, Ray fut forcé de ralentir et jura, agacé par ce véhicule qu'il devait laisser passer avant de tourner.

— Là-bas ! lui indiqua Brett en lui montrant le camion de Hardwick qui s'éloignait.

Appuyant sur la pédale d'accélérateur, Ray réussit à rattraper la distance qui séparait les deux véhicules mais alors que Hardwick prenait un virage à une allure bien trop vive, un camion-citerne surgit soudain en face d'eux. Hardwick donna un brusque coup de volant pour l'éviter et perdit manifestement le contrôle de son pick-up car il quitta la route et se dirigea droit vers le ravin.

Il braqua alors son volant si brutalement que la camionnette se coucha sur le côté et glissa sur le talus. Les vitres volèrent en éclats et la tôle se froissa sous des gerbes d'étincelles jusqu'à ce que le véhicule s'immobilise enfin.

— J'appelle les secours, dit Brett à Ray en cherchant son téléphone.

Ray gara le Range Rover sur le bas-côté puis sortit de la voiture et se précipita vers le pick-up renversé.

Le siège passager était écrasé et Ray s'agenouilla pour regarder sous l'habitacle. L'airbag s'était déployé et Hardwick, retenu par la ceinture de sécurité, semblait bloqué à l'intérieur, la tête en bas, le visage en sang.

Il était immobile et avait les yeux fermés.

— L'ambulance est en route, dit Brett en rejoignant son frère. Comment va-t-il ?

— Difficile à dire, lui répondit Ray en passant une main

au travers de la vitre brisée pour poser un doigt sur le cou de Hardwick. Il est vivant mais son pouls est faible.

Une sirène retentit soudain au loin et Hardwick se mit à gémir.

S'il venait à mourir, pensa Ray, ils n'auraient jamais la réponse à leurs questions.

— Pourquoi t'es-tu enfui ? demanda-t-il à Hardwick. Est-ce que c'est toi qui as mis le feu aux écuries du ranch ?

Hardwick sembla hocher la tête comme pour dire non et Ray soupira en entendant l'ambulance qui se rapprochait.

— Réponds-nous, insista Brett. As-tu déclenché l'incendie ?

— Non, marmonna Hardwick.

— Tu travaillais pour Bennett ?

Harwick n'eut pas le temps de répondre car, après une violente quinte de toux qui lui fit cracher du sang, il perdit connaissance.

L'ambulance se gara bruyamment près du Range Rover, suivie par un camion de pompiers, et Ray et Brett s'éloignèrent pour laisser les secouristes et les pompiers faire leur travail.

Ray se demanda si Hardwick allait s'en sortir... S'il reprenait conscience, lui et son frère devaient absolument réussir à le faire parler.

Scarlet serra ses bras contre elle en se demandant où Ray avait bien pu partir.

— Je vais m'assurer que cette injonction sera mise en place rapidement et en avertir Pullman, lui annonça le shérif Whitefeather. Ray m'a dit qu'il avait nié être le responsable de votre accident de voiture ?

— Il n'est pas du genre à assumer ses actes.

— Si c'est lui, Scarlet, ne vous en faites pas, nous trouverons un moyen de le prouver.

— Merci, soupira Scarlet. Mais je préférerais ne pas en arriver là.

— Ce n'est pas votre faute, lui répondit le shérif adjoint en lui jetant un regard chargé de bienveillance. D'après ce que vous m'avez dit sur Pullman, on dirait qu'il a le profil d'un homme violent. Il a très certainement besoin d'être pris en charge et de suivre des cours de gestion de la colère.

— Il doit également arrêter de boire, ajouta Scarlet. Je lui en ai déjà parlé mais ce sujet le met hors de lui.

— Certains hommes ont besoin de passer devant le tribunal et même de faire un petit séjour en prison pour retrouver la raison.

— Ce qui est triste, c'est que c'est sa fille qui souffre le plus de la situation. Elle a besoin d'un père.

— Comme tous les enfants, ajouta le shérif d'un ton soudain tragique.

— Votre père n'était pas très présent ?

Whitefeather hocha la tête en silence et sa longue queue-de-cheval glissa sur l'une de ses épaules.

— Non, j'ai grandi seul avec ma mère, dans une réserve. Je n'ai découvert le nom de mon père que récemment.

— Je suis désolée, murmura Scarlet. On dirait que nous avons des choses en commun, vous et moi.

Le regard du shérif adjoint s'assombrit et Scarlet crut percevoir de la souffrance en lui. Peut-être même de la colère.

Le shérif adjoint Whitefeather était un bel homme. Grand, costaud, il avait la peau mate et les pommettes saillantes des Amérindiens. Il était très séduisant.

Mais malgré son charme indéniable, il ne faisait pas à Scarlet le même effet que Ray.

— Vous connaissez les frères McCullen ? lui demanda soudain le shérif adjoint en se levant.

Scarlet serra ses mains l'une contre l'autre en se demandant comment répondre à cette question.

— Seulement Ray, dit-elle finalement. Mais je connaissais bien leur père, Joe.

— Vous connaissiez Joe McCullen ? lui demanda Whitefeather en haussant les sourcils.

— Oui, lui répondit Scarlet qui ne put s'empêcher de sourire à cette pensée. J'ai grandi dans un orphelinat en périphérie de Laramie, il y était bénévole. Grâce à son aide, l'endroit a pu se développer et s'agrandir. Il s'appelle aujourd'hui The Family Farm.

— C'est vrai ? C'est un beau geste.

— Joe avait un faible pour les enfants sans famille, lui répondit Scarlet en choisissant ses mots soigneusement. Il faisait venir des chevaux à l'orphelinat deux fois par mois et nous donnait des leçons d'équitation. J'imagine que l'on peut dire qu'il était une sorte de figure paternelle pour tout le monde là-bas.

— Je ne l'ai jamais connu personnellement, mais je n'ai toujours entendu que du bien à son propos. Maddox a été très affecté par sa mort.

— Je suppose qu'ils devaient être très proches.

— Oui, je le pense aussi, lui répondit Whitefeather en la regardant tout à coup droit dans les yeux. Mais vous avez dû être très ébranlée, vous aussi.

— Oui… Je l'aimais comme un père. Pour tout vous dire, quand j'ai eu dix ans, c'est lui qui m'a trouvé une famille d'accueil et m'a permis d'avoir un foyer. Il… Il a toujours été là pour moi.

Son cœur se serra à la pensée qu'elle ne reverrait plus jamais Joe. Avec toutes les épreuves qu'elle avait traversées cette semaine, c'était de lui qu'elle avait le plus besoin. Mais elle avait trouvé du soutien et du réconfort auprès de Ray…

Toutefois, elle savait que cela ne durerait pas. Quand Maddox et Brett découvriraient la vérité à propos de Barbara, de Bobby et d'elle-même, elle ne risquait pas d'être accueillie dans la famille à bras ouverts.

Scarlet croisa le regard du shérif adjoint et, à nouveau, elle eut l'étrange sensation qu'il voulait lui dire autre chose.

Il avait l'air si troublé qu'elle fut intriguée par cet étrange comportement.

— Voilà ma carte, lui dit-il finalement en se dirigeant vers la porte d'entrée. N'hésitez pas à m'appeler si vous avez besoin de quoi que ce soit.

— Je vous remercie, shérif. Mais dites-moi, est-ce que Ray vous a dit que quelqu'un l'avait poursuivi et attaqué ?

— Oui, lui répondit Whitefeather en affichant soudain un air inquiet. On dirait que quelqu'un en a après les McCullen.

Scarlet se demanda s'il pensait qu'elle pouvait faire partie des suspects… Elle n'aurait jamais pu faire quelque chose de ce genre, mais Bobby par contre…

— J'espère que vous découvrirez l'identité de son assaillant, c'est peut-être le même individu que celui qui a mis le feu aux écuries du ranch.

— Ne vous inquiétez pas, Scarlet, lui répondit le shérif adjoint en lui serrant le bras affectueusement. Nous trouverons le fin mot de cette histoire. En attendant, gardez vos portes bien fermées et appelez-moi si Pullman revient vous voir.

Scarlet referma la porte derrière lui en priant pour que personne ne vienne plus chez elle ce soir. Ni Pullman ni Bobby.

Ni Ray.

S'il revenait, Scarlet savait qu'elle ne pourrait résister à la tentation et qu'elle lui demanderait de rester.

Les pompiers réussirent à sortir Hardwick de son pick-up, le chargèrent dans l'ambulance puis l'emmenèrent à l'hôpital.

Plus les minutes passaient, plus Ray sentait l'impatience le gagner.

Après l'avoir enfin ausculté, les médecins déclarèrent que Hardwick souffrait d'une commotion cérébrale, de multiples blessures et contusions, et qu'ils redoutaient qu'il fasse une hémorragie interne.

De plus, il n'avait toujours pas repris connaissance.

Ray ramena donc Brett au parking du Silver Bullet afin qu'il récupère son véhicule, puis ils revinrent tous les deux à l'hôpital.

Une fois sur place, Ray fila droit vers la machine à café et Brett en profita pour appeler Willow et Sam.

Ray ramena une tasse à son frère puis savoura tranquillement son café, qui n'était pas très fort mais qui avait le mérite d'être chaud. Ce petit coup de pouce de caféine serait, de toute façon, le bienvenu pour une nuit qui s'annonçait blanche.

— Merci, mec, lui répondit son frère en ôtant son Stetson pour passer la main dans ses cheveux.

— Écoute, lui répondit Ray, si ça se trouve nous allons devoir attendre ici des heures. Pourquoi ne rentrerais-tu pas chez toi auprès de Willow et Sam ?

En prononçant ces mots, Ray ressentit une pointe de jalousie. Brett et Maddox avaient à présent leurs propres familles… Et lui ? Personne ne se souciait de lui. Mais c'était justement ce qui lui plaisait.

Il ne put pourtant s'empêcher de penser au visage de Scarlet et, en la revoyant, presque nue, les joues empourprées, il eut soudain une puissante envie de retourner auprès d'elle.

Brett haussa les épaules.

— C'est sûr qu'ils me manquent, mais je ne veux pas vous laisser tomber, Maddox et toi. Nous devons découvrir qui a déclenché cet incendie, c'est important. Ces ordures pourraient recommencer leur sale boulot.

Ray sentit sa gorge se serrer en écoutant son frère. Cela faisait des années qu'il ne s'était pas senti aussi proche de lui.

— Tu as raison. En s'en prenant au ranch, ils s'en prennent à nous. Mais raison de plus pour que tu rentres auprès de ta femme et de ton fils, lui répondit Ray. Ils ont besoin de toi. De plus, il vaut mieux que quelqu'un soit sur place s'il se passe à nouveau quelque chose.

— J'ai demandé à Clyde de surveiller.

— Il est fiable, c'est sûr, Brett, mais tu sais comme moi qu'il ne peut pas protéger le ranch comme nous le faisons.

— Est-ce que ça signifie que tu ne vas pas vendre ta part et repartir ? lui demanda Brett en esquissant un sourire.

— Je ne vendrai pas, lui répondit Ray même s'il ne savait pas encore s'il allait rester dans le coin.

Revenir chez lui, à Pistol Whip, avait ravivé le sentiment de trahison qu'il avait ressenti lorsqu'il avait découvert la liaison de son père.

Mais cela avait également fait remonter en lui tous les bons souvenirs de son enfance, ces instants de joie partagés avec ses frères, le bonheur de monter à cheval et de vivre du travail de la terre.

Il n'envisageait pas d'abandonner son travail de détective privé, non, il aimait son boulot mais… Il pouvait le faire ici.

Il serra les dents. Était-il réellement en train de penser à revenir vivre à Horseshoe Creek ?

— Sérieusement, Brett, rentre chez toi. Si Hardwick se réveille, je t'appelle avant d'aller lui parler.

— OK, merci Ray, lui répondit Brett en acceptant finalement son offre.

Ray se sentait rassuré de savoir que son frère serait au ranch ce soir au cas où il y aurait de nouveaux problèmes. Si Bennett était le commanditaire de l'incendie, il pouvait tout à fait trouver de nouvelles recrues pour faire le job.

Tandis que Brett s'éloignait, Ray sentit son téléphone sonner dans sa poche et vit qu'il s'agissait de Whitefeather.

— Oui ?

— C'est bon, j'ai parlé à Scarlet, elle est en sécurité à présent et je me charge de l'injonction pour Pullman.

— Merci, lui répondit Ray en soupirant. Est-ce que vous avez du nouveau concernant l'ADN sur le mégot de cigarette ?

— Pas encore, non. Je vais appeler le laboratoire pour leur dire que c'est urgent. Mais où êtes-vous, Ray ?

— À l'hôpital, un de nos employés nous a mis sur une

piste concernant un ouvrier du nom de Hardwick. Brett et moi l'avons suivi jusqu'au Silver Bullet mais en nous voyant, il a pris la fuite. Nous l'avons poursuivi en voiture mais il a eu un accident et il est aux urgences à présent.

— Vous voulez que je vous retrouve là-bas ?

— Non, cherchez plutôt ce que vous pourriez trouver sur cet homme, Hardwick. Si nous trouvons des liens financiers entre lui et Bennett, ou s'il a un casier judiciaire, nous pourrons nous servir de ces informations pour le forcer à parler.

— OK, je regarde ça mais pour le moment, d'après ce que j'ai trouvé, Bennett est irréprochable.

— Cherchez encore !

— Comptez sur moi, lui répondit le shérif adjoint avant de marquer une pause. Et, Ray ? Appelez-moi si quelque chose vous revient concernant l'homme qui vous a agressé.

— Bien sûr, lui répondit Ray avant de raccrocher.

Puis il but son café en déambulant dans le couloir, attendant que le médecin lui donne enfin l'autorisation de pouvoir parler à Hardwick.

Une demi-heure plus tard, l'infirmière vint lui annoncer que Hardwick allait s'en sortir et qu'il était conscient.

Ray la suivit en sentant la nervosité le gagner.

Hardwick était mal en point, son visage était tuméfié, sa tête bandée et il avait un bras en écharpe. Son regard se troubla quand il vit Ray avancer vers lui.

— On dirait que vous allez vous en sortir, Hardwick, commença Ray. J'ai parlé au shérif adjoint, il vous fera transférer en prison dès que le médecin donnera son feu vert.

— Mais pour quelle raison ? lui demanda Hardwick, l'air effrayé. Je n'ai rien fait.

— C'est votre mégot de cigarette qu'on a retrouvé dans l'écurie, n'est-ce pas ? Est-ce que c'est Bennett qui vous a payé pour y mettre le feu ?

— Non, lui répondit Hardwick avant de tousser violemment. Je devais juste lui faire un rapport quotidien de vos moindres faits et gestes.

Ray retint sa respiration. Hardwick reconnaissait donc être venu sur les lieux.

— Je ne vous crois pas, lui dit-il. Je pense que vous vouliez détruire notre ranch et que Bennett a d'autres plans en tête, peut-être même quelque chose de plus grave encore.

Hardwick fut pris d'une nouvelle quinte de toux, et une des machines auxquelles il était branché et qui semblait mesurer sa tension se mit à sonner bruyamment.

L'infirmière se précipita dans la chambre en fusillant Ray du regard.

— Vous devez partir, maintenant ! lui ordonna-t-elle.

— Si ce n'est pas vous qui l'avez fait, souffla Ray à Hardwick en se penchant vers lui, dites-moi qui c'est.

Hardwick toussa une nouvelle fois puis sembla sur le point de s'étouffer.

— Je vous ai demandé de partir, répéta l'infirmière en saisissant Ray par le bras.

Mais celui-ci résista et gronda dans l'oreille de Hardwick :

— Dites-moi, bon sang !

— Romley, balbutia Hardwick. Parlez-lui.

Ray acquiesça puis, se dégageant de l'emprise de l'infirmière, il se dirigea vers la porte.

Il se dépêcha de rejoindre son Range Rover sur le parking, démarra puis se mit en route pour Horseshoe Creek.

Quand son téléphone se mit à vibrer, il vit que c'était Brett et décrocha.

— Oui ?

— Est-ce que Hardwick a parlé ?

— Il m'a répété que ce n'était pas lui qui avait mis le feu mais m'a confirmé qu'il nous espionnait pour le compte de Bennett. Il m'a aussi parlé d'un certain Romley. Je suis en train de rentrer, mais je pense que je vais faire un crochet par le quartier des employés.

— OK, mais écoute, Maddox vient d'appeler pour nous prévenir que lui et Rose rentreraient tard ce soir. Il veut nous voir à la première heure demain matin… Il a dit que ça avait quelque chose à voir avec le testament de papa.

— Il ne t'en a pas dit plus ? demanda Ray en sentant son pouls s'accélérer.

— Non, mais il a insisté pour nous voir tous les deux… Je pense qu'il y a quelque chose qui cloche.

Ray sentit son estomac se nouer et il eut soudain l'impression d'entendre le tic-tac d'une bombe à retardement résonner dans sa tête.

Maddox avait-il découvert le vilain petit secret de leur père ?

16

Ray sentit la tension vibrer dans chacun de ses muscles tandis qu'il conduisait en direction de Horseshoe Creek.

Bien des années auparavant, son père avait fait construire des chalets sur la propriété afin de pouvoir loger le cuisinier, l'entraîneur d'équitation, les toiletteurs ainsi que le contremaître et sa famille. Il avait également fait bâtir des baraquements pour pouvoir héberger les nombreux employés du ranch, surtout ceux qui étaient saisonniers.

Alors qu'il passait devant le chalet où vivaient Brett, Willow et Sam, il remarqua que toutes les lumières étaient éteintes et en déduisit qu'ils avaient dû aller se coucher. Il continua d'observer la propriété en priant pour ne rien découvrir de louche.

Car, même s'il se doutait que le responsable de l'incendie ne reviendrait probablement pas sur les lieux, il ne pouvait en être certain.

Brett avait travaillé jour et nuit sur ces extensions du ranch. Il avait acheté de nouveaux chevaux et dans le même temps avait supervisé les travaux de leur maison familiale. Entouré de grands arbres et de champs, le bâtiment se trouvait près du ruisseau de Horseshoe Creek, au sommet d'une colline, et c'était l'endroit de la propriété qui offrait la plus belle vue sur le coucher du soleil. Brett avait également construit sa propre écurie pour y installer les chevaux qu'il comptait monter en famille, pour le plaisir.

Ray s'imagina un instant en train de parcourir la propriété à dos de cheval, avec une femme à ses côtés, peut-être même avec un enfant. Et il eut soudain la gorge sèche. Serait-il réellement capable de s'installer un jour et de fonder une famille ?

Perdu dans ses pensées, il faillit tomber dans un fossé. Le visage de Scarlet le hantait. Il secoua la tête, cligna des yeux et baissa l'intensité de ses phares en approchant des baraquements. Les lumières étaient éteintes dans la plupart d'entre eux, ce qui n'avait rien de surprenant, les employés commençaient à travailler avec le lever du soleil et se couchaient donc souvent à la nuit tombée.

Hardwick et Romley logeaient dans le bâtiment du fond et Ray ralentit en l'apercevant. Il parcourut des yeux les champs qui entouraient les bâtisses mais tout semblait calme.

Espérant surprendre Romley, Ray se gara devant le premier baraquement et, après être descendu de sa voiture, il fourra son arme dans sa veste et avança à pas de loup vers le bâtiment du fond. Le gravier crissa sous ses bottes et le vent faillit emporter son chapeau, mais il le retint de justesse et se dirigea d'un pas déterminé vers le dernier baraquement.

Une fois arrivé devant la porte, il se rendit soudain compte qu'il n'y avait qu'un seul camion garé devant. Était-ce celui de Romley ?

Ray gravit les quelques marches qui le séparaient de la porte, frappa deux coups et attendit qu'on vienne lui ouvrir.

Une lumière s'alluma à l'intérieur et il entendit quelques bruits de pas. Quand la porte s'ouvrit, il se retrouva face à un jeune homme d'une vingtaine d'années à peine, très maigre, qui le regardait d'un air interloqué en se grattant la tête.

— Comment tu t'appelles ? lui demanda Ray.

— Curtis.

— Bonjour, je suis Ray McCullen, je cherche Stan Romley.

— Il n'est pas là. Il est parti un peu plus tôt dans la soirée.

— Qu'est-ce que tu veux dire par « il est parti » ?

Ray bouscula l'homme pour entrer à l'intérieur du baraquement, alluma le plafonnier et parcourut l'endroit des yeux.

Il y avait un espace de vie principal avec une petite cuisine et deux chambres de chaque côté, toutes les deux équipées de lits superposés.

Un seul des lits était défait. Celui de Curtis que Ray venait manifestement de réveiller. Les autres lits étaient faits, et sur l'un d'entre eux, dans la chambre à l'opposé de celle de Curtis, étaient posés un sac, des chaussures et quelques affaires personnelles.

— À qui est-ce ? demanda Ray en examinant les vêtements et le sac.

— C'est à Hardwick. Il n'y avait que nous trois ici mais Romley a débarqué vers 5 heures pour prendre ses affaires et il a fichu le camp.

Hardwick l'avait-il prévenu que Ray et Brett étaient à ses trousses ? se demanda Ray.

— Est-ce qu'il t'a dit où il se rendait ?

Curtis secoua la tête.

— Quand je lui ai demandé s'il comptait revenir, il m'a répondu que non. J'ai pensé qu'il avait dû se passer quelque chose et que vous l'aviez licencié.

Ray se retint de jurer et alla examiner le bureau qui se trouvait dans le coin de la pièce, puis il fouilla à nouveau le sac de Hardwick en cherchant de possibles indices de ce que les deux hommes avaient pu planifier. Mais en vain…

— Il a fait quelque chose de mal ? lui demanda Curtis.

— Je pense que c'est lui et Hardwick qui ont déclenché l'incendie qui a détruit nos écuries, répondit Ray en se retournant vers lui pour observer sa réaction. Est-ce que tu sais quoi que ce soit à ce propos ?

— Non, dit le jeune homme en devenant livide et en faisant un pas en arrière. Non, mon Dieu, non.

— Tu les as aidés ?

— Attendez, écoutez, monsieur McCullen, bredouilla

Curtis en levant la main en l'air comme pour se défendre. J'ai obtenu ce poste la semaine dernière, je n'avais jamais vu Hardwick et Romley avant.

— Et Arlis Bennett ? Tu le connais ?

— J'ai déjà entendu parler de lui, mais comme tout le monde à Pistol Whip.

— Est-ce que tu as déjà travaillé pour lui ?

— Non, lui répondit Curtis d'une voix brisée. Mais je vous jure, monsieur McCullen, que je ne ferais jamais rien contre vous et vos frères. J'ai été engagé car je suis un grand fan de Brett, j'espère d'ailleurs qu'il pourra peut-être un jour m'apprendre quelques-uns de ses trucs.

Ray se détendit. Il percevait la sincérité dans le ton admiratif du jeune homme. Et puis, il savait que Brett avait de très nombreux admirateurs dans la région.

— As-tu déjà entendu Hardwick ou Romley parler entre eux de Bennett ? Ou même discuter de notre exploitation ?

— Non. Mais hier soir, Hardwick a dit qu'ils devaient se dépêcher de finir leur boulot pour quitter la ville. J'ai pensé qu'ils avaient une autre opportunité ailleurs.

Ce qui était le cas, pensa Ray en serrant les mâchoires. Probablement que Hardwick et Romley avaient un gros chèque à aller chercher. Un chèque signé de Bennett.

Se tournant et se retournant dans son lit, Scarlet n'arrivait pas à dormir. Terrorisée par la pensée que Pullman ou Bobby pouvaient revenir, elle guettait le moindre bruit et n'arrivait pas à se détendre.

Le rendez-vous chez l'avocat pour la lecture du testament de Joe avait été fixé au lendemain, à midi.

Mais, même si elle était impatiente de découvrir ce que Joe avait légué à The Family Farm, elle était surtout très anxieuse à l'idée de rencontrer les frères de Ray. Comment allaient-ils réagir ?

Elle ferma les yeux et frissonna en repensant à Bobby… Quoi que Joye ait prévu pour lui, il n'allait pas apprécier que celui-ci y ait mis des conditions, elle le savait.

Le visage séduisant de Ray lui revint soudain à l'esprit et réveilla toute une série de sentiments qu'elle n'avait pas le droit de ressentir… Le reverrait-elle seulement après la lecture du testament ?

Elle entendit soudain un bruit à l'extérieur et se tourna pour écouter plus attentivement. Ce n'était que le vent et la pluie qui s'abattaient sur les vitres des fenêtres… Tous ces bruits allaient finir par la rendre folle…

À l'aube, elle se résigna et se leva pour aller prendre une douche. Une faible lueur de soleil matinal perçait le ciel, si gris et si nuageux qu'il semblait être le parfait reflet de son humeur morose.

Elle se regarda un instant dans le miroir et se lança un petit mot d'encouragement. Si Joe l'avait incluse dans son testament, c'était parce qu'il savait qu'elle se servirait de cet héritage pour aider des enfants dans le besoin. Alors, si les frères McCullen remettaient en cause ses intentions, il lui faudrait trouver le moyen de les convaincre de l'amour que leur père portait à The Family Farm.

Après s'être habillée, elle prit un peu plus de temps que d'ordinaire pour se maquiller, camouflant les bleus de son accident de voiture et les cernes que le manque de sommeil avait laissés sous ses yeux.

Malgré sa nervosité, elle réussit à avaler deux tartines et un café tout en finissant les derniers papiers d'adoption pour les Fuller.

Elle se rendit ensuite à The Family Farm et passa sa matinée avec les enfants les plus petits qui n'étaient pas encore scolarisés.

Lorsque Scarlet quitta l'orphelinat, Corey la serra si fort dans ses bras qu'elle sentit son cœur reprendre espoir. Un jour, elle aurait une famille à elle.

Mais pour le moment ces enfants étaient sa seule famille. Les liens du sang n'avaient pas d'importance, comme Joe, elle les aimait comme s'ils étaient ses propres enfants.

Et elle ferait tout pour s'assurer qu'on s'occuperait d'eux de la meilleure manière qui soit.

En entrant dans le bureau de son père, Ray avait l'estomac noué. Mama Mary avait servi le café et le petit déjeuner, mais il ne pouvait rien avaler. Pas avant d'avoir parlé à ses frères.

Maddox attendait patiemment, confortablement assis dans un fauteuil tandis que Brett se servait une tasse de café.

— J'ai pensé que ce serait une bonne idée de nous voir tous les trois avant la lecture officielle du testament, commença Maddox.

— Il s'est passé quelque chose ? lui demanda Brett.

— J'ai eu des nouvelles de l'avocat de papa… Il m'a prévenu qu'il y avait quelques complications. Mais il ne m'en a pas dit plus.

Ray se racla la gorge en maudissant intérieurement Bush de ne pas l'avoir rappelé. Maintenant, il ne pouvait plus esquiver le sujet.

— J'avais prévu de vous en parler dès ton retour, commença Ray.

— Tu sais de quoi il s'agit ? l'interrogea Maddox d'un ton surpris.

— Vous feriez mieux de vous asseoir, prévint Ray.

— Que se passe-t-il ? demanda Brett en fronçant les sourcils.

— Ça ne me dit rien qui vaille, gronda Maddox.

Non, pensa Ray, Maddox n'allait pas aimer ce qu'il allait entendre mais Ray ne pouvait plus leur cacher les secrets de leur père.

— Je dois vous dire quelque chose, et je veux que vous m'écoutiez attentivement. Cela concerne papa.

Ses deux frères échangèrent un regard interloqué.

— Si tu veux vendre ta part de terrain, dis-le-nous simplement, dit Maddox.

— Ce n'est pas ça. Je vais vous dire pour quelle raison papa et moi ne nous entendions pas.

— Ray, lui répondit Maddox en passant une main dans ses cheveux. De l'eau est passée sous les ponts depuis, nous avons tous eu des différends avec lui, tu sais.

— Tu ne comprends pas, Maddox… Écoute-moi jusqu'au bout, s'il te plaît.

Brett semblait sur le point de dire quelque chose mais Maddox lui fit signe de laisser parler Ray.

Celui-ci prit alors une profonde inspiration et se lança.

— Papa a eu une liaison avant la mort de maman. Sa maîtresse s'appelait Barbara.

Brett sembla en état de choc. Maddox accusa le coup mais Ray vit briller une étrange lueur dans son regard. Quelque chose qui ressemblait à du soulagement.

— Tu étais au courant ? lui demanda Ray.

— Non, dit Maddox en secouant la tête. Je ne savais pas qu'il avait trompé maman, mais quand nous étions adolescents j'ai découvert qu'il fréquentait une femme qui s'appelait Barbara.

— Comment l'as-tu découvert, Ray ? demanda Brett.

— Je les ai surpris un jour au lit. J'avais cinq ans.

L'image de son père avec cette femme lui revint en mémoire, réveillant de douloureux souvenirs.

— Voilà donc pourquoi tu étais toujours si furieux contre papa, murmura Maddox comme s'il se parlait à lui-même.

Ray hocha la tête en silence.

— Pourquoi est-ce que tu ne nous en a jamais parlé ? demanda Brett.

— Je n'avais pas vraiment compris ce que cela signifiait à l'époque, et j'avais promis à papa de ne jamais en parler à quiconque. Plus tard, il a prétendu avoir rompu avec elle, il m'a dit qu'il était désolé et qu'il regrettait car il aimait maman plus que tout au monde. Mais il m'a aussi dit que pour qu'elle ne souffre pas, il fallait que cela reste entre nous… Alors, même si je savais que ce n'était pas bien, j'ai gardé le secret. Pour la protéger.

— Et tu ne nous en as pas parlé non plus…, fit remarquer Maddox en croisant les bras sur sa poitrine.

— Papa ne voulait pas que vous l'appreniez, continua Ray en se souvenant du sentiment de malaise qui ne l'avait jamais quitté depuis ce jour. Vous l'admiriez et le respectiez tellement, je ne voulais pas gâcher ça.

Un silence pesant s'étendit entre eux tandis que Maddox et Brett digéraient la nouvelle.

— J'ai toujours pensé que papa était un charmeur, reconnut Brett.

— Il prétendait que maman lui avait pardonné, ajouta Ray. C'est pour me dire ça qu'il voulait me voir avant de mourir.

— Je ne sais pas quoi dire, murmura Maddox. Je suis désolé, Ray. Tu n'aurais jamais dû avoir à supporter un tel fardeau à ton âge, et surtout pendant tant d'années.

Un nouveau silence s'étira entre les frères avant que Ray ne trouve le courage de poursuivre.

— Mais ce n'est pas tout…

— Que peut-il donc y avoir de plus ? lui demanda Brett en se frottant le menton.

— Papa et Barbara ont eu un enfant. Un garçon prénommé Bobby. Il a à peu près mon âge aujourd'hui.

Maddox laissa échapper un juron et Brett se prit la tête entre les mains.

— C'est donc de ça que veut nous parler Bush…, remarqua Maddox.

— J'en ai bien peur, oui, acquiesça Ray.

Brett leva des yeux brillants de colère vers lui.

— Tu savais aussi pour cet enfant ?

— Non, je l'ai appris il y a quelques jours seulement.

— Où vit-il ? demanda Brett.

— Il a grandi pas loin d'ici, avec sa mère, Barbara.

— C'est insensé, soupira Maddox.

— Papa aurait dû nous en parler, lança Brett en se mettant à arpenter la pièce comme un lion en cage.

— Et ce type, ce Bobby, il veut une part de Horseshoe Creek ? gronda Maddox.

— Je pense, oui, lui répondit Ray. Quand j'ai découvert que…

— Comment l'as-tu découvert ? lui demanda Brett en se retournant brusquement vers lui.

— C'est une longue histoire, commença Ray.

— Dis-nous, lui répondit Maddox sur un ton qui ne laissait pas de place à la discussion. Nous devons être au courant de tout avant de nous rendre dans le bureau de l'avocat, tout à l'heure.

Maddox avait raison, pensa Ray, et ils se resservirent tous les trois du café avant de reprendre place autour de la cheminée.

Ray leur raconta alors qui était Scarlet, sa vie et son parcours jusqu'à ce qu'elle aille vivre chez Barbara et Bobby. Puis il leur parla de The Family Farm et de ce que leur père avait fait là-bas.

— Apparemment, Bobby en veut toujours à Scarlet et il nous déteste à cause de l'attention que papa nous accordait, conclut Ray.

— Donc Bobby pourrait vouloir se venger de nous, dit Brett en réfléchissant à haute voix. Pourquoi ne m'en as-tu pas parlé plus tôt ? Il pourrait être celui qui a déclenché l'incendie.

— Je sais, lui répondit Ray. Mais j'ai mené ma petite enquête et Barbara dit avoir passé la soirée avec lui.

— Tu as rencontré Barbara ? lui demanda Maddox en écarquillant les yeux.

— J'étais bien obligé, soupira Ray. Je voulais découvrir si l'un d'entre eux avait quelque chose à voir avec l'incendie.

— Et laisse-moi deviner, ils ont tous les deux un alibi en béton, poursuivit Maddox sur un ton cynique.

— Mais attends, ils l'ont peut-être fait ensemble ? s'exclama Brett.

— C'est possible, en effet, approuva Ray.

— Mais tu es certain que papa a inclus Barbara et cette fille, Scarlet, dans son testament ? lui demanda Maddox d'une voix incrédule.

— Oui, si l'on en croit la lettre que Scarlet a reçue de notre père. Ils seront d'ailleurs probablement tous présents à la lecture chez l'avocat, aujourd'hui. Et c'est justement pour cette raison que je ne crois pas que ce soient eux les auteurs de l'incendie… Ils n'ont aucune raison de faire une chose pareille avant de savoir ce que papa leur a légué.

— Et que leur a-t-il laissé ? demanda Brett.

— Je ne sais pas. J'ai appelé Bush il y a plusieurs jours et je lui ai demandé de me rappeler mais il ne l'a pas fait.

— Je n'arrive pas à croire que papa ait pu nous faire un truc pareil…, laissa échapper Brett d'une voix teintée d'amertume. Qu'est-ce que nous allons faire ?

— En tout cas, je sais ce que nous n'allons *pas* faire, lui répondit Maddox en posant fermement sa tasse sur la table. Nous n'allons rien leur donner. Ils n'auront pas une miette de Horseshoe Creek. Cette terre nous appartient.

Sur le chemin du cabinet d'avocats, Scarlet sentit la nausée l'envahir. Ray avait-il averti ses frères ? Leur avait-il parlé de son existence et de celle de Barbara et Bobby ?

En arrivant, elle reconnut le Range Rover de Ray garé juste à côté du SUV du shérif. Maddox avait probablement pensé que ce véhicule serait intimidant.

Elle espérait que Bobby allait se tenir correctement, et que Maddox n'aurait pas à se servir de son insigne pour le maîtriser. Ce n'est pas ce que Joe aurait voulu…

Les mains tremblantes, elle se gara puis ferma les yeux un instant pour se souvenir de Joe en train de rire avec les enfants de l'orphelinat. Il aimait tant leur apprendre à faire du cheval… La première fois qu'il avait aidé Scarlet à en faire, elle était tombée folle amoureuse du palomino calme et paisible sur lequel elle était montée et n'avait cessé, depuis ce jour, de rêver d'avoir un jour son propre cheval.

Mais cela n'était jamais arrivé. Cependant, grâce à Joe, elle avait eu un foyer. Et pendant un moment, elle avait même pensé que Barbara pourrait l'aimer comme sa propre fille.

Enfin… Tout cela n'avait plus d'importance. Scarlet avait survécu. Et elle s'en sortirait aussi aujourd'hui, quoi que Joe lui ait légué ou qu'il lui demande de faire en son nom.

Elle se remit un peu de brillant à lèvres puis lissa le pull qu'elle avait décidé de porter sur sa jupe en jean avant de descendre de sa jeep.

L'estomac noué, les jambes chancelantes, elle traversa le parking pour rejoindre l'entrée du bureau.

Une sonnette retentit quand elle poussa la porte. La réceptionniste, une femme d'âge moyen, se leva et lui adressa un grand sourire.

— Mademoiselle Lovett ?

— Oui.

— M. Bush et les McCullen vous attendent dans le bureau de M. Bush.

Scarlet rassembla son courage et suivit la femme jusqu'au bureau de l'avocat.

Celui-ci était assis dans un fauteuil en cuir face à une grande table ronde, tandis que Maddox, Brett et Ray étaient tous assis sur des chaises alignées du même côté.

Une femme assez forte, aux cheveux courts et bouclés, était assise au milieu d'eux, les deux mains serrées sur son porte-monnaie. Scarlet la reconnut d'après la description que lui en avait faite Joe, il s'agissait de Mama Mary, la gouvernante qui faisait partie de la famille depuis des années.

Du côté opposé de la table se trouvaient trois chaises vides.

Si elle n'avait pas été si anxieuse, Scarlet aurait éclaté de rire. Les deux camps avaient été soigneusement définis.

À son entrée, les trois hommes du clan McCullen se levèrent et Scarlet ne put s'empêcher de constater qu'ils étaient tous aussi séduisants les uns que les autres. Malgré cela, les regards qu'elle sentit posés sur elle n'avaient absolument rien d'amical.

L'expression de Mama Mary était un peu plus douce mais Scarlet comprit en la voyant s'agiter sur sa chaise qu'elle était extrêmement nerveuse.

Quand Scarlet croisa le regard de Ray, elle sentit monter en elle le besoin irrépressible d'être près de lui.

— C'est elle ? demanda Maddox à son frère.

— Oui, acquiesça Ray. Maddox, Brett, Mama Mary, je vous présente Scarlet Lovett, la jeune femme que papa a rencontrée à The Family Farm et qu'il a prise sous sa protection.

Un silence pesant envahit la pièce, comme si chacun des membres de l'assemblée ressassait intérieurement toutes les questions restées sans réponses…

Mais soudain un bruit retentit dans le couloir et Bobby fit son apparition, suivi par sa mère qui avait posé la main sur son épaule, comme pour l'empêcher de provoquer un esclandre.

Un sourire provocateur sur les lèvres, Bobby semblait manifestement très enthousiaste à l'idée de la bataille qui allait se dérouler.

Mais à en juger par le regard qu'échangèrent les frères entre eux, les McCullen étaient, eux aussi, prêts à en découdre.

17

En voyant Scarlet s'asseoir en face d'eux, Ray se sentit envahi par un mélange d'émotions. Même si elle semblait inquiète, elle releva le menton fièrement comme si elle n'avait pas l'intention de se laisser intimider.

— Maintenant que tout le monde est arrivé, nous allons pouvoir commencer, annonça l'avocat après s'être éclairci la voix.

— Vous ne pensez pas qu'il faudrait d'abord nous présenter les uns aux autres ? demanda Maddox.

— Si, si, bien sûr, lui répondit Bush en se relevant. Je suis Darren Bush, l'avocat de Joe McCullen. J'ai déjà rencontré Maddox, Brett, Ray et Mama Mary mais c'est la première fois que je vois Bobby et Barbara Lowman.

Il tendit la main vers les Lowman en souriant.

Bobby lui serra la main tout en fusillant du regard Ray et ses frères.

— Et vous devez être Barbara ?

— Oui, bonjour maître, lui répondit-elle en lui serrant la main avant de se tourner vers Maddox et Brett. Je comprends que vous puissiez ne pas ressentir la même chose mais sachez que je suis heureuse de vous rencontrer enfin, les garçons. Votre père vous adorait.

— Il vous parlait de nous ? lui demanda Maddox.

Barbara acquiesça.

— Bien sûr, mais je comprends que cela puisse vous paraître

étrange… Vous et Brett avez dû être contrariés d'apprendre mon existence.

— C'est le moins qu'on puisse dire, attesta Brett. Je n'arrive toujours pas à comprendre pourquoi notre père ne nous a jamais parlé de vous.

— On dirait que vous pensez que c'est ma faute, commença Bobby en prenant un ton agressif.

— Ce n'est pas du tout ce que je voulais dire, lui répondit Brett en haussant les épaules.

— Je crois que si Joe gardait ses deux vies bien séparées, intervint Scarlet, c'était avant tout pour ne faire de mal à personne.

— Vous connaissiez notre existence ? lui demanda Maddox en se tournant vers elle.

— Oui. Je l'ai appris, il y a deux ou trois ans. Un jour où nous étions ensemble à cheval, il m'a tout révélé. Il disait vouloir mettre les choses en ordre.

— Et vous ? Quand avez-vous appris que nous existions ? demanda Ray à Bobby.

— Quand j'étais adolescent, lui répondit-il en jetant un regard furieux à sa mère. Mais ce n'est pas mon père qui me l'a dit. Je l'ai compris en les entendant lui et ma mère lors d'une dispute.

— Vous lui en avez parlé ? demanda Ray en fourrant les mains dans ses poches.

— Oh que oui, lui répondit Bobby. Mais il trouvait toujours de bonnes excuses pour me tenir éloigné de vous trois et ne cessait de me promettre qu'il prendrait soin de maman et moi pour se faire pardonner.

— Ce qu'il a fait et continuera de faire, Bobby, ajouta Barbara en lui prenant le bras. Tu peux me croire, je sais combien il t'aimait… Maddox, Brett, Ray, sachez que j'aimais profondément votre père. Lui et moi n'avons jamais voulu faire souffrir qui que ce soit. C'est aussi pour cette raison que Bobby n'a pas cherché à prendre contact avec vous. Nous respections votre père et la vie qu'il avait avec vous.

Barbara semblait sincère mais Bobby, lui, serrait les dents comme s'il ne partageait pas les mêmes sentiments que sa mère.

Ray se souvint de ce que Scarlet lui avait confié : elle avait cru pendant un temps que Barbara pourrait l'aimer comme sa fille avant de se rendre compte que si celle-ci lui avait offert une place dans sa famille c'était uniquement pour plaire à Joe.

— Très bien, lança Bush, maintenant que nous nous sommes tous présentés, je pense que nous pouvons commencer.

Il marqua une brève pause et les regarda d'un air sévère.

— Je me permets de vous rappeler que ce testament a été rédigé et signé par Joe McCullen et que ce sont ses dernières volontés. J'en ai parlé avec lui et j'ai assisté à cette signature. Donc, s'il devait y avoir la moindre contestation, sachez que vous devrez emprunter les voies légales pour déposer un recours. Je ne veux aucune altercation ici, je m'attends à ce que chacun d'entre vous adopte un comportement raisonnable et responsable.

— Bien sûr, approuva Maddox.

Bush parcourut une dernière fois des yeux l'assemblée puis, quand chacun eut acquiescé, il ouvrit le dossier posé devant lui et commença la lecture du testament de Joe.

Scarlet écoutait avec la plus grande attention. Pour le moment, il ne semblait y avoir aucune surprise et tout se déroulait comme elle s'y attendait. Maddox, l'aîné de la fratrie McCullen, était nommé exécuteur du testament.

Lui, Brett et Ray héritaient du ranch ainsi que de tout le patrimoine de Joe, qui incluait un important contrat d'assurance vie. Le tout serait divisé en trois parts égales, et si l'un d'entre eux décidait de vendre sa part de Horseshoe Creek, il devrait le proposer à l'un des autres McCullen afin que la propriété reste toujours dans la famille.

Joe avait aussi pris des dispositions pour Mama Mary en lui assurant le maintien de son salaire, un compte d'épargne, et en lui offrant la possibilité de rester au ranch jusqu'à la fin de ses jours si elle le souhaitait. Il avait également pris une police d'assurance en son nom au cas où elle tomberait malade.

Mama Mary s'essuya les yeux du revers d'une main tandis que Ray serrait l'autre dans les siennes.

— Bien sûr qu'elle reste, dit Maddox.

— Tu es notre « mama », tu fais partie de la famille, ajouta Brett en se levant pour aller l'enlacer.

Bush marqua une pause pour leur permettre de se remettre de leurs émotions avant de reprendre sa lecture.

— De plus, reprit-il, Joe avait une deuxième assurance vie évaluée à environ deux cent cinquante mille dollars qui sera partagée entre Barbara Lowman, Bobby Lowman et Scarlet Lovett.

Un air de surprise s'afficha sur tous les visages.

— Mademoiselle Lovett, Joe vous considérait comme sa fille, continua Bush. Il admirait votre dévouement et votre implication envers les enfants de The Family Farm, c'est pourquoi il vous a également légué cinquante mille dollars pour votre usage personnel.

Scarlet inspira profondément, consciente que Bobby, assis à côté de Barbara, bouillonnait de rage.

— Il vous lègue aussi quatre hectares de terrain de Horseshoe Creek, poursuivit l'avocat, ainsi que le chalet qui s'y trouve déjà et où vous pourrez décider de vivre si vous le souhaitez.

Scarlet vit les frères McCullen échanger un regard, mais ils gardèrent le silence. Après tout, que pouvaient représenter quatre hectares pour eux qui en possédaient plusieurs centaines ?

— Joe a aussi pris des dispositions pour The Family Farm et a prévu de leur verser cent mille dollars. L'usage de cet argent devra être géré par vous-même, mademoiselle Lovett.

Reconnaissante, Scarlet ne put s'empêcher de sourire en constatant combien Joe avait été généreux envers l'orphelinat.

Elle s'occuperait de l'endroit avec le même engagement qu'il y avait mis.

— J'en serai très honorée, laissa-t-elle échapper avant de se rendre compte du lourd silence qui venait d'envahir la pièce.

Visiblement mal à l'aise, l'avocat s'agita sur son siège.

— Enfin, concernant la dernière partie du testament, madame Barbara Lowman, sachez que Joe McCullen a payé l'intégralité de la maison dans laquelle vous habitez et qu'il vous laisse une somme de cinquante mille dollars pour votre usage personnel.

En regardant Barbara, Scarlet vit qu'elle semblait extrêmement déçue.

— Pour finir, en ce qui vous concerne, Bobby Lowman, Joe McCullen vous a reconnu comme étant son quatrième fils. Vous recevrez donc une somme de cinquante mille dollars, ainsi qu'une parcelle de trente hectares de la terre de Horseshoe Creek, située à l'extrémité nord de la propriété et qu'il a récemment acquise spécialement pour vous. Cependant, ajouta soudain l'avocat en s'adressant à Bobby, Joe a posé certaines conditions à votre legs.

— Qu'est-ce que ça veut dire ? demanda Bobby en se levant brusquement de sa chaise, les yeux brillants.

— Quelles sont ces conditions ? renchérit Barbara.

— M. McCullen a stipulé que, pour pouvoir toucher votre part de l'héritage, vous devriez d'abord suivre une cure de désintoxication ainsi qu'une psychothérapie.

— Quoi ? lança Bobby, furieux.

— Assieds-toi, mon chéri, lui intima Barbara en lui prenant le bras.

— Il y a une dernière condition, Bobby, continua Bush. Si vous voulez vendre la terre qu'il vous lègue, vous ne pourrez la proposer qu'aux McCullen. Et si vous décidez de la garder et de vous y installer, vous devrez l'exploiter vous-même. Maddox vous aidera pour que vous puissiez en tirer profit.

Ray regarda l'avocat de son père sans chercher à masquer sa surprise. Ses deux frères semblaient eux aussi être en état de choc. Maddox, lui, semblait tout simplement sur le point de tuer quelqu'un.

— C'est ridicule ! gronda Bobby d'un ton menaçant.

— Je suis désolé que vous le preniez comme ça, lui répondit Bush, mais ce sont les vœux de Joe. Si vous voulez votre héritage, vous serez obligé, conformément à la loi, de respecter chacune des directives qu'il a établies.

— Allez, chéri, dit Barbara à Bobby en lui caressant le dos. C'est vrai que ça fait beaucoup à digérer d'un coup. Allons déjeuner, nous discuterons de tout ça au calme.

Maddox se leva, mais alors qu'il semblait sur le point de dire quelque chose, Barbara l'interrompit en levant une main devant lui.

— Pas maintenant. Je crois que nous avons besoin d'un peu de temps.

Ray perçut la douleur dans sa voix et il en fut troublé. Même s'il était indigné contre son père pour ce qu'il leur avait fait, pour tous ses mensonges et toutes ses trahisons, et même s'il voulait protéger Horseshoe Creek, il comprenait la colère et le ressentiment de Bobby. Être surveillé par l'un des fils de Joe et devoir obtenir son approbation était sûrement la dernière chose que souhaitait leur demi-frère.

Comment leur père avait-il pu penser que Maddox ou l'un d'entre eux pourrait travailler avec Bobby ?

Celui-ci traversa la pièce d'un pas furieux, suivi par sa mère, et claqua violemment la porte du bureau derrière eux.

Une insupportable tension régnait toujours dans la pièce et Scarlet jeta un regard à Ray. Elle se demandait ce qu'elle devait faire, mais Ray ne semblait pas capable de pouvoir l'aider. Il avait eu quelques jours pour digérer toutes ces révélations, mais Maddox et Brett, eux, venaient tout juste de découvrir que leur père n'était pas celui qu'ils croyaient.

— Merci, monsieur Bush, dit alors Scarlet en se levant.

— Si vous laissez à ma secrétaire vos coordonnées bancaires, lui répondit-il, je m'assurerai que le chèque sera déposé directement sur votre compte. En ce qui concerne The Family Farm, la somme d'argent qui leur revient sera déposée sur un compte professionnel et vous aurez la charge de l'utiliser pour leurs besoins.

— Bien sûr, approuva Scarlet. Je travaille en étroite collaboration avec la directrice de l'établissement. Elle et moi serons honorées de poursuivre le travail de Joe.

— Il devait vous faire énormément confiance.

Scarlet regarda Ray et ses frères mais ils restèrent silencieux.

— Il savait combien les enfants et cet endroit comptent pour moi, commença Scarlet. The Family Farm a été ma maison pendant de nombreuses années. Et j'ai l'intention d'améliorer la vie de ces enfants du mieux que je pourrai, comme Joe l'a fait avec moi.

— En ce qui concerne le chalet et le terrain..., commença Bush.

— Nous verrons cela plus tard, le coupa-t-elle. Je suis très bien dans ma petite maison pour l'instant.

Puis elle attrapa son sac à main, traversa la pièce et sortit.

Alors que Maddox, les bras croisés, commençait à bombarder l'avocat de questions, Ray fila à la suite de Scarlet.

Il la retrouva sur le parking, en train de prendre de profondes inspirations. Elle semblait secouée, plus fragile et vulnérable que jamais.

Pourquoi son père avait-il décidé de gérer les choses de cette manière ? se demanda-t-il en ne pouvant que constater le désordre que celui-ci avait semé dans leurs vies respectives.

— Est-ce que ça va ? lui demanda-t-il en venant se poster à côté d'elle.

— Je vais bien, merci, lui répondit-elle en se retournant vers lui. Seulement Joe me manque terriblement. D'ailleurs sachez que je l'aimais profondément et que je n'ai jamais rien attendu de lui. Vous devez me croire, Ray.

— Il voulait que tout cela vous revienne, lui répondit Ray en lui caressant la joue tendrement. Il devait de toute évidence vous aimer profondément lui aussi. Maddox et Brett ont seulement besoin d'un peu de temps pour digérer tout cela.

— Je comprends, murmura Scarlet en lui adressant un sourire timide.

Bon sang, pensa Ray, cette femme avait vraiment tout d'un ange.

— Vous n'y êtes pour rien, vous savez. C'est mon père le responsable de tout ce désordre.

— La situation est tellement compliquée, confirma Scarlet. Joe n'était pas parfait, c'est certain, mais s'il ne vous a pas dit la vérité, c'était surtout pour ne pas vous décevoir.

Ray sentit son cœur se serrer. Même s'il n'admirait plus son père depuis longtemps, il n'avait jamais cessé de l'aimer pour autant.

— Vous pensez vous installer dans le chalet ? lui demanda-t-il.

— Très bonne question ! Oui, vous prévoyez de le faire ? intervint Maddox en les rejoignant.

En se retournant pour faire face à son frère aîné, Ray se rappela qu'il ne s'était jamais vraiment entendu avec lui.

— Comme je vous l'ai dit tout à l'heure, je ne sais pas encore, répondit Scarlet en soutenant le regard de Maddox. Par contre, je compte bien me servir des fonds que Joe a légués à l'orphelinat pour continuer de développer cet endroit. Vous êtes d'ailleurs tous conviés à venir le visiter et à rencontrer les enfants. Je pense que vous seriez fiers de voir le travail que votre père a accompli là-bas.

— Vous avez l'air d'en savoir beaucoup sur notre père, fit remarquer Maddox.

— Il a été très important pour moi et il a eu une réelle influence sur ma vie, je ne l'oublierai jamais, lui répondit Scarlet.

— Pourquoi vous a-t-il choisie, vous, plutôt qu'une autre ? Pourquoi s'est-il occupé de vous ?

— Joe m'a vue grandir, lui répondit Scarlet d'une voix plus douce. Et il savait qu'il pouvait être lui-même avec moi. Avec vous, il ne se le permettait pas, il voulait que vous l'admiriez.

Maddox baissa les yeux, l'air troublé. Joe avait toujours été son héros, pensa Ray, tout du moins jusqu'à aujourd'hui.

Brett, qui venait de les rejoindre, détourna lui aussi le regard, comme s'il voulait se perdre dans ses pensées.

— Prévenez-moi si vous voulez passer à The Family Farm, conclut Scarlet en descendant les quelques marches qui la séparaient du parking où était garée sa voiture.

Ray se retint de la suivre même s'il n'avait qu'une envie : la prendre dans ses bras, l'embrasser et l'emporter loin d'ici pour lui faire l'amour toute la journée et toute la nuit.

Mais Maddox et Brett l'attendaient et Ray savait qu'ils avaient encore deux ou trois choses à régler.

— Tu crois qu'elle couchait avec papa ? demanda Brett en regardant Scarlet monter dans sa jeep.

Ray sentit la colère monter en lui et se retourna pour fusiller ses frères du regard.

— Non. Après qu'elle est venue me voir, j'ai mené ma petite enquête sur elle. La directrice de l'orphelinat m'a assuré qu'elle était réglo. Notre père la considérait vraiment comme sa propre fille.

— Papa ne couchait peut-être pas avec elle, lui répondit Maddox en fronçant les sourcils, mais toi oui, n'est-ce pas, Ray ? Tu savais très bien qui elle était, et ce qu'elle attendait de l'héritage de papa, mais malgré ça, tu n'as pas pu t'empêcher de la mettre dans ton lit !

Sur la route de The Family Farm, Scarlet essaya de retrouver son sang-froid. Après tout, cette réunion s'était bien mieux déroulée qu'elle ne l'avait imaginé. Et au moins, Bobby n'avait frappé personne.

Même s'il était parti contrarié, cela ne faisait aucun doute.

Toutefois Scarlet pensait que Joe avait eu raison de procéder de la sorte. Bobby avait véritablement besoin d'une cure de désintoxication et d'un suivi psychologique. S'il s'engageait à suivre ces traitements, peut-être pourrait-il profiter de l'opportunité que Joe lui offrait. Il pourrait se construire un avenir et peut-être même établir une vraie relation familiale avec ses demi-frères…

En arrivant à l'orphelinat, Scarlet trouva Millie dans la cuisine, occupée à préparer des roulés à la cannelle. Les enfants étaient encore à l'école et les plus petits jouaient dans le jardin sous la surveillance de deux bénévoles.

Faye, elle, était en train de travailler sur son ordinateur dans son bureau.

— Faye ? lui dit Scarlet en passant sa tête par la porte. Je reviens de la lecture du testament de Joe.

— Alors ? Comment ça s'est passé ?

— Plutôt bien, lui répondit Scarlet en souriant. Figure-toi qu'il a légué cent mille dollars à l'orphelinat. Et comme c'est moi qui suis censée surveiller la manière dont nous allons utiliser cette somme, je pense que je vais prendre rendez-vous avec un conseiller financier pour faire un placement afin que l'argent prospère, qu'en dis-tu ?

— Mais, Scarlet, c'est merveilleux ! s'exclama Faye, les larmes aux yeux. Je savais que Joe ne nous laisserait jamais tomber.

Émue par sa réaction, Scarlet décida de ne pas lui parler de l'attitude des fils McCullen. Maddox et Brett ne partageaient manifestement pas le même point de vue sur cette donation et, si elle était honnête avec elle-même, Scarlet avait bien vu que Ray n'avait pas pris sa défense devant sa famille. Si la situation se détériorait, se joindrait-il à ses frères pour contester sa succession ?

Décidant de mettre un instant de côté ses inquiétudes, elle alla saluer les enfants dans le jardin. Puis, un peu ragaillardie, elle reprit sa voiture pour se rendre à son bureau.

Une fois sa jeep garée, elle traversa le parking et marcha jusqu'à la porte, mais alors qu'elle était sur le point de la pousser pour entrer, elle entendit soudain que quelqu'un la suivait. Elle se figea mais n'eut pas le temps de se retourner…

Elle sentit qu'on la tirait violemment vers l'arrière. Elle tenta de crier mais une main ferme se posa sur sa bouche. Son assaillant la traîna de force jusqu'au coin de la rue puis lui écrasa le visage contre le mur de brique du bâtiment.

18

— Pourquoi ne parlerions-nous pas de tout ça tranquillement à la maison ? demanda Ray à ses frères.

Maddox semblait furieux, quant à Brett, son expression était indéchiffrable.

— Bonne idée, concéda Brett.

— OK, grommela Maddox avant de se diriger vers sa voiture de police.

Une fois de retour à Horseshoe Creek, les trois frères se retrouvèrent dans la salle à manger.

— Je vais préparer le déjeuner, leur lança Mama Mary en déposant son sac à main sur une chaise.

— Nous mangerons plus tard, lui répondit Maddox d'une voix sèche.

— Je suis désolée, les garçons, répondit Mama Mary d'une voix triste. Je sais que la journée a été difficile pour vous.

— Mais non, ne t'en fais pas pour nous, nous nous en sortirons, lui répondit Ray en jetant un regard chargé de reproches à son frère aîné.

— Allons nous asseoir dans le bureau de papa, suggéra Brett.

Une fois qu'ils furent assis tous les quatre autour de la table basse du coin salon, Maddox se tourna vers Mama Mary.

— Tu étais au courant pour Barbara et son fils, n'est-ce pas ? lui demanda-t-il.

La culpabilité s'afficha sur le visage de la gouvernante.

— Je savais pour Barbara mais j'ignorais l'existence de

Bobby. Je… Je n'arrive toujours pas à croire que M. Joe ait quitté ce monde sans prendre la peine de tout vous expliquer.

— Ce n'était qu'un lâche, murmura Ray.

Maddox et Ray hochèrent la tête en silence.

— Ne soyez pas trop durs envers votre père, intervint Mama Mary. Je ne pense pas que vous soyez parfaits, vous non plus.

— Probablement mais jamais je ne tromperai Rose, dit Maddox.

— Pour ma part, j'ai peut-être été un séducteur, ajouta Brett en affichant un air penaud, mais à présent que je suis avec Willow, je ne lui ferai jamais de mal en allant voir ailleurs.

— C'était il y a longtemps, soupira Mama Mary. Et puis, vous ne savez pas tout. Lui et votre mère… Eh bien… Ils avaient leur lot de problèmes, comme tous les couples.

— Quel genre de problèmes ? demanda Maddox.

— Je ne peux pas vous en dire plus. Sachez seulement que dans la vie, il y a toujours deux versions d'une même histoire et que, maintenant que votre père n'est plus de ce monde, il faut que vous tentiez surtout de vous souvenir des bons moments que vous avez passés avec lui. Et combien il vous aimait. S'il ne vous a jamais parlé de tout cela, c'était surtout pour vous protéger.

— Dans ce cas, pourquoi a-t-il inclus sa maîtresse et leur fils dans son testament ? demanda Maddox.

— Parce que, que cela te plaise ou non, ils font partie de la famille, lui répondit-elle d'un ton ferme. Il devait faire les choses correctement. Et tu ferais mieux de l'accepter.

— Je réussirai peut-être à le tolérer, mais je ne m'y ferai jamais, dit Maddox en se levant pour aller à la fenêtre.

— Je ne leur fais pas confiance, ni à Barbara ni à Bobby, ajouta Brett.

— Je pense aussi que nous ne devrions pas faire confiance à Bobby, intervint Ray après s'être éclairci la gorge. Il a déjà eu des problèmes avec la loi et il peut être violent. C'est d'ailleurs pour cette raison que papa a exigé qu'il suive un traitement.

— Comment diable suis-je censé l'aider à monter sa propre exploitation ? lança alors Maddox d'une voix incrédule. Est-ce que papa se rendait compte de ce qu'il nous demande ?

— Ouais, même si nous l'acceptons, Bobby nous en voudra toujours, ajouta Brett.

— Et cette fille, Scarlet ? continua Maddox en se tournant vers Ray. Comment savoir si elle n'est pas de mèche avec Bobby ? Qui nous dit qu'ils ne vont pas revenir pour exiger davantage ?

— Elle n'est pas comme ça, lui répondit Ray.

— Bon sang ! s'exclama Maddox en fronçant les sourcils. Mais alors c'est bel et bien vrai, tu es avec elle ?

— Non, lui répondit Ray même s'il pouvait entendre au fond de lui-même une petite voix qui le traitait de menteur.

Son téléphone se mit alors à vibrer et il vit qu'il s'agissait du shérif adjoint.

— Je dois répondre, dit-il à ses frères avant de décrocher. Oui, shérif, c'est Ray, je vous écoute.

— Ray, un homme du nom de Hugh Weatherman a appelé au commissariat. Il dit qu'il travaille avec Scarlet Lovett et qu'il a vu Pullman traîner autour de leur bureau.

— Mais et la demande d'injonction ?

— Pullman n'a pas l'air de s'en soucier… Hugh Weatherman dit que Scarlet devrait être arrivée au bureau depuis une demi-heure. Apparemment sa voiture est garée sur le parking mais elle n'est pas là. Je pensais qu'elle était peut-être avec vous ?

— Non, vous êtes à son bureau ?

— Pas du tout, je suivais une piste concernant Romley, je suis à une vingtaine de minutes de la ville.

— OK, lui répondit Ray en sortant ses clés de voiture à contrecœur. J'y vais. Tenez-moi au courant si vous trouvez Romley.

— Que se passe-t-il ? lui demanda Maddox quand il raccrocha.

— Scarlet a retiré la garde d'un enfant à son père et maintenant celui-ci veut se venger d'elle. Son collègue est inquiet car elle n'est toujours pas arrivée sur leur lieu de travail.

— Où cela se trouve-t-il ? dit Maddox en réajustant son arme.

— Je peux m'en charger, Maddox, lui répondit Ray.

— Je suis le shérif, c'est mon travail, Ray.

— S'il te plaît, insista Ray. Je t'appellerai si j'ai besoin de toi, mais en attendant reste ici et essaye de voir ce que tu peux faire concernant Bobby.

Ray se précipita dehors. Il avait besoin de prendre l'air et il voulait surtout retrouver Scarlet au plus vite et s'assurer qu'elle allait bien, sans avoir son frère sur le dos.

Mais si Pullman l'avait enlevée, alors il n'hésiterait pas à appeler Maddox. Enfin, s'il résistait à l'envie de s'occuper de ce salaud lui-même.

Scarlet se tordit dans tous les sens pour échapper à son assaillant mais celui-ci l'attira plus loin dans la petite ruelle puis la poussa vers un entrepôt abandonné.

— Qui êtes-vous ? Que voulez-vous ? réussit-elle à lui demander tandis qu'il lui pressait le visage contre le mur.

— Tais-toi et écoute-moi bien, Scarlet.

C'était Bobby. Elle aurait dû le comprendre à la minute où elle avait senti son haleine chargée de whisky.

— Je ne comprends pas, Bobby. Tu devrais être content, tu viens d'hériter d'une belle somme d'argent et d'une partie de la propriété de Horseshoe Creek.

— Content ? lui répéta Bobby au creux de l'oreille. Je n'ai rien eu comparé aux frères McCullen !

— Joe t'a laissé assez pour que tu puisses commencer une nouvelle vie, lui répondit-elle en fermant les yeux. Mais peut-être qu'il t'aurait laissé plus si tu avais été un peu plus responsable.

Bobby tira sur son bras derrière son dos et Scarlet sentit la douleur se propager dans son épaule.

— Il m'a toujours traité comme de la merde ! Il passait son temps dans son putain de ranch avec ses *vrais* enfants. Il avait honte de moi.

— Non, Bobby, il n'avait pas honte de toi. Et il n'est pas trop tard pour commencer à bien te comporter. Il peut encore être fier de toi, tu sais. Accepte la terre qu'il t'a léguée, ressaisis-toi et monte ta propre exploitation.

Bobby enfonça son genou contre ses cuisses et Scarlet hurla.

— Toi, tu n'as rien à faire pour toucher ta part !

— Si, j'ai un travail à l'orphelinat, je dois m'occuper de ces enfants ! Et c'est d'ailleurs la raison pour laquelle Joe m'a laissé cet argent. Alors accepte ta part et sois reconnaissant.

— Ouais, faut que je me contente des miettes comme je l'ai toujours fait.

— C'est toujours mieux que rien, Bobby. Et si tu pars en cure…

— Je n'ai pas besoin qu'une bande de connards viennent examiner ce qu'il se passe sous mon crâne…

— Mais si tu le fais et que tu travailles avec Maddox, alors tu pourras avoir ton propre ranch.

— Je devrais avoir un quart de Horseshoe Creek, siffla-t-il. Comment papa a-t-il pu penser que je pourrais travailler sous les ordres de Maddox McCullen ?

— Parce que Maddox a de l'expérience et qu'il peut t'enseigner le travail du ranch.

Bobby attrapa Scarlet par les épaules et la fit se retourner face à lui.

— Tu es tellement naïve, lui répondit-il d'une voix chargée d'amertume. Les McCullen sont probablement déjà en train de comploter pour se débarrasser de moi.

— Alors peut-être que tu ferais mieux d'aller leur parler à eux plutôt que t'en prendre à moi, lui lança-t-elle en pensant que malheureusement il avait peut-être raison.

— C'est vrai, tiens ! Tu ne fais pas du tout partie de la famille. Pourtant tu reçois la même somme d'argent que moi. Et même plus, si on compte l'argent pour ce putain d'orphelinat.

Scarlet vit passer une lueur malveillante dans le regard de Bobby et elle comprit soudain où il voulait en venir.

— Tu veux récupérer l'argent que Joe a légué à l'orphelinat ?

— Il devrait être pour moi, acquiesça-t-il. J'étais son fils.

— Ne sois pas trop gourmand, lui répondit-elle. Tu sais combien il était important pour Joe d'aider ces enfants.

— Oui, de toute évidence ça l'était même plus que de s'occuper de sa chair et de son sang.

— Ils comptaient beaucoup pour lui, Bobby.

— Comme toi. Mais d'ailleurs, explique-moi maintenant comment tu t'y es prise pour gagner son affection !

— Laisse-moi partir, Bobby, et va dormir un peu, la nuit porte conseil, lui répondit-elle en comprenant que les choses ne s'arrangeraient pas. Demain, tu y verras plus clair, et tu comprendras que ce que Joe t'a laissé c'est un avenir prometteur vers lequel te tourner.

— Je ne laisserai pas les McCullen me priver de ce qui me revient de droit !

Scarlet sentit les battements de son cœur s'accélérer. Cette dernière phrase sonnait comme une menace.

— Ne fais rien de stupide, Bobby, lui ordonna-t-elle.

— Pourquoi les défends-tu ? Ils pourraient contester le testament, tu sais, et alors toi aussi tu te retrouverais sans rien.

— Je ne défends personne, lui répondit Scarlet calmement. J'essaie juste de respecter les dernières volontés de Joe.

— Eh bien, dans ce cas, voilà ce que nous allons faire, lui glissa Bobby à l'oreille. Tu vas me donner ta part de l'héritage, l'argent et la terre, ce qui n'est que justice, Scarlet, puisque j'ai dû partager mon père avec toi. Je te rappelle quand même que tu n'es pas une McCullen et que tu ne le seras jamais.

Ray gara son Range Rover sur le parking devant le bureau de Scarlet puis courut vers l'entrée du bâtiment. Hugh se précipita à sa rencontre.

— Le shérif adjoint m'a dit que vous l'aviez appelé pour le prévenir que Scarlet n'était jamais arrivée au bureau, c'est bien ça ?

— Oui et j'ai peur que cet affreux type, Lloyd Pullman, s'en soit de nouveau pris à elle.

— OK, je vais jeter un coup d'œil aux alentours, lui répondit Ray en scrutant le parking et en tendant l'oreille.

Mais il n'y avait rien de suspect. Pas un bruit, rien.

La voiture de Scarlet était garée entre une berline et une camionnette, mais ces deux véhicules appartenaient probablement à son collègue et au couple qu'elle devait rencontrer ce matin. Le reste du parking était vide, ce qui inquiéta Ray encore davantage.

Si Pullman était venu ici, avait-il enlevé Scarlet ?

À côté de l'immeuble où se trouvait le bureau de Hugh et Scarlet se trouvait un bâtiment vide, et Ray alla jeter un coup d'œil dans la ruelle qui le longeait. Il avança silencieusement en continuant de guetter le moindre bruit.

Il entendit tout à coup une voix. Une voix grave qui vibrait de colère.

— Crois-moi, tu vas faire ce que je te dis, Scarlet.

Il ne s'agissait pas de Lloyd Pullman mais de Bobby Lowman, Ray le reconnut immédiatement.

Se rappelant que celui-ci pouvait être violent, il sortit son arme et se tint sur ses gardes. Puis il continua d'avancer dans la ruelle jusqu'à ce qu'il distingue les silhouettes de Scarlet et Bobby, cachés dans un renfoncement.

— Bobby, tu n'es pas obligé de faire ça.

— Ferme-la, Scarlet. Tu vas faire comme je te dis, tu vas retourner tranquillement à ton bureau et appeler l'avocat.

Ray sortit de l'ombre en pointant son arme sur Bobby.

— Libère-la immédiatement, Bobby ! lui ordonna-t-il en essayant de maîtriser sa colère. Tout de suite !

Bobby se retourna brusquement, les yeux rageurs, et attira Scarlet devant lui.

— Vas-y, répondit-il à Ray. Tire.

Ray croisa le regard de Scarlet. Il vit qu'elle avait peur mais qu'elle semblait déterminée à n'en laisser rien paraître.

— Ce n'est pas ce que notre père aurait voulu, dit Ray.

Bobby jura.

— Notre père était un sale type qui a mené ma mère en bateau pendant des années et qui nous a toujours traités comme une famille de second ordre.

— Je ne sais pas pourquoi il a fait ça, lui répondit Ray d'une voix calme. Mais une chose est sûre, Scarlet n'a rien à voir avec les choix de notre père.

— Si, protesta Bobby. Il a choisi de s'occuper d'elle comme si elle était sa propre fille alors qu'il ne m'a jamais accordé la moindre attention et qu'il passait tout son temps avec toi et tes frères.

— Ça a dû être difficile à vivre, en effet, lui concéda Ray. Mais en te donnant une partie de Horseshoe Creek et en nous obligeant à travailler ensemble, peut-être qu'il essaye enfin d'arranger les choses ?

— Comment peut-il croire que nous allons nous entendre alors que nous ne nous connaissons même pas ? lui demanda Bobby en resserrant son emprise autour de Scarlet. Alors qu'il m'a privé de tout ce qui me revenait ?

— Bobby, laisse-moi seulement partir et nous trouverons des solutions, lui répéta Scarlet en tentant de le raisonner.

— Elle a raison, insista Ray. Asseyons-nous tous ensemble et prenons le temps de parler de tout ça.

Le bruit d'une sirène se fit soudain entendre. Le shérif adjoint Whitefeather n'allait plus tarder, pensa Ray.

Cédant manifestement à la panique, Bobby poussa violemment Scarlet au sol puis s'enfuit en courant.

— Ça va ? demanda Ray à Scarlet en se précipitant vers elle.

— Oui, lui répondit-elle en regardant la voiture du shérif arriver au loin.

— Ne bougez pas et prévenez Whitefeather que je suis parti à la poursuite de Bobby, lui lança alors Ray avant de partir en courant.

Après avoir remonté la ruelle en tremblant, Scarlet arriva devant son bureau et Hugh se précipita vers elle pour l'accueillir.

— Mademoiselle Lovett, comment allez-vous ? lui lança le shérif adjoint qui venait de les rejoindre.

— Je vais bien, merci.

— Est-ce que Pullman t'a fait du mal ? lui demanda Hugh.

— Ce n'était pas lui qui en avait après moi cette fois, lui répondit-elle en secouant la tête. C'était Bobby.

— Bobby ? répéta Whitefeather.

— C'est mon frère adoptif… Enfin en quelque sorte, lui répondit-elle. Ray vous expliquera mieux que moi mais il est parti à sa poursuite.

— Avez-vous besoin d'une ambulance ?

— Non, ça ira, soupira-t-elle en caressant ses poignets meurtris.

Ray apparut soudain, le souffle court.

— Bon sang, il a réussi à s'échapper ! Il s'était garé sur le parking de l'autre côté de l'entrepôt.

— Je vais lancer un avis de recherche, proposa le shérif adjoint.

— Je suis sûre que ce ne sera pas nécessaire, intervint Scarlet. Il a juste besoin d'un petit moment pour se calmer.

— Scarlet, vous ne pouvez pas le laisser s'en tirer encore une fois, objecta Ray.

— Je suis d'accord, approuva Hugh. Bobby ne vaut pas mieux que Pullman.

Scarlet savait qu'ils avaient tous les deux raison et qu'elle ne devait pas laisser passer cette nouvelle intimidation, mais elle savait aussi qu'il valait mieux ne pas alimenter l'animosité de Bobby.

Celui-ci n'était pas du genre à abandonner et il n'hésiterait pas une seconde à s'en prendre à Ray s'il le fallait.

19

Cette fois, Ray n'avait pas l'intention de laisser Bobby s'en tirer aussi facilement que la dernière fois. Et le fait qu'ils soient demi-frères ne changerait rien à l'affaire.

— Lancez un avis de recherche avec son signalement, attrapez-le et ramenez-le au commissariat, demanda-t-il au shérif adjoint. Je vais prévenir Maddox.

Whitefeather acquiesça puis se tourna vers Scarlet.

— Dites-moi si vous entendez à nouveau parler de lui ou de Pullman, lui dit-il avant de s'éloigner vers sa voiture.

Hugh s'avança alors vers Scarlet.

— Tu veux que je te ramène ? Je peux rester avec toi, si tu veux.

— Non merci, Hugh. Je pense que je vais emporter un peu de travail et rester tranquillement chez moi ce soir.

Ray ne put s'empêcher de remarquer la lueur de déception qui s'alluma dans le regard de Hugh lorsque Scarlet refusa son offre. Il se doutait bien que celui-ci était amoureux de sa collègue mais cela ne lui posait pas de problème… Après tout, Scarlet et lui-même n'étaient que… Qu'étaient-ils au juste ? Des amis ? Des connaissances ? Deux personnes qui avaient aimé le même père ?

Elle disparut un instant dans son bureau et Hugh la suivit sans perdre une minute, un peu comme s'il ne pouvait supporter d'être loin d'elle. Ray leur emboîta le pas et observa

Scarlet avec la plus grande attention tandis qu'elle examinait rapidement la pile de dossiers qui était posée sur son bureau.

Bobby était toujours dans la nature et Pullman leur réservait encore sûrement quelques surprises… Ray n'avait donc aucune intention de laisser Scarlet seule, ne serait-ce que quelques instants…

Tout en parcourant des yeux ses dossiers en cours, Scarlet faisait tout son possible pour essayer de garder le contrôle d'elle-même. Heureusement, rien ne pressait pour le moment.

Elle avait besoin de temps pour réfléchir à ce qu'elle allait faire au sujet de Bobby. Son expérience d'assistante sociale lui conseillait de porter plainte contre lui, car à présent il ne pouvait plus s'en tirer aussi facilement.

Cependant, Bobby était le fils de Joe et, en engageant des poursuites contre lui, Scarlet savait qu'elle s'attirerait les foudres de Barbara. Et tous les deux étaient dorénavant la seule famille qu'il lui restait.

Si seulement Bobby acceptait les conditions de Joe et se résignait à se faire soigner, il pourrait enfin se débarrasser de toute sa colère et avancer dans sa vie. Lui et les McCullen pourraient même apprendre à s'accepter et devenir la grande et belle famille dont Joe avait toujours rêvé.

Dans quelle pagaille nous as-tu laissés, Joe…, pensa-t-elle.

Scarlet crut presque l'entendre lui chuchoter à l'oreille qu'il en était conscient mais qu'il espérait qu'elle-même pourrait combler le fossé qui les séparait les uns des autres pour rassembler les deux familles.

Elle eut alors envie de lui répondre en riant qu'il lui en demandait beaucoup trop.

— Prête ? lui demanda soudain Ray en la tirant de sa rêverie.

En l'entendant, Scarlet sentit son cœur se serrer. Habituée à être seule et rejetée, elle était troublée qu'on la traite avec tendresse et attention.

— Oui, j'ai juste besoin d'une minute, lui répondit-elle en verrouillant le tiroir où elle rangeait ses dossiers. Hugh ? Surtout préviens-moi s'il se passe quoi que ce soit d'important.

À la manière dont celui-ci acquiesça, Scarlet sentit qu'il était toujours contrarié qu'elle n'ait pas accepté son offre de la raccompagner. Consciente que lui aussi avait une vie compliquée et qu'il était un véritable ami sur qui elle pouvait compter, elle le serra dans ses bras pour lui dire au revoir.

Lui aussi avait connu de nombreuses fois ce sentiment de rejet, c'est pourquoi Scarlet se devait d'être gentille avec lui. Elle espérait qu'un jour il finirait par trouver quelqu'un avec qui partager sa vie.

Quand, enfin, elle leva les yeux vers Ray pour lui dire qu'elle était prête à le suivre, elle sentit les battements de son cœur s'accélérer. Ray était le type d'homme, fort, viril et protecteur, qui la rendait folle de désir. Avec qui elle se sentait en sécurité. Le type d'homme plein d'attentions qui la faisait rêver du grand amour.

Mais il allait bientôt quitter Pistol Whip.

Ou peut-être pas ? Il venait d'hériter d'un tiers de la propriété de Horseshoe Creek. Y avait-il une chance qu'il reste ici pour gérer l'exploitation avec ses frères ?

Une chance qu'il puisse apprendre à l'aimer ?

Sentant cette fichue jalousie pointer à nouveau son nez, Ray posa les mains sur ses hanches et inspira profondément.

Le sourire que Scarlet venait d'adresser à Hugh suffirait à lui laisser penser qu'il avait encore ses chances. Ray ne comprenait pas pourquoi cela l'énervait tant mais force était de constater que c'était bien le cas.

Scarlet méritait un homme fort et aimant, quelqu'un qui voulait fonder une famille, quelqu'un qui comprenait son engagement auprès des enfants de The Family Farm et les épreuves et la peine qu'elle avait traversées.

Hugh pourrait être à la hauteur…

Pourtant, il n'était pas l'homme idéal pour Scarlet car…

Car quoi ? Car Ray voulait la garder pour lui ?

Tandis qu'il la suivait jusque chez elle, Ray sentit que cette pensée n'allait plus le quitter. Il jeta un œil dans son rétroviseur, conscient que Pullman ou Bobby pouvait réapparaître à tout moment.

Sans compter ses propres ennemis. Il n'avait toujours aucune idée de l'identité de celui qui l'avait poursuivi et agressé. Ni de celui qui avait déclenché l'incendie aux écuries. S'agissait-il d'Arlis Bennett ? De Hardwick, de Romley ?

Ou de Bobby ?

Ce n'était pas Bobby qui l'avait attaqué et frappé à mort mais il pouvait avoir engagé quelqu'un pour s'en charger.

Avant d'arriver chez Scarlet, il décida d'appeler Maddox.

— Bobby a attaqué Scarlet ? répéta celui-ci d'une voix furieuse.

— Oui. Whitefeather a lancé un avis de recherche contre lui.

— Mon Dieu mais c'est un cauchemar, grommela Maddox.

Ray se sentit désolé pour son frère aîné. Il avait grandi en se berçant d'illusions concernant leur père et l'avait toujours considéré comme un héros…

— Je vais extraire tout ce que je peux trouver sur Bobby, ajouta Maddox.

— Il a un casier judiciaire… Tu comprends mieux maintenant pourquoi papa a mis toutes ces conditions sur sa part de l'héritage…

Grâce à leur père, les frères McCullen étaient maintenant liés à Bobby Lowman ainsi qu'à Barbara, et ce jusqu'à la fin de leurs jours. Scarlet était peut-être la seule bonne surprise dans ce fichu merdier.

— Brett m'a expliqué pour l'écurie et pour Romley, continua Maddox. Je vais interroger Hardwick à l'hôpital. Peut-être qu'il en sait plus que ce qu'il t'a dit.

— Whitefeather a cherché une connexion entre Bennett

et Romley en fouillant dans ses relevés bancaires, mais il n'a rien trouvé, lui répondit Ray en soupirant.

— Je viens de lui parler, les résultats d'ADN sur ce mégot de cigarette n'étaient pas concluants.

Ils convinrent de se tenir au courant puis raccrochèrent.

Ray attendit que Scarlet gare sa jeep devant chez elle puis il stationna son 4x4 juste derrière et coupa le moteur.

Il la regarda ensuite récupérer ses affaires, fermer sa voiture puis marcher vers sa porte d'entrée. Lorsqu'elle lui jeta un regard par-dessus l'épaule, il se sentit défaillir. Ce mélange de fragilité et de beauté chez elle était irrésistible.

Elle attendit sur le paillasson qu'il la rejoigne puis, après avoir refermé la porte et laissé tomber ses dossiers sur la table, elle alluma une lampe et le regarda avec un sourire qui fit renaître la passion en lui.

Le visage pâle, elle frissonna comme si elle se remémorait l'agression de Bobby.

— Je vais prendre une douche, lui dit-elle d'une voix fatiguée avant de disparaître dans le couloir.

Une seconde plus tard, Ray l'entendit hurler et il courut la rejoindre.

Les yeux agrandis par l'effroi, Scarlet regardait la poupée sur son lit.

— Que se passe-t-il ? lui demanda Ray en surgissant dans sa chambre, l'arme au poing. Il y a quelqu'un ici ?

— Non… Enfin je ne sais pas.

Scarlet lui montra du doigt la poupée que Joe lui avait offerte et qui lui rappellerait toujours ce jour où il lui avait dit qu'il la considérait comme sa propre fille.

La tête de porcelaine était brisée en mille morceaux.

Le souvenir de la photo brûlée lui revint soudain en mémoire. Était-ce la même personne qui avait brisé sa poupée ?

Ray inspecta l'intérieur du placard et de la salle de bains.

— Il n'y a personne, dit-il enfin d'une voix rassurante.

— Mais quelqu'un est venu, lui répondit Scarlet en tremblant. Quelqu'un qui sait ce que représente cette poupée pour moi.

Quelqu'un qui veut me faire du mal…, pensa-t-elle.

Elle retourna chercher l'enveloppe que lui avait donnée Hugh et la tendit à Ray.

— D'où cela vient-il ? lui demanda-t-il en découvrant la photo.

— Hugh m'a dit qu'il l'avait trouvée au bureau. Quelqu'un l'aurait glissée sous notre porte. Je pensais la montrer au shérif adjoint mais avec toute cette agitation, ça m'est complètement sorti de la tête.

— Je vais la transmettre à Maddox et envoyer la poupée au labo, gronda Ray, les yeux brillants de colère. Bobby n'a pas le droit de vous terroriser de la sorte, je peux vous garantir qu'il ne va pas s'en sortir comme ça…

Devant l'injustice de la situation, Scarlet ne put contenir ses larmes.

— Je n'ai jamais voulu gâcher sa vie, dit-elle en sanglotant. Mais il m'a détestée depuis le premier jour.

— Vous n'avez rien fait de mal, lui répondit Ray en s'approchant d'elle. Et ce n'est certainement pas vous qui avez gâché sa vie, il en est le seul responsable.

— Tout ce que je voulais c'était une famille, ajouta Scarlet. Je voulais être aimée et chérie comme les autres enfants.

Mais Bobby n'avait jamais voulu d'elle. Ni Barbara… Et à présent, quelqu'un semblait même décidé à se débarrasser d'elle…

Pour éviter d'abîmer les empreintes que la police pourrait découvrir sur la poupée, Ray se servit du plaid pour la prendre et la reposa délicatement sur la commode. Puis il posa son arme à côté.

— Je n'arrive pas à comprendre pourquoi il me déteste tant, murmura Scarlet.

— Je suis désolé que vous ayez grandi dans un tel environnement, lui répondit Ray en lui caressant doucement le dos. Mais mon père devait vous aimer énormément pour vous offrir cette poupée. D'ailleurs, si ça n'avait pas été le cas, il ne vous aurait pas légué ce chalet et une partie de sa terre. Cette propriété représentait bien plus pour lui que n'importe quelle somme d'argent car elle appartient depuis toujours aux McCullen, c'est notre héritage familial.

Scarlet était d'accord avec Ray mais elle n'avait plus la force de réfléchir. La journée avait été trop dure. Et Bobby ne semblait pas vouloir la laisser tranquille... Elle n'aurait donc pas d'autre choix que de partir vivre très loin d'ici.

— Je comprends que votre père ait pu vous décevoir par les erreurs qu'il a commises, mais au fond c'était un homme vraiment bon. Alors peu importe ce qu'il m'arrive, je suis heureuse d'avoir eu la chance de le connaître.

Ray l'attira contre lui.

— Il ne va rien vous arriver, Scarlet, lui murmura-t-il en tournant son visage vers le sien.

Son regard était si rassurant que Scarlet eut l'impression qu'elle pourrait se perdre dans ses profondeurs.

— Je vous promets que je vous protégerai, continua-t-il. Bobby ne vous fera plus jamais de mal, car je serai toujours auprès de vous.

Scarlet sentit son pouls s'accélérer, et la peur qui l'avait emprisonnée dans ses griffes se dissipa lentement tandis que Ray l'enlaçait. Et, tandis qu'il la berçait contre lui, Scarlet sentit le désir se réveiller en elle.

Puis Ray posa ses lèvres sur les siennes. Il avait le goût du sexe et de l'interdit, tout ce qu'elle avait toujours recherché chez un homme mais qu'elle avait essayé de réprimer.

Elle ne pouvait plus lui résister à présent.

D'une main, elle lui ôta son chapeau et le posa sur la chaise à côté du lit puis elle passa ses doigts dans ses cheveux bruns épais et soyeux.

Entrouvrant ses lèvres avec sa langue, Ray approfondit

leur baiser et Scarlet ouvrit d'un geste sa chemise pour se rapprocher de son corps ferme et puissant.

Ray lui aussi semblait vouloir oublier chacune des raisons pour lesquelles il ne devait pas embrasser Scarlet. Son corps tout entier brûlait de désir pour elle. Et il savait que le désir violent qui le rongeait ne serait rassasié que lorsqu'il aurait goûté et touché chaque parcelle de son corps.

Lorsqu'il lui enleva son haut, il sentit le cœur de Scarlet battre si fort dans sa poitrine qu'il eut l'impression que celui-ci allait exploser.

Elle portait un soutien-gorge en dentelle qui couvrait à peine sa généreuse poitrine et lorsqu'il l'allongea délicatement sur le lit, son souffle se transforma en un soupir torturé comme si elle le désirait tout autant que lui.

Se penchant au-dessus d'elle, Ray l'embrassa à nouveau, et sa bouche lui promit de l'aimer. Jusqu'au bout, cette fois.

20

Sous les mains de Ray, Scarlet sentit son corps vibrer. Tout en l'embrassant avec passion, elle laissa son corps onduler avec le sien comme s'il répondait à une sensuelle invitation.

Elle fit danser sa langue contre la sienne en ne pouvant s'empêcher de penser à l'instant d'après et à ce qu'elle en attendait.

Elle voulait que Ray retire ses vêtements pour pouvoir sentir sa peau contre la sienne. Ses seins nus contre son torse.

Ray déposa une série de tendres baisers dans son cou et, frissonnante d'envie, elle fit courir le bout de ses doigts sur ses épaules nues et caressa chaque courbe de ses muscles.

Après avoir taquiné la zone sensible située juste derrière son oreille, Ray fit glisser ses mains jusqu'à ses seins qu'il effleura sous son soutien-gorge en dentelle. Les tétons de Scarlet se durcirent et, lui ôtant son soutien-gorge, il en prit un entre ses lèvres.

Elle laissa échapper un profond soupir de plaisir et posa ses deux mains sur le dos nu de Ray pour lui intimer de venir plus près. Ray suça ses pointes de seins l'une après l'autre jusqu'à ce que Scarlet sente les prémices d'un orgasme naître au plus profond de son ventre. Alors, brûlante de désir, elle lui fit retirer son jean, et une seconde plus tard, ils se retrouvèrent enfin nus dans les bras l'un de l'autre.

Jamais Scarlet n'avait vu d'homme aussi beau, aussi viril. Le corps musclé de Ray était à couper le souffle et lui inspirait des pensées et des sensations qu'elle n'avait encore jamais eues. Un besoin qui devait être comblé et qui ne pourrait être satisfait que par lui.

Ray fit glisser ses doigts le long de son dos puis souleva légèrement ses hanches. Elle suivit le mouvement et ondula, assoiffée de désir. Il l'embrassa de nouveau si profondément et passionnément qu'elle sentit une violente émotion l'envahir. Jamais personne ne l'avait encore embrassée de cette façon.

Prenant ses fesses dans ses mains, il déposa des baisers moins timides dans son décolleté, titillant chaque parcelle de son corps, attisant son désir. Après avoir déposé un autre baiser au creux de son nombril, Ray descendit plus bas et Scarlet sentit bientôt de délicats petits coups de langue entre ses cuisses.

Gémissant de plaisir, elle écarta davantage les jambes. Son corps entier ronronnait à présent qu'il taquinait sa zone sensible de ses doigts et de sa bouche.

Soudain, un puissant raz-de-marée la submergea et, assaillie par un million de sensations, elle se laissa emporter par le courant jusqu'à parvenir au sommet de la vague où sa passion éclata enfin en une douce délivrance.

Le soupir sensuel de Scarlet attisa le désir de Ray. Elle avait une saveur douce et féminine, un goût impétueux qui venait aiguiser sa faim.

Le sexe dur et palpitant, il se releva au-dessus de Scarlet et, après avoir pris appui sur l'une de ses mains, il prit son visage dans l'autre. Le regard de Scarlet était embrasé par la passion, ses lèvres humides et gonflées par leur échange de baisers, et Ray décida de garder pour toujours cette sublime vision d'elle.

Quand elle l'embrassa une nouvelle fois en prenant son érection dans sa main, il sentit un sentiment d'urgence l'assaillir. Il ne pouvait plus résister. Guidé par elle, il se rapprocha davantage pour la pénétrer quand il se souvint tout à coup qu'il n'avait pas mis de protection.

— Préservatif, lui souffla-t-il en se levant pour aller en chercher un dans la poche arrière de son jean.

Il déchira rapidement le paquet entre ses dents et Scarlet lui prit le préservatif des mains pour l'aider à l'enfiler. Le contact de ses doigts sur sa peau nue était si excitant que Ray eut peur d'exploser dans ses mains. Mais, voulant désespérément être en elle pour parvenir à l'orgasme, il inspira profondément pour maîtriser son désir.

Scarlet lui caressa le dos puis laissa glisser ses mains jusqu'à ses fesses et le pressa entre ses cuisses. Ray taquina sa zone sensible un instant du bout de son sexe en la caressant jusqu'à ce qu'elle le supplie d'entrer.

Lui griffant légèrement le dos, Scarlet le guida alors plus profondément en elle. Ray la pénétra vigoureusement puis marqua une pause, le temps que son sexe s'adapte au sien. Elle était si serrée qu'il ne voulait pas lui faire mal.

À nouveau, Scarlet murmura son nom et Ray posa ses lèvres sur les siennes pour l'embrasser encore. Puis il poussa son sexe plus loin encore en elle, se retira et la taquina ainsi plusieurs fois jusqu'à ce qu'elle agrippe ses hanches fermement.

— J'ai besoin de toi, lui murmura-t-elle au creux de l'oreille.

— J'ai besoin de toi, moi aussi, lui répondit-il, surpris de constater combien il était sincère.

Scarlet fit alors onduler ses hanches contre les siennes puis entoura ses jambes autour de lui et une fois encore, Ray perdit le fil de ses pensées en se perdant dans leur danse passionnée.

Intensifiant son mouvement, il plongea plus intensément en elle jusqu'à manquer presque d'oxygène. Soudain, Scarlet cria son nom et eut un nouvel orgasme.

Ray sentit alors son corps se contracter contre le sien et serrer son érection si ardemment qu'il sentit sa propre délivrance approcher. Après avoir échangé un autre baiser, il accéléra la cadence. Enfin, le cœur battant comme si leurs deux corps étaient liés l'un à l'autre, il la rejoignit au sommet de l'extase.

Scarlet s'accrocha à Ray pour savourer les dernières sensations de leurs ébats. Elle se sentait à présent indolente, heureuse et… affamée. Comme si elle n'en avait pas eu assez.

Cette pensée la terrifia soudain. Elle n'avait pas connu beaucoup d'hommes dans sa vie et, incapable de croire en leur affection, incapable même de leur faire confiance, elle avait toujours réussi à maintenir une certaine distance avec eux. Pourtant cette fois, la raison semblait l'avoir abandonnée.

Elle se concentra sur la respiration de Ray qui venait caresser son cou et se sentit immédiatement parcourue par un nouveau florilège de sensations.

Tout sourire, elle l'embrassa tendrement dans la nuque. Sans dire un mot, Ray se leva lentement et quand il disparut dans la salle de bains, elle se sentit soudain désespérée.

Allait-il partir à présent ? pensa-t-elle en retenant son souffle.

Mais il revint dans la chambre tranquillement puis se glissa dans le lit et l'attira contre lui. Scarlet se lova dans ses bras et posa sa tête dans le creux de son épaule, avec tant de naturel qu'elle se demanda si ce n'était pas sa place originelle.

Du bout des doigts, Ray joua avec une mèche de ses cheveux tandis qu'elle caressait son torse et le duvet sombre qui le recouvrait. L'instant était si doux et si tendre qu'elle eut soudain le sentiment qu'elle n'avait encore jamais été si proche de quiconque auparavant.

Ils restèrent enlacés ainsi, se caressant et se touchant l'un l'autre pendant ce qui sembla à Scarlet une éternité.

Dehors, le vent soufflait et les branches cognaient contre les fenêtres, mais cette fois Scarlet n'avait pas peur. Elle ferma les yeux, enveloppée dans la chaleur de l'étreinte de Ray. Rien ne pouvait plus l'atteindre à présent, elle était à l'abri.

Plus tard, le téléphone de Ray se mit à vibrer et, espérant

qu'il n'irait pas le chercher et ne briserait pas leur parenthèse enchantée, Scarlet se mordit la lèvre. Mais quand le téléphone vibra une seconde fois, Ray soupira et se leva.

— Il vaudrait mieux que je réponde, c'est peut-être en rapport avec Bobby ou Pullman.

En entendant ces deux noms, Scarlet sentit un frisson glacé lui parcourir l'échine. Ray sembla s'en apercevoir car il revint vers elle et la prit dans ses bras.

— Ne bouge pas d'ici, lui dit-il avant de déposer un baiser sur ses lèvres.

Elle se sentit immédiatement réconfortée, comprenant qu'il ne tarderait pas à revenir. Lorsqu'il sortit du lit, Scarlet contempla sans la moindre gêne son corps, beau et musclé. Ray remarqua son regard posé sur son sexe, toujours dressé.

— Je compte sur toi, lui dit-il en lui lançant un regard complice.

Scarlet laissa échapper un petit rire et enlaça un de ses oreillers tandis que Ray attrapait son téléphone.

Mais alors qu'il allait répondre, la sonnette de la porte d'entrée retentit tout à coup.

Ray fronça les sourcils et jeta un regard interrogatif à Scarlet qui haussa les épaules et se glissa hors du lit.

Recoiffant d'une main sa chevelure emmêlée, elle avança dans le couloir en resserrant la ceinture de son peignoir. Puis elle jeta un œil par les fenêtres et aperçut la voiture de Hugh stationnée devant sa maison.

Même si elle était soulagée de constater qu'il ne s'agissait ni de Bobby ni de Pullman, elle ne put s'empêcher de se sentir agacée par cette interruption et ouvrit la porte avec irritation.

— Qu'est-ce que tu fais là, Hugh ?

— Je sais que tu as été très choquée par l'agression de Bobby, lui répondit-il en la poussant du coude pour entrer. Aussi je voulais m'assurer que tu allais bien.

N'avait-il pas vu que la voiture de Ray était garée juste devant chez elle ? se demanda Scarlet.

— Je t'ai déjà dit que j'allais bien.

La mâchoire de Hugh était tendue, il semblait bien plus agité que d'habitude.

— Il s'est passé quelque chose au bureau après que je suis partie ?

— Non, je pensais juste que tu pourrais avoir besoin de moi. Est-ce que tout était en ordre chez toi quand tu es rentrée ?

Scarlet sentit les battements de son cœur s'accélérer en se souvenant soudain de la poupée brisée.

— Pourquoi tu me demandes ça ?

— Comme ça, lui répondit-il en haussant les épaules et en faisant la moue. Tu ne devais pas faire venir quelqu'un pour changer tes serrures ?

— Mais comment sais-tu cela ?

— Eh bien, lui répondit Hugh en se figeant, c'est toi qui me l'as dit, tu ne te souviens pas ?

Scarlet fouilla dans sa mémoire. Cependant les derniers jours avaient été éprouvants, confus et elle avait eu des échanges avec de nombreuses personnes, Ray, les McCullen, Pullman, Bobby, Barbara…

— Oui, j'ai fait installer de nouvelles serrures, en effet. Et comme tu peux le voir, je vais très bien.

Scarlet n'avait qu'une seule envie, que Hugh s'en aille au plus vite pour retourner rapidement se blottir contre Ray.

Mais ce dernier apparut soudain, la ceinture de son jean détachée, les cheveux en bataille.

— Ah, voilà donc de quoi il s'agit…, laissa échapper Hugh d'une voix teintée de dégoût.

En l'entendant, Scarlet se raidit.

— Hugh ? lança Ray en enfilant sa veste et en rangeant son arme dans sa poche intérieure.

— Je m'inquiétais pour Scarlet, lui répondit celui-ci.

— Je dois partir, lança Ray à Scarlet. Whitefeather a une piste concernant l'endroit où pourrait se trouver Bobby. Maddox doit nous retrouver là-bas.

— Je viens avec toi, dit Scarlet.

— Non, c'est peut-être dangereux.

— Je n'ai qu'à rester avec elle pendant votre absence, proposa alors Hugh à Ray avec empressement.

— Mais je n'ai pas besoin d'un baby-sitter, Hugh, répondit Scarlet avec humeur.

— Non, mais tu as besoin d'un garde du corps, lui répondit Ray.

— S'il te plaît, Ray, l'implora Scarlet en lui attrapant le bras. Laisse-moi venir avec toi.

En croisant son regard, Scarlet se remémora la magie du moment qu'ils venaient de partager. C'était cela qu'elle voulait, retourner au lit avec Ray et certainement pas recevoir Hugh.

— Je serai de retour dès que nous aurons mis Bobby sous les verrous, lui murmura Ray en lui caressant tendrement la joue. En attendant, n'oublie pas de bien verrouiller ta porte.

Scarlet soupira et se mordit la langue pour se retenir de lui demander, une dernière fois, de ne pas la laisser seule avec son collègue.

Ray arriva le premier au Silver Bullet. Whitefeather l'avait appelé pendant qu'il était en chemin pour le prévenir que le shérif de Laramie avait retrouvé Pullman et que celui-ci était maintenant en garde à vue. Apparemment l'homme avait été arrêté alors qu'il essayait de voler une voiture et il était tellement ivre qu'il avait même reconnu avoir dérobé de l'argent à sa sœur pour quitter la région.

Ray pensa que Scarlet allait être soulagée d'apprendre la nouvelle car cette fois, Lloyd Pullman allait être inculpé pour des charges bien plus sérieuses et ne risquait pas d'être libéré avant un moment.

Ce soir, le parking du Silver Bullet était presque plein et Ray entendit de la musique country résonner hors des haut-parleurs tandis qu'il se dirigeait vers l'entrée du bar. Heureusement,

Bobby ignorait que le gérant du bar avait appelé le shérif adjoint pour signaler sa présence.

Whitefeather avait été suffisamment intelligent pour comprendre que si Bobby avait un faible pour la boisson, il chercherait à coup sûr le bar le plus proche pour y noyer son chagrin. Il avait donc demandé à tous ses contacts d'ouvrir un œil.

En entrant dans le bar, Ray scruta la foule. Accompagnée par la voix de Johnny Cash, une ligne de danseurs se déplaçait en rythme sur la piste de danse. Toutes les tables de billard et les stands de fléchettes étaient occupés.

Ray se fraya un chemin à travers la foule, en évitant de croiser le regard d'une femme rousse qui lui adressait un sourire charmeur.

— C'est vous qui avez appelé le shérif adjoint pour lui dire que vous aviez vu Bobby Lowman ? demanda-t-il au barman, une fois devant le comptoir.

Le jeune homme hocha la tête puis lui montra du doigt le fond de la salle où un type vêtu d'une veste en cuir sombre discutait avec Bobby, près de la sortie de secours. Quand Ray vit celui-ci remettre à Bobby un 38 mm en échange de quelques billets, il fila se cacher derrière un groupe de cow-boys.

Déterminé à ne pas laisser s'échapper Bobby, surtout maintenant qu'il était armé, Ray attendit patiemment que celui-ci se décide à sortir du bar puis il se faufila parmi les danseurs et le suivit à l'extérieur.

Dehors, le vent trimballait des odeurs de détritus, de boissons éventées et de fumée de cigarettes.

Ray balaya le parking du regard et distingua trois cow-boys qui discutaient en fumant autour d'un camion, ainsi qu'un couple qui fricotait sous l'auvent du bâtiment voisin. Un peu plus loin vers la droite, un moteur se mit en marche.

Certain qu'il s'agissait de Bobby, Ray se précipitait vers le véhicule pour regarder la plaque d'immatriculation quand il entendit soudain une balle siffler juste à côté de sa tête. D'un bond, il se cacha derrière l'angle du Silver Bullet, mais alors qu'il cherchait à voir d'où pouvait provenir le tir, une seconde balle vint trouer son chapeau.

21

Tout en se demandant de quelle manière elle allait bien pouvoir se débarrasser de Hugh, Scarlet croisa les bras sur sa poitrine.

— Je pensais que tu resterais travailler au bureau cet après-midi, Hugh. J'ai besoin que tu sois là-bas pour t'assurer que tout se passe bien.

— Ne t'inquiète pas, lui répondit-il en avançant vers elle pour lui caresser le bras. Tout est sous contrôle et puis… j'étais vraiment inquiet pour toi.

Scarlet se dégagea et marcha vers la cuisine. La façon dont Hugh la regardait la mettait terriblement mal à l'aise.

— Tu veux une tasse de café ou de thé ?

— Du café, volontiers.

Hochant la tête, elle sortit un filtre du placard puis le rempli de café et versa de l'eau dans la cafetière. En sentant l'odeur réconfortante du café qui emplissait la cuisine, Scarlet se sentit soudain beaucoup mieux. Ray allait retrouver Bobby et tout allait s'arranger.

— J'ai eu rendez-vous avec un couple qui voudrait peut-être adopter Rachel, lui annonça Hugh sur un ton joyeux.

Scarlet sentit l'espoir l'envahir. Rachel lui faisait penser à elle quand elle avait le même âge. Petite, fragile, timide et… seule au monde. Elle avait dix ans et souffrait d'asthme mais c'était une petite fille adorable qui méritait une famille aimante.

— Quelle bonne nouvelle ! Qu'as-tu pensé d'eux ?

— Ils sont chouettes, équilibrés et ils disent vouloir un enfant de cet âge. Le père est pharmacien, la mère professeure dans un centre de soutien scolaire pour enfants.

— C'est prometteur..., commenta Scarlet en leur servant deux tasses de café.

— Que se passe-t-il entre toi et ce McCullen ? lui demanda tout à coup Hugh sans détour.

Scarlet lui tendit sa tasse puis souffla sur son propre café.

— C'est compliqué, Hugh.

— C'est le fils de Joe, Scarlet... Tu sais comme moi que Joe a trompé sa femme, tu penses vraiment que son fils se comportera différemment ?

Scarlet prit une profonde inspiration. Elle ne s'était jamais rendu compte de l'animosité que Hugh ressentait pour Joe.

— Mais d'où sort cette soudaine antipathie ? Joe t'a aussi aidé à l'orphelinat.

— Non, Scarlet, il t'a éloignée de moi, répondit Hugh d'une voix grave.

— Ce n'est pas vrai. Il m'a donné un foyer, c'est tout.

— Mais en quittant The Family Farm, tu m'as laissé seul.

Scarlet se retint de lui répondre qu'il y avait dix autres enfants à l'orphelinat avec lui à cette époque, car elle savait exactement ce qu'il voulait dire. Même dans une pièce remplie de gens, on pouvait se sentir seul au monde.

— Je suis désolée, Hugh. Je ne m'étais pas rendu compte que tu avais ressenti cela.

— Je pensais que nous étions inséparables, toi et moi, lui répondit-il les yeux brillants de tristesse.

— Hugh, nous n'étions que des enfants. Ces dix dernières années, nous avons beaucoup grandi et nous formons maintenant une super équipe à l'agence des services sociaux.

Hugh avança et posa sa tasse de café sur le comptoir avant de lever les yeux vers elle.

— Mais nous pourrions être tellement plus, Scarlet.

— Hugh, commença-t-elle en cherchant ses mots pour

être la plus douce possible. Tu es un ami et un formidable collègue mais c'est tout ce qui se passera entre nous.

— Parce que tu es amoureuse de Ray McCullen ? lui demanda-t-il en fronçant les sourcils.

Oui, pensa Scarlet même si elle n'avait aucune idée de ce que l'avenir leur réservait.

— Cela n'a rien à voir avec Ray, lui répondit-elle doucement.

— Tu as besoin de moi, ajouta Hugh. Nous sommes pareils, toi et moi.

— Hugh…

— S'il te plaît, Scarlet. Je peux te protéger de la personne qui a envoyé cette photo et aussi de celle qui a détruit ta poupée.

— Comment sais-tu pour ma poupée ? lui demanda-t-elle en essayant de garder son sang-froid.

Hugh écarquilla les yeux.

— Tu me l'as dit ce matin.

— Non, je ne l'ai découvert que tout à l'heure en rentrant chez moi.

— Eh bien…, dit-il en s'agitant. Tu as dû m'en parler quand je suis arrivé alors.

— Je ne crois pas, Hugh.

Scarlet sentit une sueur froide glisser le long de son dos. C'était Hugh qui lui avait donné la photo brûlée, quant à la poupée, il savait que c'était Joe qui la lui avait offerte… Était-ce lui le responsable ? Pensait-il que l'effrayer la pousserait dans ses bras ?

Ray s'accroupit pour tenter d'apercevoir Bobby et évita de justesse une nouvelle balle.

— Laisse tomber, mec ! lança-t-il en direction de Bobby.

Il le vit alors courir vers son camion et entendit des pas crisser sur le gravier derrière lui. Maddox venait d'apparaître dans l'allée du parking, son arme à la main.

— Son camion est garé au fond ! lui lança Ray en lui montrant la direction.

— Reste derrière moi, lui ordonna Maddox avant d'avancer doucement vers Bobby.

Une nouvelle balle siffla contre le mur de briques alors qu'ils avançaient à couvert. Au coin, ils virent Bobby se précipiter vers son véhicule et tenter d'ouvrir sa portière.

Maddox s'écarta du bâtiment et leva son arme.

— Arrête-toi Lowman, ou je tire !

Bobby s'engouffra dans le camion, obligeant Maddox à mettre sa menace à exécution.

Maddox tira dans les pieds de Bobby qui s'immobilisa immédiatement et leva les mains en l'air.

— Ne bouge plus, lui ordonna Maddox en avançant lentement vers lui tandis que Ray le suivait, l'arme au poing.

— Vous voulez vraiment mettre votre frère en prison ? leur lança Bobby d'un ton furieux en se retournant vers eux.

— Tu viens de nous tirer dessus, lui répondit Ray.

Maddox garda Bobby en joue pour s'assurer qu'il n'allait pas tenter de s'enfuir ou de leur tirer à nouveau dessus.

La rage transpirait par tous les pores de Bobby, se mélangeant avec la puanteur de l'alcool. Sans le lâcher des yeux, Maddox lui ôta délicatement des mains son calibre 38 avant de le ranger dans la ceinture de son jean.

— Je ne voulais tuer personne, marmonna Bobby. Je voulais seulement qu'on me laisse tranquille.

— Tu ne voulais pas non plus faire de mal à Scarlet, j'imagine, ajouta Ray en ne se donnant même pas la peine de cacher son mépris.

— Quelques nuits en prison devraient te faire le plus grand bien, lui annonça Maddox en lui passant les menottes.

— Je n'ai rien à faire là-bas, gémit Bobby. J'aurais dû être un McCullen.

— Tu es trop stupide, grogna Maddox. Notre père t'a donné une chance en te léguant ces hectares de terrain, et tu ne te rends même pas compte de la chance que cela représente pour toi. Mais cette fois, tu vas devoir assumer les conséquences de tes actes.

— Cette salope de Scarlet n'a rien eu à faire, lui répondit-il en se démenant. Mon père lui a donné tout ce dont elle avait besoin alors qu'elle ne fait même pas partie de la famille.

— Scarlet n'a rien à voir avec tout ça, lui répondit Ray d'une voix furieuse en rangeant son arme dans sa veste. Il est question de toi, si tu veux être un McCullen, alors commence par te comporter dignement.

— Mais…

— Il a raison, ajouta Maddox en poussant Bobby. Les hommes McCullen ne s'en prennent pas aux femmes, ne noient pas leur chagrin dans l'alcool et ne tirent pas sur les forces de l'ordre. Bon sang, Bobby, tu aurais pu tuer Ray ou un passant.

Bobby protesta mais Maddox le poussa plus brutalement vers la rue. Une fois qu'ils eurent atteint le parking avant du Silver Bullet, quelques clients s'arrêtèrent pour regarder Maddox ouvrir la porte de son SUV et forcer Bobby à y entrer.

Ray sentit son téléphone vibrer dans sa poche et le sortit en s'inquiétant soudain pour Scarlet. Mais en regardant l'écran, il vit qu'il s'agissait de Brett.

— Ouais ? lui dit-il en décrochant.

— Ray, il y a un nouvel incendie !

— Quoi ? Où ?

— À la maison, j'ai appelé les pompiers.

— Maddox est avec moi, nous arrivons tout de suite.

Maddox regarda Ray en fronçant les sourcils.

— Que se passe-t-il ?

— Un nouvel incendie chez nous, lui répondit Ray en cherchant ses clés de voiture.

— Mon Dieu, murmura Maddox. Rose est à la maison.

— Je te suis, lui lança Ray en courant vers son Range Rover.

Maddox se mit au volant, enclencha le gyrophare et la

sirène et démarra en trombe du parking, suivi par Ray qui priait intérieurement pour que personne ne soit blessé.

Scarlet n'aimait pas la tournure que prenait la situation. Elle et Hugh se connaissaient depuis des années et avaient toujours été amis, puis collègues de travail. Et, même si elle savait que Hugh avait souffert de dépression et qu'il avait également suivi un traitement médical pour troubles bipolaires, il était toujours parvenu à contrôler ses sautes d'humeur.

Comment avait-elle pu ne pas remarquer qu'il était plus agité ces derniers temps ? Et qu'il semblait avoir développé un attachement presque malsain pour elle ?

— Hugh, lui dit-elle en se massant les tempes comme si elle avait la migraine. J'apprécie vraiment que tu sois venu mais je suis épuisée et j'ai besoin d'aller dormir.

— Laisse-moi te tenir dans mes bras pendant que tu te reposes, lui répondit-il en tendant la main vers elle.

Scarlet frissonna mais elle s'efforça de masquer sa réaction.

— C'est adorable, Hugh, mais j'ai vraiment besoin d'être seule, répéta-t-elle en le prenant par la main pour l'emmener vers la porte. Tiens-moi au courant pour ce couple qui voudrait adopter Rachel.

— S'il te plaît, laisse-moi rester avec toi, lui répondit-il en s'immobilisant sur le paillasson. Nous sommes amis depuis toujours, Scarlet, nous pouvons être bien plus l'un pour l'autre.

— Je suis désolée, Hugh. Il se passe trop de choses dans ma vie en ce moment pour que je puisse m'engager dans une relation.

À ces mots, Scarlet vit la bouche de Hugh se tordre dans un rictus féroce.

— Et Ray McCullen ?

Scarlet déglutit avec peine.

— Ray et moi, nous nous sommes vus pour parler de l'héritage de son père. Joe a légué une somme d'argent à The

Family Farm et je veux m'assurer que les frères McCullen ne vont pas s'opposer à sa volonté.

— Vraiment ? C'est tout ce qui se passe entre vous ? insista-t-il d'une voix suspicieuse. Parce que ça ressemble à autre chose.

— Oui, lui répondit-elle en prenant soin de ne pas le contrarier. Maintenant, s'il te plaît, Hugh, laisse-moi, je vais aller m'allonger et je t'appellerai dans la soirée.

Hugh sortit à contrecœur et, après avoir refermé la porte derrière lui, Scarlet alla s'assurer de son départ en regardant par la fenêtre.

Puis elle attrapa son téléphone pour appeler Ray. Les empreintes digitales de Hugh devaient de toute évidence se trouver sur l'enveloppe qu'il lui avait remise avec cette photo brûlée à l'intérieur. Mais était-ce également lui qui avait brisé la poupée ?

Alors que Ray tournait le volant pour s'engager dans l'allée qui menait au ranch, son téléphone se mit à vibrer. En découvrant les volutes de fumée qui montaient dans le ciel au-dessus de la maison, il sentit la peur l'envahir. Le Range Rover de Maddox fonçait à toute allure devant lui, la sirène hurlant dans l'obscurité.

Son téléphone recommença à sonner et, quand il regarda l'écran, Ray sentit son cœur s'emballer.

— Oui Scarlet ! dit-il en décrochant.

— Vous avez retrouvé Bobby ?

— Il est menotté à l'arrière de la voiture de Maddox mais nous sommes en route pour le ranch, il y a un nouvel incendie.

— Oh ! Mon Dieu, laissa échapper Scarlet.

Ray regarda la fumée qui s'épaississait et les flammes impressionnantes qui s'élevaient dans le ciel. Il n'y avait pas de temps à perdre.

— Tout va bien ? demanda-t-il à Scarlet d'une voix pressée.

— Oui, comment a débuté ce nouvel incendie ?

— Aucune idée, je te rappelle quand j'en saurai plus, lui répondit-il avant de raccrocher, rassuré par le fait que Bobby et Pullman avaient été tous les deux mis hors d'état de nuire.

Il se gara juste derrière Maddox et sortit de sa voiture en trombe.

— Rose ! cria Maddox en se précipitant vers la maison.

Ray le suivit en sentant son inquiétude grandir à la vue de leur maison familiale en flammes. Le côté gauche du bâtiment, où se trouvait la chambre principale, était totalement détruit et le feu se propageait vers les parties communes.

Les pompiers étaient déjà en train de dérouler les tuyaux et certains commençaient à arroser les flammes.

— Rose ! cria à nouveau Maddox.

Ray parcourut des yeux la cour et aperçut Brett qui était en train de parler à l'un des pompiers.

— Rose ! continua Maddox.

Enfin, cette dernière sortit de derrière une ambulance, enveloppée dans une couverture.

Maddox courut vers elle et la prit dans ses bras.

En découvrant que Mama Mary se tenait, elle aussi, à côté de l'ambulance, Ray sentit le soulagement l'envahir et il se précipita vers elle.

— Seigneur, Ray, je ne peux y croire. Nous ne pouvons pas perdre la maison de ton père !

— Ne t'inquiète pas pour la maison, Mama Mary, lui répondit Ray en remerciant le ciel de l'avoir épargnée. Je suis si heureux que tu sois saine et sauve.

Des larmes coulèrent sur le visage de la vieille femme et Ray la serra dans ses bras.

— Que s'est-il passé ? lui demanda-t-il.

— Je ne sais pas… Rose était au travail et comme elle m'avait dit ce matin qu'elle et Maddox ne dîneraient pas à la maison ce soir, je me suis rendue à un dîner organisé par ma paroisse. Quand je suis rentrée, j'ai retrouvé Rose sur le pas de la porte. Comme de la fumée sortait de la maison, nous avons toutes les deux couru à l'intérieur pour regarder si elle ne provenait pas de la cuisine, mais elle était si épaisse que nous ne pouvions rien voir à part que la chambre à coucher était déjà en flammes.

Elle fit une pause un instant pour reprendre son souffle.

— Rose a immédiatement appelé les pompiers puis elle a attrapé l'extincteur, quant à moi j'ai essayé d'éteindre les flammes de mon côté avec une couverture mais en vain, le feu se propageait trop vite.

Ray prit une profonde inspiration et la serra à nouveau dans ses bras.

— Je suis si heureux que tu n'aies rien.

Quand Maddox et Rose les rejoignirent, Ray vit combien Maddox était soulagé de voir que sa femme était elle aussi saine et sauve.

— Je suis tellement désolée, Ray, lui dit Rose. Mama Mary et moi avons tout fait pour essayer d'éteindre le feu.

— Ne vous en faites pas, lui répondit Ray. Le plus important est que vous n'ayez rien toutes les deux. Vous n'avez vraiment aucune idée d'où le feu a pu partir ?

— Non, répéta Rose en secouant la tête. Mais… j'ai senti une odeur bizarre.

— Tu veux dire, comme si la cuisinière avait été laissée allumée ? lui demanda Maddox.

— Je n'ai certainement pas laissé les fourneaux allumés, intervint Mama Mary la voix tremblante. Enfin, je ne pense pas l'avoir fait.

— Non, non, ce n'était pas cette odeur. C'était plutôt une odeur d'essence.

Ray et Maddox échangèrent un regard.

— Eh bien, on dirait que la personne qui a mis le feu aux écuries a recommencé…

— Je vais jeter un coup d'œil dans les environs pour voir si je trouve quelque chose, dit Maddox en embrassant Rose.

Ray se tourna vers Bobby qui, depuis la voiture de Maddox, contemplait l'incendie, comme hypnotisé.

Impatiente de rejoindre Horseshoe Creek, Scarlet appuya sur la pédale d'accélérateur. Bobby avait-il mis le feu à la maison des McCullen pour se venger d'eux ?

Dehors le vent faisait rage, de violentes bourrasques agitaient les branches des arbres et projetaient des feuilles sous ses roues. Sur la route, il lui sembla soudain apercevoir un véhicule caché derrière des buissons, mais elle était trop pressée pour ralentir. Au loin, de grandes flammes illuminaient la nuit.

En arrivant devant le ranch, elle reconnut la voiture de Ray, celle de Maddox ainsi qu'un camion de pompiers.

Mais c'est seulement après s'être garée qu'elle remarqua Bobby qui était assis à l'arrière du 4x4 de Maddox et regardait l'incendie avec un sourire pervers.

Une autre voiture vint se garer derrière elle et, en jetant un œil dans son rétroviseur, Scarlet vit Barbara descendre de sa BMW et se diriger droit vers la voiture de Maddox.

— Barbara ? Qu'est-ce que tu fais ici ? lui demanda-t-elle en sortant de sa jeep.

— Je suis venue voir les McCullen pour leur parler de la façon dont ils traitent mon fils.

— Barbara, pour l'amour de Dieu, je ne pense pas que ce soit le bon moment… Leur maison est en feu, lui répondit Scarlet en lui attrapant le bras.

— Reste en dehors de ça, Scarlet, lui répondit Barbara en la repoussant pour aller ouvrir la portière de la voiture de Maddox.

Alarmés par les cris des deux femmes, Maddox et Ray se précipitèrent vers elles.

— On peut savoir ce que vous faites là ? cria Maddox à Barbara.

Sans prendre la peine de lui répondre, Barbara sortit une arme de son sac à main et la dirigea vers Scarlet.

Puis elle se tourna lentement vers les frères McCullen et les fusilla du regard.

— Libérez mon fils immédiatement ou je la tue.

22

En voyant Barbara menacer Scarlet de son arme, Ray sentit son estomac se retourner.

— Qu'est-ce que tu fais, Barbara ? lui demanda Scarlet.

— Vous ne trouvez pas que mon fils a suffisamment souffert ? Pourquoi vous acharnez-vous sur lui ? cria Barbara aux deux frères.

— Écoutez, Barbara, il a agressé Scarlet, lui répondit Ray en levant une main pour essayer de la calmer. Il m'a également tiré dessus. Votre fils est un adulte à présent, il doit assumer les conséquences de ses actes.

Barbara garda son arme braquée sur eux puis, après avoir ouvert la portière arrière, fit signe à Bobby de sortir du 4x4.

— Salut, maman, lui lança celui-ci en se glissant hors du véhicule, tout sourire.

— Toi, je m'occuperai de toi plus tard, lui répondit-elle en fronçant les sourcils avant de faire signe à Maddox. Donnez-moi les clés des menottes.

— Qu'est-ce que vous allez faire, Barbara ? Vous enfuir ? lui demanda Maddox. Si vous partez, vous et votre fils n'obtiendrez jamais votre part de l'héritage.

— Mon fils aurait dû avoir exactement la même chose que vous trois, lui répondit-elle le regard plein de haine. Et votre père aurait dû m'épouser.

— Barbara, intervint Scarlet doucement. Joe voulait seulement que Bobby se fasse aider.

Barbara dirigea à nouveau l'arme contre elle et Ray sentit monter en lui une fureur incontrôlable.

— Quant à toi, Scarlet… Toi, tu as abusé de la gentillesse de Joe et tu l'as empêché de passer du temps avec mon fils, lui dit-elle avant de se retourner vers Ray et Maddox. Vous n'êtes qu'une bande d'idiots, exactement comme votre père. Vous êtes tous tombés dans le petit jeu de Scarlet, mais sachez que c'est elle qui a entraîné mon fils sur la mauvaise pente quand ils étaient jeunes.

— Barbara, protesta Scarlet. Tu sais que ce n'est pas vrai.

— Bien sûr que si. C'est toi qui as persuadé Bobby d'entrer par effraction dans la maison de cette vieille dame fortunée pour lui voler ses bijoux, poursuivit-elle avant de regarder Maddox. Vous, vous êtes bien shérif, n'est-ce pas ? Je suis sûre que vous avez dû enquêter sur elle… C'est le genre de choses que vous faites, alors fouillez donc dans le passé de tout le monde avant d'accuser des innocents.

Ray regarda son frère aîné et lut dans son regard une pointe de culpabilité.

— De quoi parle-t-elle, Maddox ?

— Elle a raison, Scarlet a été arrêtée quand elle était mineure.

— C'était une erreur ! protesta Scarlet en se mordant la lèvre. Bobby avait menti et m'avait impliquée dans un cambriolage mais j'ai été innocentée depuis.

Ray ne savait plus que penser. Il ne pouvait pas imaginer que Scarlet ait pu faire quoi que ce soit d'illégal, surtout après l'enfance difficile qu'elle avait vécue.

— Alors maintenant, vous allez rétablir la situation, ordonna Barbara à Maddox. Vous allez commencer par retirer les menottes de mon fils, puis vous allez nous laisser partir en abandonnant les charges que vous retenez contre lui. Et surtout, vous allez nous donner notre héritage, sans conditions.

— Vous savez que vous n'aidez pas votre fils en agissant ainsi, dit Maddox en faisant un pas vers elle. En continuant à boire, Bobby va blesser de nombreuses autres personnes. Je ne crois pas que ce soit ce que papa aurait voulu.

Barbara éclata d'un rire ironique.

— C'est quand même drôle… Votre père ne pouvait pas supporter le fait que Bobby ait un penchant pour la boisson alors que cela ne le dérangeait pas de couvrir votre mère.

Ray sentit son cœur s'emballer.

Brett, qui venait de les rejoindre, lança à ses deux frères un regard plein de confusion.

— Qu'est-ce que vous voulez dire ? demanda Ray à Barbara d'une voix tremblante.

— Votre père vous a menti sur moi. Des deux femmes avec qui il couchait, j'étais de loin la plus fréquentable. Je crois qu'il est temps que vous sachiez que le seul grand amour de votre mère était l'alcool.

— Taisez-vous, Barbara ! intervint soudain Mama Mary qui venait d'apparaître derrière Maddox. Ce n'est pas parce que Joe ne vous a pas épousée qu'il faut que vous fassiez souffrir ces garçons.

— Ils ont le droit de connaître la vérité, lui répondit Barbara. Qui sait ? Peut-être jugeront-ils un peu moins les autres après cela ?

— Mais de quoi parle-t-elle, Mama Mary ? lui demanda Maddox.

— Votre maman si parfaite n'est pas morte parce qu'un conducteur ivre lui est rentré dedans, continua Barbara. C'est elle qui était soûle et qui a précipité sa voiture contre un arbre. Désolée de vous l'apprendre, mais elle s'est tuée toute seule.

Ray accusa le coup. Et à en juger par les visages de Maddox et de Brett, tous les deux semblaient aussi choqués que lui.

Derrière eux, les pompiers continuaient de tout faire pour éteindre l'incendie qui ravageait la maison des McCullen.

— Nous allons vous laisser à présent, répéta Barbara en prenant les clés des menottes que lui tendait Maddox, l'air hagard. Et vous allez abandonner toutes les charges que vous avez contre Bobby.

Après avoir libéré son fils et jeté les menottes à terre, elle se dirigea vers sa voiture et fit signe à Bobby d'y monter.

En passant devant Scarlet, celui-ci s'arrêta un instant pour remettre une mèche de ses cheveux en place.

— Enfin tu récoltes ce que tu mérites…, lui murmura-t-il en lui jetant un regard malveillant. C'est-à-dire : rien !

Maddox sembla soudain reprendre ses esprits et lança à Barbara :

— Est-ce vous qui avez déclenché cet incendie ?

— Non, ce n'est pas le genre de choses que je fais, et d'ailleurs n'essayez pas de nous mettre ça sur le dos, à moi ou à mon fils, lui répondit-elle avant d'entrer dans sa voiture et d'allumer le moteur, son arme toujours dirigée vers eux.

Ray suivit des yeux la BMW qui s'éloignait puis tourna la tête vers Maddox qui avait déjà sorti ses clés de voiture.

— Reste ici et protège nos femmes, lança ce dernier à Brett. Je ne vais certainement pas les laisser s'enfuir.

— Ray…, murmura Scarlet en saisissant son bras.

— Je t'accompagne, annonça Ray à Maddox en ignorant Scarlet.

Bouleversé par toutes ces révélations, il ne pouvait s'empêcher de se demander si Scarlet était bien aussi douce et innocente qu'elle le prétendait ou si elle avait trompé leur père pour obtenir sa part de l'héritage…

Scarlet sentit son cœur se serrer en voyant Maddox et Ray partir à la poursuite de Barbara et Bobby. Elle avait vu le doute naître dans le regard de Ray et savait qu'il avait cru ce que Barbara leur avait dit sur elle.

Un mélange de déception et de colère s'abattit sur elle.

Toute sa vie, elle s'était battue pour devenir quelqu'un, pour appartenir à une famille et pour oublier qu'on l'avait abandonnée alors qu'elle n'était encore qu'une enfant. Et Joe avait été le seul à croire en elle et à l'aimer.

Elle avait espéré que Ray pourrait lui aussi la chérir…

Tandis que Mama Mary et Rose s'approchaient d'elle, elle vit que Brett la regardait et comprit qu'elle devait partir le plus vite possible avant d'éclater en sanglots.

Elle se précipita alors vers sa voiture mais ses mains tremblaient tant qu'elle fit tomber son trousseau de clés.

Les odeurs de fumée, de cendres et de… trahison lui faisaient tourner la tête. Elle savait que Barbara lui en voulait et que Bobby avait toujours été jaloux de l'attention que Joe lui accordait, mais jamais elle n'aurait cru que Barbara mentirait pour la punir.

Et elle ne pouvait s'empêcher d'être profondément blessée par la réaction qu'avait eue Ray en entendant ce tissu de mensonges.

Même si les flammes mouraient maintenant sous le déluge d'eau que les pompiers déversaient sur elles, elles avaient ravagé une importante partie de la maison qui allait avoir besoin d'importants travaux de rénovation.

Scarlet se baissa pour ramasser ses clés puis se glissa dans sa jeep et alluma le contact.

Tout en faisant marche arrière, elle croisa le regard de Brett dans le rétroviseur et soudain, tout lui sembla clair.

Elle n'avait pas sa place ici.

Et elle ne l'aurait jamais.

Au volant de son SUV, Maddox appela le shérif adjoint Whitefeather pour lui demander des renforts et lui donna le numéro de la plaque d'immatriculation de la voiture de Barbara.

— Tu crois que ce qu'elle a dit sur maman est vrai ? lui demanda Ray quand Maddox raccrocha.

— Je ne sais pas, lui répondit son frère en serrant les dents.

— Papa t'avait-il déjà dit quelque chose sur le fait qu'elle buvait ?

Maddox resta silencieux.

En fouillant dans sa mémoire, les seules choses dont Ray arrivait à se souvenir concernant sa mère étaient sa beauté, ses cookies délicieux et les chansons qu'elle lui chantait pour l'endormir le soir.

— Maddox ? insista Ray.

Son frère aîné laissa échapper un soupir avant d'accélérer de plus belle.

— Il n'en parlait jamais, mais maintenant que j'y pense, je me souviens de l'avoir vu la mettre au lit une fois. Sur le moment je n'avais pas compris ce qu'il se passait, mais le lendemain j'ai retrouvé une bouteille vide de vodka près du canapé. Papa m'a surpris en train de jouer avec, et plus tard dans la soirée, je les ai entendus qui se disputaient, maman et lui.

Ainsi cela pouvait être vrai, pensa Ray. Il eut soudain l'impression de recevoir un violent coup de poing dans l'estomac.

— Peut-être qu'elle buvait car elle avait découvert que papa avait une liaison ?

— Peut-être…, murmura Maddox, l'air peu convaincu. Mais tu sais, Ray, je ne sais pas si nous devons croire un traître mot de ce que nous a dit Barbara.

Au détour d'un virage, ils aperçurent enfin la voiture de cette dernière qui tournait à un croisement. Maddox accéléra à nouveau et le SUV cahota dans les ornières.

— Et Scarlet… Tu as dit qu'elle avait un casier ?

— Oui, je suis désolé de te l'apprendre, je pensais que tu étais au courant. On dirait que tu l'apprécies, non ?

Ray n'était pas sûr que le terme soit le bon. Ce dont il était sûr par contre c'était qu'il désirait Scarlet, qu'il l'admirait et qu'il pourrait peut-être même… l'aimer.

Mais qu'en serait-il si leur relation n'était basée que sur des mensonges ?

— Le juge Winters doit me rappeler, dit Maddox. Il me dira ce qu'il s'est réellement passé.

Ray acquiesça mais garda le silence, trop tourmenté pour répondre quoi que ce soit.

Quelques secondes plus tard, ils avaient rattrapé Barbara. Celle-ci filait à toute allure mais Maddox la suivait de si près que dans un virage Barbara perdit le contrôle de son véhicule qui vint s'écraser contre un arbre.

Maddox s'arrêta brusquement derrière elle et sauta de sa voiture.

— Reste là ! ordonna-t-il à Ray.

— Certainement pas, frangin ! lui répondit Ray en sortant son arme de sa poche. Je te couvre.

Bobby émergea tout à coup du véhicule en titubant et, tandis qu'il essayait de s'éloigner, Barbara sortit également, braquant toujours son pistolet sur eux.

Maddox lui sauta dessus pour la désarmer et tandis que Bobby se précipitait pour tenter d'aider sa mère, Ray l'arrêta et le menaça de son arme.

— C'est fini, Bobby. Il faut te faire à cette idée.

— Vous feriez mieux de ne pas toucher à ma mère, répondit Bobby en lui lançant un regard agressif.

Mais tout à coup, un coup de feu retentit et ils s'immobilisèrent tous les deux avant de regarder autour d'eux.

— Maman ! cria Bobby.

Ray vit l'arme de Barbara tomber au sol tandis que Maddox la plaquait contre la voiture.

— Laissez tomber, Barbara, gronda Maddox. Je ne veux pas vous faire de mal, ni à vous ni à Bobby, mais sachez que je ne vous laisserai pas vous enfuir une seconde fois.

— Vous me le devez ! pleura Barbara. Et Joe le devait à notre fils !

— Il aura ce qu'il mérite, lui répondit Maddox en lançant à Ray une paire de menottes pour Bobby.

— Ce n'est pas juste, gémit Barbara. C'est moi que votre père aimait, votre mère n'était qu'une alcoolique.

Maddox resta silencieux et la fit monter à l'arrière de son 4x4 tandis que Ray faisait de même avec Bobby.

Après avoir refermé la portière, Ray essuya les gouttes de sueur qui perlaient à son front.

Les accusations de Barbara l'obsédaient... Mama Mary leur avait avoué que leurs parents avaient des soucis. Mais si tout cela était vrai, cela signifiait que c'était peut-être à cause de ce problème d'alcool que son père s'était tourné vers Barbara.

Si c'était le cas, alors Ray avait été trop sévère avec leur père. Cependant, pourquoi celui-ci ne leur avait-il pas expliqué la situation maintenant qu'ils étaient adultes ? Ils auraient pu comprendre.

Ou pas... En effet, Ray s'était déjà tellement éloigné de sa famille et avait accumulé tant de colère contre son père qu'il ne lui aurait probablement laissé aucune chance.

De retour chez elle, Scarlet tournait en rond dans son salon en se maudissant. Pourquoi avait-elle couché avec Ray ? C'était de loin la dernière chose à faire...

Et maintenant, elle était amoureuse de lui... Amoureuse, vraiment ? se demanda-t-elle.

Oui, comment aurait-elle pu faire autrement ?

Ray avait tout ce qu'elle avait toujours recherché chez un homme. Il était fort, beau, généreux...

Mais il ne lui faisait pas confiance... La lueur de doute qu'elle avait vue passer dans son regard la faisait encore souffrir.

Quant à ses frères... Jamais, ils ne l'accepteraient.

Scarlet leur rappellerait toujours les mensonges de leur père. Et sa trahison...

Mais comment avait-elle cru qu'elle pourrait entrer dans leurs vies ?

Ou même que Ray pourrait l'aimer ?

Les yeux pleins de larmes, Scarlet s'essuya les joues et prit une décision. Elle alla chercher une feuille et un stylo puis se mit à écrire.

Cher Ray,

Je suis désolée pour toute la souffrance que j'ai pu vous causer, à toi et à tes frères. Et je suis tout aussi désolée que Joe ne vous ait jamais parlé de Barbara, de Bobby ou de moi.

J'ai aimé ton père et je lui serai toujours reconnaissante de ce qu'il a fait pour moi — plus que tu ne pourras jamais l'imaginer. Mais je me rends à présent compte que jamais je ne pourrai vivre sur la terre qu'il m'a donnée.

Toi et tes frères pouvez donc récupérer cette partie de Horseshoe Creek, elle vous appartient, à vous et à votre famille, pas à moi.

En revanche, tu ne seras peut-être pas d'accord mais je prévois de garder l'argent qu'il a légué à The Family Farm.

Scarlet s'interrompit un instant pour se relire puis se demanda comment conclure. Elle envisagea un instant de signer « avec tout mon amour » mais se ravisa et, alors qu'elle signait simplement de son prénom, un son se fit entendre à l'arrière de sa maison.

Elle se figea. En écoutant attentivement, elle reconnut le bruit de la branche qui cognait contre la vitre de la fenêtre.

Soulagée, elle se dirigea vers sa chambre en se faisant la promesse de chercher dès le lendemain un nouvel endroit où s'installer. Un endroit qui ne soit proche ni de Pistol Whip ni de Ray.

Mais un nouveau bruit la fit sursauter.

Déplorant sa nervosité, elle se leva pour se rendre dans sa chambre à coucher, mais alors qu'elle entrait dans la pièce et tendait la main pour allumer la lumière, elle vit une ombre passer dans sa salle de bains.

En un éclair, elle fit demi-tour, mais à peine eut-elle le temps de remonter le couloir que déjà des bruits de pas résonnaient derrière elle. Soudain, quelqu'un posa ses mains sur elle.

23

Ray et Maddox retrouvèrent Whitefeather au bureau du shérif. Barbara et Bobby continuaient de nier leur implication dans l'incendie de la maison des McCullen et prétendaient n'avoir jamais entendu parler ni de la photo brûlée ni de la poupée brisée. À la fin de leur entretien, Barbara réclama un avocat pour elle et son fils.

— Laissons-les passer la nuit en garde à vue, proposa Maddox.

— Peut-être que lorsque Barbara comprendra enfin dans quel pétrin ils se sont mis, elle et son fils, elle avouera tout…

Ray pouvait maintenant se détendre concernant la sécurité de Scarlet. Barbara, Bobby et Pullman étaient derrière les barreaux.

Malgré tout, quelque chose continuait à le tourmenter. Il savait qu'il avait blessé Scarlet.

— Brett vient de m'envoyer un message, l'incendie est maîtrisé, lui annonça Maddox. L'expert vient d'arriver sur place pour déterminer s'il s'agit d'un incendie criminel et j'aimerais bien lui parler.

— Allez-y tous les deux, lui répondit Whitefeather. Je reste ici pour surveiller tout ce petit monde.

Ray mourait d'envie d'interroger Bobby en tête à tête afin de lui soutirer sa confession mais Maddox s'y opposa. Ray bouillonnait de rage. Mama Mary et Rose auraient pu être à l'intérieur de la maison, elles auraient pu mourir ce soir…

Une fois que Maddox et lui furent installés dans la voiture, celui-ci demanda :

— Si ce n'est pas Barbara ou Bobby qui a mis le feu, qui cela peut-il bien être ?

— Nous n'avons toujours pas mis la main sur Romley, lui rappela Ray.

— C'est vrai. Hardwick a insisté sur le fait qu'il était seulement chargé de rapporter nos faits et gestes à Bennett, et qu'il n'était pas l'auteur de l'incendie. Nous allons donc être obligés de retrouver ce salaud de Romley pour découvrir la vérité.

Ray acquiesça, même si ses pensées ne cessaient de divaguer. Scarlet avait accouru chez eux dès qu'elle avait appris qu'ils avaient des problèmes. Elle n'attendait rien d'eux, elle se souciait d'eux.

Mais quand Maddox avait parlé de son passé, Ray n'avait pu s'empêcher de douter.

Ce n'était pas à cause de Scarlet mais plutôt à cause de son incapacité à faire confiance aux autres. Découvrir que son père avait une liaison avait changé à jamais sa façon de juger les autres.

Mais bon sang, il pouvait quand même faire confiance à Scarlet ! Elle était la personne la plus douce et la plus désintéressée qu'il ait jamais rencontrée.

En arrivant à Horseshoe Creek, Maddox et Ray furent accueillis par Rose, Brett et les siens. Rose se jeta dans les bras de Maddox, manifestement heureuse de le retrouver sain et sauf.

— Je vais discuter avec l'expert, lui dit celui-ci après l'avoir embrassée.

Voir ses deux frères si heureux avec leurs propres familles renvoya soudain Ray à son extrême solitude.

Sans prendre le temps de réfléchir, il annonça à ses frères qu'il allait voir Scarlet.

— Mais tu ne veux pas attendre de savoir ce que le juge va me dire sur elle ? lui répondit Maddox.

— Non, je n'en ai pas besoin, je connais Scarlet. Elle mérite tout ce que papa lui a laissé. Je suis désolé mais si vous n'êtes pas d'accord avec moi, les gars, ce n'est pas grave je vous rachèterai sa part.

Après tout, il se fichait bien de savoir ce qu'ils pensaient de tout cela et n'avait pas besoin de leur approbation.

Il sauta donc dans son Range Rover et fonça droit chez Scarlet.

Quand son assaillant la fit tomber sur le lit, Scarlet sentit la peur l'envahir. Puis elle reconnut son parfum et son haleïne mentholée.

C'était Hugh.

Retrouvant son courage, elle repoussa ses mains et parvint à se libérer de son emprise.

— Mais qu'est-ce que tu fais, Hugh ? lui demanda-t-elle. Je pensais que nous étions amis.

— Tu sais très bien ce que je fais et pourquoi je le fais, lui répondit-il d'un ton accusateur.

— Qu'est-ce que tu veux dire ? lui demanda-t-elle en jouant les idiotes.

Elle ne pouvait plus compter que sur elle-même à présent, Joe était parti et Ray aussi. Elle allait devoir la jouer fine et tout faire pour que Hugh reste calme.

— Tu sais que c'est moi qui ai brûlé cette photo et que c'est aussi moi qui ai écrasé cette saleté de poupée, lui répondit-il en avançant vers elle, l'air menaçant. Mais si je l'ai fait, Scarlet, c'est parce que je t'aime.

— Tu veux dire que tu me terrorises parce que tu m'aimes ?

— Je t'ai toujours aimée, lui répondit-il, le regard fou. Depuis notre enfance.

Scarlet tenta de se rappeler ce qui était arrivé aux parents de Hugh. Il lui semblait que son père avait harcelé sa mère après leur divorce. Comme son fils, il avait peut-être justifié son comportement obsessionnel en prétendant qu'il s'agissait d'amour.

— Je voulais te protéger, être celui qui te réconforterait à la mort de Joe, poursuivit Hugh en prenant une voix bizarre, plus aiguë. Tu étais censée te tourner vers moi, pas vers cet enfoiré de McCullen.

Scarlet se retint de défendre Ray. Elle était consciente qu'elle ne devait rien faire qui puisse énerver Hugh davantage.

— Je suis désolée si je ne t'ai pas accordé assez d'attention, Hugh. J'avais tellement de choses en tête, la mort de Joe, et puis Pullman, sa fille et le petit Corey…

— Qui était là pour t'aider avec tout ça ? lui demanda-t-il en se frappant le torse. Moi, Scarlet, moi j'étais là, j'ai toujours été là pour toi !

C'était vrai, pensa-t-elle. Mais malgré tout, elle n'y pouvait rien, elle ne ressentait pas la même attirance pour lui que pour Ray.

Soudain un bruit sourd retentit à l'avant de la maison.

— Bon sang, mais qui c'est ça ? s'exclama Hugh.

— Je ne sais pas, lui répondit-elle calmement.

— Probablement cet enfoiré de McCullen, gronda-t-il en se précipitant dans le couloir.

— Hugh ! lui cria Scarlet en le suivant, laisse je vais m'en occuper.

Mais Hugh se retourna et, tout en lui bloquant le passage, il sortit un pistolet de la poche de sa veste et lui fit signe de rester silencieuse.

— Scarlet ? cria Ray derrière la porte d'entrée. Scarlet, je sais que tu es là ! Laisse-moi entrer.

— Débarrasse-toi de lui, ordonna Hugh à Scarlet en la menaçant de son arme.

Scarlet sentit un frisson glacé la parcourir et elle acquiesça docilement.

Elle était prête à tout pour protéger Ray.

Après avoir pris une grande inspiration, elle se dirigea calmement vers la porte et l'entrouvrit.

— Scarlet, lui dit doucement Ray en croisant son regard par la fente. Je t'en prie, laisse-moi entrer.

— Non, Ray, lui répondit-elle en secouant la tête. Pas ce soir, je suis fatiguée.

— Nous devons parler de ce qu'il s'est passé tout à l'heure… Je suis désolé.

— Il n'y a rien d'autre à dire, lui dit-elle en lui tendant la lettre qu'elle avait écrite pour lui plus tôt dans la soirée.

— Qu'est-ce que c'est ? lui demanda-t-il, l'air confus.

— C'est un au revoir, Ray.

Puis, tremblante, elle referma la porte et leva les yeux vers Hugh qui la regardait visiblement troublé.

— Tu vois, s'exclama-t-il en esquissant un sourire, tout va s'arranger maintenant ! Toi et moi allons enfin pouvoir être ensemble, comme nous aurions toujours dû l'être.

Ray parcourut des yeux la lettre que Scarlet venait de lui remettre. Elle lui disait qu'elle allait quitter la ville, a priori à cause de ce que lui et ses frères lui avaient fait subir.

Ray soupira. Ce n'était pas du tout ce que son père aurait voulu. Et ce n'était pas non plus ce que lui voulait.

Mais alors qu'il s'appuyait un instant contre la porte pour réfléchir à la manière dont il pourrait faire changer d'avis Scarlet, il entendit soudain des bruits de pas et des voix à l'intérieur.

Scarlet n'était pas seule.

La seconde voix était celle d'un homme. Pullman était-il sorti de prison ?

Ray colla son oreille contre le bois de la porte pour tenter d'en entendre davantage. Scarlet et cet homme se disputaient. Et Scarlet semblait nerveuse.

Tout à coup, il entendit un hurlement suivi d'un bruit d'objet cassé.

Sans réfléchir, Ray entrouvrit la porte que Scarlet n'avait pas verrouillée et aperçut Hugh qui essayait d'emmener de force Scarlet dans sa chambre.

Une rage puissante s'empara de lui et il entra dans la maison.

— Qu'est-ce qu'il se passe ici ? demanda-t-il en découvrant que Hugh avait une arme.

— Je croyais que vous étiez parti, lui répondit Hugh. Scarlet et moi aimerions être un peu seuls, n'est-ce pas, Scarlet ?

Il resserra son emprise sur Scarlet et celle-ci, tremblante, acquiesça.

— Si vous voulez que je m'en aille, alors il va falloir ranger cette arme, répondit Ray.

Hugh regarda soudain son pistolet comme s'il l'avait oublié.

— Oh ! ne vous en faites pas, je ne ferai jamais aucun mal à Scarlet, dit-il, je l'aime.

— Si tu m'aimes, alors relâche-moi, supplia Scarlet à voix basse.

Une lueur de confusion passa dans le regard de Hugh.

— Toi et moi avons traversé tant d'épreuves, Scarlet. Nous devons être ensemble, c'est dans l'ordre des choses.

Hugh semblait avoir totalement perdu la raison… Conscient qu'il ne pouvait pas prendre de risques, Ray leva les deux mains en l'air en signe de reddition.

— Sérieusement, mec, lui dit-il d'une voix détendue. Je vois ce que tu veux dire, mais pose seulement ton arme sur le comptoir et je te promets que je m'en irai.

— S'il te plaît, fais ce qu'il te demande, Hugh. Je ne voudrais pas que tu te blesses, gémit Scarlet.

— Sors d'ici d'abord, lança Hugh à Ray en le regardant comme s'il était tout à fait conscient qu'il lui tendait un piège. Après, je poserai mon arme.

— Hors de question, lui répondit Ray en secouant la tête.

— Tu ne peux pas avoir Scarlet, lui dit Hugh en relevant son arme. Elle m'appartient.

Scarlet lui échappa et vint se placer entre lui et Ray.

— Scarlet, pousse-toi de là, ordonna ce dernier.

— Si tu veux tuer Ray, tu devras d'abord me tirer dessus, lança-t-elle à Hugh en relevant le menton avec défi.

— Pousse-toi, Scarlet, lui répéta Hugh qui paraissait soudain paniqué.

Ray attrapa le bras de Scarlet pour tenter de la faire reculer derrière lui mais elle se dégagea et se tourna à nouveau vers Hugh.

— Hugh, toi et moi avons grandi dans un environnement violent. Je sais que tu détestais la manière dont ton père traitait ta mère, dit-elle d'une voix douce. Jamais je ne te laisserai devenir comme lui. Alors maintenant, s'il te plaît, donne-moi ce pistolet et nous pourrons calmement chercher une solution.

Ray sentit la peur l'envahir.

Contre toute attente, Hugh tendit alors son arme à Scarlet puis s'effondra au sol. Lorsqu'il éclata en sanglots, celle-ci avança vers lui et le prit dans ses bras.

— Je vais appeler son thérapeute, dit-elle à Ray. Il a dû arrêter de prendre ses médicaments.

Ray opina du chef mais ne lâcha pas Hugh des yeux. Si ce fou furieux tentait quoi que ce soit, il n'hésiterait pas à le descendre.

— La seule chose qui pourrait lui éviter de passer la nuit derrière les barreaux serait qu'il décide de se faire soigner immédiatement.

Hugh prit sa tête entre ses mains et commença à se balancer lentement de droite à gauche comme s'il cherchait à disparaître au fond de lui-même.

Tout en téléphonant, Scarlet lui tapota le dos affectueusement.

Un quart d'heure plus tard, Ray conduisit Scarlet et Hugh jusqu'à l'hôpital psychiatrique où le thérapeute de Hugh le fit admettre en urgence.

Une fois que Scarlet fut assurée que Hugh était bien pris en charge, Ray la ramena chez elle. Elle semblait épuisée, comme si elle n'en pouvait plus de porter tout le poids du monde sur ses frêles épaules.

— Il est bipolaire, l'informa Scarlet en marchant jusqu'à sa porte. J'aurais dû m'apercevoir qu'il avait arrêté son traitement, j'aurais dû reconnaître les signes.

— Scarlet, lui répondit Ray en caressant ses bras pour l'apaiser. Tu ne peux pas t'occuper de tout le monde, tu avais suffisamment de choses à régler avec Pullman, Bobby et Barbara.

Ray pensa qu'il devrait peut-être ajouter ses frères à la liste des problèmes qui tourmentaient Scarlet.

Cependant il avait pris position ce soir et il espérait que Maddox et Brett accepteraient sa décision.

Scarlet avaient les nerfs à vif.

Et, en se tenant ainsi sur le pas de sa porte comme s'il attendait quelque chose, Ray ne lui facilitait pas les choses. C'était encore plus difficile de lui dire adieu.

— Merci pour ton aide, lui dit-elle enfin. Je sais que tu dois maintenant retourner à Horseshoe Creek. Est-ce que Bobby et Barbara ont reconnu être les auteurs de l'incendie ?

— Non, et c'est bien ça le problème. Bobby a admis avoir engagé une brute pour me tabasser mais nie avoir déclenché les deux incendies. Si lui et Barbara ne sont pas les responsables, cela signifie que notre ranch et ma famille sont toujours en danger.

La pensée qu'il pouvait arriver quelque chose à Ray terrifia Scarlet.

— Alors tu ferais mieux de rentrer chez toi, lui répondit-elle, consciente que même si elle voulait plus que tout au monde que Ray reste auprès d'elle, ses frères avaient davantage besoin de lui. Ils venaient tout juste de perdre leur père et quelqu'un essayait de détruire leur ranch.

Elle sortit ses clés de son sac à main, ouvrit sa porte et entra chez elle.

Ray la suivit.

— Mais et toi, Scarlet ?

Elle se retourna vers lui. Il était si proche d'elle que leurs corps se touchaient et il plongea son regard au fond du sien comme pour la sonder.

— De quoi as-tu besoin ? lui murmura-t-il doucement.

Elle n'avait besoin que de lui. Mais comment pourrait-elle espérer son amour alors qu'elle et les siens avaient déchiré la famille McCullen ?

24

Le cœur battant, Ray se balançait d'un pied sur l'autre. Aucune femme ne l'avait encore mis dans un tel état.

Il n'arrivait même plus à réfléchir correctement.

Le mettait-elle à la porte ? Voulait-elle vraiment qu'il la laisse tranquille ?

Si c'était le cas, il ne lui en voudrait pas. Excepté son père, tous les hommes qui passaient dans la vie de Scarlet semblaient vouloir la décevoir.

Et on ne pouvait pas dire que Maddox et Brett l'aient accueillie chaleureusement dans la famille. Quant à Bobby, il lui en voulait tellement qu'il avait été jusqu'à la torturer. Même Hugh, son ami d'enfance, l'avait terrorisée avec ses jeux pervers.

Et qu'en était-il de lui-même ? Ray savait qu'il aurait dû prendre sa défense, cette nuit au ranch.

— Scarlet, commença-t-il après s'être éclairci la voix.

— Ray, rentre auprès des tiens, réconcilie-toi avec tes frères et rassemblez-vous pour être une famille unie comme ton père le souhaitait.

Ray se souvint soudain de la lettre que Scarlet lui avait écrite et où elle lui disait qu'elle renonçait à sa part de terrain.

— Ce que mon père voulait aussi, c'est que tu aies une partie de Horseshoe Creek.

— Tu n'as aucune idée de ce que cela représente pour moi, Ray, lui répondit-elle le visage déformé par la tristesse.

J'aimais profondément ton père, malgré ses erreurs… Mais je ne pourrai jamais vivre sur sa terre et être ta voisine alors que toi et tes frères ne voulez pas de moi là-bas.

Ray sentit son cœur se serrer. Son père avait commis de nombreuses erreurs, mais aimer Scarlet et prendre soin d'elle n'en était pas une. Scarlet n'était peut-être pas née McCullen, mais elle avait su trouver sa place dans le cœur de leur père.

Et dans le sien.

— Tu as raison, lui répondit-il d'une voix grave. Je ne veux pas que nous soyons voisins.

— Je comprends, lui répondit-elle tandis que ses yeux se remplissaient de larmes.

— Non, tu ne comprends pas.

Pour la première fois de sa vie, Ray décida de laisser s'envoler toute l'amertume qu'il ressentait pour son père, et de laisser entrer dans son cœur ce sentiment nouveau pour lui : l'amour.

— Si, je t'assure, Ray.

— Non, insista-t-il en l'attirant contre lui. Je ne veux pas que nous soyons voisins, je veux que tu deviennes ma femme.

Scarlet resta silencieuse un instant avant de lui demander d'un air interloqué :

— Qu'est-ce que tu viens de dire ?

— Je t'aime, Scarlet, lui dit-il en plongeant ses yeux dans les siens. Je t'aime, je veux t'épouser et je veux que nous fassions construire notre maison sur la terre de Horseshoe Creek. Et je veux aussi devenir bénévole à The Family Farm pour continuer l'œuvre de mon père.

Pendant un moment qui lui sembla une éternité, Scarlet le regarda en silence, comme si elle avait besoin de temps pour comprendre ce qu'il venait de lui dire.

Il l'aimait. Il voulait travailler à l'orphelinat. Et il voulait l'épouser…

Soudain, le visage de Scarlet s'illumina et elle noua les mains derrière sa nuque.

Ray pensa qu'elle allait enfin devenir une McCullen et avoir la famille dont elle avait toujours rêvé.

— Je t'aime aussi, Ray.

— Alors tu acceptes de devenir ma femme ? lui demanda-t-il avant de remarquer que ses yeux étaient pleins de larmes ?

— Oui, je veux devenir ta femme, Ray. Je t'aime de tout mon cœur, lui répondit-elle enfin en se haussant sur la pointe des pieds pour l'embrasser avec passion.

Ray la prit alors dans ses bras et la porta jusqu'à sa chambre à coucher.

Impatients de réunir leurs deux corps, ils déchirèrent leurs vêtements, mêlèrent leurs lèvres puis laissèrent éclater leur passion.

Cette nuit, pensa Ray, une seule chose avait de l'importance : qu'ils se soient trouvés l'un l'autre.

Après tout, peut-être que son père avait toujours su que Scarlet devait faire partie de la famille… Peut-être même savait-il qu'elle était destinée à devenir la femme de Ray.

LENA DIAZ

Enquête à Mystic Glades

Traduction française de
PIERRE VANDEPLANQUE

BLACK ROSE

HARLEQUIN

Titre original :
DEEP COVER DETECTIVE

Ce roman a déjà été publié en 2017.

1

Dépité, Colton secoua la tête et tapota l'écran de navigation de sa Mustang. Celui-ci devait être abîmé. Soit cela, soit le mouchard qu'il avait collé sous le pare-chocs d'Eddie Rafferty était tombé en panne. Parce que, s'il se fiait à l'écran, le jeune délinquant avait quitté l'Interstate 75 et s'enfonçait au cœur des quinze mille kilomètres carrés de marais du sud de la Floride, plus connus sous le nom d'Everglades.

Conduire une voiture dans ces zones aquatiques envahies par les touffes de carex, les mangroves et les cyprès chauves était impossible, sauf à emprunter des pontons. Les pneus de la vieille Cadillac rouillée d'Eddie étaient usés jusqu'à la corde, et il n'y avait aucun ponton à l'horizon.

En soupirant, Colton se rangea sur le bas-côté, au niveau de la borne 84, juste après le pont qui franchissait un tunnel de drainage. C'était le dernier endroit où l'écran avait indiqué la voiture d'Eddie avant qu'elle ne bifurque vers les marais.

Merci, la technologie ! maugréa Colton.

Il aurait dû rester à faible distance et ne pas la perdre de vue, plutôt que de compter sur le pisteur GPS. Mais, lorsque le gosse avait emprunté la rampe d'accès à l'Interstate, Colton s'était inquiété de ce qu'il prenne peur en remarquant toujours la même Mustang noire dans son rétroviseur. Il avait donc levé le pied et laissé quelques kilomètres entre eux.

Où était-il, désormais ? Pas sur l'Interstate, en tout cas, ni sur le bas-côté.

Bon sang ! Même si le GPS disait vrai et qu'il avait quitté la route là, il n'y avait nulle part où aller. Une haute clôture métallique se dressait de chaque côté de ce tronçon orienté est-ouest, surnommé l'allée des Alligators. Elle empêchait les animaux de s'aventurer sur la chaussée et de provoquer des accidents. Pourtant, pesta Colton, l'écran montrait toujours sa proie se dirigeant vers le sud, *de l'autre côté* de la clôture.

Il étudia le solide maillage, à cinq ou six mètres de distance. Pas de trous, pas de traces de gomme sur l'asphalte indiquant une perte de contrôle d'un véhicule. Le câble de sécurité, en bas, était intact. Mais cela ne voulait rien dire.

Par deux fois déjà, des véhicules avaient pris la voie des airs après avoir défoncé le rail de sécurité, roulé sur les câbles et franchi le maillage sans déclencher les signaux d'alerte à la police et aux autorités routières. La même chose s'était-elle produite pour son cambrioleur ? se demanda Colton. Si c'était le cas, le point serait demeuré stationnaire sur son écran. Or, il continuait à bouger. Un alligator avait-il avalé le mouchard et se baladait-il dans les canaux ?

Décidé à en avoir le cœur net, Colton descendit de sa voiture et s'avança jusqu'au bord de la route. La surprise le fit presque sursauter. Il y avait là une autre route ! Une voie simple, parallèle à l'Interstate, mais située plusieurs mètres plus bas, ce qui la rendait invisible à moins de connaître son existence. Avant la clôture, remarqua Colton, elle tournait brusquement à droite pour prendre la direction d'où il venait, puis descendait en pente douce vers le tunnel de drainage par lequel les animaux sauvages pouvaient en toute liberté gagner l'autre côté de l'Interstate.

Le tunnel, bien sûr !

C'était par là qu'Eddie avait dû passer, maugréa Colton. Peut-être n'avait-il pas été aussi discret qu'il l'avait cru en filant le gosse en ville. Pour le semer, Eddie s'était donc caché là et avait attendu qu'il le dépasse.

Mais il existait un meilleur scénario : Eddie *ignorait* qu'il était suivi, et l'avait à son insu conduit vers l'endroit où il planquait l'objet de ses rapines. Colton se prit à espérer. Peut-être était-ce l'ouverture qu'il attendait. En prenant Eddy la main dans le sac, il disposerait d'un solide moyen de pression pour le forcer à révéler le nom du chef du réseau, et en quelques jours l'affaire serait bouclée. Il pourrait ainsi retrouver un temps sa vie normale, jusqu'à ce qu'une nouvelle mission l'oblige à reprendre son travail de flic sous couverture.

Les veines bourdonnant d'excitation, il regagna sa voiture en courant. Avant de démarrer, il sortit son pistolet de son étui de cheville, vérifia le chargeur et le plaça dans la console centrale. Eddie n'avait probablement pas franchi la ligne rouge qui séparait les petits délinquants des criminels, mais Colton n'aurait pas misé sa vie dessus. *Toujours prêt* était peut-être la devise des boy-scouts, elle était aussi la sienne. Il n'avait aucune envie de se retrouver désarmé face à un ado agressif qui braquerait un revolver sur lui.

Après avoir rebroussé chemin, il suivit la mystérieuse route qu'il devait avoir passée des centaines de fois sans le savoir.

Mais, une fois au bas de la côte, elle tournait soudain à droite pour se terminer en cul-de-sac devant la clôture et les épais buissons qui poussaient derrière. Quant au tunnel de drainage, de l'autre côté, il était désert. Aucune trace d'Eddie ou de sa voiture.

L'excitation de Colton retomba tandis qu'il s'avançait jusqu'au bout pour faire demi-tour. Mais, avant qu'il n'ait effectué sa marche arrière, une section de clôture se déplaça vers la droite, entraînant avec elle plusieurs mètres de végétation. Celle-ci, découvrit-il, était artificielle et attachée à ce qui se révélait être un portail automatique. A moins d'avoir suivi le même chemin, personne ne pouvait se douter de ce que Colton découvrait, sidéré : la route continuait plein sud, à l'intérieur des Glades.

La voie semblait étroite, non aménagée, mais elle était sèche et surélevée d'un bon mètre par rapport aux marais qu'elle traversait. Elle tournait un peu plus loin au milieu de bouquets de carex, sans doute dans un même but de discrétion. Mais, cinquante mètres au-delà environ, elle réapparaissait pour s'insinuer entre les pins et les chênes qui constituaient l'entrée d'une zone densément boisée.

Craignant que le portail ne se referme pendant qu'il réfléchissait, Colton s'avança pour le bloquer. Puis il appela son ami et superviseur au bureau du shérif du comté de Collier, l'inspecteur Drew Shlafer.

Il l'informa de l'avancement de son enquête et de la découverte de cette route, mais Drew ne parut absolument pas surpris.

— Tu la connais ? lui demanda donc Colton. Tu sais où elle mène ?

— Tu m'as dit qu'elle se trouvait juste après la borne 84 ? Au niveau d'un tunnel de drainage ?

— Oui. Pourquoi ?

— Jamais entendu parler de Mystic Glades ?

Colton réfléchit un instant.

— Vaguement. Ce n'est pas là qu'un milliardaire s'est crashé dans son avion il y a quelques mois ?

— Dex Lassiter, confirma Drew. Il a atterri, si j'ose dire, au beau milieu d'une enquête criminelle. Mais je te raconterai ça un autre jour. Mystic Glades est la bourgade qui se trouve à l'extrémité de cette route, à quelques kilomètres au sud de l'Interstate. Ses habitants sont un peu… excentriques, mais globalement inoffensifs. Enfin, d'après ce que je sais.

— D'après ce que tu sais ? Tu n'y es jamais allé ?

Colton relança son moteur et franchit le portail. Comme il s'y attendait, ce dernier se referma derrière lui tandis qu'il poursuivait son chemin sur la route sinueuse.

— Jamais eu besoin, continua Drew. Il est très rare que nous recevions un appel d'un des habitants de Mystic Glades. Ils ont tendance à régler eux-mêmes leurs problèmes. Il y a bien eu quelques hoquets, récemment, comme le crash de l'avion de Lassiter, mais en dehors de ça l'endroit est tranquille.

— Il n'y a pas de poste de police ?

Tout en négociant un virage, Colton jeta un coup d'œil à son écran de navigation, qui ne cessait de s'éteindre et de se rallumer. Il fronça les sourcils et le frappa de nouveau.

— Les gens de Mystic Glades n'aiment pas trop les étrangers, ni les flics. Cela dit, ils ont ouvert quelques restaurants à l'intention des touristes que l'accident de Lassiter a attirés. Mais, à moins d'avoir du fric à dépenser, il ne faut pas s'attendre à un accueil chaleureux de leur part. Ne t'inquiète pas. Avec ta bagnole et ton look grunge, ils ne feront pas attention à toi. Ils risquent même de te prendre pour l'un des leurs.

Colton leva les yeux au ciel, puis avisa son image dans le rétroviseur. La culture grunge n'était pas son truc, mais Drew avait raison. En mission sous le manteau, il s'était laissé pousser les cheveux à longueur d'épaules et entretenait avec soin une barbe de trois jours — plus aurait entraîné des démangeaisons. Son habituelle coupe militaire et son menton rasé de près l'auraient fait repérer à des kilomètres par les truands qu'il avait dû côtoyer ces derniers temps. Autant porter un brassard marqué *police*.

Et puis au moins, avec sa nouvelle allure, il ne perdait pas de temps le matin. Un jean et un T-shirt, et il était sur le pied de guerre. Rien à voir avec les costumes cravates qu'il portait en tant qu'inspecteur.

— A quelle distance se trouve ce bled ? reprit-il. J'ai fait environ trois kilomètres, et je ne vois toujours que des arbres et du carex.

Une ombre noire jaillit alors du fossé de droite, à quelques mètres de sa Mustang. Il jura et écrasa la pédale de frein. Mais ce qu'il avait vu avait déjà disparu dans les buissons de l'autre côté.

— Tout va bien ? s'enquit Drew.

— Ouais. Quelque chose a traversé la route devant moi. J'aurais juré que c'était une panthère noire, mais j'ai dû rêver. Il ne doit pas y en avoir beaucoup par ici.

— Rien ne me surprendrait à Mystic Glades, nuança son ami. Ceci dit, je me soucierais plus des boas constrictors dont les gens se débarrassent quand ils sont devenus trop grands et avalent le chien de la maison. Des alligators, aussi. Regarde bien où tu poses le pied en sortant de ta voiture.

Drew ponctua son avertissement d'un rire sonore.

Colton imaginait sans mal ses moqueries lors de leur prochaine partie de poker, au cas où il devrait *vraiment* se colleter avec un serpent ou l'un de ces affreux reptiles. S'il en sortait vivant…

— Tu es sûr de ne pas vouloir prendre ma place ? demanda-t-il. Je trouve que tu t'amuses un peu trop à mes dépens.

Mais Drew s'esclaffa de nouveau.

— Tu ne pourrais pas me sortir d'ici, même en me collant un flingue sur la tempe ! Pourquoi penses-tu que j'ai abandonné le travail de terrain pour celui de bureau ? J'aime les endroits sans serpents, conditionnés et aseptisés. Je t'ai parlé de la taille des punaises dans les Glades ? Elles doivent prendre des stéroïdes ou quelque chose.

— Pas la peine de me le rappeler ! C'est pour ça que Camilla m'a quitté. Elle ne supportait ni l'humidité ni les insectes géants.

— Ça t'apprendra à choisir une Yankee. Qui plus est en vacances à Disney World ! Tu t'attendais à quoi ? A la petite chapelle blanche et aux cloches ?

Colton sourit et repartit, cette fois à vitesse réduite pour ne pas se retrouver par accident dans l'un des canaux qui encadraient la route. Que Drew le taquine au sujet de Camilla ne le dérangeait pas. Sortir avec elle avait été un tourbillon de plaisir physique, ce que l'un et l'autre recherchaient. Leur relation n'avait pas été destinée à durer. Outre qu'il était exclu qu'il quitte un jour la Floride, il assumait sans honte ses origines modestes, quand les ongles manucurés de Camilla étaient fermement plantés dans la couche supérieure du gratin de Boston.

Ils avaient vécu trois semaines torrides, voluptueuses et extatiques, et s'étaient quittés bons amis, mais sans aucun projet de se revoir. Etant donné le genre de vie qu'il menait, c'était mieux ainsi. Disparaître pendant des mois pour infiltrer un gang était peu conciliable avec une relation à long terme. Et il aimait trop son job pour envisager de le quitter.

— Autre chose…, poursuivit Drew. Il paraît que les communications cellulaires et satellitaires sont assez aléatoires dans le coin.

Colton malmena une fois de plus son écran GPS, dont l'image s'éteignait toutes les trois secondes.

— Je vois ça…

— En dehors, peut-être, de quelques endroits particuliers, inutile d'espérer te servir de ton portable. En cas d'urgence, il faudra te débrouiller. Garde ça en tête avant de te fourrer dans les ennuis. Pour me faire ton rapport, il te faudra sans doute sortir de Mystic Glades.

— Compris ! lança Colton.

A la sortie d'un nouveau virage, il s'arrêta net. Juste en face de lui, surmontant la route, une arcade ornée de l'image découpée d'un alligator annonçait l'entrée de Mystic Glades.

Il s'avança sous l'arche, s'arrêta de nouveau et cligna des yeux devant ce qui ne pouvait être qu'un mirage.

— Tu ne vas pas me croire ! dit-il dans son portable. Mystic Glades ressemble à un décor de western planté au beau milieu des Everglades. Je me trouve au bout d'une longue rue de terre creusée d'ornières, avec de chaque côté des constructions en bois, bordées d'authentiques passages en planches en guise de trottoirs. Il ne manque que les chevaux, les carrioles et John Wayne.

Aucune réponse.

Colton écarta l'appareil et consulta l'écran. Aucune barre. Pas de signal. La communication avait été coupée.

Génial…

Il posa le portable de côté et vérifia le GPS. Ecran noir.

Comme l'avait prévenu Drew, les deux étaient momentanément inutiles.

Il s'interrogea sur la décision à prendre. Y aller à l'aveugle ne l'emballait pas s'il n'avait aucun moyen de joindre son supérieur en cas de besoin. Cela dit, son expérience de flic infiltré l'avait souvent placé dans des situations où il était coupé du monde pendant des jours, voire des semaines. Il n'y avait donc là rien de nouveau pour lui. En outre, le gosse qu'il pistait venait de fêter ses dix-huit ans et avait toujours un physique efflanqué d'adolescent. Il ne représentait pas une menace, face à son mètre quatre-vingt-dix et ses quatre-vingt-douze kilos. Mais si les autres membres du gang se trouvaient dans les parages, ainsi que leur chef, le rapport de forces n'était plus en sa faveur. Sans parler des armes dont ils pouvaient disposer.

Sa couverture ne lui avait pas encore permis de pénétrer le réseau. Il passait ses journées dans les rues de Naples, dans le sud de la Floride, où avaient lieu la plupart des cambriolages. Grâce aux contacts qu'il y avait noués et au travail de ses collègues inspecteurs, il avait quelques infos : le réseau comptait une quinzaine de membres, peut-être plus. Et il connaissait l'identité de certains. Malheureusement, il ignorait celle de leur chef, et n'avait aucun indice permettant de le coincer.

Il avait donc besoin d'une clé afin d'ouvrir un dossier judiciaire. Pour le moment, cette clé était sans nul doute le maillon faible du groupe : Eddie Rafferty. Petit poisson au milieu des gros, Eddie constituait l'appât idéal pour faire sortir ces derniers de l'eau. Mais, pour qu'il le devienne vraiment, il fallait d'abord l'attraper.

Colton sourit intérieurement. Eddie Rafferty sortait justement d'un établissement nommé Callahan's Watering Hole, et marchait d'un pas nonchalant vers l'autre extrémité de la rue.

Le moment était venu d'aller à la pêche.

2

Une main au-dessus des yeux pour les protéger du soleil, Silver contemplait depuis le jardin la bâtisse à un étage blanchie à la chaux qui faisait sa fierté et sa joie : le premier « bed and breakfast » à honorer le petit bourg de Mystic Glades.

Grâce au récent succès de la société d'hydroglisseurs de Buddy Johnson, qui débarquait les touristes et les dollars qui allaient avec, sept de ses huit chambres étaient réservées pour les trois prochains mois à compter du lendemain, jour de l'inauguration.

Lève-tôt et dynamiques, Tippy Davis et son copain Bobby Jenks seraient là pour l'aider lorsque les premiers clients du B and B seraient descendus des embarcations. Tout était prêt, sauf l'enseigne destinée à orner l'avancée du toit au-dessus du perron et de sa balustrade d'un blanc éclatant.

— Un tout petit peu à gauche, Danny, indiqua-t-elle à l'un des deux hommes juchés sur des échelles.

Ils tenaient chacun l'une des extrémités de l'enseigne jaune pastel, qui proclamait :

Sweet dreams, bed and breakfast.

— C'est parfait comme ça, si vous voulez mon avis.

Elle sourit à Eddie Rafferty, qui venait juste d'arriver. La pièce de collection dont il était si fier n'était nulle part en vue. Comme il habitait à plusieurs kilomètres au cœur des Everglades, il avait dû la garer sur le parking à l'arrière du bâtiment voisin, le supermarché bric-à-brac de Mystic Glades, Bubba's Take or Trade.

— C'est centré, tu crois ?

— Au quart de poil.

— C'est bon ! lança-t-elle aux deux hommes.

Danny leva le pouce à son adresse, et le bruit des marteaux se mit à briser la quiétude du petit matin. Des aigrettes neigeuses s'envolèrent d'un bosquet proche et des palmiers nains aux feuilles tranchantes, qui séparaient sa propriété de celle de Bubba et des commerçants de la Grand-rue. De l'autre côté du B and B, d'autres arbres et un sous-bois luxuriant, constamment humide, formaient une épaisse barrière entre son auberge et l'église de la Dernière Chance. Au-delà se dessinaient le nouveau quai des hydroglisseurs et le marais, sillonné de canaux envahis par les nénuphars.

Silver aimait ce sentiment d'intimité et de sérénité que lui procurait toute cette nature, de même que l'émotion esthétique qu'éprouvait son âme d'artiste. Le paysage que lui offrait chaque jour la fenêtre de sa chambre en mansarde était aux antipodes de l'acier et du béton qui avaient été son univers dans la grande ville. C'était l'une des raisons pour lesquelles elle était revenue sur les lieux de son enfance après tant d'années d'absence.

Mais pas la seule.

— Tu as raison, Eddie. C'est parfait. Tu as l'œil.

Ses joues rosirent, et il toussota d'un air gêné. Silver eut un pincement au cœur en songeant à l'effet qu'avait sur lui le moindre compliment. Eddie était pareil à un chat errant. Il suffisait de lui donner un peu à manger, en l'occurrence un peu d'amitié et de soutien, et il trouvait toujours une excuse pour revenir vous voir.

Sauf qu'il avait un toit, lui. Pour le moment. Car, ayant atteint sa majorité, il serait prochainement à la rue. Ses parents d'accueil, Tony et Elisa Jones, étaient impatients qu'il s'en aille, afin de pouvoir attribuer sa chambre à un nouveau gosse et continuer à recevoir leur allocation de l'Etat. A Naples, Eddie était censé chercher un emploi, mais Silver le suspectait de faire tout autre chose. Comme traîner avec des jeunes à la moralité douteuse, tels Ron Dukes et Charlie Tate, deux petits voyous certainement responsables des ennuis dans lesquels il se plongeait.

Malgré leur amitié, Silver ne savait pas grand-chose de lui. Il avait grandi ailleurs, et elle ne lui connaissait aucune famille. Mais, chaque fois qu'elle avait tenté de le faire parler de son passé, il s'était refermé dans sa coquille et avait disparu pendant des jours. Elle avait donc cessé de le faire.

Les ragots de la ville disaient qu'Eddie avait passé plus de la moitié de sa vie en foyers d'accueil. Et pour d'obscures raisons, même si certaines familles avaient pu se montrer intéressées, il n'avait jamais été adopté.

C'était l'histoire de l'œuf et de la poule. Avait-il sans cesse des ennuis parce qu'il était sans foyer, ou était-ce à cause de ces mêmes ennuis qu'aucun foyer n'avait voulu de lui ? Dans un cas comme dans l'autre, il était trop jeune pour qu'on s'en débarrasse comme d'une ordure, estimait Silver. Il avait des potentialités, et elle espérait une chose : qu'il donne à sa vie une nouvelle orientation avant qu'il ne soit trop tard.

Danny Thompson et son ami ramenèrent leurs échelles, et, sur un signe de la main, repartirent vers le Callahan's.

Buddy devait ronger son frein. Comme Danny pilotait l'un des trois hydroglisseurs, la promenade du matin ne pouvait démarrer sans lui. Mais il avait expliqué qu'il avait bien assez de temps pour accrocher l'enseigne du bed and breakfast et revenir pour la poussée du départ. Après tout, en cet instant même, les touristes profitaient de la partie « bonus » de leur visite, le petit déjeuner au Callahan's.

C'était un sujet de frictions entre Fredericka « Freddie » Callahan et Labron Williams, le tenancier de Gators and Crabs, seul restaurant officiel de la bourgade. Le Callahan's était un simple bar, qui s'était agrémenté d'un service gril pour correspondre à la halte petit déjeuner qu'avait décidé d'ajouter Buddy sur son programme. Dans l'esprit de Labron, cette halte aurait dû se faire chez lui, et il était furieux que Freddie lui ait coupé l'herbe sous le pied. Mais, en secret, Labron — qui de toute façon n'avait jamais servi que des déjeuners et des dîners — ne cherchait qu'une excuse pour voir Freddie tous les jours, d'où cette éternelle querelle de cinéma entre eux.

— J'ai apporté autre chose qui fera bien dans votre auberge, annonça Eddie.

Elle considéra le sac en papier marron qu'il portait sous son bras, et s'efforça de conserver son sourire.

S'il te plaît, j'espère que ce n'est pas une nouvelle œuvre d'art coûteuse qui n'est pas dans tes moyens.

Il en sortit un petit vase en verre soufflé, bleu cobalt.

Oh ! Eddie, qu'as-tu encore fait ?

Incapable de résister à l'envie de le toucher, elle s'en saisit avec précaution et le souleva pour admirer les jeux de la lumière à travers la pâte. La couleur était exquise, si pure et profonde qu'elle en eut presque le vertige. Elle n'avait jamais rien vu de tel. C'était sans aucun doute une pièce unique, qui devait valoir plus d'un mois de ses revenus. Elle baissa le vase et le rendit à Eddie.

— Il est superbe. Où trouves-tu des objets aussi incroyables ?

— Çà et là, répondit-il d'un ton évasif, tout en reprenant le vase.

A l'idée qu'il le laisse tomber, Silver frissonna.

— Alors, vous le voulez ou non ?

— Oui.

Très fort, même. En fait, elle avait une véritable passion pour tout ce qui était bleu. Ouvrir les yeux le matin et voir le soleil traverser le verre épais de ce vase pour en réfléchir la couleur sur les murs de sa chambre serait comme de se réveiller au ciel.

Sauf que jamais elle ne pourrait se l'offrir.

Pour autant, il était hors de question qu'elle laisse partir cette merveille. Quelle que soit la personne qui l'acquerrait, la valeur qu'elle lui reconnaîtrait ou le soin qu'elle en prendrait.

Une fois encore, elle se devait d'être la gardienne d'une œuvre d'art inestimable pour l'empêcher de tomber entre des mains indues, du moins jusqu'à ce qu'elle soit en mesure de la restituer à son propriétaire légitime, en même temps qu'une série d'autres objets qu'Eddie lui avait apportés ces derniers mois.

Si jamais il se doutait de ce qu'elle savait de lui et des raisons secrètes de son retour à Mystic Glades, il disparaîtrait plus vite que de la buée sur une vitre. Elle n'aurait plus alors aucun moyen de le protéger, ni de l'aider à sortir du sac d'embrouilles qu'il avait fait de sa vie.

— Combien ? demanda-t-elle, veillant à ne pas laisser sa déception transparaître dans sa voix.

Il mâchouilla un moment sa lèvre inférieure.

— Cinquante dollars ?

Elle cligna des yeux. Il n'avait aucune idée de ce que valait ce vase. Avec deux zéros de plus, on entrait dans une fourchette d'estimation beaucoup plus réaliste.

— Quarante-cinq ? proposa-t-il aussitôt, songeant sans doute qu'elle trouvait le prix exagéré.

Puisqu'il s'attendait manifestement à ce qu'elle marchande, elle secoua la tête et entra dans le jeu.

— Je ne peux pas me le permettre, surtout avec les frais liés à l'inauguration de l'auberge. Je viens de dépenser une fortune au Take or Trade en fruits et légumes frais pour mes premiers hôtes, demain.

Elle étudia de nouveau le vase.

— Et si on disait… trente ?

Un grondement de moteur les fit tous deux se tourner vers la rue, où une voiture noire d'un modèle puissant roulait vers eux. Silver ne la reconnut pas. Certainement un touriste… Mais même dans ce cas c'était étrange, vu que rares étaient ceux qui venaient jusque-là dans leur propre véhicule. Ils arrivaient en général par hydroglisseur, grâce à la nouvelle société créée par Buddy. Et seuls les résidents de Mystic Glades connaissaient la route depuis l'allée des Alligators.

— OK pour trente, se résigna Eddie, dont le regard faisait la navette entre elle et la voiture qui approchait.

Il était d'un naturel timide et sauvage, même avec les gens qu'il connaissait. Elle comprenait donc sa nervosité. Mais n'y avait-il pas quelque chose de plus, cette fois ? Il paraissait plus agité qu'habituellement.

— Vous me paierez plus tard, d'accord ? Je mets le vase à l'intérieur.

Il franchit les marches d'un bond et se rua dans le B and B, laissant la double porte à vitraux claquer derrière lui.

Silver grimaça, s'attendant à ce que les panneaux éclatent. Mais non… Elle poussa un profond soupir. Il lui avait fallu des semaines pour dessiner les motifs, couper et assembler avec minutie les morceaux de verre coloré. Et, vu l'état de ses finances, elle ne pouvait payer aucune réparation…

Du moins, jusqu'à ce que le salaire de son autre emploi vienne alimenter son compte.

Elle se retourna tandis que la voiture noire s'arrêtait sur l'une des places de parking qu'elle venait d'aménager. En macadam, et non en terre comme dans le reste du village. Encore un détail qui plaçait son auberge au-dessus du lot. Elle voulait que son établissement soit pareil à un diamant dans la poussière. Elle avait payé, et continuait à payer, un prix important pour son B and B. Elle voulait que tout soit parfait.

Alors qu'elle observait le véhicule de sport, la portière s'ouvrit, et un homme au physique des plus rafraîchissants en descendit. Silver l'étudia d'un œil scrutateur, évaluant ses proportions, en appréciant chaque point comme elle l'aurait fait d'une œuvre d'art. Parce qu'objectivement c'était ce qu'il était : une œuvre d'art.

La mine de plomb. Si elle le dessinait, c'était ce dont elle se servirait. Sur une feuille d'un blanc immaculé. Les vagues de ses longs cheveux bruns apparaîtraient lumineuses sur un fond clair. Quant au début de barbe qui lui ombrait le menton, elle le traiterait par la technique du pointillisme, puis accentuerait les ombres pour capturer la ligne énergique de sa mâchoire.

Ses doigts lui démangeaient de se glisser sur ces biceps sculptés, libérés de ce T-shirt noir qui les engonçait. A dire vrai, sa morphologie était parfaite, telle que Dieu l'avait voulue. Et ses lèvres… Elles étaient sensuelles, mais aussi fermes et sévères. Il faudrait qu'elle le dessine souriant. Sinon, le blanc de la feuille donnerait à l'ensemble un rendu austère, intimidant. Oui, souriant…

Elle se tapota le menton, et baissa les yeux sur l'étroitesse de sa taille, qui se devinait sous le T-shirt. Avait-il les abdominaux en plaque de chocolat ? Elle pariait que oui. Et ses cuisses musclées emplissaient les jambes de son jean délavé comme s'il avait été cousu dessus, ce qui était peut-être le cas. Un tel homme, grand, aux proportions parfaites, ne devait assurément pas se trouver au rayon prêt-à-porter.

La vue de ses boots poussiéreux et éraflés la fit sourire. Un cow-boy dans les Glades. Ce serait peut-être une façon amusante de le dessiner. Tenant son lasso serré sur l'alligator empaillé que Buddy exposait dans son magasin, Swamp Buggy Outfitters, pour attirer les touristes. Bien entendu, elle pourrait le coiffer d'un stetson. Et pourquoi pas lui faire des boots en peau de serpent ? Et…

— Madame ? Hello ?

Elle cligna des yeux et se concentra sur son visage. Il devait lui parler depuis un moment, mais elle ne l'avait pas entendu. Rien de surprenant. Cela lui arrivait tout le temps. Il s'écarta, les pouces dans les poches de son jean, et l'étudia d'un air curieux.

Tandis que leurs regards se croisaient pour la première fois, quelque chose remua au fond d'elle sous un choc aussi brutal qu'agréable. Ses yeux… Ils étaient du même cobalt que le vase. Ils… étaient tout simplement étonnants. Beaux.

Déroutants. Ses doigts la picotèrent de nouveau, comme s'ils étaient à la recherche d'un crayon ou d'un pinceau.

Les yeux en question s'arrondirent, et elle réalisa n'avoir toujours rien dit.

— Oh ! Pardon, fit-elle. Il m'arrive souvent de fixer ainsi les choses et les gens tout en ayant l'esprit ailleurs.

Le demi-sourire qui étira les lèvres sensuelles de l'inconnu exprimait un mélange d'amusement et de confusion. Mais Silver était habituée. Beaucoup de gens avaient une réaction similaire en sa présence. Enfant, elle en souffrait. Mais, depuis qu'elle était adulte, elle n'avait qu'une envie : les envoyer sur les roses. Elle était différente, OK. Et alors ? Tout le monde l'était à un niveau ou à un autre, c'était ce qui rendait le monde intéressant.

Il désigna l'auberge de la main.

— La propriétaire, c'est vous ?

— Oui. Vous cherchez une chambre ?

— Qu'est-ce qui vous fait croire que je ne suis pas d'ici ?

Elle éclata de rire.

— Non seulement vous n'êtes pas d'ici, mais vous n'y avez jamais mis les pieds. Sinon, vous ne poseriez pas une question aussi stupide. Il n'y a que quelques centaines d'habitants à Mystic Glades, et pas un seul étranger. Nous nous connaissons tous.

— Et ce jeune homme que j'ai vu entrer il y a un instant dans le B and B ? Vous le connaissez aussi ?

Son sourire retomba, nota-t-elle. Etait-ce l'un de ces hommes avec qui Eddie s'était acoquiné ? Vu sa beauté rugueuse, il avait tout l'air d'appartenir à la mauvaise partie de la société.

Elle croisa les bras.

— Pourquoi cette question ?

Il haussa les épaules.

— Pour rien. Je voulais juste tester votre affirmation. Peut-être est-il un touriste comme moi. Mais c'est sans importance.

Il lui tendit la main.

— Je me présente. Colton Graham. Je cherche une chambre, en effet. Pour une nuit.

Elle lui serra la main à contrecœur, pas totalement convaincue de son état de touriste.

— Silver Westbrook.

Mais, s'il en était vraiment un, son intérêt pour Eddie n'était peut-être que de la simple curiosité. Pas de quoi se mettre martel en tête. Ni se sentir coupable de jouir de la façon subtile dont la lumière jouait avec les volumes de son visage.

Elle ne peignait plus que rarement, préférant l'usage de la mine de plomb ou du fusain, ce qui lui épargnait le désordre inhérent à la peinture et la corvée du nettoyage du matériel. Mais en ce qui le concernait, cette technique s'imposait. Ou l'aquarelle, à la limite.

— Madame ?

Elle battit des paupières.

— Désolée. J'ai encore l'air d'être en orbite, hein ?

Le demi-sourire réapparut.

— Euh, oui, on dirait. Y a-t-il un problème ? Vous sembliez soucieuse.

— Non, non, tout va bien, assura-t-elle avec un geste impatient de la main.

Elle était lasse de devoir s'expliquer chaque fois que son cerveau partait en goguette.

Devant la mine perplexe du nouveau venu, elle soupira :

— Je me perds dans les formes, les textures, les couleurs. C'est plus fort que moi.

— Ah, vous êtes une artiste ! Je sais ce que c'est. Ma sœur est coutumière de cette sorte d'absences, elle aussi.

Le sourire dont il la gratifia gagna jusqu'à ses troublants yeux bleus, et le transforma totalement comme elle avait su qu'il le ferait. Avec ce sourire, il était désormais abordable, chaleureux, parfait. Elle devait le représenter sur une toile. Ne pas le faire serait un péché. Mais pas à l'aquarelle, non. Les teintes manqueraient de tonus pour un homme aussi vibrant de vie. L'acrylique, en revanche... Oui, l'acrylique était l'idéal.

Son regard descendit de nouveau sur sa taille mince.

— Avez-vous déjà posé ? demanda-t-elle tout à trac. J'aimerais vous peindre nu. Je vous paierai, bien sûr. Je suis un peu juste en ce moment, mais je pourrais vous offrir la nuitée et nous serions quittes.

Il émit un bruit étranglé et toussa.

— Euh, non, merci. Ça ne me dit pas trop, répondit-il en désignant de nouveau l'auberge. Mais j'aimerais vraiment prendre une chambre, si vous en avez une de libre.

Silver ravala sa déception et jeta un regard autour d'elle. Ils étaient seuls dans la rue, et le B and B, à l'écart des autres commerces. A cette heure-ci, les autres résidents étaient à leur travail, à Mystic Glades ou ailleurs. L'idée de faire entrer chez elle cet homme, un parfait étranger, avait quelque chose d'assez déstabilisant.

— Elles sont toutes prises ? s'enquit-il, se méprenant sur le sens de son silence.

— Non, ce n'est pas ça. En fait, l'inauguration n'a lieu que demain. Je n'avais pas prévu d'en louer une aujourd'hui.

Il attendit, le regard rivé sur elle.

Pourquoi hésitait-elle ? Cette méfiance était absurde. Si elle devait gérer un bed and breakfast, il fallait qu'elle s'habitue à louer des chambres à des gens qu'elle ne connaissait pas, y compris des clients de dernière minute. Ce ne serait pas gentil de lui en refuser une quand elle pouvait tout à fait l'accueillir. Et puis un petit bonus financier n'était jamais à refuser.

— Après tout, pourquoi pas ? dit-elle enfin. Mais je ne pourrai pas cuisiner pour vous. La restauration commencera demain, quand mes aides seront là.

— Je suis sûr que nous trouverons une solution pour que je ne meure pas de faim.

Son sourire était si contagieux qu'elle ne put que le lui rendre.

— Juste une nuit, alors ?

Il se tourna vers la double porte d'entrée, puis vers le quai des hydroglisseurs, presque invisible de là où ils se trouvaient. Mais peut-être regardait-il l'église, avec son clocher désuet et sa cloche, que le bedeau faisait sonner chaque dimanche à 9 heures précises.

— Oui, juste une nuit.

Son riche timbre de baryton fit courir un frisson de plaisir le long de sa colonne vertébrale. C'était vraiment un splendide spécimen de mâle. Et elle avait vraiment, vraiment, envie de le peindre. Si elle le lui redemandait plus tard, peut-être changerait-il d'avis et accepterait-il de poser. Et, si elle pouvait le convaincre de rester plus d'une nuit, elle aurait davantage de chances d'arriver à ses fins. En outre, dès le lendemain, l'auberge serait pleine de monde, ce qui lui éviterait l'inquiétude d'être seule avec un étranger. Mais, à bien y réfléchir, plus important que la peinture était l'argent. Mieux valait toutes les chambres occupées qu'une partie seulement.

— Si vous ne voulez rester qu'une nuit, pas de problème. Mais il y a huit chambres, et seules sept sont réservées pour la saison. Je suis sûre que, dès que les premiers clients auront parlé de leur séjour ici, la dernière sera prise d'assaut. Si vous ne décidez pas de la garder, elle ne sera peut-être plus disponible après-demain.

— Une vraie commerçante, hein ? D'accord. Je la prends pour une semaine. Après tout, je n'étais jamais venu dans les Everglades, et ça me semble être un endroit extra.

Ouiii ! Cela lui faisait une occupation à 100 %. Elle ne pouvait espérer un meilleur départ pour l'entreprise dans laquelle elle avait investi toutes ses économies. Et, comme elle en aurait prochainement fini avec son autre job, elle devrait faire une croix sur le revenu qu'il lui apportait. Désormais, chaque centime comptait.

— Vous ne demandez pas le prix ? s'enquit-elle en remontant l'allée de gravier à ses côtés.

— C'était ma prochaine question.

Elle l'informa du tarif de la chambre et de toutes les formalités, puis il lui tendit une carte de crédit.

— Ça me paraît raisonnable, commenta-t-il en lui tenant l'une des portes de l'entrée ouverte.

— Merci, murmura-t-elle en s'avançant dans le vestibule, pour le conduire jusqu'au bureau, situé à côté de l'escalier.

Passant sa carte dans un antique lecteur manuel, elle détacha la copie carbone et la posa devant lui sur le comptoir.

— Je n'ai plus vu de ces machines depuis mon enfance, fit-il remarquer en prenant le stylo qu'elle lui tendait pour apposer sa signature.

— Quand on ne peut compter ni sur le téléphone ni sur Internet, on fait avec les moyens du bord… Mais ne vous inquiétez pas. Il y a des centaines de vidéos au salon, si vous voulez regarder un film. Il y en a pour tous les goûts, des classiques aux plus récents. Et chaque chambre est équipée d'une télévision et d'un lecteur DVD.

— Formidable.

Il récupéra sa carte, puis fouilla le hall des yeux comme s'il cherchait quelqu'un.

Soudain, il se figea, son attention fixée sur quelque chose derrière elle.

Craignant qu'un animal sauvage ne se soit introduit dans son auberge, elle pivota d'un bond. Aucune bête ne s'apprêtait à lui sauter dessus. Mais ce que regardait Colton était tout aussi dangereux… Dangereux *pour Eddie.*

Posé sur l'étagère réalisée par ses soins, qui couvrait le mur derrière le bureau, trônait le vase bleu. C'était sur lui qu'était rivé le regard de Colton Graham.

Un frisson déplaisant la parcourut.

Sans demander la permission, il contourna le bureau et s'en saisit.

— Ce vase est… très joli. Où l'avez-vous trouvé ?

« Très joli » ? Elle voulait bien parier son dernier carnet de croquis qu'il avait voulu dire autre chose. Le reconnaissait-il ? Le soupçonnait-il d'être volé ?

Elle récupéra le précieux ouvrage de verre soufflé et le reposa à sa place.

— C'est une de mes relations qui me l'a vendu. Je vous serais reconnaissante d'éviter de toucher aux objets d'art qui se trouvent ici. Certains sont dans ma famille depuis des générations.

— Mais pas celui-là.

Il le regardait comme s'il voulait le reprendre.

— Vous semblez captivé. En auriez-vous un du même style, là où vous vivez ?

— Atlanta, Géorgie. Non, je n'en ai pas. Mais j'aimerais beaucoup, je l'avoue. Cet… ami qui vous l'a vendu, croyez-vous que je pourrais le rencontrer ? Il en a peut-être un autre à vendre ?

— Qu'est-ce qui vous fait penser qu'il s'agit d'un homme ?

Colton haussa les épaules.

— Il, elle… Peu importe. Ma sœur vient d'acheter une nouvelle maison, et je voulais lui offrir quelque chose pour la décorer. Elle adore les objets d'art. Et elle aime les couleurs vives, soutenues. Comme je vous l'ai dit plus tôt, elle est artiste, elle aussi.

Ben voyons. Il avait une sœur et il venait d'Atlanta ? Silver n'y croyait pas un instant. Son histoire tombait un peu trop à pic, comme s'il l'avait inventée pour couvrir son étrange intérêt pour le vase et son arrivée impromptue à Mystic Glades, quelques minutes à peine après le passage d'Eddie. Coïncidence ? Peut-être. Peut-être pas.

— Comment avez-vous fait pour trouver la route d'accès à notre village de ce côté-là ? demanda-t-elle en inscrivant son nom sur le registre. Je suis surprise. Il n'y a que les gens d'ici qui la connaissent.

Il haussa de nouveau les épaules.

— En toute franchise, c'est arrivé par hasard. J'avais

roulé sur quelque chose, et je me suis arrêté sur le bas-côté de l'Interstate pour vérifier mes pneus. C'est alors que j'ai vu cette route secondaire, et j'ai voulu savoir où elle menait. Après tout, je suis en vacances, j'ai tout mon temps.

Cela semblait plausible, songea Silver. Mais le moment de son arrivée, ajouté à sa curiosité pour le vase, persistait à la chiffonner. N'avait-il pas un agenda caché pour être là ? Il avait l'air d'un homme animé par un but, pas d'un dilettante qui, sur un coup de tête, quittait l'Interstate pour suivre une route qui semblait ne mener nulle part. Finalement, lui avoir loué une chambre pour la nuit, ou plutôt pour la semaine entière, n'était peut-être pas une si brillante idée.

— Alors, ce vase…

— Désolée. Je ne peux rien pour vous.

Elle referma le registre et puisa une clé dans le tiroir sous le comptoir.

— La personne à qui je l'ai acheté n'est pas là pour le moment. Voici votre clé, monsieur Graham, dit-elle en la lui déposant dans la main. C'est à l'étage. Chambre 8. La dernière sur votre droite.

Malheureusement, sa chambre se trouvait exactement sous la sienne, installée dans la mansarde aménagée. Et sa porte était voisine de celle de l'escalier qui y grimpait. Trop près pour sa tranquillité d'esprit. Comme chacune des chambres était décorée sur un thème particulier, et que les clients choisissaient celle qu'ils voulaient lors de la réservation, elle ne pouvait rien y changer.

Peut-être faudrait-il qu'elle fasse un saut au supermarché de Bubba et s'achète un solide verrou. S'il venait à Colton l'idée de fureter partout pendant son séjour, il risquait de découvrir d'autres objets apportés par Eddie, dont certains se trouvaient dans sa chambre.

Jusqu'à ce qu'elle sache pourquoi il se montrait aussi curieux et s'il représentait une menace, elle devait redoubler de prudence.

— Comme je vous l'ai dit, reprit-elle, il n'y a aucun repas prévu aujourd'hui. Mais la cuisine est à votre disposition.

Elle désigna la porte battante à gauche de l'entrée.

— Je suis sûre que vous y trouverez votre bonheur. En tout cas, vous ne mourrez pas de faim. Et il y a tout ce qu'il faut dans la salle de bains attenante à votre chambre. Shampooing, savon, et même une brosse à dents et du dentifrice. Y a-t-il des bagages à prendre dans votre voiture ?

Il haussa les sourcils.

— Merci, mais j'irai chercher mon sac moi-même dans quelques minutes. Je voudrais d'abord voir la chambre.

Il s'avança vers l'escalier.

Alors qu'il disparaissait dans le couloir de l'étage, Silver s'inquiéta de ce qu'il aille fouiner dans sa mansarde. Mais pour le moment elle avait une démarche plus importante à accomplir que de chaperonner son premier client.

Elle courut vers la porte d'entrée, déterminée à trouver Eddie. Et à l'avertir.

3

Adossé au mur de l'étage, juste après la balustrade qui donnait sur le rez-de-chaussée, Colton attendit un instant. Comme il l'avait prévu, la porte de l'auberge se referma presque sans bruit.

Tout en redescendant l'escalier, il tourna les yeux vers l'une des fenêtres en façade : Silver Westbrook était dehors. Ses cheveux auburn, coupés à longueur d'épaules, ondulaient de droite et de gauche tandis qu'elle bifurquait d'un pas pressé dans la Grand-rue.

Elle avait l'air d'une jeune guerrière prête à se battre. A ceci près qu'il l'imaginait mal armée d'un pistolet. Son poncho teint à la main dans les tons violet et vert citron, bordé d'une frange bleu roi, battait sur son jean ajusté, et l'éclat de ses tennis orange aurait été une véritable balise en terrain ennemi. En tout cas, il l'était pour lui.

A l'évidence, elle ne cachait pas son goût pour la couleur. Que l'extérieur du B and B soit blanc avait de quoi surprendre, car l'intérieur était aussi enluminé que sa patronne, dans une palette de mauves, de bleus, de jaunes, jusqu'aux murs et au mobilier. Mais, au lieu d'être tape-à-l'œil ou vulgaire, ce choix de couleurs donnait à l'ambiance de l'établissement un côté chaleureux et accueillant.

Elle lui rappelait vraiment sa sœur. Dommage que les deux ne soient pas destinées à se rencontrer. Parce que, lorsque tout cela serait terminé, c'était la prison qui attendait Silver Westbrook.

Lorsqu'elle eut dépassé plusieurs bâtiments, il sortit à son tour de l'auberge. Mais, au lieu de longer les maisons par l'arrière pour la suivre, il se força à remonter la Grand-rue en pleine vue. Il ne voulait pas qu'en le remarquant par leur fenêtre les habitants le prennent pour quelqu'un d'autre qu'un touriste explorant le village. Et il pria de toutes ses forces pour que Silver ne se retourne pas.

L'inquiétude et la méfiance qui avaient traversé son regard lorsqu'il avait commis la bêtise de saisir le vase bleu avaient allumé une petite lampe rouge sous son crâne. Elle en savait beaucoup plus sur son origine qu'elle ne voulait l'avouer. Il en avait déduit une chose : dès qu'il aurait le dos tourné, elle irait prévenir la personne qui le lui avait vendu. Voilà pourquoi il était monté à l'étage. Et, comme attendu, elle avait filé comme un lapin.

Il n'aurait pas dû montrer son intérêt pour l'objet. Mais sa stupéfaction de le voir là était telle qu'il n'avait pu dissimuler sa surprise. Ce vase figurait en tête de sa liste de biens volés et valait plusieurs milliers de dollars. Ses propriétaires voulaient coûte que coûte le récupérer. Et Colton voulait coûte que coûte mettre la main sur son voleur.

Qu'il ait été subtilisé deux jours plus tôt à Naples pour resurgir là, en même temps qu'Eddie Rafferty, ne pouvait être une coïncidence. Colton voulait vraiment coffrer ce petit voyou et le forcer à donner les noms de ses complices.

Mais pour le moment il avait une autre priorité. Déterminer si Silver Westbrook faisait partie ou non du réseau de cambriolage.

Il lui déplaisait d'imaginer que cette femme belle, déconcertante, assez intelligente pour créer sa propre entreprise, puisse être compromise dans des activités délictueuses. Mais comment expliquer sa nervosité lorsqu'il l'avait questionnée sur Eddie, puis sur le vase, sinon par le fait qu'elle savait avoir accepté le fruit d'un cambriolage ?

Dès les premières secondes de leur rencontre, dès l'instant où il avait fait l'objet d'une évaluation pour le moins cavalière de son physique, sans parler de sa demande de poser nu pour elle, elle l'avait fasciné. Sa tendance à se déconnecter du présent et à se perdre dans son univers d'artiste était aussi émouvante que déroutante. A dire vrai, il brûlait d'envie de mieux la connaître, de découvrir quelle autre bizarrerie elle cachait, comment fonctionnait son imagination… Ce qui n'était pas près d'arriver s'il l'envoyait en prison.

Cela rendait son voyage particulièrement frustrant, en un sens. Si les choses évoluaient comme prévu, sa journée s'achèverait par une double arrestation.

Vers l'extrémité de la rue, à l'opposé de l'arcade qui marquait l'entrée de Mystic Glades, Silver tourna à droite, remonta une section de trottoir en planches et entra dans un établissement commercial. Celui-là même où Eddie s'était rendu plus tôt, le Callahan's Watering Hole. Coïncidence, là encore ? Impossible. Silver y était pour voir le gosse, cela ne faisait pas un pli. Sans doute pour l'avertir qu'un étranger s'intéressait beaucoup à lui et à ses objets d'art.

Colton accéléra le pas et se hâta vers le même bâtiment — un bar, à en juger par le nom et l'entêtante odeur de whisky qui semblait imprégner sa structure de bois. La discrétion n'était plus de rigueur. Il devait se dépêcher pour agrafer ses deux suspects avant qu'ils ne disparaissent Dieu sait où.

Le bruit de ses boots sonna creux sur le passage de bois.

Il poussa les demi-portes battantes, se préparant à découvrir une rangée de danseuses de saloon sur scène, et un alignement de clients alcoolisés au comptoir quand bien même c'était encore le matin. Après ce que son chef lui avait dit sur Mystic Glades et le peu qu'il avait vu lui-même, rien ne pouvait l'étonner.

Il s'arrêta dans l'entrée. Erreur. Il *était* étonné. Mais étonné que tout semble si normal.

Une odeur alléchante de bacon grillé le fit même saliver et, tandis que ses yeux s'accoutumaient à la pénombre ambiante, d'autres détails se précisèrent. Il n'y avait ni danseuses ni buveurs de whisky, mais l'endroit était bondé, et principalement de touristes, s'il se fiait aux T-shirts bon marché à la gloire de la Floride qu'arboraient la plupart des gens assis aux petites tables rondes. C'était sans doute ce qui expliquait le calme de la rue. Tout le monde était là, prenant son petit déjeuner.

Mais aucune trace de Silver.

Une jeune fille joliment dotée par la nature, en T-shirt et minishort moulants, s'arrêta devant lui, un plateau de boissons en équilibre sur sa main droite et son épaule.

— Vous faites partie du groupe de la promenade en hydroglisseur ? demanda-t-elle.

— Non, je suis seul.

— OK. Tenez, il y a deux sièges libres, là-bas.

Elle désigna une table inoccupée près du bar.

— Je passe prendre votre commande dès que j'aurai servi tous ces Indiana Jones.

— Merci.

— Remerciez-moi avec votre portefeuille, joli cœur.

Elle lui fit un clin d'œil et se dandina jusqu'à l'autre bout de la salle, sa longue queue-de-cheval blonde flottant jusqu'à ses reins.

Nom d'un chien. Elle avait l'air trop jeune pour servir de l'alcool, encore plus pour s'habiller de la sorte et flirter avec lui.

Un peu honteux d'avoir lorgné le balancement de ses hanches, il détourna les yeux. Après tout, elle était peut-être plus âgée qu'il n'y paraissait. En tout cas, en cet instant même, il se sentait beaucoup plus vieux que ses trente et un ans.

Il promena de nouveau son regard dans la salle : les stalles contre le mur de droite, le petit couloir à gauche, après le comptoir, mais toujours aucun signe de Silver. D'Eddie non plus.

Il avisa l'escalier situé en face de lui, qui courait sur le mur du fond. Une corde de velours rouge ornée d'une pancarte *personnel* en interdisait l'accès. Etait-ce par là que Silver était partie ? Dans le cas contraire, elle devait être dans la cuisine, ou dans l'une des pièces donnant sur le couloir.

Peut-être était-il trop tard, et avait-elle quitté l'endroit par une porte située à l'arrière.

Il décida de vérifier le couloir en premier. Il n'y avait là que les locaux des toilettes, qui ne disposaient probablement d'aucune issue. Il jeta un rapide coup d'œil à celui des hommes, puis s'arrêta devant la porte de celui des dames. Devait-il l'inspecter également ?

Une voix le fit tressaillir.

— Un problème avec les toilettes pour hommes ?

Il se retourna, surpris et soulagé en même temps. Silver se tenait à l'entrée du couloir, les mains sur les hanches. Elle ne s'était pas volatilisée. Ses yeux, dont il avait déjà remarqué qu'ils étaient d'un fascinant gris argenté — d'où son prénom ? —, se plissèrent de suspicion. Mais peut-être Silver était-il un surnom qui lui avait été attribué à cause de son goût pour ce métal : ses anneaux d'oreilles étaient en argent, de même que son long collier.

Un oiseau de paradis. Son ensemble unique, multicolore, rehaussé de dentelle violette sur son soulier gauche, vert fluo sur le droit, faisait penser à un oiseau de paradis, avec ses plumes chamarrées de riches couleurs.

Cela lui donna envie de sourire, envie qui le contraria aussitôt au plus haut point.

Elle est un suspect, Colton. Reprends-toi.

— J'explore simplement les lieux, répondit-il.

Il n'avait aucun intérêt à dévoiler sa couverture, sans savoir où se trouvait Eddie ni si Silver avait eu le temps de l'avertir.

— J'étais curieux de voir ce qu'il y avait par ici.

— Bien sûr. Y a-t-il quelque chose qui ne vous convient pas dans votre chambre ? Est-ce pour cela que vous m'avez suivie ?

L'accusation qui transparaissait dans sa voix et dans toute sa posture balaya sur-le-champ l'amusement de Colton. Alors qu'elle était au mieux receleuse d'un coûteux objet d'art, au pire liée à un réseau de cambriolage, *madame* se comportait comme si c'était lui qui était en faute ! Une furieuse envie le saisit de sortir ses menottes et de mettre fin à cette comédie. Mais il y avait trop en jeu pour se laisser guider par sa colère, légitime ou non. Il devait se la jouer cool, apaiser les craintes de Silver, et, si possible, gagner sa confiance.

Il se planta devant elle.

— OK, vous m'avez eu. En fait, je n'y suis pas allé. J'ai changé d'avis et décidé d'explorer d'abord le village. Et, lorsque je vous ai vue vous diriger vers cet endroit, je me suis dit…

Il lui sourit d'un air penaud.

— J'ai *espéré* que, peut-être, vous accepteriez de prendre le petit déjeuner avec moi.

Il s'accouda au mur à côté d'elle, tout sourire.

— Après tout, vous m'avez demandé de me mettre nu devant vous. A côté de ça, partager un repas…

Ses yeux gris s'arrondirent et elle piqua un fard.

Bien. Il l'avait déstabilisée. Et, avec un peu de chance, rassurée sur ses intentions. S'il parvenait à lui faire croire que c'était elle qui l'intéressait et non le village, peut-être en déduirait-elle que toutes ses questions n'avaient été qu'une excuse pour lui parler.

Ce n'était pas comme s'il avait besoin de feindre. Elle l'intéressait. Beaucoup. S'il n'était pas en mission et ne la suspectait pas d'être mouillée dans une activité criminelle, il savait très bien ce qu'il ferait. Il la pourchasserait comme un adolescent obnubilé par son premier coup de foudre. Car Silver Westbrook était exactement le genre de femme qu'il aimait : belle, dynamique et intelligente. Et à la différence de sa dernière conquête, Camilla, Silver était native de Floride. Elle venait d'une famille modeste, comme lui. A priori, il n'existait aucune raison pour qu'ils ne puissent être ensemble.

Sauf une petite chose qui s'appelait *vol aggravé*.

— C'est pour ça que vous êtes venue ici, non ? Pour manger ?

D'un coup, c'était elle qui avait l'air d'avoir été prise en flagrant délit de mensonge.

— Bien sûr, répondit-elle. Pour prendre un petit déjeuner. Je meurs de faim. Trouvons-nous une table.

Elle courut littéralement vers l'une de celles placées près du bar.

Il la suivit sans se presser, contrarié néanmoins par le fait qu'elle veuille tant s'éloigner de lui. Bon Dieu ! se tança-t-il aussitôt. Il *fallait* qu'il se concentre sur son enquête. Pas sur la façon dont elle faisait grimper sa température interne rien qu'en s'asseyant près de lui.

Ils passèrent commande, et quelques instants plus tard un homme musculeux, approchant la quarantaine, aida la serveuse débordée à leur apporter leurs plats. Des tatouages aux couleurs délavées ornaient ses bras massifs, entrelacs de formes et de lignes qui ne disaient rien à Colton… En dehors du fait que ce type les avait certainement réalisés lui-même, comme les gens qui avaient tâté de la prison.

Pendant qu'il les servait, il étudia son visage et, par réflexe, le compara mentalement aux photos de personnes recherchées placardées au commissariat. L'homme hocha la tête, ses yeux noirs baissés, la mine indéchiffrable. Sans dire un mot, il regagna ensuite la cuisine par la porte battante située derrière le comptoir.

— Qui est-ce ? demanda Colton.

Silver haussa les épaules.

— Je ne me rappelle pas lui avoir jamais parlé. Il s'appelle Cato, je crois. Il n'est pas d'ici. C'est l'un des nouveaux gars engagés par Freddie pour affronter notre petit boom touristique.

— Freddie ?

— Fredericka Callahan. La propriétaire du bar.

Silver fit un geste vers l'une des grandes tables, de l'autre côté de la salle.

— C'est la vieille rousse qui est en train de se disputer avec le vieux chauve.

— Je ne suis pas sûr que se disputer avec un client soit bon pour les affaires.

— Labron Williams n'est pas un client. C'est le propriétaire du Gators and Crabs, la gargote située de l'autre côté de la route, un peu plus loin en descendant vers le B and B. Il y a de fortes chances qu'il soit venu ici pour se chamailler avec Freddie.

— Gators and Crabs ?

Silver acquiesça.

— Han-han… Ils s'adorent.

— Les alligators et les crabes ?

Elle roula des yeux.

— Freddie et Labron.

Colton jeta un regard de biais au drôle de couple. Freddie était bâtie comme un footballeur tandis que Labron devait s'envoler en cas de grand vent, et faisait une tête de moins qu'elle. Et, si le roux des cheveux de Freddie était franchement tapageur, le crâne luisant de Labron reflétait la lumière des lampes au-dessus d'eux comme s'il l'avait encaustiqué et frotté pour le faire briller.

— Mais ils ont l'air de vouloir s'étriper, observa Colton.

— Parce qu'ils s'adorent, assura Silver.

Elle prit une gorgée d'eau, l'air détaché, comme si rien ne lui paraissait étrange dans leur conversation. Ce qui, après tout, était peut-être le cas.

— Pourquoi vous m'avez interrogée sur le dénommé Cato ?

Elle reposa son verre et le cloua de son regard argent.

Colton en était encore à se demander comment deux personnes qui s'adoraient pouvaient se comporter ainsi, tels deux pitbulls se disputant un os. Mais la question de Silver lui fit recentrer ses pensées sur le plus important : ne pas griller sa couverture.

— Pour rien. Simple curiosité. Il jure un peu dans le décor. Elle aussi, ajouta-t-il en désignant la serveuse. Elle est trop jeune. Freddie l'a également recrutée ailleurs ?

— Non. Elle, c'est J.J. Jennifer Junior. Elle est actuellement en vacances, mais au prochain semestre elle passera son diplôme à l'université de Floride. Avec un an de retard, mais au moins elle s'accroche. C'est la fille de J.S.

Elle était assez âgée pour passer un diplôme universitaire ? Ouf ! se dit Colton. Il pouvait oublier sa honte de l'avoir reluquée comme un vieux pervers.

— J.S. Jennifer… Senior ?

— Non, grand nigaud. Jennifer Sooner. Elle habitait à côté d'ici, mais elle s'est construit un chalet à quelques kilomètres au sud-ouest. Pas loin de Croco Landing.

Croco Landing. Pourquoi appeler un endroit Croco Landing, quand il n'y avait que quelques centaines de crocodiles en Floride contre un bon million d'alligators ? Colton décida de garder la question pour lui. Dieu savait où la réponse pouvait mener…

Il avala une fourchetée de ses œufs, surpris qu'ils soient aussi moelleux et savoureux. L'ex-taulard Cato avait peut-être développé des talents de cuisinier quand il était en prison.

A mesure qu'ils dégustaient leur petit déjeuner, le silence entre eux devint de plus en plus pesant. Pour sa part, il continuait à songer à l'affaire, regrettant que la femme si sexy et fascinante assise en face de lui ait choisi d'être une délinquante. De son côté, supposa-t-il, elle essayait de savoir qui il était et pourquoi il était là.

Au moment où J.J. arriva avec l'addition, ils étaient tous deux si impatients de mettre fin à cette situation inconfortable qu'ils saisirent le papier en même temps.

Colton l'arracha de la main de Silver.

— C'est pour moi.

— Merci, répliqua-t-elle d'un ton sec.

— De rien, grogna-t-il.

J.J. écarquilla les yeux, ne sachant visiblement sur quel pied danser. Dès que Colton lui eut remis sa carte de crédit, elle détala comme un chiot craignant pour son arrière-train.

Un homme d'une soixantaine d'années qui passait de table en table pour parler avec les groupes de touristes s'arrêta alors auprès de Silver et lui offrit un chaleureux sourire.

— Qui est votre nouvel ami, ma belle ?

Colton n'avait pas besoin qu'on le lui présente. Il était difficile d'ignorer son nom, vu qu'il était imprimé en grandes lettres blanches sur son T-shirt chocolat.

— Oh ! Buddy ! répondit Silver. Il est client au bed and breakfast. Colton Graham, voici Buddy Johnson. Il est propriétaire du Swamp Buggy Outfitters, le magasin d'à côté, en plus d'être organisateur des promenades en hydroglisseur et patron d'une poignée d'autres entreprises. C'est pratiquement lui qui dirige la ville.

L'homme se rengorgeait tel un paon, sauf qu'il n'en avait pas le magnifique plumage. Tout en lui exprimait l'arrogance, remarqua Colton. Mais il devait posséder des qualités qui le rachetaient car Silver semblait bien l'aimer.

— Je ne dirais pas ça, corrigea-t-il en serrant la main de Colton. Mais je m'investis corps et âme dans notre petit coin des Glades.

Il posa la main sur le dossier de la chaise de Silver.

— Je croyais que l'auberge n'ouvrait que demain.

— Officiellement. Mais M. Graham avait besoin d'une chambre. Aussi…

Elle haussa les épaules.

— Vous voulez découvrir les Everglades ? demanda Buddy en étudiant Colton d'un œil circonspect. C'est la première fois que vous venez en Floride ?

— Non. J'y viens chaque été depuis mon enfance.

Ainsi qu'en automne, en hiver et au printemps, s'abstint-il de confier.

— Déjà fait une balade en hydroglisseur, monsieur Graham ?

— Euh… en fait, non.

D'habitude, cacher la vérité n'était pas une grosse affaire. Cela faisait partie de son travail. Mais, sans qu'il sache bien pourquoi, mentir à cet homme aux cheveux blancs le mettait mal à l'aise. C'était comme de mentir à son grand-père.

— Eh bien, dans ce cas, je tiens absolument à ce que vous en profitiez.

Il désigna les autres tables d'un ample geste de la main.

— J'organise des sorties chaque jour. J'ai embarqué cette petite troupe ce matin au quai principal, à une trentaine de kilomètres au sud. Nous partons dans quelques minutes. Trois hydroglisseurs, plein de place. Venez. Comme vous êtes client de l'auberge, je vous ferai une ristourne. Un simple échange de bons procédés entre Silver et moi, étant donné que je lui amène des clients. Enfin, à compter de demain.

— Voilà une excellente idée ! commenta Silver en souriant.

Son ton était un peu trop enthousiaste au goût de Colton.

— L'hydroglisseur est la meilleure façon de visiter les Everglades. Allez-y donc !

La raison de son insistance à se débarrasser de lui était aussi grosse que le nez au milieu de la figure. En son absence, elle s'empresserait d'aller consulter ses amis délinquants. Une énorme envie de lui empoigner les épaules et de la secouer pour lui mettre un peu de plomb dans la cervelle le traversa. Pourquoi fichait-elle sa vie en l'air de façon aussi stupide ?

— J'y réfléchirai, contra-t-il.

Il ne voulait pas la perdre de vue, et par conséquent n'avait aucune intention de se joindre à cette promenade.

— C'est maintenant, fiston ! Pas le temps de réfléchir. Le départ est dans trois minutes, et il n'est pas question que vous le ratiez. Vous y allez.

Buddy hocha la tête comme s'il s'agissait d'une affaire conclue.

— Et, Silver, comme il est votre client, vous prendrez place ensemble sur le même bateau.

Elle écarquilla les yeux.

— Ah, non. Je ne vais pas…

— Cela fait des semaines que j'essaie de vous avoir sur

l'une de ces promenades, la coupa-t-il. C'est peut-être votre unique chance cette saison, étant donné que votre B and B ouvre demain et qu'ensuite vous serez trop occupée. Alors c'est oui ?

— Buddy, je ne peux vraiment pas…

Les traits du vieil homme s'affaissèrent.

— Bon, d'accord, soupira-t-elle, vaincue. J'accepte pour cette fois. Mais je suis sûre que Colton avait d'autres projets.

— Je ne raterais ça pour rien au monde !

Le regard qu'elle lui adressa exprimait clairement ce qu'elle pensait de son brusque changement d'avis.

— Excellent ! conclut Buddy avec un sourire victorieux. Vous paierez votre place au caissier, sur le quai. N'oubliez pas de lui parler de la ristourne.

Il agita sa main en l'air et se dirigea vers une autre table.

Silver fronça les sourcils derrière lui.

— Non seulement il vous oblige à faire cette promenade, fit remarquer Colton, mais en plus il vous fait payer.

— En effet, bougonna-t-elle. Mais n'ayez crainte, je lui rendrai la pareille le jour où il voudra prendre une chambre chez moi.

Colton se fendit d'un large sourire.

A sa grande surprise, elle le lui rendit. Pendant un instant, ils n'étaient plus qu'un homme et une femme qui appréciaient la compagnie l'un de l'autre, et se moquaient de la mesquinerie de Buddy Johnson, pour qui le gain d'un dollar éclipsait l'amitié.

La voix de ce dernier tonna soudain dans la salle. Il était temps d'y aller.

Le sourire de Silver retomba et elle détourna la tête. La magie de l'instant s'était envolée, songea Colton.

— Dépêchons, mesdames et messieurs ! Il faut nous mettre en route avant que les moustiques et autres insectes piqueurs ne commencent à attaquer.

Le raclement des chaises sur le plancher se mêla au brouhaha des voix. Les touristes se dirigèrent vers l'entrée telle une horde d'éléphants, canalisés par trois hommes en short kaki et T-shirt marron identique à celui de Buddy, sauf qu'il s'ornait du logo de la société.

Une fois le dernier sorti, Silver marmonna quelque chose et suivit le groupe. Buddy et elle avaient franchi les portes battantes avant que Colton ne puisse intervenir. Il devait attendre la jeune serveuse, qui venait vers lui avec sa carte de crédit et l'un de ces ridicules imprimés carbone à signer. Cet endroit appartenait clairement à une autre époque.

Après s'être exécuté, il remercia J.J. et se précipita dehors. Les touristes avaient déjà parcouru la moitié du chemin qui descendait vers le quai. Tenant Silver par le bras, Buddy lui parlait avec animation et elle hochait la tête.

Parfait.

Elle n'avait pas réussi à s'échapper.

4

En dépit de la volonté de Buddy de s'assurer que Colton et elle soient installés côte à côte dans l'un des trois bateaux à fond plat, Silver fit de son mieux pour contrarier ce projet. Comme celui piloté par Danny Thompson était le plus chargé, elle y sauta et poussa presque un cri de triomphe en trouvant un siège isolé. Mais au dernier moment l'homme qui était à sa droite se leva pour changer d'embarcation. Et qui s'arrangea pour prendre sa place ? Colton Graham.

Tandis qu'il s'asseyait à côté d'elle, ses larges épaules se frottant aux siennes, elle observa le passager qui venait de partir : il était en train de glisser quelque chose dans sa poche. Un papier vert qui ressemblait fort à une coupure de dix dollars.

— Vous avez payé cet homme pour qu'il vous cède sa place ! déclara-t-elle d'un ton accusateur.

Les yeux bleus de Colton s'écarquillèrent.

— Moi ? Pourquoi j'aurais fait ça ? demanda-t-il d'un air innocent.

Puisqu'elle ne pouvait lui répondre sans évoquer ses suspicions concernant le vase, elle se tut. Puis elle reporta son attention sur les Glades tandis que l'hydroglisseur s'écartait du quai.

Une fois l'embarcation au milieu de la large voie navigable, le ventilateur géant qui la propulsait se mit en marche. Les questions que Colton avait prévu de poser à Silver seraient désormais difficilement audibles, sinon pas du tout. Elle le gratifia d'un sourire pincé et détourna de nouveau la tête.

Lorsqu'ils eurent atteint une intersection des canaux, les hydroglisseurs se séparèrent, chacun remontant le sien. Tout sourire, Buddy lui adressa un signe de la main depuis celui où il se trouvait. Elle le lui rendit, incapable de lui en vouloir pour l'avoir contrainte à participer à cette balade aquatique.

Tout l'été, il l'en avait priée, afin qu'elle puisse en faire l'éloge lorsque ses hôtes la questionneraient sur les sorties en hydroglisseur. Cette journée était la dernière véritable chance de la saison. Du reste, s'il ne lui amenait pas chaque matin un lot de clients pour son établissement, comme convenu entre eux, son B and B ne pourrait survivre, ou alors avec un taux d'occupation proche de zéro. C'était lui qui avait suggéré cet accord lorsqu'elle avait évoqué son désir de créer un bed and breakfast, elle avait donc une grosse dette envers lui.

Mine de rien, elle observa Colton à la dérobée. Il étudiait les passagers, plutôt que les magnifiques cyprès aux branches noueuses devant lesquels ils passaient. Il semblait… ailleurs. Son comportement n'était pas celui d'un touriste. Une alarme semblait se déclencher dans sa tête chaque fois que son regard passait à un nouveau passager, homme ou femme, comme s'il voulait imprimer son visage dans son esprit, cherchait quelque chose. Ou quelqu'un.

Qui était-il ? Un enquêteur d'assurance qui cherchait à sauver l'argent de sa compagnie en retrouvant le vase ? Un proche de son propriétaire ? L'un des prétendus amis d'Eddie, qui aurait une quelconque dette à régler ?

Silver serra les doigts sur le bord de son coussin, tandis que son esprit passait en revue les diverses possibilités, y compris la pire : qu'il soit un flic.

Ce qui ruinerait tout.

Il se retourna soudainement et surprit son regard. Au même instant, Danny coupa les gaz. Le niveau de décibels chuta, le moteur de l'hélice toussota, ralentit, puis s'arrêta tout à fait et le silence tomba sur le marais.

Génial. Vraiment génial.

— Nous allons nous laisser dériver un moment, annonça Danny. De sorte que vous pourrez voir des alligators sur le vif, ou peut-être une grue pêchant son repas du matin. Après cela, nous visiterons les marais salants.

Un bourdonnement excité se déclencha autour d'eux tandis que les touristes empoignaient qui son appareil-photo, qui son smartphone, et que les appareils se mettaient à cliqueter.

— Pour ce vase… commença Colton.

— Vous ne voulez pas prendre des photos ? l'interrompit-elle. Regardez, là, il y a un alligator qui se chauffe au soleil. Vous n'aurez sans doute pas une deuxième chance de le voir d'aussi près sans qu'il vous emporte un bras.

— Les alligators, on en voit un, on les a tous vus.

— Je pensais que vous n'étiez jamais venu dans les Everglades.

— Le mot *zoo* vous dit quelque chose ?

— Vous ne vivez pas en Géorgie ?

— Si.

— Atlanta, n'est-ce pas ? Comme votre sœur.

Il fronça les sourcils.

— Je suis sûr de vous avoir déjà dit tout cela. Pourquoi ?

— Je suis allée au zoo d'Atlanta. Ils n'ont pas d'alligators.

Il arbora un sourire narquois.

— Alors vous n'y êtes pas allée récemment. Ils en ont apporté quatre de Saint Augustine il y a moins d'un an.

Elle n'avait aucun moyen de savoir s'il avait inventé cela, mais il ne semblait pas mentir. Ce qui voulait dire… Quoi ? Qu'il était vraiment d'Atlanta ?

— Pour le vase…

— Où, à Atlanta ? J'ai des amis là-bas. Quel quartier ?

Il poussa un soupir impatient.

— Pas un quartier, mais un petit endroit loin du centre.

— Où ?

L'une de ses paupières s'affaissa.

— Où quoi ?

— Où se situe votre petit endroit ?

Il toussota pour s'éclaircir la voix.

— Peachtree. Peut-on revenir à ma question au sujet du…

— Peachtree, répéta-t-elle, avant d'éclater de rire. Vous plaisantez ? Tout à Atlanta est sur Peachtree. Quelle partie de Peachtree ?

Il la dévisagea. Le sérieux de son regard et son expression contrariée étaient éloquents. Il en avait assez qu'elle élude sa question. Il soupira et ouvrit la bouche pour ajouter quelque chose, mais Silver se tourna vers la femme assise à sa gauche et lui tapota l'épaule.

— Regardez, dit-elle en lui désignant un endroit sur la berge. Une aigrette neigeuse. Vous en aviez déjà vu auparavant ?

Les yeux de la femme s'arrondirent, et elle leva son smartphone.

— Oh ! Comme c'est joli !

Pendant que sa voisine prenait ses photos, Silver lui raconta tout ce qu'elle savait sur les aigrettes, autrement dit beaucoup de choses puisqu'elle avait grandi dans les Glades. Derrière elle, Colton soupira de nouveau.

Lorsque, un peu plus tard, elle se tourna à demi vers lui pour voir ce qu'il faisait, il fixait d'un air concentré la berge de son côté. Bien. Peut-être s'était-il enfin résolu à ranger ses questions dans sa poche. Elle pouvait poursuivre sa conversation avec l'autre femme, et d'autres touristes s'il le fallait, afin de survivre à cette maudite promenade. Mais que ferait-elle lorsqu'ils seraient de retour à l'auberge ?

Elle trouverait bien quelque chose.

Par exemple, elle pourrait inventer une catastrophe, genre la rupture d'une canalisation dans le mur, pour le pousser à partir. Non. Cela risquait de vraiment endommager le B and B, et elle ne pouvait se le permettre. Le climatiseur ? Elle pouvait retirer un fusible et le mettre en panne. L'endroit deviendrait une véritable étuve lorsque le soleil serait haut dans le ciel, durant l'après-midi. Oui, cela pouvait marcher.

A l'aide d'une longue gaffe, Danny les rapprocha de la berge, du côté de Colton, et il désigna plusieurs espèces de plantes locales à ses reporters en herbe.

— Qu'est-ce que…

Colton venait de lever son bras gauche devant elle et pivotait de sorte à lui tourner le dos.

— Stoppez l'hydroglisseur contre la rive ! ordonna quelqu'un depuis la berge.

Cette voix…

Une touriste hurla.

Silver se pencha pour comprendre ce qui se passait.

Sur la rive, à trois ou quatre mètres, un homme se tenait sous un cyprès, le visage dissimulé par un foulard percé de deux trous pour les yeux. Il était coiffé d'une casquette des Miami Marlins, et tenait à la main un pistolet qu'il pointait sur Danny.

Des commentaires affolés jaillirent parmi les passagers.

Danny fit ce qui lui était demandé. Il plongea sa gaffe dans la boue pour approcher l'embarcation de la berge.

Un bruissement mou se produisit lorsque le bord du bateau s'enfonça dans les herbes et s'immobilisa.

L'inconnu se précipita vers l'hydroglisseur mais ne tenta pas d'y monter. Au lieu de cela, il jeta à Danny un grand sac de toile, son arme toujours pointée sur lui.

— Les bijoux et l'argent ! exigea-t-il. Vite !

Silver reconnut alors la voix.

Oh non ! Eddie, qu'es-tu en train de faire ?

Elle grogna et secoua la tête.

Colton glissa sa main gauche entre eux, et le dos de ses doigts effleura son mollet tandis qu'il relevait le bas de son jean.

Elle cligna des yeux, horrifiée. Il était armé ! Un pistolet était glissé dans un holster à l'intérieur de son boot. Elle lui saisit le bras au moment où ses doigts se refermaient sur la crosse.

— Qu'est-ce que vous faites ? chuchota-t-elle, alarmée.

Il se tourna vivement vers elle, sourcils froncés.

— Je suis flic, répondit-il tout bas. Inspecteur au bureau du shérif du comté de Collier. N'ayez pas peur. Tout va bien.

Un flic ? Un grand vide se fit dans son estomac. Tout devenait soudain beaucoup plus compliqué et dangereux. Il était sur le point de tout faire capoter. Elle devait l'arrêter. Elle secoua la tête.

— C'est trop dangereux, protesta-t-elle tout bas. Quelqu'un pourrait être blessé.

— Quelqu'un pourrait être blessé voire tué par ce gosse qui tient un pistolet. Maintenant, baissez-vous, lui intima-t-il en écartant sa main de son bras.

Silver serra les poings.

Tandis que Danny passait le sac de client en client, Colton sortit lentement son arme de son holster, sans quitter Eddie des yeux.

Le désastre était inévitable. *Il fallait* qu'elle protège Eddie. Le pistolet tremblait dans sa main d'adolescent, si fort qu'elle redouta le pire : qu'il ne tue quelqu'un par accident. Et l'arme de Colton était désormais totalement sortie.

Silver se pencha en arrière et leva sa main droite comme pour chasser un insecte. Le geste, comme prévu, attira l'attention d'Eddie, qui se tourna vers elle. Ses yeux s'écarquillèrent. De l'index et du pouce, Silver forma le symbole d'une arme puis désigna Colton. Si c'était possible, la main d'Eddie trembla encore plus. Il hocha la tête. Colton se tourna vivement vers elle et la dévisagea avec suspicion.

Elle laissa retomber sa main et lui décocha un sourire crispé. Il reporta son attention sur Eddie, les sourcils toujours froncés.

— Vos bijoux, Silver, dit Danny en lui présentant le sac.

Elle hésita. Son regard passa alternativement de Colton à Eddie. Les deux hommes se mesuraient du regard comme dans un duel de western.

Fais quelque chose. Tu dois arrêter ça avant qu'un drame ne se produise.

Elle commença à faire passer son collier par-dessus sa tête.

Eddie détourna alors son arme de Danny pour la braquer sur Colton. Qui leva la sienne. Oh ! Seigneur…

Elle laissa tomber son collier.

— Et zut !

Posant la main sur l'épaule de Colton, elle se pencha devant lui pour le ramasser.

— Ecartez-vous ! aboya-t-il.

— Pardon, je suis désolée. Oups !

Elle s'étala sur ses cuisses. Dans le mouvement, son bras s'abattit sur le pistolet, qu'elle coinça entre sa poitrine et les jambes de Colton.

Redressant la tête, elle lança une injonction muette à Eddie. *Pars !*

Le jeune homme tourna les talons et courut vers les arbres.

Colton jura, tenta de libérer son arme, mais Silver collait à lui comme de la résine sur de la peinture neuve. Il reporta les yeux sur la berge, puis secoua la tête et darda sur elle un regard incendiaire.

— Je devrais vous arrêter ! Vous l'avez délibérément laissé filer.

— Je suis tombée, prétendit-elle.

Avec un air innocent, elle battit des paupières et prit appui sur ses cuisses pour se redresser.

Il grommela un juron, rangea son pistolet dans son étui, puis rabattit le bas de son jean. Personne ne semblait avoir rien remarqué. Les autres passagers étaient occupés à commenter avec effervescence leur mésaventure. Quant à Danny, il faisait son possible pour calmer les sanglots hystériques d'une femme.

Colton se pencha vers Silver, l'air furibond.

— Jusqu'à ce que j'aie décidé quelle décision prendre, vous restez tranquille. Et, si vous dites à quiconque que je suis flic, je vous arrête. Compris ?

Son ton la fit tressaillir, mais elle comprenait sa colère. Elle opina et décida d'obéir. Pour le moment.

Il croisa les bras et détourna la tête, comme s'il ne supportait plus de la voir.

Quelqu'un effleura alors l'épaule gauche de Silver. La femme qui s'était extasiée sur les aigrettes semblait à deux doigts de s'évanouir. Ses yeux étaient de petites lunes brillant de larmes qui n'attendaient que de se déverser sur ses joues.

— Je ne peux pas croire que l'on ait tenté de nous détrousser, murmura-t-elle, les lèvres tremblantes. Nous aurions pu être tués.

La frayeur rétrospective de sa voisine étreignit le cœur de Silver. Sa propre colère vis-à-vis d'Eddy était sans doute à la hauteur de celle de Colton à son endroit. Dieu merci, personne n'avait été blessé, mais le choc n'en était pas moindre pour autant. Cette pauvre femme, et les autres passagers, en feraient sans doute des cauchemars, sans parler des séquelles psychologiques. Tout cela à cause de l'acte stupide d'Eddie.

Saisissant la main de sa voisine, Silver l'attira entre ses bras et lui tapota le dos pour la réconforter.

— Vous devriez regagner directement le quai principal, où tout le monde a sa voiture, suggéra Colton à Danny.

Le ton grave de sa voix fit taire toutes les conversations.

— Et comme l'endroit est couvert par le réseau cellulaire, ajouta-t-il, nous pourrons signaler l'agression à la police.

Danny hésita, puis acquiesça.

— Oui. Bien sûr. Euh… Mesdames et messieurs, toutes mes excuses pour ce que vous venez de vivre. La promenade est terminée. Nous retournons au quai principal.

Il adressa à Colton un étrange regard, avant d'empoigner sa gaffe pour écarter l'hydroglisseur de la berge boueuse.

5

Appuyé au véhicule de la police, Colton transféra son portable à son autre oreille et poursuivit sa discussion avec son chef quant aux décisions à prendre.

Le capitaine de l'hydroglisseur avait ramené les touristes au quai principal, situé non loin de l'Interstate. C'était là qu'ils avaient garé leurs voitures le matin, avant d'être convoyés sur l'eau jusqu'à Mystic Glades pour le petit déjeuner au Callahan's.

A une dizaine de pas, devant la boutique de la société d'hydroglisseurs Buddy's Boats, un groupe de quatre adjoints du shérif interrogeait les derniers participants à la promenade. La plupart d'entre eux, ceux qui avaient déjà fait leur déposition, avaient été autorisés à s'en aller. Après quelques minutes, il ne resta plus que Silver, Danny Thompson et deux autres passagers.

Guidée par Danny, une seconde équipe s'était auparavant rendue à l'endroit de l'attaque sur un hydroglisseur de la police. Mais hormis des empreintes de pieds dans la boue, inutilisables comme indices, ils n'avaient pas trouvé grand-chose. Aucune trace de l'agresseur, en tout cas. Ils étaient donc revenus avec le pilote, puis repartis pour Naples.

Tandis que Colton écoutait Drew sur son portable, des employés de la boutique en sortirent pour une nouvelle tournée d'eau minérale, proposée au prix de quatre dollars la bouteille. Ce devait être le sens de l'hospitalité sudiste selon Buddy Johnson, songea-t-il.

— Bien, soupira Drew. Mlle Westbrook t'a gêné dans ton intervention, mais tu me dis qu'il est peu probable que l'agresseur ait vu ton pistolet de cheville. A ton avis, qu'est-ce qui l'a alerté ?

— Elle a dû lui faire un signe pour l'avertir, juste avant de se laisser tomber sur moi, ce qui a coincé mon arme entre nous.

— Tu penses qu'elle l'a fait exprès ?

— Oui, mais je ne peux pas le prouver. Quand je suis allé à Mystic Glades et que j'ai vu Eddie lui parler, j'aurais dû la mettre sur le gril séance tenante. Au lieu de cela, plutôt que de continuer jusqu'à l'auberge, j'ai attendu pour voir ce qu'ils allaient faire. Eddie s'est volatilisé, et depuis Mlle Westbrook n'a cessé de jouer au chat et à la souris. Est-ce qu'elle a volontairement interféré ? J'en mettrais ma main au feu.

— Très bien. Alors comment veux-tu jouer la partie ? lui demanda Drew.

Il y avait déjà réfléchi, et savait exactement ce qu'il voulait.

— Dès que les choses seront terminées ici, l'hydroglisseur nous ramènera tous les deux au quai de Mystic Glades. Une fois là-bas, je l'arrêterai et je la conduirai au commissariat pour interrogatoire. Et, pendant que j'essaierai de lui tirer les vers du nez sur ses activités, l'un de nos gars fera établir un mandat de perquisition pour le B and B. Ma déclaration indiquant que j'ai vu le vase bleu devrait suffire à convaincre un juge de le délivrer.

Tout en laissant Drew réfléchir à son idée, il observa Silver. Elle semblait s'être donné pour mission d'aider chaque touriste, des personnes âgées principalement, après leur passage devant la police. Un bras autour de leurs épaules, elle les avait accompagnées jusqu'à leur véhicule. Pour un œil extérieur, elle était une sorte de sainte dévouée à son prochain. Pourtant, elle protégeait l'homme qui avait braqué un pistolet sur eux. Cela n'avait aucun sens.

— Et Eddie Rafferty ? demanda Drew. Tu es sûr que c'est lui, le braqueur ?

Colton hésita un instant.

— Mon instinct me dit que oui. Mais il avait le visage couvert d'un foulard, et comme il portait une casquette je ne pourrais même pas dire quelle était sa couleur de cheveux. Devant un tribunal, ma déposition ne vaudrait pas un clou. Un avocat de la défense m'entendrait décrire un homme de type caucasien, de taille et de poids moyens, ce qui correspond à la moitié de la population masculine du pays.

— Bon, voici comment je vois les choses. Ta couverture en tant que touriste tient toujours, sauf pour Mlle Westbrook. Si on lui fait garder le silence, tu peux continuer à te balader dans Mystic Glades, être à l'affût de ce qui se dit en ville, et même traîner dans ce bar dont tu m'as parlé. Quelqu'un doit bien savoir où se cache Eddie Rafferty. Lorsque tu lui auras mis le grappin dessus, tu lui mentiras, tu lui feras croire que nous avons relevé ses empreintes dans une des maisons qu'il a cambriolées ou autre chose. Pousse-le à nous donner le chef du réseau.

Colton se raidit et s'écarta du véhicule.

— Hé là ! Un instant. Qu'est-ce que tu dis ? *On ne peut pas* faire confiance à Silver Westbrook.

— Peut-être que oui, peut-être que non, répliqua Drew dans l'appareil. Tu lui as demandé de ne pas révéler que tu étais flic. D'après ce que tu m'as dit, elle a tenu parole.

— Parce qu'il y avait toujours soit moi, soit un adjoint à proximité. Elle n'a eu l'occasion de le dire à personne. Mais rien ne nous garantit qu'elle continuera à se taire.

— Alors tu devras ne pas la quitter d'une semelle, ne pas la perdre de vue une seule seconde.

— Drew…

— Ce n'est pas une demande, Colton. Tu as investi du temps, des mois, même, et des gros moyens dans cette affaire. A part l'identification de quelques petits caïds qui, nous le savons, n'ont pas accès aux gros bonnets, nous n'avons rien. Nous misons tout sur Rafferty parce qu'il semble plongé jusqu'au cou dans ce business et qu'il peut nous mener aux échelons supérieurs. Mais, s'il est vraiment notre braqueur d'aujourd'hui, alors il y a fort à parier qu'il se mettra au vert un moment. Je veux que tu essaies de le faire sortir de son trou, mais rien ne prouve qu'il n'a pas déjà mis les voiles. Ce qui nous laisse Westbrook comme seul lien avec le réseau. C'est sous cet angle qu'il faut que tu abordes ton travail.

— Je peux l'aborder en l'amenant au commissariat pour interrogatoire.

— Ou tu peux retourner au bed and breakfast, menacer de l'arrêter pour avoir interféré dans une enquête en cours si elle ne coopère pas, effectuer ensuite un recul stratégique et voir ce qui arrive. Si elle pense que la partie est perdue, elle cherchera à avertir les autres. D'après moi, elle attendra que tu sois endormi pour le faire. Tu n'auras plus qu'à la suivre.

De contrariété, Colton secoua la tête. Le plan de Drew était trop risqué. Rafferty avait pris la tangente, peut-être pour ne plus jamais revenir. Et si Silver disparaissait, elle aussi ? La mettre tout de suite en cellule serait beaucoup plus sûr. Et, même s'il n'était pas prêt à l'admettre devant Drew, il se faisait du mauvais sang pour elle, malgré tout ce qui s'était passé.

Pour avoir grandi avec une sœur qui lui ressemblait, il connaissait son style, la manière dont fonctionnait son esprit créatif. Pour Silver, le monde était certainement un endroit passionnant, enchanteur, plein de gens intéressants, de choses à étudier, à peindre et à dessiner. Elle jugeait les autres à leur visage, à leur voix, à leurs gestes, voire aux couleurs qu'ils portaient. Elle plaçait sa foi et sa confiance là où elle n'était pas toujours méritée. Pour quelqu'un comme elle, les *mauvais* étaient des êtres qui avaient pu être frappés par la malchance et elle avait de la peine pour eux. Elle était assurément du genre à ne jamais voir le mal nulle part.

Cela la rendait particulièrement vulnérable.

Malgré sa vive colère lorsqu'elle avait risqué sa vie en se jetant sur lui au moment où il sortait son arme, il avait aussi des sueurs froides à l'idée qu'elle aurait pu être blessée. Et, bon sang ! il ne voulait pas qu'elle le soit.

Certes, elle lui portait sur les nerfs, et s'était sans doute acoquinée avec les malfaiteurs qu'il traquait. Mais elle n'était pas une personne mauvaise. Il l'aurait parié. Son instinct, affiné par des années de confrontation avec certains des pires spécimens de l'humanité, le lui disait : elle était une femme de cœur égarée dans un marigot dont elle ne savait comment s'extraire.

Toutefois, pour le moment, il devait laisser la délicatesse au placard. Silver avait besoin d'être secouée, avant qu'elle ne se prenne un mauvais coup, ou que quelqu'un n'ait à pâtir de sa loyauté mal placée.

— Colton ? Tu es toujours là ? fit Drew à l'autre bout de la ligne, le sortant de ses pensées.

— Ouais… Malheureusement. Je crois toujours que l'arrêter est la meilleure solution. La plus sûre, en tout cas.

— Quand tu seras le chef, tu décideras de ce que tu voudras. En attendant, laisse à ta patronne de B and B assez de corde pour se faire pendre. Qu'elle te conduise à la tête du réseau et qu'on en finisse une bonne fois pour toutes.

Durant la demi-heure du trajet retour en hydroglisseur vers Mystic Glades, Silver ne cessa de se creuser les méninges à la recherche d'un moyen de se débarrasser de Colton Graham. Le jeter par-dessus bord ? Elle serait soit arrêtée, soit forcée de sauter dans le marais infesté de crocodiles pour le sauver. Elle écarta cette idée, aussi tentante soit-elle.

Et elle ne trouvait aucune raison valable de le chasser de son auberge, aucune qui n'accentue les soupçons qu'il nourrissait déjà à son endroit.

Si elle avait cru qu'il la bombarderait de questions durant ce trajet retour, elle s'était trompée. Il laissait son regard flotter sur les canaux, les étendues de carex et d'espèces végétales locales, comme absorbé par ses pensées. Même les groupes d'alligators devant lesquels ils passaient, paressant sur les rives au soleil, ne l'arrachèrent pas à son silence.

Quelques longues minutes plus tard, Danny coupa le bruyant moteur et dirigea l'hydroglisseur vers le lieu d'accostage.

Dès qu'il toucha l'embarcadère, Silver fut debout. Mais, avant qu'elle ne puisse sauter sur les planches et laisser derrière elle son horripilant client, la main droite de celui-ci se referma sur son poignet gauche tel un cerclage d'acier.

Elle secoua le bras, tenta de se libérer.

— Qu'est-ce que vous faites ?

— Nous avons à parler.

Il quitta le premier le bateau, l'aida à en faire autant, mais sa main revint aussitôt emprisonner son poignet.

Tout en se déplaçant sur le quai pour amarrer l'embarcation, Danny avisa ce qui se passait, l'air surpris.

— Silver ? Tout va bien ?

Elle hésita. Colton lui lança un regard d'avertissement. Il n'était pas nécessaire. Elle n'avait pas oublié sa promesse de l'arrêter si elle révélait qu'il était policier. Et, même s'il ne lui avait montré aucun document, l'adjoint qui l'avait interrogée sur le quai principal le lui avait assuré, en réponse à sa question chuchotée : il appartenait bien au bureau du shérif du comté de Collier. Autrement dit, sa menace de l'arrêter était à prendre avec le plus grand sérieux.

Elle se força à sourire. Même si elle ne connaissait Danny que depuis quelques mois, quand Buddy l'avait embauché pour sa nouvelle société d'hydroglisseurs, le capitaine avait toujours été gentil avec elle.

— Pas de problème, Danny. Colton est… un vieil ami, soyez tranquille.

S'appuyant contre ce dernier, elle posa une main sur son torse, même si elle avait plutôt envie de le cogner.

Colton entra dans son jeu. Il lui libéra le poignet et, lançant son bras autour de ses épaules, la tint serrée, *très serrée*, contre lui.

— Nous avons beaucoup de temps à rattraper ! lança-t-il.

D'un mouvement discret, elle posa le talon de sa basket sur la pointe de son boot gauche et l'écrasa de toutes ses forces, tout en souriant à Danny comme si de rien n'était. Colton grogna et desserra son bras. Elle le remercia en ôtant son pied.

Les sourcils de Danny se haussèrent presque jusqu'à la ligne d'implantation de ses cheveux.

— Oh ! D'accord. Je ne savais pas, bredouilla-t-il avant de lui adresser un clin d'œil entendu. J'ai bien pensé qu'il y avait quelque chose entre vous. Vous ne cessiez de chuchoter entre vous sur le bateau, tout à l'heure. Alors, bon rattrapage…

Sur un nouveau clin d'œil, il toucha la visière de sa casquette, puis disparut dans le petit bâtiment à l'entrée du quai, sans doute pour tout verrouiller étant donné que les autres hydroglisseurs étaient revenus et amarrés depuis longtemps.

Silver contempla la petite porte fermée. *Super.* Manifestement, Danny avait sauté sur la conclusion que Colton et elle étaient ensemble. Le lendemain, tout le village penserait la même chose. Mais quel choix avait-elle ? Lui dire la vérité ? Cela ne marcherait pas.

— Allons, venez.

Colton lui prit la main et l'éloigna du bâtiment. Ils coupèrent par les premiers arbres, et quelques minutes plus tard émergèrent dans la rue, au niveau de l'église.

Silver ne supportait plus d'être traînée derrière lui comme un petit chien. Elle s'arrêta et repoussa sèchement sa main.

— Lâchez-moi. J'en ai jusque-là d'être traitée comme si j'étais votre chose. Je ne vous appartiens pas, et je me fiche de vos menaces.

Il libéra sa main et se tourna vers elle.

— Vous allez encore tenter de vous enfuir ?

— Pourquoi encore ? Je n'ai jamais tenté de m'enfuir.

— Ah bon ? Quand vous avez filé sans attendre du Callahan's ce matin, ce n'était pas pour vous enfuir ?

— Je… Euh… Il fallait que je parle à Buddy.

— Exact. Vous vouliez monter dans un autre hydroglisseur que le mien.

Elle fronça les sourcils.

— Et alors ? Nous ne sommes pas amis intimes, que je sache.

— Mais nous nous connaissons suffisamment, à présent. Malgré cela, vous avez tenté de me fausser compagnie en sautant par surprise du bateau. Si vous ne m'aimez pas, pas de problème, c'est votre droit. Mais que les choses soient bien claires entre nous. Je suis officier de police, et j'ai la conviction que vous en savez plus que vous ne voulez le dire sur la tentative de braquage de tout à l'heure. Entre autres… Vous avez déjà été interrogée, OK. Mais vous allez l'être de nouveau. Par moi. Et vous feriez mieux d'arrêter de mentir, car je ne le supporterai pas.

Il se pencha vers elle, se servant à l'évidence de sa haute stature pour l'intimider.

Grossière erreur d'appréciation. Non seulement elle n'eut pas peur, mais elle eut très envie de l'étriper.

— Il faut aussi que nous discutions de ce joli vase bleu en verre soufflé qui trône derrière le bureau de réception de votre auberge, poursuivit-il, ignorant l'orage qui sévissait en elle. Parce que nous savons l'un comme l'autre que vous ne l'avez pas acheté. De façon honnête, en tout cas.

— J'ignore de quoi vous voulez parler.

— Du fait que vous acceptez chez vous des objets volés ! Ne vous y trompez pas : ce vase en est un, je le sais. Quant à savoir par qui et pourquoi, je le découvrirai. Si vous ne voulez pas que je vous tienne la main, il vaudrait mieux ne pas chercher à me glisser entre les doigts. Un pas de travers, et je vous passe les menottes.

— Dieu du ciel, cessez donc de jouer les machos ! soupira-t-elle, les mains sur les hanches. Si vous voulez proférer des menaces, choisissez-en de crédibles. Car, si vous sortez vos menottes, il vous sera très difficile de continuer à vous faire passer pour un touriste. Nous sommes dans un espace public, au cas où vous ne l'auriez pas remarqué. Quelqu'un risque de regarder par sa fenêtre et de vous voir.

— Vous seriez nulle, comme policière ! persifla-t-il.

Elle cligna des paupières, déconcertée.

— Je vous demande pardon ?

Il désigna les autres commerces de la rue.

— Vous n'êtes pas très observatrice. Par sa fenêtre, dites-vous ? Tout le monde est là dehors, à nous observer, à parler de nous.

Elle pivota dans la direction indiquée, s'étrangla et pressa une main sur sa poitrine. Danny devait les avoir contournés par les bois, et le ragot se répandait comme une traînée de poudre. Le timing ne pouvait être pire. Juste après l'heure de pointe, quand ceux qui travaillaient à l'extérieur étaient de retour et faisaient leur shopping du soir.

Agglutinés sur les passages en bois devant les magasins, les gens échangeaient leurs impressions et tentaient, sans grand succès, de faire croire qu'ils ne regardaient pas vers eux deux. Les sourires, les mains en écran sur la bouche, les mines entendues les trahissaient si besoin était. Le fautif se tenait au milieu d'un groupe, et lorsque Silver croisa son regard il se mit à rougir.

— Je vais tuer Danny Thompson, maugréa-t-elle.

— Je garde ça à l'esprit pour le cas où il lui arriverait quelque chose, ironisa Colton.

Sa bouche se vrilla de façon suspecte.

— Je vous interdis de rire.

Il toussota, l'air faussement gêné.

— C'est la dernière chose qui me viendrait à l'esprit.

Elle croisa les bras sur sa poitrine et le fixa d'un air mauvais.

— Eh bien, il ressort au moins quelque chose de positif de

cette situation. Vous ne pourrez pas me passer les menottes. Tout le monde saurait que vous êtes flic. Votre couverture serait grillée.

— Ma jolie, si je le faisais, j'y ajouterais un baiser enflammé et je vous jetterais sur mon épaule. Croyez-moi, ma main sur votre joli fessier suffira à les convaincre que ces menottes n'ont rien à voir avec un travail de flic et tout avec une innocente perversion de couple.

Silver se couvrit aussitôt la bouche. Ses joues chauffèrent, plus à cause de l'image de sa main sur ses fesses que de l'*innocente perversion de couple*.

Colton jouissait un peu trop de son malaise.

— Vous en voulez la preuve ? demanda-t-il en lançant sa main vers sa poche arrière.

— Essayez seulement, menaça-t-elle entre ses dents.

Il éclata de rire et lui offrit sa main ouverte. Elle y claqua la sienne, avec un sourire artificiel de publicité pour dentifrice.

— N'espérez pas que je continuerai à tenir votre main une fois au B and B.

Le sourire de Colton retomba. Avec une mimique théâtrale de toute évidence destinée à leur public, il leva sa main et la pressa sur son cœur.

Silver en fut étrangement troublée.

— La seule chose que je veux, assura-t-il, c'est que nous parlions. Rien de plus, promis juré.

La soudaine gentillesse dans ses yeux et dans sa voix la prit totalement au dépourvu. Comme s'il culpabilisait de l'embarras dans lequel il la plongeait. Peut-être sa petite comédie était-elle uniquement destinée à garder sa couverture en place, et non à l'humilier.

Et, si elle voulait être honnête avec elle-même, cette situation était sa faute. Elle n'aurait jamais dû poser sa main sur son torse — dont l'impressionnante musculature était palpable sous le T-shirt — ni dire à Danny qu'ils étaient de vieux amis. Elle aurait dû trouver une meilleure histoire.

Finalement, Colton ne faisait que poursuivre la fiction qu'elle avait elle-même créée. Et elle enrageait de ne pouvoir être fâchée contre lui sur ce point.

Elle se tourna vers l'auberge et se dirigea vers les marches du perron, toujours flanquée de son encombrant garde du corps. Leur entrée au B and B n'allait faire qu'alimenter un peu plus le moulin à ragots. Mais que pouvait-elle y faire ? Remonter la rue et affronter les questions ?

Non, l'auberge était encore le plus sûr.

Elle poussa la porte et entra.

Colton lui adressa un regard réprobateur.

— Vous devriez verrouiller votre porte quand vous sortez.

— Pourquoi ? Tout le monde connaît tout le monde à Mystic Glades. Nous sommes une grande famille.

— Quel en est le membre qui a braqué une arme sur nous dans l'hydroglisseur ? demanda-t-il alors.

Elle hésita, puis se dirigea vers le salon, à droite de l'escalier.

— Je vous ai dit que j'ignorais qui était cet homme. Et franchement j'ai déjà tout raconté à votre collègue, tout à l'heure. Je ne…

— Où est le vase ?

— Pardon ?

Elle se retourna.

Planté devant le bureau, Colton désignait l'étagère où le superbe objet de verre se trouvait le matin même. Il n'y était plus. Et elle ne voyait qu'une personne qui avait pu le prendre. Eddie. Sans doute pour la protéger dans le cas où la police viendrait la questionner suite au braquage avorté.

— Avez-vous appelé quelqu'un pour lui demander de le cacher ?

— Bien sûr que non. Pourquoi je l'aurais fait ? En supposant que l'on puisse recevoir un appel ici… Croyez-moi, cette auberge est située dans un véritable trou noir, question communications.

— Vous avez pu appeler un ami depuis le quai principal,

après avoir appris que j'étais flic et vous être rappelé mon intérêt pour ce vase. Craignant d'être accusée de recel de bien volé, vous lui aurez demandé de le déplacer.

Elle croisa les bras.

— Peut-être aussi, comme vous l'avez dit, que j'aurais dû verrouiller la porte d'entrée.

Il esquissa un sourire contrit.

— Touché.

Oh non, il ne fallait pas qu'il sourie ainsi, songea-t-elle. Cela mettait en valeur ses incroyables yeux bleus, et toute sa concentration partait en fumée.

— De toute façon, je ne vois pas où se situe le lien entre ce vase, peut-être volé, peut-être pas, et ces questions que vous me posez sur notre détrousseur de grands chemins.

Il s'appuya au plateau du bureau et allongea les jambes devant lui, chevilles croisées.

— Bonne remarque. Et si nous repartions de zéro ? Je suis l'adjoint du shérif du comté de Collier Colton Graham. Je suis en mission secrète pour démanteler un réseau de cambrioleurs qui opère à Naples depuis six mois. Ce matin, j'ai suivi l'un des suspects jusqu'ici, à Mystic Glades. Ce même suspect a sorti ce vase bleu devant votre B and B, avant d'y entrer. Eddie Rafferty. Et c'est lui, j'en suis certain, qui a ensuite menacé d'une arme les passagers de l'hydroglisseur, pour leur voler argent et bijoux. C'est plus clair, à présent ?

Elle haussa le menton.

— Oui et non. Ce qui est clair, c'est que vous avez fait une énorme erreur. Le vase dont vous avez cru qu'il était volé ressemble manifestement à un autre, et vous avez confondu les deux.

— Je les ai confondus, c'est ça…

— C'est plus que probable. Et, puisque je ne peux pas vous dire qui était ce braqueur, je ne vois aucun intérêt à poursuivre cette conversation.

— Vous ne pouvez pas me le dire, ou vous ne voulez pas ?

Elle soupira d'agacement.

— Peut-être l'avez-vous oublié, mais j'inaugure mon établissement demain. Même si presque tout est prêt, j'aimerais profiter des dernières heures de lumière du jour pour revérifier chaque chambre ainsi que les menus. J'ai également besoin que mes deux aides me confirment leur présence demain matin. Il faut que j'aille les voir.

— Qui sont-ils ? C'est indiscret ?

— Je ne vois pas en quoi ça vous intéresse, mais je veux bien vous répondre. J'ai embauché la fille d'une amie, Tippy, pour m'aider à tenir l'auberge jusqu'à la fin de la saison. Cet emploi fera bien sur son CV, vu qu'elle prépare un diplôme en hôtellerie-restauration.

— Et l'autre ?

— C'est son copain, Jenks. Il s'occupera des tâches d'entretien.

Elle eut un geste impatient de la main.

— Mais peu importe tout cela. Comme je viens de le dire, il faut que je veille à ce que tout soit impeccable. Bien entendu, vous êtes libre de garder votre chambre, gratuitement, tant que vous ne me gênez pas dans mon travail. C'est le moins que je puisse faire pour un officier de police. Je ferai annuler le débit sur votre carte.

— Très aimable à vous, répondit-il d'un ton sec.

— Bien. Si nous avons fait le tour de la question, je vais…

— Il y avait aussi un petit tableau, la coupa-t-il en désignant de nouveau l'étagère. Il n'est plus là, lui non plus.

Remarquant l'emplacement vide, elle laissa échapper un petit cri de détresse.

— C'était l'un de mes préférés.

— Eddie vous l'a vendu aussi, hein ?

Ce fut comme si une pierre chutait dans son estomac. Non, Eddie ne le lui avait pas *vendu*.

— Pourquoi vous êtes-vous souvenu de cette peinture ? murmura-t-elle.

— Vous le savez, pourquoi.

Cette fois, sa voix était douce. Gentille, même. Sans la moindre note accusatrice. Comme s'il avait compris que cette disparition constituait un choc pour elle, tout en ignorant pourquoi.

Mais elle n'avait que faire de sa pitié. Elle ne la méritait pas.

Idiote, idiote, idiote !

Comment avait-elle pu être aussi naïve ? Même si elle se considérait comme la conservatrice temporaire du vase bleu et des autres objets que lui avait apportés Eddie, jamais, au grand jamais, elle n'aurait imaginé que cette peinture était également l'objet d'un vol.

Cela avait été un cadeau. Il n'avait pas été question d'argent. Eddie la lui avait offerte pour la remercier de l'avoir aidé à préparer son épreuve de maths du bac. Les larmes aux yeux, il lui avait dit que sans elle il ne l'aurait jamais eu. Le tableau avait été sa façon d'exprimer sa reconnaissance. Elle avait cru qu'il l'avait acheté avec l'argent gagné grâce à ses petits jobs d'été. Elle l'avait chéri, non pas pour sa beauté, mais pour l'amitié qu'il y avait derrière. Découvrir que cet objet avait la même provenance que tous les autres lui brisait le cœur.

Elle se laissa choir sur le siège le plus proche, une jolie chaise à barreaux qu'elle avait recordée elle-même et repeinte d'un joyeux jaune d'or. Mais cette fois elle n'en tira aucune joie.

Quelques semaines plus tôt, elle avait cru avoir tout sous contrôle. Les choses se déroulaient selon ses plans. Et elle avait imaginé — stupidement, elle s'en rendait compte en cet instant — qu'elle pouvait couvrir Eddie, du moins jusqu'à ce qu'elle parvienne à l'extraire de la fange dans laquelle il s'était embourbé. Ensuite, lorsque ce serait fait, elle avait prévu une conversation franche et directe où elle l'aurait convaincu de restituer les objets volés. Elle se serait fait son avocate au tribunal, aurait tout expliqué sans rien omettre, dans l'espoir que la cour se montrerait compréhensive et indulgente. En un mot, elle espérait le sauver.

Désormais, à cause de ce policier indiscret et exaspérant, force lui était de le reconnaître : elle avait fait plus de mal que de bien.

Colton soupira, s'accroupit devant elle, le regard empreint de compassion, et prit ses mains dans les siennes. Elle en fut si surprise qu'elle ne chercha même pas à les retirer. Au lieu de cela, elle s'abîma dans le bleu cobalt de ses yeux, et ce qui la traversa fut un choc plus grand encore. Jusque-là, elle n'avait vu en lui que le modèle potentiel pour l'une de ses toiles, ou l'irritant officier de police qui s'ingérait dans sa vie. Mais soudain, face à cette gentillesse, cette inquiétude qui se lisait sur son visage, ces yeux incroyables qui semblaient plonger au tréfonds de son âme, il lui apparaissait d'une tout autre manière. Une manière qui la faisait fondre à l'intérieur.

Oh, misère ! Elle était attirée par lui.

Otant aussitôt ses mains, elle se raidit contre son dossier. Le désastre était encore plus grand qu'elle ne l'avait craint. Il n'y avait ni place ni temps dans sa vie pour une relation de ce genre. Pas tout de suite, en tout cas. Et certainement pas avec un homme qui, à maints égards, était son ennemi.

Il poussa un nouveau soupir et se releva, l'air vaguement déçu de lui-même. Sans savoir pourquoi, Silver en fut contrariée.

— Nous pouvons écarter l'hypothèse que ce vol est le fait d'un étranger, dit-il. Porte verrouillée ou non. Celui qui a emporté le vase et cette peinture est venu spécialement pour eux.

— Pourquoi dites-vous cela ?

— S'il s'était agi d'un cambrioleur ordinaire, il n'aurait pas laissé les autres objets de valeur, répondit-il en désignant l'étagère décorative.

Intriguée, Silver considéra l'ensemble de plantes naines, de livres et de bibelots qui garnissaient celle-ci.

— Je ne comprends pas ce que vous voulez dire. *Tout* ce qui avait de la valeur a été pris.

Il pointa le doigt sur une peinture de petit format.

— Elle vaut au moins cinq ou six cents dollars, indiqua-t-il, avant d'en désigner une autre, à l'extrême droite. Et celle-là, sans doute plus. Voyez-vous, j'ai suivi une formation en estimation d'œuvres d'art, en marge de mes missions, et je sais que cette peinture atteindrait un prix très élevé dans une vente aux enchères.

Silver cligna des yeux. Qu'entendait-il au juste par *très élevé* ?

— Vous pensez que ces petits tableaux valent… cher ?

— Bien sûr !

Il fouilla son regard.

— Pas vous ?

Elle piqua un fard et haussa les épaules.

— Si. Peut-être…

Puisque c'était elle qui les avait réalisés pour décorer le B and B, elle ne s'était jamais posé la question de leur valeur marchande. C'était… agréable, inattendu… d'avoir à côté de soi quelqu'un qui les voyait d'un œil extérieur et leur attribuait une valeur qui n'était pas seulement sentimentale. Même si la création artistique avait toujours compté dans sa vie, elle n'avait jamais eu assez confiance en elle pour chercher à vendre sa production. Elle ne la jugeait pas assez bonne.

Une lueur suspicieuse apparut dans les yeux de Colton, comme s'il se demandait si elle ne mentait pas concernant ces peintures. Peut-être croyait-il qu'elles étaient volées, elles aussi, sans être encore apparues dans ses dossiers. Sur ce point, elle aurait aimé le rassurer.

Mais lui apprendre qu'il venait de la complimenter, c'était un tout petit peu trop… intime, après les mensonges qu'elle lui avait servis et les menaces qu'il lui avait faites.

Trop intime ? De qui se moquait-elle ? Ne lui avait-elle pas demandé de poser nu ? On pouvait difficilement faire plus intime. D'accord, il s'agissait d'art. Mais, puisqu'elle savait désormais qu'il était flic, elle était morte de honte de lui avoir demandé de se mettre en tenue d'Adam devant elle.

Il s'approcha de l'étagère pour étudier de près l'un des

tableaux, un paysage des Glades à l'aube, avec ses champs de carex courbés sous le vent et une grue pêchant sa nourriture dans le marais. Il cherchait sans doute la signature de l'artiste pour voir s'il figurait dans sa liste de biens volés. Ses initiales étaient cachées dans les détails d'une fleur, dans l'angle inférieur droit. Craignant qu'il ne les trouve, elle se leva de sa chaise pour détourner son attention.

— En avons-nous fini ici ? demanda-t-elle.

— Et si vous me disiez enfin la vérité ?

Si seulement c'était aussi simple. Mais la vérité ferait venir d'autres policiers, qui quadrilleraient les bois et mettraient tous les résidents en état d'alerte, ce qui serait une catastrophe.

— Que voulez-vous savoir d'autre ?

Elle commençait à craindre une issue négative à son combat. Cet homme n'abandonnait jamais.

— Où se trouve Eddie Rafferty ?

Il se tenait coi quelque part, à l'abri du danger, jusqu'à ce qu'elle puisse le joindre. Du moins l'espérait-elle.

— Je n'en sais rien.

— Parce que, si vous le saviez, vous me le diriez ?

Elle serra le plateau du bureau, les doigts recroquevillés sous le bord.

— Il n'est pas le mauvais garçon que vous croyez. Il n'est qu'un gosse…

— De dix-huit ans, donc majeur. Assez âgé pour voter. Assez âgé pour mourir pour son pays. En d'autres termes, assez âgé pour faire la différence entre le bien et le mal, et pleinement responsable de ses choix. Où est-il ?

Même si Eddie l'ignorait, elle savait qui étaient ses amis, et connaissait leurs planques préférées. Le trouver ne serait pas bien difficile. Et *il fallait* qu'elle le trouve. Parce que ce braquage raté avait tout changé. Elle le remettrait elle-même aux autorités si ce pitbull d'inspecteur voulait bien lui lâcher un peu les baskets, et lui offrir un répit qui lui permettrait d'agir sans risque pour personne.

— Silver, vous avez l'occasion de faire ce qu'il faut, d'agir pour le bien de tous. Dites-moi où il est.

Cette fois encore, sa voix était douce, compréhensive.

Quel dommage qu'ils soient de bords opposés ! Il était exactement le genre d'homme qu'elle pouvait apprécier, respecter, admirer. Mais il tombait au pire moment possible.

— Et si je ne fais pas *ce qu'il faut*, vous allez m'arrêter ?

Il fronça les sourcils, le regard sombre.

— Je ne le veux pas. Mais si vous m'y forcez je le ferai.

Elle réfléchit aux choix qui se présentaient à elle, à ses projets. Mais il n'y avait qu'une solution pour débloquer la situation sans sacrifier Eddie. Même si cela signifiait renoncer à son auberge, à tout ce qu'elle avait patiemment construit.

Elle tendit ses deux mains à Colton.

— Alors je vous y force.

6

— Purée de pois cassés ! Que t'est-il passé par la tête ?

Colton aurait explosé de rire devant la résolution de son chef à ne plus proférer de grossièretés, mais ses oreilles résonnaient encore de l'engueulade qu'il venait d'essuyer. Il regretta d'avoir fermé la porte derrière lui. Les ondes sonores se seraient peut-être dispersées dans la salle de brigade, réduisant les cris à un niveau supportable de décibels. Cependant, avec la porte ouverte, les quelques collègues qui traînaient encore là malgré l'heure avancée auraient tout entendu de sa remontée de bretelles…

Les coudes sur les genoux, il se fit donc tout petit dans son siège — ou du moins s'y échina. Drew le fusillait du regard depuis son bureau, le visage si rouge que Colton craignit qu'il n'ait une attaque. Il tenta de calmer le jeu.

— Est-ce que j'avais vraiment le choix ? demanda-t-il d'une voix aussi lénifiante que possible. Elle m'a *dit* de l'arrêter.

— Tout sauf lui obéir !

La réponse était cinglante.

Drew écarta le dossier qui se trouvait devant lui, se ravisa, fonça les sourcils, le ramassa, le posa sur une pile d'autres dossiers et les aligna avec application. Encore une fois.

Colton eut soudain envie de rire. Ou de déranger la pile juste pour que Drew répète l'opération. Mais il aimait son travail, enfin, la plupart du temps, et l'idée d'être viré ne l'emballait pas outre mesure.

— J'imagine ce que ça donnera dans les médias, grogna Drew. Un inspecteur du comté de Collier malmène une femme témoin d'une tentative de braquage !

— Témoin mon c…

Le regard foudroyant de son chef stoppa Colton avant qu'il n'enfreigne la sacro-sainte règle instituée par Drew lorsqu'il avait pris la relève du précédent lieutenant. Offrir une meilleure image du commissariat était certes louable. Mais bannir les mots trop crus, même en l'absence de civils, semblait un peu excessif aux yeux de Colton, surtout pour les gars comme lui qui passaient une grande partie de leur temps en contact avec la pègre. Les truands ne s'exclamaient pas *sac à papier !* ou *flûte !* dans leur quotidien, Colton non plus quand il se mêlait à eux. Cela rendait les choses d'autant plus difficiles quand il était au commissariat. Comme en cet instant.

Il prit une inspiration et fit une nouvelle tentative.

— Ce que je veux dire, c'est que Mlle Westbrook n'est pas un simple témoin, et tu le sais. Elle est mouillée jusqu'au cou dans ce qui se passe à Mystic Glades.

Drew plaqua ses deux mains devant lui sur le bureau.

— Tu te rends compte que le premier avocat venu la fera libérer dans la minute ? Et nous présentera comme des méchants devant la presse ? L'officier Scott m'a dit qu'elle en avait déjà contacté un. Punaise, il est peut-être déjà avec elle dans la salle d'interrogatoire. Nos têtes vont bientôt servir de quilles de bowling.

A ces mots, Colton se leva. Il pouvait en supporter beaucoup, mais là il avait atteint ses limites.

— Drew…

— Il n'y a plus de Drew. Je suis trop en colère pour être ton ami en cet instant.

— Bien, *lieutenant Shlafer,* alors. Mais n'oublie pas que ça fait des mois que je travaille sur cette affaire. Rafferty est ce que j'ai trouvé qui se rapproche le plus d'une vraie piste. Or, j'ignore où il se trouve. Voilà que maintenant il se met à braquer des gens avec une arme à feu, passant du statut de simple délinquant à celui de criminel. Dois-je te faire un dessin ? Si je n'agis pas, quelqu'un sera blessé ou tué. Et pour le moment la seule chance que j'ai est de passer au gril son ange gardien pour qu'elle crache le morceau. Toi, je ne sais pas, mais moi je ne veux pas rester là assis sur mon… sur mon derrière, à attendre qu'un drame se produise. Imagine que je ne me sois pas trouvé sur ce bateau. Que ce gosse n'ait pas pris peur…

Des coups résonnèrent à la porte, le coupant dans son élan.

Drew lui lança alors un regard qui en disait long sur ce qu'il pensait de son petit laïus.

— Entrez.

La porte s'ouvrit, et deux agents en uniforme se présentèrent.

— L'avocat de Mlle Westbrook a parlé au juge. Les charges ont été levées.

— Génial, marmonna Drew. Maintenant, on passe encore plus pour des poires. C'est bon. Remplissez les formulaires de libération.

— C'est déjà fait.

Drew gratifia Colton d'un regard dur.

— Au moins, quelqu'un ici est à la hauteur de sa tâche.

Colton lui répondit de la meilleure façon qu'il connaissait : il sourit.

Drew plissa les yeux.

— Lieutenant ? le rappela l'agent.

— Quoi ? aboya-t-il, avant de rougir, puis de toussoter. Désolé, officier. Qu'y a-t-il encore ?

— Mlle Westbrook souhaiterait vous parler avant de partir.

— Je m'en doute. Ainsi que son avocat, je suppose. Ils veulent nous annoncer qu'ils engagent des poursuites contre nous pour arrestation arbitraire.

Colton leva les yeux au ciel.

Drew agita un index menaçant dans sa direction.

— Toi, Colton… Je…

— Monsieur, l'interrompit l'agent. Mlle Westbrook est là. Elle vous attend.

— Très bien, très bien.

D'une main nerveuse, Drew se hâta d'enfiler sa veste de costume.

— Faites-la entrer.

L'agent se retira, et Silver apparut dans l'encadrement de la porte.

Colton et Drew se levèrent tandis que deux hommes en costume sombre pénétraient à la suite de Silver dans le bureau.

— Elle a besoin de deux avocats ? marmonna Colton par-devers lui.

Il n'avait pas dû être aussi discret qu'il l'avait cru, car il eut droit à un regard acéré de la part du premier.

— Non, répondit l'homme avant de désigner son acolyte. Elle n'en a qu'un, M. Stanton.

— Dans ce cas, qui êtes-vous ? demanda Colton.

— Mon patron, répondit Silver.

Tous les regards convergèrent vers elle.

— Lieutenant Shlafer, inspecteur Graham, je vous présente l'agent spécial Eduardo Garcia, de la brigade des stupéfiants.

Tout le monde se mit à parler en même temps.

Silver voulut s'exprimer, mais son patron, le supérieur de Colton et même l'avocat que son patron avait amené avec lui, soi-disant pour s'assurer de la coopération des autorités et veiller à ce que les charges retenues contre elle soient abandonnées, étaient trop occupés à discutailler entre eux pour faire attention à elle.

Colton se dirigea vers la porte.

— Je crois que c'est ici que s'applique l'art de la retraite furtive, murmura-t-il en se penchant à son oreille.

Il lui tint la porte ouverte.

Elle jeta un regard irrité aux trois hommes qui l'ignoraient royalement, alors qu'elle était la raison même de cette réunion, puis suivit Colton dans la salle de brigade.

Il la guida jusqu'à un bureau vide, loin de ceux dont les titulaires étaient encore là, collés à leur téléphone ou tapant leurs derniers rapports sur leur ordinateur. La salle était quasi déserte, la journée de travail finie.

Puisqu'elle était restée plus de deux heures en position assise, en comptant le trajet depuis Mystic Glades, menottée, dans la voiture de Colton, Silver refusa le siège qu'il lui proposait et s'appuya du bassin au plateau du bureau.

Il l'y rejoignit, bras croisés, jambes tendues devant lui.

Ils contemplèrent un moment le mur du fond, d'un gris déprimant et orné d'une collection de plaques encore plus déprimantes, celles des flics du commissariat tombés en service. Elle frissonna et se frotta le haut des bras.

— Bien…, fit enfin Colton. Les stups, hein ?

— Ouais.

— Depuis ?

— Huit ans. Et vous ?

Il pianota sur le bord du bureau.

— Presque pareil. Huit ans en octobre.

Un nouveau silence s'étira entre eux. Ou plutôt cela aurait été le silence sans les cris — étouffés, Dieu merci — qui leur parvenaient depuis le bureau du lieutenant Shlafer dans leur dos. Une guerre semblait y avoir éclaté.

— Ne vous faites pas de souci, reprit Colton en hochant la tête dans cette direction. Ils cherchent sans doute à établir qui a la plus longue.

— C'est censé être drôle ?

Il soupira.

— Non. C'était juste pour alléger un peu la tension ambiante. Vous voulez un soda ou quelque chose ?

Elle secoua la tête.

— Non, merci. Mais, si vous voulez vous en aller, libre à vous. Je n'ai pas besoin d'un chaperon.

— Oui, c'est plus ou moins ce que j'ai pensé lorsque vous avez présenté votre patron. Pourquoi ne pas l'avoir dit plus tôt, que vous étiez aux stups ?

— J'étais sous couverture. Comme vous.

— Mais, après avoir su que j'étais flic, vous auriez dû.

— Vraiment ? Comme ça ! Et j'aurais dû vous croire ?

— Bien sûr.

Elle balaya la salle des yeux pour vérifier que personne ne faisait attention à eux.

— Dites-moi, inspecteur…

— Colton. Depuis le début, je vous appelle Silver. Le moins que vous puissiez faire, c'est d'utiliser mon prénom. Je me sentirai un peu moins con de n'avoir rien vu.

Elle ne put s'empêcher de sourire. De toute évidence, il éprouvait une certaine humiliation de ne pas avoir deviné qu'elle appartenait elle aussi aux forces de l'ordre.

— Très bien. Colton. Imaginez… Après des mois de travail en immersion totale, vous rencontrez un inspecteur en mission secrète qui peut griller votre couverture s'il ne croit pas à votre histoire… Vous lui révélez qui vous êtes, au risque de tout fiche en l'air ?

— Certainement pas.

— Merci.

Il fronça les sourcils.

— Donc vous avez débarqué à Mystic Glades il y a quoi ? Quelques mois ?

— Six.

— Seulement ?

— Ouais. Pourquoi cela vous surprend-il ?

Il pianota de nouveau sur le bureau.

— Dans ce bar, vous paraissiez intime avec tout le monde, comme si vous étiez du village. Par exemple, vous saviez tout de cette Freddie et du type qu'elle a à la bonne.

— Labron. C'est parce que *je suis* du village. C'est là que j'ai grandi. J'en suis partie pour suivre mes études et débuter ma carrière dans la police. C'était dans les Keys, j'effectuais un travail de bureau. Mais je revenais chaque été, je me tenais au courant de ce qui s'y passait. Comme j'opérais principalement sous le manteau, il ne fallait pas que l'on sache que j'étais à la brigade des stups. J'ai donc laissé croire que je vivais grâce à mon art. De toute façon, ils m'ont toujours prise pour une rêveuse, une originale qui préférait la peinture au shopping.

Elle haussa les épaules.

— La ruse a marché. Et, lorsque les premiers touristes sont arrivés à Mystic Glades, je me suis dit que c'était un signe. Que le moment était venu de prendre l'argent que j'avais économisé au fil des ans et de réaliser mon rêve.

— Le bed and breakfast ? C'était votre rêve ?

Elle opina du chef.

— J'ai donné mon préavis à la brigade, et engagé un entrepreneur pour commencer les travaux d'aménagement de ce carré de terrain que j'avais hérité de mon grand-père.

— Vous avez donné votre préavis, dites-vous ? Apparemment, vous êtes toujours en service. Qu'est-il arrivé ?

— Eddie Rafferty.

Colton haussa un sourcil, l'air curieux.

— Que voulez-vous dire ?

Elle s'efforça de ne pas se laisser distraire par la façon dont son épaule se frottait à la sienne quand il parlait, ou par le parfum frais et masculin qu'il dégageait. Celui de son savon, sans doute. Même s'il ne l'avait pas exprimé par des mots, dès qu'il avait appris qu'elle appartenait elle aussi à la *grande maison*, son attitude envers elle avait changé. Il la traitait désormais en égale, en sœur d'armes.

Et, sans l'hostilité qui bouillonnait jusque-là entre eux, elle pouvait enfin baisser sa garde. Mais c'était aussi, semblait-il, un feu vert donné à ses propres hormones. Parce que son esprit ne cessait de s'attacher à de petits détails : le timbre grave de sa voix, qui vibrait dans sa poitrine, cette galanterie qui lui avait fait tenir la porte ouverte à son intention, ou le fait qu'il s'intéressait désormais à sa vie plutôt que de porter de nouvelles accusations. Voilà qu'il était le bon flic, gentil, viril et sexy. Et elle était infiniment soulagée de dire adieu à l'autre, le méchant.

— Silver ? Vous alliez m'expliquer, pour Rafferty.

Elle détourna la tête, et fixa son regard sur un tableau accroché au mur, à côté d'une salle de conférences. Un poster, plutôt. Il ne lui plaisait pas. Les couleurs étaient trop ternes. Seigneur ! Quand Colton tournait ainsi vers elle ses magnifiques yeux cobalt, elle était incapable de former une pensée cohérente.

Elle se força à reprendre :

— Eddy débarrassait les tables au Gators and Crabs, l'été dernier, quand je logeais chez des amis qui tiennent la boutique Moon and Star.

— Moon and Star ? Je crois me rappeler. Ça se trouve en face du Callahan's, n'est-ce pas ?

Elle acquiesça.

— Faye Star… Enfin, Faye Young, maintenant qu'elle est mariée avec Jake, en est la propriétaire. Elle vend toutes sortes de choses ésotériques, des potions, des essences lointaines, et même des vêtements qu'on ne trouve nulle part ailleurs. Enfin, bref, je logeais dans leur chambre d'amis, au-dessus de la boutique. Un midi où je déjeunais au Gators and Crabs, j'ai fait la connaissance d'Eddie. Je… J'ai tout de suite senti que nous avions des choses en commun. Les autres le traitaient comme s'il était invisible, uniquement parce qu'il n'avait pas de famille. Sa place n'était pas là, il ne valait pas une minute de leur temps. J'ai fait l'effort de m'approcher de lui, de lui offrir mon amitié. Je l'ai même aidé dans son travail scolaire.

Le regard de Colton était posé sur elle, elle le sentait, mais ne tourna pas la tête.

— Des choses en commun… répéta-t-il. Parce que vous êtes tellement plongée dans votre art que les gens ne comprennent pas votre univers et ne font rien pour venir vers vous, c'est ça ?

Cette fois, elle plongea ses yeux dans les siens.

— Pour la plupart d'entre eux, je plane.

— Ils ont tort. J'ai toujours pensé que les artistes avaient un sixième sens, une capacité à percevoir une autre dimension, un autre aspect de l'existence, que ne possèdent pas les autres. Cette aptitude à voir, à voir vraiment, et à trouver de la joie en tout et en chacun est votre superpouvoir, tandis que nous, les non-artistes, nous sommes des handicapés en la matière.

Sous un assaut de larmes aussi soudain qu'inattendu, elle battit des paupières.

— Quelle curieuse réflexion.

— Oui, eh bien…

Il toussota, visiblement mal à l'aise.

— Je le dis comme je le sens.

— Vous avez vraiment une sœur artiste, n'est-ce pas ?

— Oui.

— Et elle vit à Atlanta.

— Encore oui. Ce n'est pas moi qui ai raconté une tripotée de mensonges depuis notre rencontre. L'essentiel de ce que je vous ai dit était la vérité.

— Ouille…

Même si elles lui piquaient les paupières, elle ne laisserait pas couler ses larmes. Pas question.

En un geste de camaraderie, Colton cogna gentiment son épaule contre la sienne.

— Ne vous en faites pas. Je comprends. J'aurais fait la même chose à votre place. Enfin, jusqu'à un certain point.

Un ange passa. Elle était parfaitement consciente d'avoir foiré dans son travail. Elle n'avait pas besoin d'entrer dans le détail.

— Terminez votre histoire, lui enjoignit-il. Comment votre rencontre avec Eddie a-t-elle remis en question votre projet de démission ?

— Je l'ai vu se disputer à l'entrée des bois avec deux autres types : Charlie Tate, son « frère » de famille d'accueil, du même âge que lui environ, et Ron Dukes, un vaurien de vingt-cinq ans qui n'avait rien à faire avec des lycéens. Leur dispute m'a intriguée. Ils étaient beaucoup trop sérieux et ne cessaient de jeter des coups d'œil autour d'eux, comme s'ils cherchaient quelqu'un, ou craignaient d'être vus ensemble. Quelques secondes plus tard, Ron les a emmenés dans les bois.

Colton se raidit nettement.

— Vous les avez suivis ?

— Oui.

— Alors que vous trouviez suspect ce qui se passait ?

Elle croisa les bras.

— Oui. Ce n'était pas comme si j'étais en terre étrangère. Je connais chaque recoin de Mystic Glades. Et je suis officier des forces de l'ordre. C'est mon boulot de m'intéresser à tout ce qui ne me paraît pas catholique.

— Dites-moi que vous aviez au moins votre arme sur vous.

— Vous allez me laisser finir ou pas ?

Il adopta la même posture qu'elle, les bras croisés, et répondit par un bref hochement de tête.

— OK, reprit-elle. Non, je n'avais pas mon arme sur moi. J'étais en vacances, chez moi, dans mon village. Je n'avais aucune raison de penser qu'il se passerait quelque chose de ce genre.

— Quel genre ?

— J'ai suivi Ron, Charlie et Eddie sur plus d'un kilomètre et demi dans les bois. Puis Ron s'est arrêté devant un arbre creux et a sorti un pain de cocaïne.

Colton jura entre ses dents.

— Il n'y a eu aucun bobo, s'empressa-t-elle de préciser, puisqu'il semblait fâché qu'elle ait pris le risque d'y aller désarmée. Je sais reconnaître une situation dangereuse quand j'en vois une. Je me suis bien gardée d'intervenir. Au lieu de cela, j'ai rebroussé chemin, puis je me suis dépêchée de sortir des Glades pour appeler mon chef.

— Vous devez toujours, toujours, avoir votre arme sur

vous. Bon Dieu ! J'emporte même la mienne dans la salle de bains, et la nuit je la garde sous mon oreiller. Même et *surtout* quand je suis en mission sous couverture, j'en ai une. Vous aussi, vous devriez.

— Oui, eh bien... Je suis peut-être nulle, comme flic..., lança-t-elle en écho à ce qu'il lui avait dit quelques heures plus tôt.

— Non, vous n'êtes pas nulle. Vous êtes juste trop personnellement impliquée, parce que vous connaissiez Eddie et que Mystic Glades est votre village. Votre patron a estimé que ce serait un atout, après que vous lui avez parlé de cette cocaïne, pas vrai ?

Il n'attendit pas sa réponse.

— Il vous a envoyée là-bas pour remonter la filière. Ensuite, quoi ? Vous avez découvert qu'Eddie était mouillé plus que vous ne le pensiez ? Et qu'il était également membre du réseau de cambrioleurs ?

Elle pinça les lèvres et fixa de nouveau le mur opposé.

— Vous n'avez pas besoin de répondre, grommela Colton. Le reste, je n'ai aucun mal à le deviner à partir de mes propres observations. Au lieu d'arrêter Eddie et de l'obliger à donner ses petits camarades, vous l'avez couvert. Vous avez cherché un moyen de lui éviter la prison tout en faisant tomber les méchants. Mais c'est là que vous avez commis une erreur. Parce qu'Eddie est l'un d'eux. Votre amitié pour lui vous a obscurci le jugement. C'est pour ça que vous m'avez menti, ce matin, au sujet du braquage de l'hydroglisseur.

Plus il parlait, plus sa voix vibrait de colère, remarqua Silver. C'était comme si toutes les pièces se mettaient soudain en place, et détruisaient cette qualité de communication entre collègues qui s'était instaurée entre eux un peu plus tôt.

Elle ne tenta pas de se défendre. A quoi bon ? Tout ce qu'il disait était vrai. Elle s'était plantée dans les grandes largeurs.

D'un ton aigre, il poursuivit :

— Ce qui vous inquiétait, ce n'était pas que je grille votre couverture, comme vous en avez sans doute informé votre chef. Non, ce qui vous inquiétait, c'était que, si vous me disiez la vérité, je mette le doigt sur votre implication personnelle dans cette affaire. Or, vous aviez la possibilité de sortir de là aussi propre qu'un sou neuf. Lorsque ces policiers vous ont interrogée sur le quai principal, où le réseau téléphonique fonctionnait et où il aurait suffi d'un appel aux stups pour vérifier votre histoire, vous avez continué à mentir. Pas pour protéger votre enquête, mais pour protéger Eddie Rafferty ! Tout ce que vous avez fait, vous l'avez fait dans le seul but de m'empêcher d'envoyer ce gosse derrière les barreaux. Reconnaissez-le.

Elle affronta une paire d'yeux assombris par la colère, d'un bleu plombé de ciel d'orage, ne sachant que dire, ni même s'il fallait dire quelque chose.

Après avoir bénéficié de la chaleur de son soutien, de l'acuité de son regard sur une partie d'elle-même avec laquelle toute sa vie elle s'était battue — sa vision du monde à travers sa sensibilité d'artiste —, c'était terrible de se retrouver l'objet d'une telle hostilité de sa part.

Comme si, juste après qu'elle eut découvert une véritable amitié, ou quelque chose de plus profond… On l'en arrachait brutalement.

— Est-ce que tout cela est vrai, agent Westbrook ?

Elle se retourna vivement, le cœur battant la chamade. Derrière elle se tenait son patron, à côté d'un lieutenant Shlafer à l'expression abasourdie. Le doute n'était pas permis. Ils avaient tout entendu, chaque mot, chaque accusation que venait de lancer Colton. Mais ce qui rendait son humiliation pire encore, c'était qu'il avait su qu'ils étaient là. Il était à demi orienté vers elle, tandis qu'elle tournait le dos au bureau de Shlafer. Il les avait vus, tout le temps, mais avait continué à parler, balançant des affirmations susceptibles de détruire à jamais sa carrière.

— Eh bien ? fit Garcia, d'une voix si tranchante qu'elle aurait pu couper du verre.

Silver s'écarta du bureau et se tint raide comme un piquet, refusant d'affronter le regard de Colton. De toutes ses forces, elle espéra ne plus jamais être amenée à le revoir.

— J'ai cherché le meilleur moyen d'extraire Rafferty du panier de crabes dans lequel il se trouvait, oui. Mais, comme nous en avons déjà discuté, je me servais également de lui et de ses contacts pour découvrir qui était à la tête de ce trafic de cocaïne, et comment elle entre et sort des Everglades.

— En conférence. Tout de suite !

Garcia tourna sèchement les talons et se dirigea vers le bureau du lieutenant.

Silver étouffa un juron, tandis que Colton avançait sa main vers elle. De fines lignes de tension s'étaient formées aux coins de ses yeux, trahissant ses regrets.

— Silver, je suis désolé. Je n'avais pas l'intention de…

Elle repoussa sa main et carra les épaules.

— Mon nom est agent spécial Westbrook.

Après avoir effectué un large détour pour l'éviter, elle suivit son chef dans le bureau et referma la porte derrière elle.

Colton laissa retomber sa main, la gorge nouée d'être coupable de l'expression de douleur qui avait traversé le visage de Silver après sa diatribe. Sa colère s'était aussitôt envolée. Bon sang ! Il avait été tellement choqué qu'elle fasse des choix si stupides, parce que les conséquences pour elle auraient pu être désastreuses. Quant à savoir pourquoi l'avoir blessée le contrariait à ce point, il ne voulait même pas y penser. Qu'il s'en soucie autant n'avait aucun sens. Cela ne faisait même pas vingt-quatre heures qu'il la connaissait.

Qui « planait », en fin de compte ?

Il secoua la tête, dégoûté de lui-même.

— J'ai créé une belle pagaille, hein ?

— En effet, répondit Drew. Mais tu avais raison. Et tu n'as rien dit que son patron n'avait pas déjà deviné. Il avait l'intention de l'interroger après le petit échange que nous avons eu sur nos affaires respectives.

— Le petit échange ? renifla Colton. C'est ainsi que tu qualifies tous ces hurlements ?

Il balaya la pièce du regard.

— Au fait, où est passé l'avocat ? Il est retourné dans ton bureau ?

Drew se fendit d'un large sourire.

— Nous lui avons fichu une migraine carabinée. Je crois qu'il est descendu se chercher de l'aspirine.

Il se laissa choir sur le siège refusé plus tôt par Silver.

— L'agent spécial Garcia était inquiet qu'elle soit seule sur ce dossier, mais il ne savait trop comment l'aider sans griller sa couverture. Les habitants des Glades ne font pas facilement confiance aux étrangers.

— Que va-t-il faire, maintenant ? s'enquit Colton.

— La décharger. Il enverra une équipe dans les marais à la recherche d'éventuels indices encore sur place, en espérant qu'ils aient de la chance. Mais, plus vraisemblablement, ils commenceront une nouvelle enquête pour mettre fin au convoyage de la drogue sur Mystic Glades.

— C'est dommage. Elle était sur le point d'avoir une ouverture, d'après ce qu'elle m'a dit.

— Tu croyais la même chose, et regarde où nous en sommes.

Colton grimaça.

— Un point pour toi. Que veux-tu que je fasse ? Que je trouve Rafferty et que je le boucle ?

— A ce stade, c'est à peu près la seule chose que nous pouvons faire. Limiter les dégâts. Nous allons coordonner nos efforts avec ceux de Garcia, l'aider à sauver ce qui peut l'être dans l'enquête de notre *amie*. Ensuite, on reprendra tout à zéro.

Il repoussa le siège du bureau et se leva.

— Bien, fit Colton. Le gosse se terre pour le moment. Il

faut lui donner un jour ou deux, le temps qu'il se sente en sécurité, avant de nous mettre à sa recherche. Je prendrai deux hommes pour m'accompagner dans les canaux et couper toute voie de retraite. Nous l'attraperons dès qu'il pointera le nez quelque part.

Drew hocha la tête.

— Ça me semble être un bon plan. Je verrai si Garcia est d'accord pour…

— Lieutenant ?

Un inspecteur, installé plusieurs tables plus loin, leva le combiné d'une des lignes fixes.

— Un appel pour vous, des Miccosukees.

— Des Miccosukees ? Leur station de loisirs est à près de deux heures d'ici. Pourquoi ils n'appellent pas le comté de Broward ou celui de Miami-Dade s'ils ont besoin d'aide ?

— Il ne s'agit pas de la station de loisirs, mais de l'allée des Alligators. Leur police dit qu'il s'est produit un incident sur leur section de la I-75, qui devrait vous intéresser.

Drew alla prendre l'appel.

A la façon dont sa mâchoire se crispa un instant plus tard, la nouvelle n'était pas bonne, comprit Colton. L'inspecteur lui remit également une page sortie de l'imprimante de son bureau. Le lieutenant la lut tout en discutant au téléphone, puis secoua la tête et fourra le document plié dans sa poche.

Alors qu'il raccrochait, Silver et son chef, qui avaient manifestement terminé leur entretien, rejoignirent Colton.

Silver était très pâle. Elle évita de croiser son regard. Il s'apprêtait à demander à Garcia de lui répéter ce qu'il lui avait dit, mais Drew revint. Il hocha la tête à l'intention de Silver et Garcia, puis se tourna vers Colton, la mine abattue.

— Que s'est-il passé ?

— La police tribale a été informée de la tentative de braquage, et savait que nous voulions interroger Rafferty.

Drew jeta un coup d'œil à Silver avant de continuer.

— Il y a quelques heures, ils ont reçu un appel sur le 911

donné au niveau de la borne 52. C'est sur leur juridiction. Ils viennent de m'apprendre ce qu'ils ont trouvé.

Il s'éclaircit la voix et adressa un nouveau regard à Silver.

Elle ravala son souffle, et ses poings se serrèrent sur ses cuisses.

— Je vous en prie…

Sa voix était si crispée qu'elle ne put en dire davantage.

Garcia la considéra d'un air étrange, comme s'il ne comprenait pas ce que tout le monde avait déjà deviné.

Colton le contourna alors pour se placer derrière Silver, et posa avec douceur ses mains sur ses épaules, afin de lui offrir son soutien et de lui signifier que, si son patron était un sombre idiot, il était avec elle. Il craignait un peu qu'elle ne le repousse, mais elle accepta cette marque de sympathie et, d'un mouvement discret, appuya son dos contre lui.

Il fit signe à Drew de continuer.

— Je suis désolé, agent Westbrook, reprit le lieutenant, l'expression à la fois affligée et compatissante. Eddie Rafferty est mort.

Tout son corps se mit à trembler et elle vacilla contre Colton comme si elle allait s'évanouir.

D'instinct, il passa les bras autour de sa taille. Drew haussa les sourcils d'étonnement et Garcia lui jeta un regard hostile, mais il s'en fichait. Silver s'était battue pour ce gosse, elle s'était livrée à la police, avait risqué son auberge pour lui. S'il n'approuvait pas ses choix, il admirait cette femme qui avait choisi de soutenir un garçon perturbé et rejeté par tout le monde, y compris par lui. Puisqu'il était mort, Colton s'en sentait un peu responsable.

Silver semblait frappée de mutisme. Aussi posa-t-il les premières questions qui s'imposaient. Celles auxquelles, de toute façon, elle voudrait plus tard connaître les réponses, quand elle aurait surmonté son choc et serait en état de les analyser.

— Comment ? Que s'est-il passé ?

Drew hésita et lança un regard gêné à Silver.

— Réponds, le pressa Colton. Elle a besoin de savoir.

Drew chercha des yeux l'appui de Garcia, mais le patron de Silver haussa les épaules, comme s'il était désemparé par son silence.

— Un motard a appelé il y a environ deux heures, expliqua Drew. Un corps gisait dans l'herbe, sur le bas-côté de l'Interstate. Le légiste doit encore procéder à l'autopsie, mais il est à peu près certain que le décès est dû à des blessures internes. Il a été battu, et…

Il regarda de nouveau Silver.

— Les détails importent peu ici. Il suffit juste de dire qu'il a été assassiné. Et, d'après les indices, à l'endroit même. Sur le bas-côté de la I-75.

Silver émit un bruit étranglé, et repoussa les bras de Colton. Il les laissa retomber. Elle s'écarta de lui, titubant comme une femme ivre.

Il avança de nouveau la main pour la soutenir, mais elle la chassa.

— Silver, laissez-moi vous aider…

— Non, non, murmura-t-elle d'une voix angoissée. Je… Il faut que j'aille aux toilettes.

Avait-il déjà croisé une femme aussi têtue ? Elle paraissait sur le point de s'évanouir, mais il ne discuta pas. Elle allait craquer et avait certainement besoin d'être seule, loin des regards, pour cela.

— Dans ce couloir, première porte à droite, dit-il en désignant la droite de la salle de brigade.

— Merci, répondit-elle d'une voix presque inaudible, avant de s'y diriger d'un pas mal assuré.

Garcia la suivit des yeux, les sourcils froncés.

— Elle ne devrait pas se mettre dans un tel état. Elle est trop émotive, trop fragile pour ce job. J'aurais dû m'en apercevoir plus tôt, il y a des années. Là, elle a franchi la limite acceptable, elle en a fait une affaire personnelle.

Colton émit un juron grossier.

— Vous savez qu'elle connaissait Rafferty avant le début de cette enquête, n'est-ce pas ? Il était alors au lycée. C'était un gosse. Elle l'aidait même dans son travail scolaire. Elle a néanmoins fait son boulot, vous a informé qu'il était mouillé dans une affaire de convoyage de drogue. Malgré sa relation personnelle avec lui, elle a consacré toute son énergie à démanteler ce trafic. Si elle a été bouleversée par sa mort, c'est compréhensible, c'est... humain, tout simplement. A mon avis, c'est vous qui avez un problème. Vous manquez d'humanité. Vous devriez lui offrir votre soutien et la comprendre plutôt que de la critiquer !

Garcia fit un pas vers lui, le regard noir.

— Surveillez vos paroles, inspecteur !

Colton fit lui aussi un pas vers lui.

— Hé, pourquoi vous n'allez pas...

— Doucement, doucement, intervint Drew en s'avançant entre eux, les mains posées sur leur poitrine pour les séparer. Ecartez-vous, messieurs. Cette journée a été éprouvante pour tout le monde. Laissons nos opinions et nos ego à la porte et concentrons-nous sur nos affaires, d'accord ?

— Quelles affaires ? renifla Garcia. Rafferty était notre lien avec le réseau de cambriolage et celui de la drogue. Il n'y a plus d'affaires. Nous devons tout reprendre à zéro. Les deux sont étroitement imbriqués depuis le début.

Il adressa un regard mauvais à Colton.

— Puisque vous êtes si intime avec Westbrook, vous lui transmettrez un message de ma part quand elle reviendra. Elle est virée.

Colton écarta la main de Drew pour pouvoir toucher Garcia, mais l'inspecteur des stups tourna les talons et se dirigea d'un pas nerveux vers la sortie.

— Laisse tomber, commanda Drew.

— C'est un sinistre abruti qui ne soutient même pas ses propres agents, grogna Colton.

— Je suis d'accord. Mais c'est sa décision. Elle avait prévu de démissionner à la fin de cette affaire, de toute façon. Ce n'est pas comme s'il avait brisé sa carrière.

— Peut-être, mais lorsqu'elle aura surmonté son chagrin elle voudra avoir l'assassin d'Eddie. Et, sans l'appui et les moyens des stups, elle ne pourra jamais y arriver. Tu sais aussi bien que moi que la police miccosukee ne saura pas comment traiter ce cas. Et il est hors de question qu'en le faisant ils viennent marcher sur nos plates-bandes. C'est une partie de *notre* affaire. C'est à nous d'enquêter et de trouver l'assassin d'Eddie. Et, si de la drogue transite par Mystic Glades, nous ne pouvons pas détourner les yeux simplement parce que Garcia le fait. Il faut que quelqu'un arrête ça.

— J'en suis conscient. Mais, si ce n'était pas politique jusqu'ici, ça l'est devenu. Il faudra que je caresse Garcia dans le sens du poil et que je voie si je peux obtenir un projet conjoint, voire une *task force*. Si Rafferty était impliqué dans les deux réseaux, il paraît logique que nous fonctionnions ensemble. Il y a fort à parier que le big boss de celui de la cocaïne l'est également de celui des cambriolages. Il faudra que je réfléchisse à la façon de gérer tout ça sans risquer mon poste. Mais une chose à la fois. Nous devons d'abord avertir la famille de Rafferty.

— Il n'avait pas de famille. Il a grandi en foyers d'accueil sans jamais être adopté.

— Mon Dieu. Pauvre gosse.

— Oui, pauvre gosse, approuva Colton en secouant la tête. Pour ce que j'en sais, Silver était tout ce qu'il avait. Mais je vais me renseigner auprès d'elle. Et nous pouvons nous en charger ensemble, s'il y a quelqu'un à avertir. Ou je peux le faire seul. Tout dépendra de ce qu'elle me dira.

— Ça marche pour moi.

Drew sortit de sa poche le document d'imprimante que lui avait remis l'inspecteur dans la salle de brigade.

— J'allais en parler aux autres, mais de toute évidence Mlle Westbrook n'est pas en état d'en prendre connaissance.

— Qu'est-ce que c'est ?

— La copie d'une lettre de Rafferty qui lui est adressée. L'original se trouvait dans la poche de son jean, dans une enveloppe. L'officier responsable nous a envoyé par mail une photo prise avec son portable. Il semble qu'Eddie avait prévu de la poster là où il se rendait. Je suppose que, s'il a choisi le courrier traditionnel, c'est à cause de la couverture cellulaire déplorable sur Mystic Glades. Malheureusement, il n'a jamais eu la possibilité de l'envoyer.

Drew tendit la feuille à Colton.

— Emmène-la chez elle. Veille sur elle quelques jours, ensuite, reviens me voir. Je vais te mettre en congé administratif payé jusqu'à ce que je me sois mis d'accord avec Garcia et que nous ayons décidé de la conduite à suivre. S'il ne veut pas faire ce qu'il doit, à savoir soutenir un agent dans un moment difficile, alors nous le ferons à sa place, bordel !

Colton écarquilla les yeux.

— Ai-je bien entendu ce que j'ai entendu ?

— Vous aimez votre boulot, *inspecteur* ? grogna Drew d'un ton bourru.

Colton réprima une grosse envie de rire.

— Oui, monsieur. Autrement dit, je ne vous ai jamais entendu briser votre propre règle concernant les grossièretés.

— Bonne réponse.

Sur ce, Drew se dirigea vers son bureau.

7

Tout en passant sous l'arche qui marquait l'entrée de Mystic Glades, Colton jeta un regard à Silver, assise sur le siège passager de sa Mustang. Mais elle était toujours aussi muette, aussi refermée sur elle-même depuis le moment où Drew avait annoncé la mort d'Eddie. Elle n'avait même pas réagi quand Colton lui avait appris que son chef l'avait virée.

Elle était clairement en état de choc. Elle se sentait sans doute responsable de la mort du gosse, se repassant en boucle chaque étape de l'enquête, se demandant si elle n'aurait pas dû faire telle ou telle chose autrement.

Colton souffrait de la voir ainsi. Au moins ne le repoussait-elle pas. Personne ne devait affronter seul un tel chagrin.

Au moment où il se gara sur l'un des emplacements de l'auberge et éteignit ses feux, l'absence de lumière extérieure lui fit froncer les sourcils. Au minimum, une lampe aurait dû être allumée sur le perron. Un lampadaire de rue aurait été mieux, quelque chose qui éclairerait au moins le jardin de devant, d'autant plus que l'auberge était située à l'écart des autres bâtiments. Il y en avait une rangée, un peu plus loin, mais ils s'arrêtaient bien avant le B and B.

Colton consulta sa montre. Il n'était qu'un peu plus de 22 heures, mais avec les commerces fermés — à l'exception du Callahan's Watering Hole, qui se trouvait à une bonne distance de là — il semblait plutôt être minuit. Tout paraissait calme, silencieux. L'auberge de Silver était beaucoup trop vulnérable, songea-t-il. Il se promit de lui parler, au sujet de la lumière, et peut-être d'une palissade assez élevée, au moins pour les côtés de la propriété, qui empêcherait d'éventuels cambrioleurs de se cacher dans les buissons et les arbres. Quiconque serait animé de mauvaises intentions envers l'auberge ou ses occupants serait forcé de sortir sur la route, en pleine vue, ou de s'en approcher par l'arrière. Le lendemain, lorsqu'il ferait jour, il examinerait la propriété sous tous ses angles pour en évaluer les faiblesses en matière de sécurité.

Il jeta un nouveau coup d'œil à Silver. Elle semblait perdue dans son propre monde, l'œil fixé sur le noir du ciel. Il était content de l'avoir ramenée à son auberge et de pouvoir veiller sur elle durant la nuit. Parce que, vu son état, elle ne pourrait probablement pas se défendre en cas de besoin.

Sortant son pistolet de cheville, il le glissa sous sa ceinture pour l'avoir à portée de main. Sur toute la route, il avait songé à l'assassinat d'Eddie, et une conclusion s'était imposée à lui. Si le commanditaire était le grand patron d'un des réseaux ou des deux, ce qui semblait logique, la seule raison pour laquelle on avait laissé le corps d'Eddie au bord de la route était que l'on voulait qu'il soit trouvé. Autrement dit, ce meurtre était un message. Eddie devait avoir fait quelque chose qui mettait le caïd en danger, et sa mort disait aux autres : « Voyez ce qui vous attend si vous faites pareil ! »

Mais le seul risque, pour une telle personne, était de se retrouver dans le collimateur de la police. Et comme, d'une part, Silver en était l'unique représentante à Mystic Glades, et que, d'autre part, elle s'était liée d'amitié avec Eddie, il n'était pas difficile d'additionner deux et deux : le gros bonnet savait qu'elle appartenait aux stups et qu'Eddie était son contact. Le gosse ne s'était peut-être pas aperçu qu'il était utilisé, mais son patron ne devait avoir eu aucune difficulté à savoir qui était son amie Silver et ce qu'elle représentait, à savoir une menace.

Ce qui signifiait, pour Colton, qu'il devait redoubler de vigilance, au moins les prochains jours, jusqu'à ce que Drew ait ramené Garcia à de meilleurs sentiments et qu'un nouveau plan ait été envisagé.

— Silver ? l'appela-t-il tout bas pour ne pas l'effrayer. Hé, Silver…

Elle se secoua comme si elle se réveillait.

— Oh ! Nous sommes arrivés ? Pardon.

Elle ouvrit sa portière, mais Colton se pencha aussitôt devant elle pour la fermer. Elle l'interrogea du regard.

Il tapota l'arme à sa ceinture.

— Attendez que je vienne vous ouvrir. Il fait très sombre, et nous ignorons ce qu'Eddie a pu dire à son assassin. Nous devons partir du principe que nous sommes observés. Et comme vous n'avez pas d'arme…

— Si ! Garcia m'en a donné une avant que les choses ne se gâtent au commissariat.

Elle releva la jambe de son pantalon, révélant un holster de cheville presque identique au sien, dans lequel était glissé un Ruger 9 mm.

— Je la garde cachée, ajouta-t-elle en laissant retomber le pantalon. Les patronnes de B and B ne sont pas connues pour se balader avec une arme à la ceinture. Ce serait mauvais pour le business.

Il sourit.

— Vous m'avez fait peur, tout à l'heure. Mais ça va mieux, n'est-ce pas ?

Un soudain afflux de larmes fit briller ses yeux.

— Oui, c'est passé.

Seigneur, il s'en voulait de l'avoir arrachée ainsi à son état d'hébétude, et de l'avoir presque fait pleurer. Elle était encore fragile. Son devoir était de prendre soin d'elle.

Il sauta du véhicule, contourna le capot à la hâte et, tout en surveillant les bois alentour, lui ouvrit sa portière.

Ensemble, ils remontèrent rapidement l'allée qui traversait le jardin, Colton la main sur la crosse de son arme et l'œil aux aguets.

Silver tourna le bouton de la porte d'entrée. Sans succès. Elle recommença.

— Je ne comprends pas. Pourquoi elle ne s'ouvre pas ?

Colton fit sauter les clés dans sa main gauche.

— Parce que je vous ai fait la verrouiller en partant, vous avez oublié ?

Il glissa la clé dans la serrure et ouvrit la porte.

— Ah oui, je me souviens.

Elle voulut entrer la première, mais il la précéda, lui collant le dos au mur tandis qu'il refermait la porte et la verrouillait.

Puis il alluma dans le vestibule, sortit son pistolet et, sans cesser de protéger Silver de son corps, effectua un rapide survol des lieux.

— Restez là pendant que je fais le tour. Soyez vigilante. N'hésitez pas à vous servir de votre arme si vous voyez quelqu'un d'autre que moi. Je m'annoncerai avant de revenir ici.

— Non.

Elle sortit son Ruger et le tint baissé vers le sol à son côté.

— Nous allons *tous les deux* inspecter la maison.

— Silver, je ne crois pas que ce soit une…

— Bonne idée ? Je suis en deuil, je ressens une terrible culpabilité pour ce qui est arrivé à Eddie, mais je ne suis pas démunie. Je suis capable d'assurer. Le fait d'avoir été virée par Garcia ne veut pas dire que j'ai oublié mon entraînement d'agent spécial.

Elle désigna le couloir, à leur gauche.

— Vous pouvez commencer par la cuisine et la salle à manger, et faire le tour par le couloir du fond. Moi, je prendrai à droite. Je vérifierai le salon, le cabinet de toilette sous l'escalier, et nous nous rejoindrons à l'arrière.

Colton opina à contrecœur, et ils se séparèrent.

Cinq minutes plus tard, ils terminaient leur circuit, à mi-longueur du couloir mentionné.

— Et là, c'est quoi ? demanda Colton en désignant l'une des extrémités.

— Une salle de bains, le bureau, et la véranda. J'ai tout inspecté.

— Y a-t-il une porte donnant sur l'arrière de la maison ? Je n'en ai pas vu.

— Oui, dans la véranda. Et, avant que vous ne me le demandiez, je l'ai verrouillée. Dépêchons-nous d'aller regarder en haut. Comme ça, vous cesserez de vous faire du souci. Je suis crevée et j'aimerais vraiment me coucher.

Ensemble, ils passèrent en revue les huit chambres et leur salle de bains. Puis une salle de bains additionnelle dans le couloir.

— Cet endroit est beaucoup plus grand qu'il y paraît vu de l'extérieur, observa Colton en rangeant son arme sous sa ceinture.

— Oui, je voulais un style fermier à un étage pour la façade, de sorte qu'elle n'est pas très large. Les deux ailes forment un U à l'arrière, ce qui est parfait pour le jardin et forme un cadre très agréable pour prendre les repas dehors.

— C'est vous qui avez dessiné les plans ?

Elle hocha la tête d'un air absent, et se massa la nuque. Elle paraissait épuisée. Les émotions de la journée avaient prélevé leur tribut.

— Quelle est votre chambre ?

— La neuf.

— Neuf ? Je n'en ai compté que huit.

— Parce que vous n'avez pas vu le grenier. Venez. Je vais vous montrer.

Elle le conduisit au bout du couloir de l'étage. Il y avait là une alcôve meublée d'un fauteuil de lecture, d'une petite table et d'une lampe. Derrière se trouvait une cheminée décorative dotée d'un manteau en chêne massif. Silver glissa la main sous son extrémité, et un panneau du mur révéla en coulissant une ouverture sombre.

— Pas mal, non ?

Colton se pencha à l'intérieur, la main sur la crosse de son pistolet, prêt à le ressortir si nécessaire.

Une volée de marches flanquait le mur, à sa gauche. Tout en haut, une lampe de faible intensité révélait une porte fermée.

— Qui est au courant ?

Elle haussa les épaules.

— Tous ceux qui ont aidé à la construction, ce qui fait pas mal de monde. Ils y sont tous montés, je crois. C'était un projet de l'ensemble du village, même si j'ai fait appel à des professionnels. Ce n'est pas censé être un secret. Je ne voulais pas qu'un escalier gâche la vue du couloir en mezzanine, et je trouvais l'idée sympa. C'est une pièce fraîche, avec une grande fenêtre en mansarde qui donne sur un magnifique chêne centenaire, à l'arrière. Je me suis laissé dire que c'était un bon arbre de grimpe, avec plein de bonnes prises pour les mains.

— Où se trouve l'interrupteur ?

— A droite, lorsqu'on ouvre la porte, à peu près comme partout ailleurs. Venez. Je vous fais visiter, puisque vous tenez tant à fouiller également ma chambre.

— Non. Vous attendez ici.

Ignorant son regard exaspéré, il s'engagea dans l'escalier.

Une fois en haut, il sortit son pistolet, ouvrit la porte et chercha l'interrupteur à tâtons. Dans une même action, il alluma et se rua à l'intérieur. Balayant les lieux de son arme, il procéda à un rapide examen de ce qui s'avéra une vaste pièce en comble.

La grande fenêtre à l'arrière l'attira en premier. De jour, elle devait laisser entrer beaucoup de lumière. C'était sans doute la raison de sa dimension : elle permettait à Silver d'exercer là ses talents d'artiste. Quant aux montants, ils formaient un cadre idéal à l'énorme chêne de l'autre côté, ce qui, supposa-t-il, ne devait rien au hasard. Ses branches épaisses se tendaient vers la fenêtre tels des membres géants, garnis de plantes grimpantes.

Si pour elle il était magnifique, lui en avait conçu une

certaine anxiété. Et sa remarque sur les multiples prises qu'il offrait n'avait rien fait pour le rassurer. Mais en fait une certaine distance le séparait de la maison. Heureusement ! Même si quelqu'un y grimpait, il lui serait impossible d'accéder à la chambre. Il se casserait inévitablement le cou en tombant.

Colton n'en vérifia pas moins que la fenêtre était bien fermée.

Un craquement soudain, derrière lui, le fit tournoyer sur ses talons.

Silver se tenait dans l'ouverture de la porte, les yeux écarquillés, les mains tendues en un signe d'apaisement.

— Tout doux, ce n'est que moi.

Il jura et écarta son arme.

— Je vous avais dit d'attendre.

— J'ai toujours eu du mal à me plier aux ordres. Et votre réaction est quelque peu excessive. Il n'y a rien ici.

— Et la fenêtre est bien verrouillée. Gardez-la ainsi.

Elle roula des yeux et se laissa tomber sur le lit king-size qui trônait au milieu de la pièce.

— Bonne nuit, Colton.

Il sourit.

— Je suppose que ça veut dire que vous me mettez à la porte.

— Oui. Votre chambre est…

— Juste en dessous. Je sais. Si vous avez besoin de moi, vous n'avez qu'à…

— Taper sur le plancher ?

— Ouais. Ça marchera.

Il s'accroupit devant elle et, avec douceur, écarta ses cheveux de ses yeux.

— Je suis vraiment navré pour Eddie, dit-il à mi-voix. Je sais que vous aviez beaucoup d'affection pour lui.

A la mention de ce nom, elle tressaillit et une lueur de tristesse apparut dans son regard.

— Merci.

Fallait-il qu'il lui donne la copie de la lettre ? Il décida pour le moment que non. Elle était épuisée, et encore très ébranlée… Qu'elle ait tenu à inspecter la maison avec lui avait, devina-t-il, constitué un exutoire à sa peine, un moyen de se concentrer sur autre chose, au moins quelques minutes. Et d'avoir pendant ce laps de temps de nouveau prise sur sa vie. Il n'espérait plus qu'une chose : qu'elle trouve le sommeil et ne rumine pas toute la nuit la tragédie qui venait de se produire.

— Essayez de dormir un peu, chuchota-t-il en imprimant une légère pression à sa main.

— Si vous sortez, j'y arriverai, grogna-t-elle.

— Je crois que j'ai abusé de votre hospitalité, répondit-il en riant. Alors, bonne nuit.

— Bonne nuit.

Il se leva et se dirigea vers la porte.

— Colton ?

Il s'arrêta sur ses pas et se retourna, l'œil interrogateur.

— Je sais ce que… Ce que vous avez fait pour moi, face à Garcia. Quand vous êtes allé chercher votre voiture pour me reconduire ici, votre chef m'a dit que vous vous étiez dressé contre lui, que vous aviez pris ma défense. Je voulais que vous sachiez combien j'apprécie. Après tous les mensonges que je vous ai servis, je ne m'attendais pas à cela. Alors, eh bien… Merci.

Il devait être en train de perdre la tête, car tout ce qu'il voulait faire était revenir auprès d'elle et l'enlacer. Face à une femme en détresse, il devenait idiot. Et cette petite altération dans sa voix, ce léger tremblement du menton tandis qu'elle le remerciait étaient éloquents : elle était de nouveau sur le point de craquer.

Comment, en l'espace d'une journée, avait-il pu passer d'une vive colère à une irrésistible envie de la serrer dans ses bras ? Cela n'avait aucun sens.

Dès qu'ils auraient informé les amis d'Eddie ou sa famille d'accueil de son décès, il appellerait Drew pour lui demander d'affecter quelqu'un d'autre à la protection de Silver. Parce que, s'il restait plus longtemps dans son univers immédiat, il risquait fort de ne plus pouvoir partir.

— Je vous en prie, répondit-il.

Puis il s'enfuit pendant qu'il en était encore capable.

A peine la porte refermée, Silver roula de côté et enfouit son visage dans ses draps. La digue qu'elle avait maintenue de haute lutte céda, et tout son corps fut secoué de sanglots. Elle pleurait pour la douleur et la peur qu'avait dû endurer Eddie dans ses derniers instants. Elle pleurait pour une existence sauvagement brisée, pour un jeune homme qui n'avait jamais vraiment vécu.

Elle pleurait, et pleurait encore…

Cela dura… Oh ! elle n'aurait su dire combien de temps. Mais, lorsque ses larmes se furent enfin taries et qu'elle se tourna vers la grande fenêtre, la lune était basse dans le ciel.

Alors seulement, elle sombra dans un sommeil épuisé.

Bang !

Silver se redressa d'un bond dans le lit et lança la main vers son arme, toujours dans son étui à sa cheville. Elle la sortit et dessina un arc de cercle à travers la chambre. Mais il n'y avait personne.

Bang ! Bang !

Qu'était donc ce bruit ? Elle baissa lentement le pistolet. Cela venait d'en bas. En même temps que… des voix… Et… des rires ?

Elle prit une sèche inspiration et se tourna vers la fenêtre. Le soleil était déjà levé. Tout à coup, elle comprit ce qui l'avait réveillée. Des claquements de portes.

Oh non ! Ses clients étaient là. C'était le jour de l'inauguration.

La veille, l'idée ne lui était même pas venue à l'esprit d'annuler les réservations.

Qu'allait-elle faire ?

Elle n'était pas prête à affronter cela. Mais quelqu'un devait bien descendre au rez-de-chaussée, les accueillir et leur expliquer que l'auberge était fermée.

Elle se précipita dans sa salle de bains, où elle se soulagea la vessie puis se brossa les dents.

De nouveaux bruits se firent entendre tandis qu'elle enfilait à la hâte un jean et un haut propres.

Après un rapide coup de brosse, elle considéra son reflet dans la glace et grogna. Le maquillage de la veille était devenu celui d'un film d'horreur, mais elle avait juste le temps d'en effacer le maximum à l'aide d'un Kleenex avant de quitter sa chambre.

Les hôtes devaient fulminer que personne ne les accueille. Tippy et Jenks n'étaient pas censés arriver avant midi. C'était elle qui en avait décidé ainsi, afin de pouvoir accueillir elle-même tous ses clients et s'enorgueillir du fait d'être propriétaire de son propre business. Chronique d'un désastre annoncé…

Elle jaillit telle une bombe dans le couloir du premier.

— Holà, holà !

Elle heurta brutalement Colton.

Il gémit sous l'impact, mais l'entoura de ses bras pour lui épargner une mauvaise chute. Posant ses mains sur ses épaules, il l'aida à se redresser.

— Ça va ?

— Oui, très bien, toutes mes excuses. Lâchez-moi, il faut que…

— Attendez. Une petite seconde.

Elle leva les yeux, les sourcils froncés.

— Les clients sont là. Je dois…

— Je sais que les clients sont là. Mais vous n'avez pas besoin de vous précipiter en bas comme si l'auberge était en feu. Elle ne l'est pas. Tout est sous contrôle…

Il baissa la tête, toussota, et la releva avec un petit sourire.

— Aussi adorable que vous soyez sans soutien-gorge, ce

n'est peut-être pas l'image que vous souhaitez afficher en tant que professionnelle.

Baissant les yeux sur sa tenue, elle déglutit, et couvrit aussitôt sa poitrine de ses bras. Son maillot blanc laissait peu de place à l'imagination.

— Oh non !

— Ne vous inquiétez pas.

Le rire dans sa voix la fit rougir jusqu'aux oreilles.

— Comme je l'ai dit, tout va bien. Tippy et Jenks sont là. Ils ont réuni les clients dans la salle à manger, où on leur sert un excellent petit déjeuner, d'après les commentaires. Je montais juste voir si vous étiez réveillée et si vous en vouliez un.

Elle cligna des yeux et se tourna vers l'escalier.

— Tippy est là ? Avec Jenks ? Je ne comprends pas. Ils n'étaient attendus qu'à…

— Midi, je sais. Lorsque je suis monté ce matin, vous étiez totalement dans le cirage. Sachant que vos hôtes arrivaient tôt, je me suis rendu au Callahan's, qui soit dit en passant semble être le point central du village, et je l'ai trouvé ouvert. J'ai demandé si quelqu'un connaissait Tippy, et, ainsi que vous me l'avez expliqué, tout le monde ici connaît tout le monde.

— Attendez. Vous voulez dire que l'inauguration est…

— Un succès, oui.

Il dégagea son visage des cheveux qui y retombaient.

— Tippy et Jenks sont au courant, pour Eddie. Ils étaient plus qu'heureux de venir aux premières heures s'occuper de tout. En plus, Freddie a dit qu'elle envoyait J.J. d'ici une heure, dès que le coup de feu serait passé au Callahan's. Vous n'avez pas de souci à vous faire pour le B and B. Pas aujourd'hui.

Elle fouilla son regard, stupéfaite.

— Vous avez fait tout cela pour moi ?

Il parut soudain mal à l'aise.

— J'ai fait tout cela pour vous *et* pour moi. Nous devons aller voir la famille d'accueil d'Eddie. J'ai demandé à Tippy et Jenks de ne parler à personne de ce qui s'est passé tant que nous n'aurions pas accompli cette démarche. Mais elle ne sera possible que lorsque vous aurez cessé de vous faire autant de mauvais sang pour l'auberge.

Elle s'écarta de lui, les bras toujours sur sa poitrine. Les larmes, qu'elle avait crues taries, revinrent lui piquer les paupières. Elle déglutit avec peine et parvint à les refouler.

— Eh bien, merci. Je veux dire, vous avez raison, bien sûr. Il faut aller annoncer la triste nouvelle à sa famille d'accueil. Mais, au fait, quelle heure est-il ?

Il sortit son portable de sa housse de ceinture.

— 9 h 30. Pourquoi ?

— Nous sommes le 1er du mois, n'est-ce pas ?

— Oui.

— C'est trop tard.

— Trop tard pour quoi ?

— Pour les parents d'Eddie.

Il s'adossa au mur, l'air perdu.

— Et si vous m'expliquiez ?

— Tony Jones, le père, travaille à Naples. Il a dû partir à 7 heures. Les enfants sont tous à l'école. Quant à Elisa, la mère, elle se rend à Naples chaque 1er du mois pour l'ouverture des magasins. Elle dépense l'allocation du gouvernement… Elle ne rentre chez elle que pour le retour des enfants.

— Vous savez comment les joindre ? Un numéro de téléphone ? L'endroit où travaille le père ?

Elle secoua la tête.

— Hélas, non.

— Eh bien, attendre n'est pas l'idéal, mais je ne vois pas ce que nous pouvons faire d'autre.

Il s'écarta du mur et se redressa.

— Mais il y a un bon côté à tout. Vous pouvez en profiter pour accueillir vos hôtes et oublier le reste pendant quelques heures.

— Non, répliqua-t-elle. Je prends une douche express, ensuite, nous sortons d'ici. Je ne pourrai pas supporter des gens heureux en vacances pour le moment. Et nous avons bien plus important à faire qu'attendre que les Jones soient rentrés chez eux.

— Ah oui ? Quoi donc ?

— Trouver l'assassin d'Eddie !

8

Pendant de bien trop longues minutes, Colton arpenta le couloir de l'étage. Enfin, Silver descendit l'escalier du grenier. Dès qu'elle émergea de la porte dissimulée, il lui empoigna le bras et la fit pivoter vers lui.

— Vous ne pouvez pas dire une telle chose et vous en aller. Il faut que nous en parlions.

Elle se libéra d'une secousse et lissa le chemisier bleu nuit qui remplaçait le maillot blanc.

— Parler de quoi ? Nous savons tous les deux qu'il y a de grandes chances pour que l'assassin soit dans le village, et qu'il s'agisse d'un membre de l'un des réseaux, cambrioleurs ou trafiquants. Je compte bien savoir qui c'est. J'en ai plus qu'assez d'agir en douce, de prendre mon temps. Parce que vous savez quoi ? Pendant qu'on met les points sur les *i* et les barres sur les *t*, des gens se font tuer. Le travail lent, patient, méthodique qui permet de s'assurer que les indices récoltés tiendront dans un tribunal, c'est terminé. A partir de maintenant.

Sur ce, elle se dirigea vers l'escalier.

Il jura, la rattrapa, mais cette fois ne tenta pas de la stopper.

— Quel est votre plan ? lança-t-il en descendant les marches derrière elle.

— Secouer le prunier et rendre les gens nerveux ! Je veux faire sortir ces salauds de leur trou.

Ils arrivaient dans le vestibule. Des bruits de rires et de vaisselle résonnaient depuis la salle à manger.

Mais Silver ne s'octroya même pas une pause pour jeter un coup d'œil à ses tout premiers clients, ni pour parler à Tippy et Jenks. Elle ouvrit les portes à vitraux et sortit sur le perron.

Colton secoua la tête et dut hâter le pas derrière elle. Elle traversa le jardin et remonta la rue comme si elle voulait remporter une course.

— Où est l'incendie ? ironisa-t-il. Ralentissez. Au moins, dites-moi ce que vous entendez par *secouer le prunier.*

Elle s'arrêta net et se tourna vers lui, juste au bord du trottoir, devant le premier commerce après le B and B.

— Ecoutez. J'apprécie tout ce que vous avez fait pour moi, vraiment. Mais vous ne me convaincrez pas de faire marche arrière.

— Qui a dit que je voulais vous faire faire marche arrière ?

L'air de surprise qu'elle arbora lui fit serrer les dents.

— Vous n'allez pas tenter de m'arrêter ?

— Aux dernières nouvelles, vous étiez une femme majeure et autonome. Il ne m'appartient pas de vous arrêter. Cela dit, je serais un piètre ami et un déplorable policier si je n'essayais pas au moins de discuter avec vous, afin de vous éviter de prendre un mauvais coup. Vous êtes trop personnellement impliquée, et les émotions peuvent vous fausser le jugement, vous le savez. Laissez-moi vous aider. Réglons ça ensemble.

Elle battit des paupières.

— Ami ?

— Pardon ?

— Vous avez dit *ami.* Vous me considérez comme une amie ? demanda-t-elle d'un air étonné.

Le gris argent de ses iris était plus que jamais déstabilisant.

— Vous ne voulez pas que nous le soyons ? tenta-t-il.

Parler avec Silver était comme être à bord d'un train fou conduit par un cinglé des aiguillages : on ne savait jamais quelle voie serait la prochaine, ni même si on n'allait pas tout bonnement dérailler.

Elle lança les bras autour de sa taille et l'étreignit. Il en oublia de respirer. Oh, Seigneur, comme c'était agréable d'avoir ses formes délicieuses pressées contre lui ! La fragrance envoûtante de son shampooing — ou de son parfum — lui étourdissait les sens.

Le désir éclata en lui, si brutal et inattendu qu'il dut serrer les poings pour s'empêcher de glisser les doigts dans la masse sexy de ses cheveux auburn et plaquer sa bouche sur la sienne. Folie, songea-t-il aussitôt. Ils se connaissaient à peine. Comment pouvait-il la vouloir aussi fort ?

— Silver…

Sa voix était un halètement râpeux. Il toussota pour l'éclaircir.

— Silver, répéta-t-il, soulagé de retrouver son timbre normal. Que faites-vous ?

— Je vous serre dans mes bras.

Il lui tapota gauchement le dos.

— Je, euh… Je vois ça. Mais pourquoi le faites-vous ?

— Parce que nous sommes amis, quelle question !

— Vous étreignez ainsi tous vos amis ?

Elle soupira et le relâcha.

— Non, Colton. Du moins, pas tout le temps. J'avais simplement besoin d'un gros câlin et vous m'avez surprise. Je vous demande pardon. Ça ne se reproduira pas.

Elle pivota sur ses talons et sauta sur le passage en planches.

— Oh non ! grogna-t-il.

Il l'en ôta *manu militari* et la reposa devant lui. Puis il l'étreignit à son tour, l'encerclant de ses bras, avant de poser le menton sur le sommet de sa tête.

Elle demeura figée, aussi raide qu'un piquet.

— Au cas où ça vous aurait échappé, dit-il, je vous rends la pareille. Enfin, je pense. Car d'ordinaire la personne embrassée glisse ses bras autour de la personne qui embrasse. Un prêté pour un rendu, ou un truc de ce genre.

Elle éclata de rire et lui rendit son étreinte, la joue collée à son torse.

La tenir ainsi contre lui était si bon qu'il décida de ne pas se soucier des curieux, de l'autre côté de la rue, qui chuchotaient en se cachant derrière leurs mains. Cela faisait si longtemps qu'il n'avait pas fait un câlin à une femme par amitié. Peut-être n'était-ce jamais arrivé… En tout cas, même s'il continuait à la désirer, lui offrir son soutien de cette façon, sans rien attendre en retour, était une forme de proximité inédite entre eux. Et très agréable.

Mais peut-être avait-elle quelque chose en tête, avec cette histoire de câlin…

Beaucoup trop vite à son goût, elle le repoussa.

— Merci, Colton. J'en avais vraiment besoin. Maintenant, je me sens tout à fait d'attaque. Vous êtes un bon câlineur, à propos.

Avant qu'il ne puisse lui répondre, elle s'éloigna au pas de charge sur le trottoir de bois, le forçant de nouveau à trottiner pour la rattraper.

— Où allez-vous ?

— Au centre névralgique de Mystic Glades.

Sur ce, elle poussa les demi-portes battantes du Callahan's Watering Hole et y entra.

Silver fouilla des yeux l'intérieur faiblement éclairé, et localisa chaque personne qu'elle voulait interroger. Cato Green était le tout premier de la liste. Elle mit le cap sur le comptoir. La clientèle étant attablée pour le petit déjeuner, il était vide, et cela lui convenait parfaitement.

Elle se jucha sur l'un des hauts tabourets qui faisaient face à la porte de la cuisine, et attendit.

Colton s'installa sur le tabouret voisin.

— Vous n'allez rien faire d'inconsidéré, n'est-ce pas ? demanda-t-il à voix basse.

— Qu'entendez-vous par *inconsidéré* ?

— Tout ce qui peut faire de vous une cible, si le fait arrive aux oreilles du gros poisson que nous cherchons.

— Gros poisson ? On ne peut pas mieux dire. Celui qui est derrière la mort d'Eddie est plus glissant et dangereux qu'un harpon. Mais, pour attraper un poisson, il faut un appât. Et je suis prête à en être un.

— Nous devrions peut-être sortir d'ici et en discuter d'abord.

— Trop tard.

Le battant s'ouvrit. Silver plongea la main dans la poche de son jean.

Cato s'arrêta juste devant elle, portant en équilibre un plateau chargé de petits déjeuners. Son regard passa d'elle à Colton, puis revint sur elle.

Elle plaqua son badge des stups sur le comptoir.

— Bonjour, monsieur Green. Quand vous serez libéré de ces assiettes, j'aimerais que vous me consacriez une minute.

Cato considéra le badge, et sa pomme d'Adam joua au yo-yo dans sa gorge.

— J'ai rien fait.

— Je suis sûre que votre agent de probation sera ravi de l'entendre. Je vais attendre ici pendant que vous servez cet appétissant frichti aux clients de notre amie Freddie.

Cato observa Colton, comme pour le jauger, puis gratifia Silver d'un sec hochement de tête et contourna l'angle du comptoir pour se diriger vers l'une des tables rondes.

— M. Green ? s'étonna Colton d'une voix âpre. Agent de probation ? L'autre jour, vous m'avez dit que vous *croyiez* qu'il s'appelait Cato. Mais depuis le début vous connaissiez son nom et son prénom. Y a-t-il d'autres choses que vous ne m'avez pas dites ?

— Probablement.

Un nerf battit dans la mâchoire de Colton.

— Je me demande quelle est la peine pour usurpation de la fonction d'agent fédéral… Quand je vous ai ramenée chez vous, hier soir, j'aurais dû fouiller votre chambre et prendre ce badge. Vous vous souvenez que votre chef vous a virée, n'est-ce pas ?

Elle haussa les épaules.

— Je me souviens de vous avoir entendu me le dire. Mais, puisqu'il ne me l'a pas signifié lui-même, comment puis-je savoir si je dois vous croire ?

Colton marmonna un juron entre ses dents.

— Vous vous fâcherez contre moi plus tard, répliqua-t-elle. Pour le moment, j'ai besoin de votre aide. Préparez-vous.

— Me préparer à quoi ?

— A plonger.

Elle désigna le miroir au-dessus du bar.

Colton suivit des yeux la direction de sa main.

— Oh, merde !

— Plongez !

Ils se jetèrent ensemble par terre tandis que Cato fracassait une chaise sur le dessus du comptoir, projetant de la poussière et des éclats de bois un peu partout dans la salle. Tandis qu'il se retournait en poussant un cri de guerre, Colton bondit et lui expédia un puissant direct à la mâchoire, qui fit tournoyer le musculeux cuisinier.

S'écartant de la zone dangereuse, Silver sortit son Ruger de son holster de cheville.

— Les mains en l'air, Cato ! cria-t-elle.

Elle visa un point à l'écart des deux hommes afin de ne pas toucher Colton si elle devait faire feu. Derrière elle, c'était un branle-bas de piétinements et de cris affolés tandis que les clients s'écartaient des belligérants.

— Cato Green, les mains en l'air ! répéta-t-elle.

Cato poussa un autre cri et chargea Colton. Celui-ci le gratifia d'un nouveau coup de poing à la mâchoire. Le cuisinier grogna sous la douleur mais ne s'arrêta pas. Fonçant tel un taureau, il entoura Colton de ses bras massifs et le duo s'écrasa sur une table.

Ils tombèrent dans un enchevêtrement de bras et de jambes. Les poings volèrent, les biceps se gonflèrent, chacun luttant pour prendre l'avantage.

Lorsqu'un des poings de Cato s'enfonça dans le ventre de Colton, Silver grimaça. Des yeux, elle quêta de l'aide, mais l'assistance ébahie était surtout composée de citoyens seniors, parmi lesquels Freddie, qui la fusillait d'un œil noir depuis son refuge, près du mur opposé.

— C'est vous qui avez commencé, Silver ! Vous paierez pour la casse !

— Désolée ! lança-t-elle en rangeant son pistolet sous sa ceinture.

D'un œil frénétique, elle chercha autour d'elle quelque chose, n'importe quoi, qui puisse aider Colton. Là ! Un des pieds du siège brisé par Cato. Traversant la salle en courant, elle le ramassa.

Un sinistre fracas, accompagné d'un bruit de verre, la fit se retourner vivement, son arme de fortune levée. Cato gisait par terre, inconscient, au milieu des éclats d'une chope de bière dont la poignée était dans la main de Colton. Accroupi près de sa victime, celui-ci la jeta dans la flaque du liquide mousseux. Puis il leva les yeux vers Silver, la mine indéchiffrable, se leva et s'essuya les mains sur son jean.

Elle lâcha sa barre et se précipita vers lui.

— Ça va ? Vous n'avez rien de cassé ?

Il n'avait pas de sang sur lui, mais le côté gauche de son visage commençait à enfler.

— Il faut mettre de la glace, dit-elle en levant la main vers sa joue.

Il la cloua du regard et écarta sa main. Sans un mot, il se dirigea vers l'entrée de l'établissement.

Elle courut derrière lui.

— Colton, attendez ! Où allez-vous ?

Il désigna Cato, allongé sur le sol.

— C'est votre pagaille. A vous de nettoyer.

Son beau regard bleu rencontra le sien. Il était plus sombre, plus chargé de colère qu'elle ne l'avait jamais vu.

— Vous pouvez aller seule annoncer la nouvelle aux parents d'Eddie. Je jette l'éponge.

— Que voulez-vous dire, *je jette l'éponge* ? Je peux arranger les choses ici. Je peux…

Wham !

Les demi-portes battantes du bar se refermèrent sous son nez, et les talons des boots de Colton résonnèrent sur les planches tandis qu'il repartait vers l'auberge.

Les épaules de Silver s'affaissèrent. Elle jeta un regard agacé à Cato, qui, la tête entre les mains, lâchait des grognements et tentait péniblement de se rasseoir.

— Apportez-lui une serviette, quelqu'un ! lança Freddie. Et de la glace pour la bosse qu'il ne doit pas manquer d'avoir.

Personne ne bougea. Elle frappa dans ses mains.

— Eh bien ! Qu'attendez-vous ?

Deux de ses amis vinrent s'accroupir devant le cuistot pour lui parler, tandis qu'un autre courait vers la cuisine, sans doute pour chercher une serviette.

Freddie s'avança devant Silver, les mains sur les hanches. Et, vu le rouge incandescent qui lui avait envahi le visage, ses cheveux roux flamboyants semblaient prêts à prendre feu.

— Silver Westbrook, si Jake Young n'était pas hors du village en ce moment, je lui demanderais de vous arrêter pour avoir déclenché une bagarre de bar. Et il n'est même pas midi ! La plupart des gens ont besoin d'être soûls pour commettre des dégâts pareils !

— Jake ne pourrait pas m'arrêter, Freddie. Il n'est plus flic.

La maîtresse des lieux se pencha sur elle.

— Vous non plus ! Pourtant, j'ai vu le badge que vous avez collé sur le comptoir depuis là où j'étais assise.

— Vous saviez ?

— Ma chérie, tout le monde ici sait que vous étiez à la brigade des stups et que vous avez été virée hier soir.

Silver cligna des yeux et regarda autour d'elle. Chaque personne présente hocha la tête pour confirmer.

— Oh ! Sapristi ! Tout ce temps, j'ai cru mon secret bien gardé. Mais… Comment ? Comment avez-vous su ?

— Vous faites pas de bile ! Il n'y a que nous, les vieux, qui sommes au courant. Quand nos p'tites cailles quittent le nid, nous suivons de loin ce qu'elles font. Nous savions que vous aviez étudié le droit, à la fac. Mais lorsque vous êtes revenue pour monter cette auberge, eh bien, nous avons passé quelques coups de fil, et votre famille nous a appris que vous travailliez comme agent sous couverture dans les Keys. Comme par hasard, quelques mois plus tard, vous repointez votre joli nez ici. D'abord, on a cru que vous étiez en vacances ou quelque chose du genre, mais, quand on vous a vue fureter à droite et à gauche, on a compris qu'il y avait anguille sous roche.

Silver porta une main à sa tête, étourdie par ces révélations.

Au même moment, Cato émit un juron coloré. Une des femmes lui pressait un sachet d'eau glacée sur le crâne. Il lança un regard noir à Silver et tituba vers une chaise qu'on lui avançait.

— Ma famille a quitté Mystic Glades il y a des années, reprit Silver. Je ne pensais pas qu'ils avaient gardé le contact avec les gens d'ici.

— Eh bien, vous vous êtes trompée, grommela Freddie.

— Ils ne pouvaient pas savoir, pour hier soir.

— C'est vrai. Mais nous avons des amis au commissariat. Les bruits courent vite.

— Très vite, en effet.

Du pied, Freddie accrocha une chaise et l'approcha de Silver.

— Asseyez-vous. Nous allons faire le point sur ce qui se passe et réfléchir ensemble.

D'un geste, elle intima à son groupe d'amis de les rejoindre.

— Venez, amenez vos chaises. Cela fait assez longtemps que Silver se dépatouille seule avec les saletés qui se déroulent dans notre commune. Nous allons l'aider à rassembler les différents éléments et y voir clair.

La mâchoire de Silver s'affaissa. Ces gens, dont elle avait toujours cru qu'ils ne lui accordaient qu'un intérêt secondaire, formaient cercle autour d'elle avec leurs chaises comme les anciens pionniers avec leurs chariots.

— Je ne… Je ne sais pas si c'est une bonne idée. L'affaire sur laquelle je travaille est dangereuse.

— Elles ne le sont pas toutes ? répliqua Freddie en désignant ses compagnons. Ce n'est pas notre premier rodéo, ma petite. Nous avons aidé Jake et Faye à se sortir d'une situation délicate. Et Buddy et moi, nous avons aidé Amber et Dex à résoudre cette affaire de meurtre.

— Comment ? Vous étiez intervenue ? s'étonna un voisin. J'avais cru comprendre que l'honneur en revenait exclusivement à Dex.

Les yeux de Freddie s'étrécirent.

— Je ne me souviens pas t'avoir demandé ton avis, Dwight.

Celui-ci ravala sa pomme d'Adam et couvrit de ses mains noueuses le pommeau de sa canne.

— Bon, où en étions-nous ? Vous alliez nous parler de l'affaire qui vous occupe, Silver, n'est-ce pas ? Ensuite, vous nous expliquerez ce que ce grand gaillard sexy de Colton Graham entendait en disant que vous pouviez aller seule annoncer la nouvelle aux parents d'Eddie.

Silver désigna le cuistot, qui, d'un pas claudiquant, se dirigeait vers la cuisine, soutenu par deux hommes réquisitionnés par sa patronne.

— Ne vous souciez pas de lui, lâcha Freddie. Cato n'a rien à voir, ni de près ni de loin, avec votre enquête. Il est inoffensif.

— Inoffensif ? C'est un ancien prisonnier. J'ai consulté son dossier en arrivant ici. Il a été condamné pour vol à main armée. Il est le suspect le plus prometteur sur ma liste.

— Il arrive que des innocents aillent en prison, contra Freddie. D'après nous, il n'a pas bénéficié d'une bonne défense.

Il s'est juste trouvé au mauvais endroit au mauvais moment. C'est la seule raison pour laquelle il a été incarcéré.

Cato grommela son assentiment tout en poussant la porte battante de la cuisine.

— Il a tenté de nous tuer parce que je lui ai montré mon badge des stups ! protesta Silver.

Freddie fit claquer sa langue et secoua la tête.

— Ah, la jeune génération ! Vous sautez sur la première conclusion venue, sans chercher à analyser les choses ni connaître les faits. Non, Cato n'a pas tenté de vous tuer. Il a sans doute décidé de vous bousculer un peu afin d'en profiter pour filer à l'anglaise. Il a pété un câble quand vous lui avez parlé de son agent de probation. Il ne veut pas retourner en taule.

Silver s'affaissa sur sa chaise.

— Si Cato n'est pas mouillé, qui, alors ?

Freddie se pencha vers elle.

— C'est ce que nous allons vous aider à découvrir. Mais, avant cela, quelle est cette nouvelle que vous devez annoncer à la famille d'accueil d'Eddie ?

9

Son portable à l'oreille, Colton était appuyé au flanc de sa Mustang, rangée sur le bas-côté de l'Interstate 75 au niveau de la borne 52. Un semi-remorque passa en trombe devant lui, dans un grand souffle d'air chaud qui lui rabattit les cheveux dans les yeux. Il les écarta d'un geste impatient.

— Lorsque je serai de retour à Naples, la première chose que je ferai, ce sera de m'offrir une super coupe chez le coiffeur.

— Qu'est-ce qui te retient ? demanda Drew à l'autre bout de la ligne. Tu m'as dit que Mlle Westbrook ne voulait pas de ton aide.

— En fait, ce n'est pas tout à fait ça, avoua-t-il. Elle n'a pas une mentalité de joueuse d'équipe. Au lieu de laisser l'assassinat d'Eddie aux Homicides, elle a décidé de mettre le turbo dans son enquête perso sur le réseau de drogue. Elle croit que, si elle trouve celui qui est tout en haut, elle aura l'assassin. Sauf qu'elle fait n'importe quoi, et je…

Il se frotta la mâchoire, là où Cato lui avait assené un coup à compter les étoiles.

— J'ai perdu patience et je lui ai dit que je laissais tomber.

— Sans blague ? fit Drew. Ça ne te ressemble pas.

Non, cela ne lui ressemblait pas. Il était connu pour sa patience, et cela expliquait d'ailleurs qu'il soit souvent choisi pour les missions sous couverture. Celles-ci exigeaient de savoir avancer à une allure d'escargot quand il fallait infiltrer un groupe de truands dangereux. Cela demandait du temps de les convaincre qu'il était aussi mauvais qu'eux et qu'ils pouvaient lui faire confiance, même si la confiance était une denrée rare dans ce milieu, y compris entre eux. Alors pourquoi, dès qu'il s'agissait de Silver, se montrait-il si nerveux, si impatient ?

— Quoi qu'il en soit, reprit-il, je viens d'examiner l'endroit où ils ont trouvé le corps d'Eddie. J'espérais dénicher des traces de véhicule, quelque chose qui aurait échappé à l'équipe du labo, mais il n'y a rien, rien du tout.

— Pas tout à fait, nuança Drew. Les Homicides m'ont transmis le dernier état de leur rapport, il y a quelques minutes. Ne quitte pas…

A un bruit de papiers froissés succéda ce qui ressemblait à un coup du plat de la main sur une table.

— Ça y est, je l'ai ! Bla, bla… Bla, bla… Voilà, ici, page 2 ! Des agents ont interrogé des travailleurs matinaux sur l'une des aires de repos de l'allée des Alligators, et il se trouve que deux d'entre eux se rappellent avoir vu une voiture stationnée sur le côté de la route, non loin du lieu du crime, et dans la fourchette de temps qui nous intéresse. Il n'y avait personne à l'intérieur ni autour, mais ils s'en souviennent à cause de son éclatante couleur bleu ciel, et de l'épaisse fumée noire que crachait le pot d'échappement.

— Un vieux modèle diesel, peut-être ?

— Tout juste. D'après leur description, il s'agirait d'une Mercedes du début des années 1980. Autant dire une pièce de collection. Elle était aussi rutilante qu'une neuve, sauf bien sûr pour la fumée d'échappement.

— Donc notre assassin aime les vieilles voitures et les bichonne. C'est bon à savoir. Je remarquerais tout de suite un véhicule de ce genre si je le voyais quelque part. Autre chose ?

Tandis qu'il suivait d'un œil distrait le passage des voitures sur l'Interstate, Drew lui donna les détails du rapport. La plupart ne présentaient guère d'intérêt pour sa recherche du tueur. Mais parfois il suffisait d'un indice solide, un seul, pour que tous les autres deviennent bavards.

— Qu'en est-il des parents d'accueil d'Eddie ? demanda-t-il à Drew. Silver a l'air de penser qu'ils ne font ça que pour l'argent, mais ça paraît absurde. L'allocation de l'Etat n'est pas très élevée. S'occuper d'enfants privés de foyer ne rend pas millionnaire.

— Tu as raison. J'ai des amis qui en ont pris chez eux, et ils dépensent plus d'argent qu'ils n'en touchent. C'est un geste d'amour, du moins pour ces gens que je connais. Pour ce qui est des Jones… Le mari travaille dans une usine chimique, ici, en ville, mais en ce moment il est en Alabama pour une conférence. Et il se confirme qu'il a récemment acheté une voiture.

— Tu es sûr qu'il y est, à cette conférence ?

— Nos collègues ont contacté la police de l'Alabama pour une vérification de routine. Nous aurons la réponse dans quelques heures. Tu crois qu'il pourrait avoir tué l'un de ses propres gosses ?

Colton pianota sur l'aile de sa Mustang, ouvrit sa portière et s'installa au volant.

Une fois le moteur lancé, il s'engagea sur l'Interstate, en direction de l'ouest. Il devrait prendre la première sortie pour pouvoir mettre le cap à l'est et rentrer chez lui.

— C'était juste une question comme ça. J'ignore totalement si c'est ce genre de gars ou non. Comme tu n'as pas mentionné de casier judiciaire, je suppose qu'il n'en a pas. Quel âge a cette voiture qu'il vient d'acheter ? Et combien coûte-t-elle ?

— Il n'a pas de casier, en effet. L'épouse est clean, elle aussi. La voiture est une Ford Taurus de cinq ans.

La déception dans la voix de son chef était le reflet de la sienne. Les caïds de la drogue n'achetaient pas des véhicules d'occasion, *a fortiori* de modestes berlines.

— On dirait que les Jones ne sont pas des richards, observa Colton.

— Non, en effet. C'est tout ce que j'ai, malheureusement, soupira Drew.

— Il y a un ancien taulard qui travaille à Mystic Glades. Il est cuisinier, et peut-être aussi barman. Son nom est Cato Green. Tu peux effectuer une recherche rapide sur lui et voir ce qu'il en sort ?

— Cato Green ? Ça ne me dit rien.

Le cliquetis des touches d'un clavier d'ordinateur se fit entendre sur la ligne.

— Ah, voilà… Apparemment, il a fait quelques années pour vol. Il était le chauffeur lors d'un hold-up. Il a affirmé qu'il ignorait que le type avec qui il était dévalisait la caisse. Il a juré qu'il était innocent.

— Ils le sont tous…, maugréa Colton.

— Je ne te le fais pas dire. Il a passé plusieurs années à l'ombre, et il est aujourd'hui en libération conditionnelle. Il est peut-être mouillé dans ce qui se passe. Je vais demander aux gars de creuser un peu. D'autres suspects sur lesquels tu veux que je me renseigne ?

Colton énuméra les noms des personnes qu'il connaissait à Mystic Glades, ce qui ne faisait pas beaucoup.

— Je n'ai pas eu tellement l'occasion de fouiller, précisa-t-il.

— Tu n'étais pas censé enquêter, de toute façon. Contente-toi de revenir. Et mets à profit le reste de la journée pour t'offrir cette coupe de cheveux dont tu parlais. Cette nuit, tu dormiras dans ton propre lit, pour changer. Mlle Westbrook pourra parler à Mme Jones. J'enverrai néanmoins des agents de patrouille demain pour m'assurer que cette dame a bien été informée, juste au cas où. Je n'aimerais pas que le nom d'Eddie Rafferty parvienne à la presse avant que ceux qui le connaissent ne soient au courant.

— Les médias en ont parlé ?

— Pas encore. Il y a eu une vague mention d'un corps trouvé sur l'Interstate, mais comme c'est à l'écart de la ville ça n'a guère fait de bruit. Cela dit, autant être prudent. Mme Jones le mérite, après toutes ces années où elle s'est occupée du gosse.

— Je suis d'accord, déclara Colton.

Il quitta l'Interstate. Puis, après avoir contourné le rond-point à la sortie de la bretelle, s'y réengagea en direction de Naples.

Il passa au niveau de la route cachée qui menait à Mystic Glades. Le seul moyen d'y retourner était d'emprunter la sortie suivante, à des kilomètres de là, et de faire demi-tour. Une autre solution était de passer par les faux ronds-points aménagés dans le terre-plein central pour les véhicules de police et de secours. Il ne le ferait pas, bien entendu. Il n'avait aucune raison de retourner à Mystic Glades.

— Colton ? Tu rentres à Naples, hein ? s'enquit Drew au téléphone.

A environ quatre cents mètres se trouvait l'un de ces faux ronds-points. Il ralentit, puis jura. Non, il n'avait aucune raison de faire demi-tour. Silver n'avait pas besoin de son aide. Il surveilla ses rétroviseurs, les mains si serrées sur le volant que ses articulations lui firent mal.

— Colton ? Hé, mec. Il faut que je t'attende ou pas ?

Le faux rond-point arrivait très vite. Colton écrasa la pédale de frein, braqua sèchement à gauche et passa de l'autre côté dans un crissement de pneus.

— Il semble que non, répondit-il. Je dois avoir le mot *connard* imprimé en grandes lettres sur le front.

Drew éclata de rire.

— Je crois que c'est autre chose, mais je ne m'engagerai pas sur ce terrain-là. Cela dit, il faut reconnaître qu'elle est canon.

— Ça n'a absolument rien à voir, grogna Colton. Je me fais juste du souci… Pour l'affaire.

— C'est ça. Continue de le croire. Je t'appelle plus tard.

Drew raccrocha. Colton jeta son téléphone dans la console centrale.

Midi était passé de deux minutes lorsqu'il franchit l'arche ornée de la forme découpée d'un alligator. Quelle mouche l'avait donc piqué ? Silver avait peut-être besoin de lui, mais jamais elle ne l'avouerait. Elle n'était pas une joueuse d'équipe. Elle préférait leur faire prendre un maximum de coups, voire les faire tuer, plutôt que de résoudre un crime.

Alors pourquoi était-il revenu ? Par respect pour la mère d'Eddie ? Parce qu'il était de son devoir qu'elle soit informée de sa mort ? En partie, oui. Mais la véritable raison, il le craignait, était cette jolie et sexy tenancière de bed and breakfast aux cheveux auburn qui, lentement mais sûrement, était en train de lui donner un ulcère à l'estomac.

Une fois garé devant l'auberge, il alla voir Tippy et Jenks. Tous deux lui apprirent que Silver était passée une heure plus tôt pour prendre son bloc de papier à dessin et ses crayons, sans leur dire où elle allait.

Histoire de s'assurer qu'elle n'était pas revenue à leur insu pendant qu'ils s'occupaient des clients, il monta dans sa chambre en mansarde. Elle était vide, et une rapide inspection du rez-de-chaussée lui confirma que Silver n'était ni dans le bureau, ni dans la véranda, ni dans l'une ou l'autre des pièces communes de l'auberge.

Sur un signe de la main à Tippy et Jenks, il ressortit et remonta la Grand-rue. Il en vérifia chaque recoin. Swamp Buggy Outfitters était un grand magasin d'articles de camping et de chasse, avec un énorme quad qui trônait devant la vitrine.

Après en avoir exploré les allées pour être sûr que Silver n'y était pas, il essaya Locked and Loaded, l'armurerie, puis Bubba's Take or Trade, l'épicerie-quincaillerie-bazar, et même une boutique d'animaux empaillés baptisée Stuffed to the Gills.

Il poussa jusqu'à l'église de la Dernière Chance, sans plus de succès. Pas de Silver. Et personne ne l'avait vue depuis le pugilat au Callahan's Watering Hole.

Alors qu'il passait devant le bar pour jeter un dernier coup d'œil au B and B, un groupe d'une douzaine de têtes grises se dirigea vers lui d'un pas lent, telle une horde de criquets. La femme en tête agita sa canne et lui intima de les attendre.

Il obtempéra, et s'appuya à l'un des poteaux du passage en planches. Cannes et déambulateurs claquaient sur le trottoir de l'établissement d'où ils venaient d'émerger.

Bon sang de bois, qu'est-ce que c'est que ça ?

— Vous voyez ? Je vous avais assuré qu'il reviendrait, dit l'un des hommes tandis qu'ils l'encerclaient telle une meute de loups du troisième âge. Il est tout miel avec Silver. Elle lui plaît.

Colton cligna des yeux, totalement déconcerté.

— Quoi ? Comment ? Je ne suis pas *tout miel avec elle* !

— Alors pourquoi êtes-vous revenu ?

— Parce que c'est mon travail.

— Hé, Freddie ! lança l'homme à destination de l'arrière-garde. Ton ami du commissariat ne t'a pas dit que Colton avait été désigné volontaire pour prendre quelques jours de vacances ?

— Ouais, c'est vrai, répondit-elle.

— Alors il n'est pas au travail. Et, s'il n'est pas au travail, c'est qu'il est revenu pour aider Silver. Pour moi, il est tout miel avec elle, c'est sûr.

— Pour l'amour du… Arrêtez, ça suffit.

Le regard dur qu'il leur adressa était censé les faire s'écarter de son chemin. Au lieu de cela, le groupe se resserra un peu plus sur lui comme pour lui montrer qu'il ne se laissait pas intimider aussi facilement.

Seigneur, il perdait vraiment la main.

Il leva les bras en signe de reddition.

— D'accord. Je reconnais que je l'aime bien. Enfin, un peu. Pouvez-vous maintenant me dire où elle est ?

Freddie se faufila jusqu'à la tête de la cohorte et croisa les bras sur son ample poitrine.

— Qu'entendez-vous par *un peu* ?

Il lança les mains en l'air, au bord du désespoir.

— Je ne sais pas, moi… Comme je l'ai dit, je l'aime bien. Elle est intéressante. Drôle. Intelligente. Et adorable quand elle part sur sa planète, dans cet univers artistique que nous autres simples mortels ne comprenons pas. Mais en même temps elle est exaspérante, plus têtue qu'une mule, et va au-devant de graves problèmes si elle se met en tête de mener son enquête toute seule. Alors je vous en conjure, si vous avez un minimum d'affection pour elle, dites-moi où elle est afin que je puisse la protéger.

Freddie consulta ses compagnons du regard.

— Qu'en pensez-vous ? Devons-nous le lui dire ?

Labron s'insinua entre deux des seniors et prit position à côté de Freddie.

— Il n'a même pas fait allusion à sa beauté. Je suppose que ça en dit long sur ses sentiments. Il l'aime pour ce qu'elle est, et non pour son physique. En vertu de quoi je donne mon assentiment officiel pour leur relation.

Colton cligna des yeux. Deux fois. Cette conversation était devenue si loufoque qu'il ne savait que répondre.

— Tout le monde est d'accord pour lui dire où est Silver ? lança Freddie.

— Aïe.

— Aïe !

— Alors disons-le-lui.

Des cris de joie s'élevèrent du groupe. Freddie leva la main pour inviter Labron à y claquer la sienne. Le nabot sourit, essaya… Mais il était trop petit. Freddie éclata de rire, puis baissa sa main pour lui faciliter la tâche.

Colton compta jusqu'à cinq, peinant de plus en plus à conserver son calme.

— Quelqu'un aurait-il l'obligeance de me dire où je peux trouver Silver, avant qu'il ne lui arrive quelque chose ?

— Oh ! Mais elle est en sécurité ! assura Freddie. Je peux même la voir d'ici.

La flamboyante rouquine pointa le doigt en direction du premier étage d'une boutique à l'enseigne de Moon and Star, de l'autre côté de la rue.

— En l'absence de Faye et Jake, elle a décidé de profiter de leur appartement pour faire la synthèse de tout ce que nous lui avons dit. En cette minute, elle est dans le séjour en train de chercher l'identité de l'assassin.

Colton serra les poings sur ses cuisses.

Mon Dieu, je dois rêver. Penser qu'il m'aurait suffi de me retourner et de lever les yeux !

Il aurait alors découvert sa silhouette à la fenêtre, éclairée par la lampe du bureau où elle était assise, plongée dans ses pensées, ignorant, semblait-il, la présence de l'escouade d'admirateurs et de défenseurs à quelques mètres.

Sur un signe de Freddie, la petite troupe se sépara comme la mer Rouge devant Moïse, lui ménageant un chemin à travers la rue.

— Merci, parvint-il à dire d'un ton courtois, alors qu'il avait envie de hurler.

— A votre disposition ! conclut Freddie derrière lui, tandis qu'il sautait sur les planches qui bordaient la boutique Moon and Star.

Il n'y avait pas de lumière à l'intérieur, et un panneau sur la porte indiquait *fermé*. Il allait frapper, mais se ravisa et essaya la poignée. Comme il s'y attendait, elle tourna facilement.

— Personne ne verrouille ses portes ici ? grommela-t-il entre ses dents, tout en pénétrant dans la boutique.

Une fois la porte refermée derrière lui, il tourna le verrou, rassuré qu'elle en possède un. Il n'avait plus à craindre que Freddie et sa troupe de preux chevaliers ne débarquent à l'improviste pour voir comment les choses se passaient.

Il ne savait trop ce qu'il allait dire à Silver, mais son intuition le poussait à la voir sans tarder. Depuis qu'il était parti, elle avait eu plus d'une heure et demie pour mitonner Dieu sait quel nouveau plan d'action hasardeux. Rien qu'à imaginer quelle folie elle était prête à mettre en œuvre, il en avait des sueurs froides.

Il se fraya un chemin entre les présentoirs de ce qui s'avéra un vaste assortiment de flacons de potions et de parfums exotiques, présentés dans de petites bourses de velours. Il y avait aussi des bijoux, et plusieurs portants garnis de vêtements aussi originaux qu'audacieux, petits hauts sexy avec jupe assortie, qui tenait plus de l'écharpe de soie ne cachant pratiquement rien d'une anatomie féminine. Penser à l'aspect qu'aurait Silver dans l'un de ces ensembles le fit saliver. Et se traiter d'idiot : il devait garder intacte toute son attention, et se concentrer sur le danger qui rôdait autour d'eux. Vu que ce n'était manifestement pas le cas de Silver, il devait garantir leur sécurité à tous les deux.

Un rapide tour du rez-de-chaussée le ramena à son point de départ. En dehors du magasin lui-même, qui occupait presque tout l'espace, il y avait un petit bureau au fond avec une salle de bains, et trois autres pièces qui semblaient servir de réserves. Une porte donnait sur l'arrière du bâtiment, non verrouillée, bien entendu. Colton secoua la tête, incrédule. Soucieux de s'assurer qu'il n'y avait rien de suspect à l'extérieur, il l'ouvrit. Immédiatement, une grande masse noire feula à gauche du seuil. Il referma aussitôt la porte et tourna le verrou tandis que son esprit lui confirmait ce qu'il savait déjà.

Le feulement venait de la gorge d'une panthère.

La même, sans doute, qui avait bondi devant sa voiture à son arrivée.

Gé-nial.

Encore un sujet de préoccupation. Il faudrait qu'il prévienne les gens qu'un de ces félins rôdait dans les bois alentour. Probablement même qu'il alerte les autorités du Refuge national des panthères de Floride, situé au sud-ouest du village, sur la route de Naples. L'un de leurs gros chats s'était peut-être échappé. Il faudrait au moins qu'ils le piègent et le capturent, songea Colton.

Puis il s'avança vers l'ouverture de l'étroite cage d'escalier, repérée plus tôt.

— Prête ou pas, Silver, murmura-t-il dans sa barbe, j'arrive.

10

Le corps raidi d'être restée trop longtemps assise au bureau de ses amis, Silver ferma les stores. Puis elle ôta son soutien-gorge par-dessous son T-shirt, fit sauter ses chaussures et transporta tous ses dessins au centre du salon.

Allongée sur le ventre, pieds nus, les coudes sur la moquette, elle les disposa en éventail autour d'elle. Elle était venue là en espérant que le calme et la solitude l'aideraient à activer son énergie créatrice, et de fait elle était parvenue à ce que tous les croquis réunis forment le schéma d'ensemble qu'elle attendait.

Mais, à mesure qu'elle étudiait chaque visage, son insatisfaction croissait.

Elle tapota de son crayon sa lèvre inférieure. Quelque chose n'allait pas. Il devait exister une clé quelque part, mais elle ne la trouvait pas.

L'une des personnes qu'elle avait dessinées *devait* être l'assassin, *devait* être l'homme ou la femme à la tête de l'organisation criminelle qui avait élu domicile dans le village de son enfance. Mais aucune d'elles ne sortait du lot. Son patron des stups avait insisté pour qu'elle procède à petits pas, méthodiquement. Le résultat, c'était qu'elle n'avait pas grand-chose à montrer pour les mois qu'elle avait passés à Mystic Glades — en dehors de la création de son auberge, mais ce n'était pas sa priorité pour le moment.

Elle frotta ses yeux fatigués. Elle avait besoin d'un break, quelque chose qui lui change vraiment les idées. Ensuite, elle pourrait revenir à ce qu'elle avait écrit sur chacun des croquis et en extraire le sens caché, qui se refusait obstinément à elle.

— Dites-moi que je ne suis pas tombé nez à nez avec une panthère noire, là, tout de suite…

Elle sursauta comme sous l'effet d'une décharge électrique. Parmi toutes les personnes susceptibles d'apparaître devant elle dans l'appartement de ses amis, Colton était certainement la dernière à laquelle elle se serait attendue.

Elle s'assit sur ses talons, le cœur battant. Le regard de Colton s'était posé sur sa poitrine, et elle se rappela soudain avoir enlevé son soutien-gorge. Une bouffée de chaleur lui envahit les joues et son pouls s'accéléra.

Relever les yeux sembla demander d'énormes efforts à Colton, qui toussota.

— C'était sans doute Sampson, répondit-elle enfin. La grosse peluche de Faye.

— Il y a des gens qui ont une panthère vivante comme doudou ?

— Plus ou moins. Sampson se montre tous les trois ou quatre jours, à la recherche de nourriture. Amy lui donne de la viande hachée quand Faye n'est pas là pour s'en occuper.

Colton jura entre ses dents.

— Peu importe qu'il soit gentil avec vos amis, ça reste un animal sauvage et dangereux.

— Il n'a plus de dents. Il ne peut faire de mal à personne.

— Et les griffes ? Il n'en a plus non plus ?

— Hum… C'est vrai.

Elle tourna les yeux vers la porte. Celle-ci était fermée. Colton l'avait verrouillée et avait même mis la chaîne en place.

— Je vous croyais parti pour de bon. Que faites-vous ici ? Et puis comment m'avez-vous retrouvée ?

Il baissa les yeux sur son œuvre, étalée par terre.

— Freddie m'a dit où vous étiez.

Il contourna l'extrémité du canapé, s'installa à genoux près d'elle et regarda chacun de ses dessins.

— Vous avez représenté Cato ? Et Buddy ? Pourquoi ? Qui sont toutes ces autres personnes ?

Furetant parmi les pages, il se saisit du portrait de Danny, le capitaine de l'hydroglisseur.

Manifestement, il tentait de se comporter comme s'il ne se passait rien entre eux. Mais la tension était si forte qu'elle craignit de défaillir si elle ne le touchait pas très vite. Sa main tremblait d'anticipation. Elle la posa sur son avant-bras.

Il se tourna vers elle et son regard se riva au sien. Une goutte de sueur coula sur sa tempe, alors même que le climatiseur était allumé, les coupant de la chaleur moite.

— Pourquoi êtes-vous ici ? demanda-t-elle à nouveau.

Ses yeux se posèrent sur ses lèvres. Une brève seconde, comme un papillon sur une fleur. Son rythme cardiaque grimpa encore.

Mais il fronça les sourcils et reporta son attention sur les dessins.

— Je me faisais du mauvais sang… Pour l'affaire. Et je veux vous aider. Je veux dire : si vous acceptez de m'écouter. Si vous voulez de mon aide.

Elle le voulait, *lui*. Et oui, elle voulait, avait besoin de son aide… Mais pourquoi ne pouvait-il se faire du mauvais sang pour *elle* ?

Au demeurant, elle ne lui avait montré aucun indice de ce qu'elle avait découvert après son départ en trombe du Callahan's.

Surtout, elle était dingue de lui !

Ce n'était pas une tocade, ni un simple emballement amoureux, même si pour les autres cela devait y ressembler. Après tout, ils ne s'étaient rencontrés que la veille. Mais ce qu'elle ressentait était tellement profond… Comme s'ils se connaissaient depuis des années ! Elle ne parvenait pas à l'ôter de ses pensées, et ce n'était pas faute d'essayer.

— Silver ?

Sa voix riche, profonde, taquina ses terminaisons nerveuses et envoya un délicieux frisson jusqu'aux tréfonds de son être.

— Est-ce que vous voulez de mon aide ?

Elle saisit sa chance et se jeta à l'eau.

— C'est *vous* que je veux.

Elle attendit que ces mots fassent leur chemin dans son esprit, rougissant jusqu'aux oreilles. S'il la rejetait, elle se sentirait idiote, humiliée. Mais elle avait depuis longtemps appris que, si l'on désirait vraiment une chose, il ne fallait pas hésiter à se battre pour l'avoir. Se contenter d'attendre qu'un événement se produise était l'assurance d'un échec. Le moment, pourtant, était très mal choisi. Elle devait… *Ils* devaient être focalisés sur l'affaire. Mais elle se connaissait. Plus elle s'acharnerait à se concentrer, plus ses idées s'embrouilleraient.

Elle avait besoin de *cela*, besoin de lui, pour remettre les choses à l'endroit dans son petit univers. Pour retrouver ses repères et avoir quelqu'un de merveilleux auquel s'accrocher, quelqu'un qui serait là quand tout serait fini.

Elle avait besoin de lui.

Il se raidit nettement, l'air aussi nerveux qu'un étalon flairant une jument en rut, déchiré entre le désir irrépressible de la prendre et celui de la fuir. Le bleu de ses yeux avait pris une teinte plombée de ciel d'orage. Un violent conflit semblait sévir en lui. Il ne prit pas ses jambes à son cou. Il ne fit aucun geste non plus vers elle. Au lieu de cela, ses poings se serrèrent sur ses flancs. Un léger raté dans sa respiration la fit frémir plus encore : elle avait une chance de gagner cette bataille.

Sans le quitter des yeux, elle se leva.

Lentement, elle s'approcha de lui sur l'épaisse moquette, ne laissant que leur chaleur et quelques centimètres entre leurs deux corps.

— Colton… murmura-t-elle. J'ai envie de toi.

Il déglutit, et sa pomme d'Adam tressauta dans sa gorge.

— Nous, euh… Nous travaillons sur une affaire. Nous n'avons pas le temps.

— Nous avons le temps. Des heures à tuer avant de pouvoir rendre cette visite à Mme Jones.

Elle remonta les mains sur son torse, se délectant du contact de ses muscles sous le fin coton du T-shirt.

— Et je connais un moyen parfait de passer au moins l'une de ces heures.

— Silver…

Sa voix était devenue rauque, râpeuse. Il toussa pour l'éclaircir et tenta de nouveau de parler, toujours sans la toucher, les bras pendant à ses côtés.

— Je ne suis pas ce que vous cherchez.

— C'est là que tu te trompes, Colton.

Elle glissa les mains plus haut, caressa du bout des doigts la peau chaude de son cou, les plongea dans les boucles sauvages de ses longs cheveux bruns, là où ils flirtaient avec l'encolure de son T-shirt. Il frissonna. Ses pupilles se dilatèrent tandis qu'il baissait les yeux sur elle, pareil à un loup affamé, prêt à la dévorer. Et Dieu qu'elle avait envie d'être dévorée !

Se hissant sur la pointe des pieds, elle tendit ses lèvres vers les siennes et se colla à lui pour la première fois. Ses seins contre son torse, savourant chaque battement de son cœur.

— Tu es exactement ce que je cherche, reprit-elle de la même voix aguicheuse. Mais tu es beaucoup trop grand. Je vais avoir besoin d'un coup de pouce.

Elle tira sur ses cheveux.

— Embrasse-moi.

Un grognement de fond de gorge marqua sa reddition. La seconde suivante, il l'empoignait, la soulevait et capturait sa bouche dans un baiser torride et fougueux. Tout se remit en place dans son univers. Son baiser chassa ses peurs, sa confusion, en un moment d'une étincelante clarté. C'était comme si elle avait passé toute sa vie dans un épais brouillard et qu'il le dissipait, révélant un monde plus beau que même son âme d'artiste n'aurait osé rêver.

Des arcs-en-ciel éclatèrent sous ses paupières tandis qu'elle s'abandonnait à sa voracité, répondant à chaque assaut de sa langue par une attaque de son cru. Elle gémit sous l'exquise sensation d'être tenue ainsi contre lui. Il faisait fondre ses entrailles. Et lorsque, pivotant avec elle, il l'assit sur le canapé, elle s'enflamma telle une braise.

De ses mains, il explora son corps, remontant peu à peu vers ses épaules, son cou…

Il y posa ses lèvres, la faisant gémir de plaisir. Il suça sa peau tiède, se fraya un chemin jusqu'à son oreille dont il happa le lobe. Elle se cambra contre lui, tremblant de désir, et planta ses doigts dans ses épaules.

Tout en elle s'amollissait, se préparait pour lui. Et elle ne pouvait attendre une minute de plus. D'une main nerveuse, maladroite, elle défit le bouton de sa ceinture et descendit sa fermeture Eclair. Il ravala son souffle lorsqu'elle le trouva, dur, prêt pour elle.

— Pour l'amour du… Ralentis, Silver.

— Je ne veux pas. Nous irons plus lentement la prochaine fois. S'il te plaît, je t'en prie, dis-moi que tu as un préservatif.

Il émit un petit rire contre son cou.

— Si je n'en ai pas, tes amis feraient mieux d'en avoir un dans la salle de bains, ou je vais tuer quelqu'un. Dans mon portefeuille, il doit y avoir…

Il s'écarta pour prendre celui-ci, mais elle le ramena vers elle.

— Ne t'arrête pas !

Saisissant son visage entre ses deux mains, il s'empara de nouveau de sa bouche en un baiser plus brûlant encore, plus mouillé, plus sauvage que celui qu'il avait rompu. Saperlipopette ! Cet homme savait embrasser !

Alors qu'elle plongeait les mains dans les poches arrière de son jean à la recherche de son portefeuille, elle faillit mourir de plaisir au contact des volumes parfaits de ses fesses sous ses doigts. Son sexe tressautait contre son pubis. Un papier plié tomba de la première poche. Le portefeuille était dans l'autre. Sans cesser de l'embrasser, elle l'ouvrit et, dès qu'elle eut trouvé ce qu'elle cherchait, le lâcha. Cette fois, ce fut elle qui s'écarta.

Elle lui descendit son jean sur ses hanches, puis saisit le bord de son caleçon.

Il lui leva le menton, la forçant à le regarder.

— Silver, je te veux plus que n'importe quoi au monde. Mais ça arrive si tôt. Tu es sûre que…

D'une main leste, elle le libéra du sous-vêtement. Il lâcha un juron, et elle le découvrit dans toute sa majesté. Ses poumons se vidèrent d'un coup de l'air qu'ils contenaient.

— Oh oui ! Absolument sûre ! Tu es… magnifique. Parfait.

Elle déroula le préservatif sur son membre, et des deux mains, avec une sorte de vénération, lui prodigua une longue et puissante caresse.

Il lui murmura des mots sexy à l'oreille, lui annonçant avec précision ce qu'il voulait lui faire tandis qu'à son tour il la débarrassait de son jean et de sa culotte.

Il la souleva du canapé pour les en balayer, puis se glissa entre ses cuisses, une main dans son dos, une autre pour ajuster sa position.

Ils échangèrent un regard intense. Il tremblait.

— Silver… Il n'est pas trop tard pour dire non. Ça me tuera de faire marche arrière, mais je le ferai.

— La Silver que tu vois, Colton, c'est la vraie.

Elle effleura des doigts les côtés de son visage.

— Tu me comprends comme personne ne l'a jamais fait auparavant. C'est ce que je veux. Tu es ce que je veux.

Elle posa un léger baiser sur ses lèvres et écarta la tête pour mieux le contempler.

— Ne t'arrête pas !

Alors, le corps traversé de spasmes, il l'attira fermement contre lui et plongea en elle. Un plaisir tel qu'elle n'en avait jamais connu gronda dans son ventre. Il était fait pour elle, et elle était faite pour lui. Chaque coup de reins, chaque caresse experte de ses doigts sur le point le plus sensible de son anatomie la firent se cambrer contre lui, le rejoindre dans le rythme qu'il imprimait à leur étreinte.

L'essence de chaque dessin qu'elle avait créé, de chaque peinture qu'elle avait réalisée dans son aspiration à montrer la véritable beauté de la vie semblait culminer en cet instant. Au lieu de le représenter sur une toile, de reproduire son image à l'aide d'un crayon ou d'une mine de plomb, elle le magnifiait à l'intérieur d'elle-même, en faisait son œuvre unique, recréait ses mouvements tel un maître dans le plus éclatant chef-d'œuvre imaginable.

Soudain, il la souleva dans ses bras et se retourna, pour l'emmener, d'un pas maladroit, par le petit couloir vers la chambre d'amis. Leurs corps toujours unis, il la coucha sur le lit, puis reprit ses mouvements, plus lentement cette fois, avec plus de subtilité et d'attention. Il faisait de visibles efforts pour se retenir, pour faire durer le plaisir aussi longtemps que possible.

Le T-shirt qu'elle avait gardé s'envola, et le souffle chaud de Colton lui caressa le buste tandis qu'il prenait l'un de ses tétons dans sa bouche et le suçait.

— Colton !

Elle s'élança contre lui, jambes relevées, jouissant de folles sensations dont elle avait ignoré l'existence jusque-là. Une succession de couleurs vives éclatait sous ses paupières. Il s'occupa de l'autre sein avec la même attention, et des gestes de plus en plus sauvages et rapides à mesure qu'ils s'approchaient l'un et l'autre de l'orgasme. Puis ses mains furent de nouveau sur elle, ressuscitant cette délicieuse tension dans ses entrailles, l'amenant, si c'était possible, plus loin et plus haut qu'elle n'était jamais allée.

Et, tandis qu'il la catapultait vers un nouveau pic de plaisir, son nom s'échappa de ses lèvres et il la rejoignit, agrippant son corps dans une étreinte presque désespérée jusqu'à ce qu'il explose entre ses bras.

Avant même d'ouvrir les yeux, Colton en fut conscient : il avait commis une erreur. Enfin, pas vraiment. Faire l'amour à Silver avait sans doute été le moment le plus lumineux de sa vie, et il ne l'effacerait à aucun prix même s'il le pouvait. Son vocabulaire ne comportait aucun mot à même de définir le sentiment de justesse qu'il avait éprouvé. Après ce qu'il venait de vivre, il ne pouvait imaginer être avec une autre femme. Jamais.

Et c'était bien *là* le problème.

Qu'était-il censé faire, désormais ? Se mettre à genoux et demander à une femme qu'il venait de rencontrer de l'épouser ? Elle le prendrait pour un fou. Bon sang, lui-même avait l'impression de l'être. Et ce n'était pas comme s'il voulait se marier. Cette idée ne lui avait jamais traversé l'esprit. Sa carrière était toujours passée en premier. Et, s'il adorait les femmes, il n'en avait jamais aimé une, et n'avait même jamais prévu d'en aimer une. Il ne croyait absolument pas au coup de foudre.

Que lui arrivait-il, nom de Dieu ?

Il devait absolument prendre de la distance. Par rapport à l'affaire, par rapport à elle, et par rapport au chaos qu'était devenue sa vie. Il avait besoin de réfléchir et de déterminer ce qu'il devait faire. Abandonner sa carrière ? Des mois de travail sous couverture où il n'y avait ni la place ni le temps pour une vie de famille ? Ce n'était pas une option. Ce qui signifiait qu'une fois l'enquête terminée, il partirait de son côté et elle du sien. Il n'y avait pas d'alernative. Sauf que, lorsqu'il tentait de s'imaginer un futur sans Silver Westbrook, il ne voyait qu'un grand vide ténébreux.

Seigneur, il était dans un sacré pétrin !

— Réveille-toi, marmotte.

Douce et chaude, la main de Silver lui tapota le ventre.

— Nous avons du travail, une affaire à éclaircir.

Ce simple contact donna un coup de fouet à son système

sanguin, en même temps qu'à sa virilité endormie. Il serra les dents et ordonna à sa libido de se calmer.

— Colton ? Ça va ?

Non. Sa libido refusait de lui obéir. Rien que la voix de Silver lui redonnait envie d'elle. Ce qu'il lui fallait, c'était un verre de quelque chose de raide. Qui réglerait peut-être son problème de… raideur. Il grimaça à ce jeu de mots stupide, et força ses paupières à s'ouvrir.

Le matelas s'enfonça et Silver posa les mains de chaque côté de sa tête, la mine inquiète.

— Que se passe-t-il ? Tu t'es cogné le crâne contre la tête du lit, ou quoi ?

Puisque son corps était devenu une sorte d'entité autonome incontrôlable, il se laissa aller et l'attira à lui pour un baiser. Peut-être que l'embrasser ne serait pas aussi incroyable que ce qu'il se rappelait.

Non. Ça l'était encore plus.

Il grogna, et acheva ce baiser à perdre la tête, qui n'avait fait qu'exacerber son désir, sous le couvre-lit. Elle l'avait réduit à l'état d'épave. Et il n'avait pas la moindre idée de ce qu'il allait faire de cela.

Elle papillonna des paupières.

— Waouh, je ne veux même pas savoir combien de femmes tu as embrassées pour devenir aussi bon. La jalousie me tuerait. Maintenant, lève-toi et habille-toi. J'ai retrouvé toute ma concentration — je t'en remercie, à propos — et je suis prête à résoudre cette affaire.

Elle se dégagea avec grâce, puis gagna d'un pas léger le couloir, déjà habillée, comme si leurs élans torrides ne l'avaient pas déviée de son axe, à l'inverse de lui. Qu'avait-elle dit ? « J'ai retrouvé ma concentration, merci » ?

Il fronça les sourcils. Faisait-elle souvent l'amour avec des quasi-inconnus pour remettre aussi facilement de l'ordre dans ses pensées ?

Cette sombre idée le titilla de façon désagréable. Oui, il lui fallait un verre. Il avait grand besoin de quelque chose pour se calmer. Que ce ne soit pas encore l'heure importait peu. Il était toujours 17 heures quelque part.

Roulant sur le côté, il chercha ses vêtements un moment, avant de se rappeler : ils étaient dans le séjour. Et lui, allongé là avec un désir aussi douloureux qu'inassouvi. S'il se déplaçait dans cet état, ce serait la catastrophe. Il lirait sur son visage l'envie de remettre le couvert, il la renverserait sur la moquette pour faire toutes les choses qu'il n'avait pas essayées et qu'il brûlait d'envie de découvrir…

Non, il ne pouvait pas y aller nu. Le mot *danger* clignotait en lettres rouges devant ses yeux. Il devait d'abord se couvrir.

Sortant les jambes du lit, il tira le couvre-lit sur son bassin et s'apprêtait à se lever lorsque Silver revint avec ses affaires.

— Hé ! fit-elle en souriant. Je viens de me rappeler que tes vêtements étaient restés à côté.

Elle lui désigna la salle de bains contiguë.

— Tu préfères que je les y dépose, au cas où tu voudrais prendre une douche ?

Il essaya de lui rendre son sourire, mais n'y parvint pas. Ses zygomatiques étaient coincés. Elle parut déconcertée.

— Euh… oui, merci.

— Très bien, soupira-t-elle, un sourcil levé.

Elle posa son paquet près du lavabo, et revint soudain vers lui.

— Oh ! J'allais oublier. J'ai fait tomber ça de la poche de ton jean, tout à l'heure. Quand je cherchais… euh… ton portefeuille…

Elle lui tendit une feuille de papier pliée. C'était celle que Drew lui avait remise au commissariat. Il l'avait totalement oubliée. Il hésita à la prendre.

— Colton ? Il y a un problème ? Si c'est privé, ne t'inquiète pas, je ne l'ai pas lue.

— C'est pour toi.

— Quoi ?

Il saisit son autre main et la tira vers le lit.

— Assieds-toi, s'il te plaît.

Elle prit place à côté de lui et attendit, le papier toujours à la main. Assis sur sa jambe droite repliée, il le lui prit et le posa de côté. Puis il lui saisit les mains et la tourna vers lui.

— Tu te souviens, au commissariat, quand tu as quitté la salle après avoir appris la mauvaise nouvelle, pour Eddie ?

Elle se raidit, et quelque chose dans son visage se ferma.

— Oui, bien sûr, que je me souviens.

— Cette feuille de papier est un mail envoyé à Drew par la police miccosukee. C'est la copie d'une lettre d'Eddie, qui t'était adressée. L'original était dans une enveloppe trouvée sur les lieux du crime.

Il la ramassa, la déplia et la lui tendit.

— Désolé d'avoir mis si longtemps à te la remettre. Au début, j'étais inquiet de la manière dont tu réagirais. Ensuite, elle m'est sortie de l'esprit. Je sais que ce n'est pas une excuse. Je te demande pardon.

Ses yeux s'emplirent de larmes, mais elle les effaça du revers de la main.

— Lis-la. Moi, je ne pourrai pas.

— Silver…

— Colton, s'il te plaît, lis-la. A voix haute.

Elle ferma les yeux, et ses poings se serrèrent sur les draps. Colton soupira et commença à lire.

Chère mademoiselle Westbrook. Puis-je vous appeler Silver ? J'ai toujours voulu le faire, sans oser… Ç'aurait été un peu vous manquer de respect. Mais, comme c'est une lettre d'adieu, j'espère que vous me pardonnerez.

Vous avez toujours été une véritable amie pour moi, la seule adulte qui ait jamais porté un intérêt réel et sincère à ce que je vivais, que j'étudie ou que je sèche les cours. Parce que vous vouliez que je fasse quelque chose de ma vie.

Je vous demande pardon de vous avoir laissée tomber.

Avec quelques potes, nous nous sommes livrés à des

activités pas très reluisantes. Ce vase bleu ? Il était volé, de même que certains autres objets que je vous ai apportés. C'était stupide, je sais. Ça a commencé par un pari idiot. Mais ensuite ça a grossi, d'autres trucs se sont ajoutés, des trucs dont j'ai trop honte de parler dans cette lettre. Une fois dedans, je ne pouvais plus en sortir.

Cette imbécillité de hold-up raté ? Je me doutais bien que vous saviez que c'était moi. Jamais je ne me suis senti aussi mal. Alors que vous vouliez m'aider, me protéger, moi je me suis pointé là pour prendre l'argent, les bijoux, tout ce qui était possible. J'aurais même pris les vôtres. Pourtant, j'étais animé de bonnes intentions. Je voulais rendre service à des amis. Je ne peux rien dire de plus, de peur de leur attirer des ennuis…

— Il fait allusion au réseau de drogue, n'est-ce pas ?

— Je crois, répondit Colton. C'est ce que Drew pense également.

Elle hocha la tête.

— Continue.

Il chercha l'endroit où il s'était arrêté, et reprit sa lecture.

C'est le moyen que j'ai trouvé pour m'en sortir. Je transforme ces vols en quelque chose de bien et j'aide certaines personnes, certains amis. Je ne peux pas rester dans le coin parce que ce que j'ai fait m'enverra en prison dès que ce sera connu. Et je ne pourrais pas survivre dans un tel endroit. Mais au moins j'aurai fait quelque chose de positif en aidant les autres. Vous devriez être fière de moi pour ça.

Colton releva la tête vers elle. Des larmes roulaient sur ses joues.

— Tu veux que j'arrête ? proposa-t-il. Nous pouvons terminer plus tard.

— Non. Je veux tout entendre.

Il acheva donc sa lecture :

Je suis désolé de vous avoir quittée sans vous avoir fait mes adieux. Je commence une nouvelle vie ailleurs. Je ne veux pas aller en prison. C'est pour ça que j'ai dû agir de la sorte. Je me tiendrai désormais à l'écart des ennuis, je vous le promets.

Adieu, Silver.

Votre ami,

Eddie

Colton replia la feuille et la lui donna. Elle la tint entre ses mains et secoua la tête.

— Je t'ai dit que c'était un bon garçon. Il a fait des erreurs, et il voulait sortir de là. Il a tenté de se racheter. C'était un bon garçon, répéta-t-elle.

Colton n'était pas forcément de cet avis, mais qu'il la croie semblait avoir une grande importance pour elle. Il glissa son bras autour de ses épaules et la serra contre lui.

— C'était un bon garçon, oui.

Il l'embrassa sur le sommet de la tête et lui frotta les bras, puis la berça avec tendresse pendant qu'elle digérait le contenu de la lettre.

Au bout d'un moment, elle renifla, s'essuya le visage et s'écarta de lui.

— En arrivant ici, tu m'as demandé si j'avais besoin de ton aide… Eh bien, oui, j'en ai besoin. Beaucoup. Aide-moi à trouver l'assassin d'Eddie.

— Bien sûr.

— Merci, Colton. Je vais attendre dans le séjour.

Elle se leva et se hâta vers le petit couloir.

— Silver ?

Elle s'arrêta, puis se retourna.

— Je ne rendrai les armes que lorsque nous aurons trouvé l'ordure qui l'a tué. Tu as ma parole.

Sa mâchoire trembla, et les larmes scintillèrent de nouveau

dans ses yeux gris. Elle le remercia d'un hochement de tête, puis referma la porte derrière elle.

Il poussa un grognement et se laissa retomber sur l'oreiller.

Ce qu'il venait de faire, songea-t-il avec amertume, c'était promettre une chose sur laquelle il n'avait pas réellement de prise. Par expérience, il le savait : quelle que soit l'énergie que l'on pouvait consacrer à la résolution d'une affaire, les pistes, parfois, étaient simplement inexistantes.

11

Silver s'assit en tailleur sur la moquette du séjour de ses amis. Dans son for intérieur, il y avait une brûlante soif de justice qu'elle n'avait pas éprouvée depuis longtemps. Oui, elle avait rêvé d'attraper le meurtrier d'Eddie avant de prendre connaissance de cette lettre, mais savoir qu'Eddie avait fini par comprendre et admettre qu'il devait donner un tournant radical à sa vie, et qu'à ce moment-là on la lui avait brutalement arrachée, avait concentré toutes ses émotions dans un besoin viscéral d'accomplir cette ultime action pour son ami : détruire celui qui lui avait volé son avenir.

Et, puisqu'elle avait Colton pour l'aider, l'affaire allait être résolue. Ensemble, ils obtiendraient justice, et Eddie Rafferty pourrait reposer en paix.

Colton revint justement de la chambre, s'assit à côté d'elle et ramassa l'un des dessins.

— Explique-moi. Qu'est-ce que c'est que tout ça ?

— Les suspects, répondit-elle en tapotant le portrait de Cato de son crayon. Ou du moins les suspects potentiels. Après ton départ, ce matin, Freddie et ses amis m'ont aidée à établir un profil de qui pouvait être le vrai méchant de l'histoire. Et voilà les personnes qui en sont ressorties. J'y ai ajouté deux ou trois qui me sont venues à l'esprit, mais globalement c'est le résultat de notre brainstorming.

Elle haussa les épaules.

— En général, dessiner ce qui me turlupine m'aide à

clarifier les choses dans ma tête. Mais aujourd'hui ça n'a pas marché. Enfin, jusqu'ici, parce que j'espère qu'ensemble nous aboutirons à quelque chose.

Colton crispa la mâchoire comme s'il avait des doutes à ce sujet, mais hocha néanmoins la tête.

— Je vois que tu as dessiné Buddy. Pourquoi pas Freddie ?

— Elle est inoffensive.

— Mais Buddy ne l'est pas ? Ils ont beaucoup en commun : le même âge environ, bagarreurs, costauds, têtus. Je ne les crois pas capables de s'en prendre physiquement à un gosse de dix-huit ans en bonne santé, mais ordonner à quelqu'un de le faire ? Ça, oui, je le vois très bien.

— Hum… Je ne suis pas de ton avis. Je n'imagine pas Freddie faisant une telle chose. Elle est peut-être rugueuse à l'extérieur, mais à l'intérieur c'est de la guimauve. Buddy lui ressemble beaucoup. Il est foncièrement gentil.

Colton secoua la tête.

— Ouais, j'ai vu sa gentillesse quand il t'a fait payer cette promenade en hydroglisseur à laquelle il t'a quasiment forcée. Et sur le quai, quand ses employés ont fait payer aux victimes du braquage quatre dollars la bouteille d'eau minérale.

— D'accord, d'accord. Il pousse peut-être un peu loin le sens du profit.

Devant l'air incrédule de Colton, elle rectifia :

— *Très* loin. OK. Mais cela ne fait pas de lui un assassin. Si tu étais dans la panade, il serait le premier à te proposer son aide.

— Si tu le dis… Mais, s'il est bien cet homme-là, pourquoi tu l'as dessiné ?

Elle ramassa le portrait de Buddy et lui montra les notes qu'elle avait griffonnées en bas de page.

— *Organisateur, leader, personnalité arrogante.* Ce sont ces traits de caractère qui m'ont fait l'inclure à la liste. Il adore l'argent et cherche à en gagner le plus possible, même s'il n'en dépense pas beaucoup. C'est ça qui l'excite. Il aime la compétition. Je le vois parfaitement donner les ordres, planifier, susciter des événements, jouer les grands manitous. Mais je doute sérieusement qu'il se comporterait ainsi s'il était au courant des vols et de l'existence d'un trafic de drogue. En revanche, quelqu'un pourrait fort bien profiter de lui, flatter son ego, se servir de ses ressources et de sa connaissance de la région pour mener son petit business sans qu'il ne s'en doute le moins du monde.

Colton lui prit le portrait des mains et lut le reste des notes qu'elle avait griffonnées, les dates et les heures où elle l'avait vu avec Eddie et ses potes, ou en conversation avec Cato et les autres.

— La société d'hydroglisseurs est à lui, rappela-t-elle. Ces bateaux seraient un moyen idéal pour introduire de la marchandise à Mystic Glades. Mais il aurait besoin d'un autre biais pour la distribuer sans éveiller les soupçons.

Colton lui rendit le dessin.

— Ton hypothèse se tient. Quelqu'un se sert peut-être de lui sans qu'il ne le sache. Si c'est le cas, qui se servirait des hydroglisseurs ? En dehors des heures de promenade, s'entend. Combien y en a-t-il ?

— Trois. Mais, si quelqu'un les empruntait à des heures inhabituelles, on les entendrait. Ils sont très bruyants.

— Je me souviens avoir vu le capitaine du nôtre…

— Danny.

Il acquiesça.

— Au moment du braquage, il s'est servi d'une gaffe pour approcher le bateau de la rive. Ça semblait assez facile, et ça ne faisait pas de bruit. Imaginons que lui ou l'un des autres capitaines soit impliqué dans ces trafics, il peut pousser l'hydroglisseur à distance suffisante à l'aide de cette gaffe, ou même le remorquer par canoë avant de lancer le moteur pour éviter d'attirer l'attention.

— Je n'aime pas penser que Danny ou l'un de ses collègues puisse être mêlé à ça. C'est un type trop sympa.

— Depuis quand le connais-tu ?

— Pas longtemps. C'est l'un des employés engagés par Buddy au début de l'été. Il n'est pas d'ici.

— Il faut donc vérifier ce qu'il faisait avant et d'où il vient. Et le garder sur notre liste de suspects. Quand j'ai parlé à Drew, avant de revenir ici, j'ai cité le nom de Danny en même temps que celui de quelques autres personnes dont je me souvenais. Il a chargé ses hommes de se renseigner sur eux. Nous le rappellerons demain. Peut-être qu'il nous fournira quelque chose d'utile.

— Drew ? Tu lui as parlé ?

— En quittant le Callahan's, j'ai roulé jusqu'à l'allée des Alligators et je l'ai appelé de là-bas. L'équipe des Homicides a interrogé des témoins qui ont vu une voiture peu ordinaire à proximité des lieux du crime et à l'heure correspondante. Une Mercedes bleu ciel des années 1980. Qui émet une fumée d'échappement noire, donc sans doute un moteur Diesel. Aurais-tu vu un modèle de ce genre dans le coin ?

— Je ne vois presque aucune voiture passer ici. Et, pour être honnête, je ne suis pas très calée dans ce domaine. Je serais incapable de distinguer un modèle d'un autre.

— Même la mienne ? Tu ne pourrais pas l'identifier ?

— Si. Une Mustang GT noire.

Il sourit.

— Je vois que tu en connais plus que tu veux bien le dire.

Elle évacua sa remarque d'un geste de la main.

— C'est parce que c'est ta voiture. Forcément, je le sais.

Il haussa les sourcils. Elle rougit. Qu'ils aient fait l'amour ne signifiait pas qu'il ressentait pour elle ce qu'elle avait déjà admis ressentir pour lui. Elle était si merveilleusement bien en sa compagnie qu'elle laissait échapper des choses qu'il n'avait pas besoin de savoir. Si elle n'y prenait garde, il comprendrait vite que son plus grand souhait était de rester avec lui. Ce qui serait passablement humiliant en cas de non-réciprocité.

Même lorsqu'il était fâché contre elle, elle aimait son beau visage et sa riche voix de baryton. L'un et l'autre avaient le don d'apaiser son esprit tourmenté. C'était là, véritablement, la raison de son attirance pour lui, celle pour laquelle il semblait être le *yin* de son *yang*. Il la comprenait, et c'était lui qui la faisait se sentir bien dans sa peau. C'était là un don très rare, qu'elle n'avait encore rencontré chez personne.

Et, bien sûr, en dépit de l'expérience quasi mystique qu'avaient été leurs étreintes, elle n'écartait pas la dimension physique de leur attirance mutuelle. Comme si son âme reconnaissait en lui une identité spirituelle, et son corps, une identité biologique. Faire l'amour avec Colton l'avait changée à jamais. Elle regrettait simplement de ne pas savoir ce qu'il en était pour lui.

— Tu dis que tu ne vois presque aucune voiture passer ici ?

— Oui. Il y en a très peu au village. Les résidents qui habitent au-dessus de leur commerce font la plupart de leurs déplacements à pied, de même que ceux qui vivent dans les bois environnants. Les seuls à en posséder sont ceux qui travaillent à l'extérieur, et en général ils ne passent pas par la Grand-rue. Ils empruntent une rue à l'écart qui coupe à travers la forêt. Quant aux rares qui conduisent dans le village, ils garent leur véhicule derrière les bâtiments dotés d'un parking, comme Swamp Buggy Outfitters. Mais ils sont nombreux à préférer le canoë, le kayak ou le quad.

Elle reposa son crayon.

— Peut-être que je perds mon temps avec ces portraits. Peut-être que Garcia a raison de dire que je ne vaux rien. J'allais quitter la police, de toute façon. Commencer une nouvelle carrière comme patronne de bed and breakfast. De façon inconsciente, j'ai dû savoir que je n'étais pas faite pour ce métier.

A ces mots, Colton se releva, la remit sur ses pieds et lui haussa le menton d'un geste tendre.

— Ce que dit Garcia ou rien, c'est pareil. Cet homme ne

trouverait pas ses chaussettes même si elles étaient devant son nez. Oublie-le.

Elle éclata de rire, et le sentiment d'oppression qu'elle avait dans la poitrine s'allégea.

— Tu l'as parfaitement cerné.

Elle recula et se pencha pour ramasser son œuvre.

— Voyons si je peux en tirer quelque chose avant que nous allions voir Mme Jones ce soir.

Colton lui prit les dessins et désigna l'alcôve où se trouvaient l'espace cuisine et le coin repas.

— Nous y serons mieux, non ?

— Bonne idée. Tu as déjeuné ? Nous sommes plus proches de l'heure du dîner, mais je n'ai pas la patience d'attendre. J'ai trop faim. Je vais voir ce que Jake et Faye ont dans leur frigo. Je suis sûre que je peux nous concocter quelque chose d'acceptable.

— Moi aussi, j'ai faim. Je ne cracherais pas sur un sandwich ou autre chose. Nous les préparerons ensemble, si tu veux. En même temps, tu me diras qui sont Jake et Faye, et pourquoi tu squattes leur appartement.

Pendant qu'ils confectionnaient de généreux sandwichs jambon fromage avec tous les ingrédients nécessaires, elle lui parla des propriétaires de la boutique Moon and Star. Ils étaient partis en second voyage de noces avec un couple d'amis, Dex et Amber. C'était Dex qui payait le voyage, parce que Jake et Faye avaient interrompu l'initial pour lui venir en aide alors qu'il était dans une situation critique.

— Tu les aimes beaucoup, n'est-ce pas ? Je l'entends dans ta voix.

Il posa les assiettes sur la table.

— Tu veux des chips ? J'en ai vu dans le garde-manger en sortant le pain.

— Volontiers, répondit-elle en ouvrant la porte du frigo. Que veux-tu boire ? Bière ou soda ?

— De l'eau. Je préférerais de la bière, mais je tiens à avoir l'esprit clair pour étudier notre affaire.

Il s'avança vers le garde-manger.

— Tu allais m'expliquer ce que tu fais dans cet appartement au lieu d'être à l'auberge.

— N'est-ce pas évident ? Il y a trop de monde en ce moment, et j'ai besoin de paix et de tranquillité pour me concentrer.

Elle se saisit de deux bouteilles d'eau fraîche.

— Je comprends. J'y suis allé, tout à l'heure, quand je te cherchais.

Avant de poser le paquet de chips sur la table, il ôta les dessins qui y étaient posés et les transféra sur le comptoir. La façon révérencieuse dont il les manipulait, alors qu'ils n'étaient que de simples croquis jetés sur le papier, procura à Silver une drôle de sensation. Elle ne connaissait peut-être rien de son passé, mais tout ce qu'il avait fait depuis leur rencontre était marqué par le souci de son bien-être et de sa protection. Il l'avait toujours traitée avec respect, ne l'avait jamais regardée comme une jeune femme un peu dérangée, ce qui avait si souvent été le cas dans sa vie. Au lieu de cela, chaque fois qu'elle « décrochait », cela semblait l'amuser. Tant de gens s'en étaient irrités ou l'avaient raillée, alors que cette rupture avec la réalité était totalement involontaire.

Si Garcia l'avait vue portraiturer ses suspects, il lui aurait intimé de ne pas perdre son temps. Mais Colton respectait ses méthodes, même s'il ne les comprenait probablement pas. En voyant son travail, il n'avait pas sourcillé. Et ses questions étaient empreintes d'une curiosité légitime, pas de dédain.

— Allô, Silver, ici la Terre, la taquina-t-il en agitant une main devant son visage. Où étais-tu ?

Elle haussa les épaules.

— Bof, ce n'est pas très important… Mangeons, et tâchons de resserrer notre liste de suspects.

Jusqu'à ce qu'elle plante les dents dans son sandwich, elle

ne s'était pas rendu compte à quel point elle avait faim. Elle le dévora quasiment d'une traite.

— Waouh, quel appétit ! ironisa Colton.

Il avait à peine avalé la moitié du sien.

— Je n'avais pas pris de petit déjeuner, expliqua-t-elle en rougissant.

— Moi, si. Mais je comprends.

Sans se lever, il se pencha de côté et sortit un couteau d'un tiroir de la kitchenette. Puis il coupa la partie entamée de son sandwich et posa l'autre sur son assiette.

Le demi-sandwich était très tentant, mais elle ne pouvait y toucher quand l'incroyable spécimen de mâle devant elle n'avait presque rien mangé. Ce serait la honte de sa vie.

Il lui releva de nouveau le menton.

— Hé, je vois bien que tu as encore faim, alors vas-y. Toute menue que tu sois, ce n'est pas comme si tu avais quelque chose à prouver.

Son estomac eut la traîtrise de gargouiller.

Colton éclata de rire et poussa son assiette vers elle.

— Allez, mange. Pendant ce temps-là, je te poserai d'autres questions.

— Sur quoi ? demanda-t-elle, cédant à sa faim.

La bouche pleine, elle plaça une main devant par politesse.

— Charlie Tate et Ron Dukes, les deux jeunes que tu as repérés avec Eddie le jour où tu as vu ce pain de coke. J'ai remarqué que tu ne les avais pas dessinés.

Elle fit passer sa bouchée avec une gorgée d'eau.

— Parce qu'ils ne sont plus là. Les parents de Charlie avaient suivi une thérapie, avant d'être mis à l'épreuve par le ministère de l'Enfance et de la Famille. Ils ont fini par obtenir l'autorisation de le reprendre. Ils habitent Naples. Et je n'ai pas vu Ron depuis deux semaines.

— Ça ne te paraît pas étrange ?

— Que Charlie ait déménagé ? Non. Pour Ron, en revanche… Je me suis demandé s'il ne lui était pas arrivé quelque chose.

J'ai tenté de remonter sa piste, mais il n'a pas vraiment d'amis ici. Il n'y a rien sur lui au service des personnes disparues, ni aucune victime d'homicide correspondant à sa description. Mon chef m'a dit de me focaliser sur le dernier et plus intéressant suspect : Eddie. J'ai donc consacré chaque minute où je n'étais pas prise par le B and B à me tenir informée sur lui. Mais j'étais limitée par le fait que l'auberge était justement ma couverture et qu'elle me prenait le plus clair de mon temps. En ce qui concerne Ron, je n'ai aucune idée de l'endroit où il se trouve actuellement.

Colton se renversa contre son dossier, manifestement plongé dans ses pensées, le regard lointain.

Silver en profita pour terminer son sandwich, lui donnant ainsi du temps pour analyser à fond les données dont ils disposaient.

Mais, lorsqu'elle commença à faire la vaisselle, il se leva pour l'aider. Ils partagèrent la tâche dans un silence confortable, jusqu'à ce que tout soit de nouveau propre et bien rangé. Puis ils passèrent à la chambre d'amis, où ils changèrent les draps et remirent chaque chose à sa place. Silver n'aurait pas supporté les taquineries de son amie si celle-ci avait découvert à quelles activités elle s'y était livrée avec Colton. Faye aurait été ravie pour elle, bien sûr, mais, étant d'un naturel plus pudique, Silver préférait que tout cela reste privé.

Ils firent également un peu de ménage dans le séjour, puis Silver s'avança vers l'espace repas.

— Il ne faut pas que j'oublie de sortir la poubelle avant de partir. Faye et Jake reviennent dans une semaine, et je ne veux pas qu'ils soient accueillis par une mauvaise odeur.

Colton s'appuya de l'épaule au mur de l'alcôve.

— Que font les habitants de Mystic Glades de leurs ordures ? Ils les déposent derrière chez eux et quelqu'un passe les prendre ?

— Non. Il y a un petit parc à conteneurs à cinq cents mètres dans les bois, au nord-est de l'entrée. Tout le monde y dépose ses sacs. Ils sont vidés trois fois par semaine, de sorte que ça ne sent pas trop mauvais.

Colton parut surpris.

— J'ai du mal à imaginer un camion de poubelles faisant un demi-tour serré pour quitter l'Interstate au niveau du tunnel de drainage, puis rouler jusqu'ici sur les huit ou neuf kilomètres depuis la clôture. Et trois fois par semaine ? Nous n'avons même pas ce genre de service à Naples.

Silver cala sa hanche contre le comptoir.

— Plutôt douze kilomètres. Et tu as raison. Le comté n'envoie pas de camion. Notre village a acheté le sien il y a des années. Il est garé dans les bois. Il sert à la fois à vider les conteneurs et à transporter les ordures beaucoup plus loin, dans un hangar où elles sont compactées en balles.

Elle leva les yeux vers lui.

— Ces balles sont ensuite chargées chaque semaine sur une petite péniche jusqu'à un point de collecte, où le comté vient les enlever.

Colton se figea et lui rendit son regard.

— Une péniche. Chaque semaine.

Elle hocha lentement la tête.

— Tu penses la même chose que moi ?

— Notre trafiquant de drogue n'a pas besoin des hydroglisseurs pour convoyer sa came. Oui, c'est bien ça que je pense. Qui est à la tête de ce business de transport par péniche ?

— La même personne qui dirige tout ici. Buddy Johnson.

— Ça ne me surprend pas. Il fait sans doute payer chaque citoyen pour le ramassage des ordures, et reçoit en plus un chèque de la ville.

— Il y a des chances.

— Et qui effectue le travail ?

— Des élèves du lycée conduisent le camion à tour de rôle. Il ne leur faut pas plus d'une demi-heure pour vider les conteneurs, acheminer les ordures au hangar et ramener le camion à son point de départ. Comme ce n'est jamais le même gosse qui s'en charge, le travail scolaire n'en souffre pas. Et Buddy les paye bien. C'est une tâche simple et rapide. Il suffit de savoir manipuler les manettes du camion.

— Eddie était l'un de ces gosses, n'est-ce pas ?

Elle acquiesça.

— Oui. Ainsi que Charlie, et quelques autres.

— Et le compactage des ordures et leur chargement hebdomadaire sur la péniche, qui supervise ça ?

— Avant, c'était Ron Dukes. Mais, depuis sa disparition, quelqu'un l'a remplacé.

Colton s'appuya d'une main sur le comptoir.

— Qui ?

— Cato Green. C'est son job du week-end, à présent. Ça lui fait un complément au revenu qu'il touche au Callahan's la semaine. Colton… Je crois que tu devrais rappeler ton chef. Il faut que nous sachions où est passé Ron Dukes et s'il a quelque chose sur Cato.

Il haussa un sourcil.

— Je crois que nous avons tous les deux une petite idée de l'endroit où a atterri Dukes.

Silver déglutit pour ravaler la bile qui lui montait à la gorge.

— Oui. La décharge du comté. Après un petit voyage involontaire dans une péniche à ordures.

— Le procédé est parfait, maugréa Colton. Quiconque double le big boss ou commet une erreur peut prendre le même chemin que les ordures. Personne n'ira fouiller une péniche chargée de balles de déchets en pensant y trouver un cadavre. Et tu paries combien que les pains de coke sont cachés dans l'une de ces balles, pour être transférés à une autre embarcation avant que la péniche n'atteigne le point de collecte ? Mystic Glades pourrait être un centre de distribution pour toute la Floride du Sud… Mais si c'est le cas… Pourquoi tuer Eddie au bord de l'Interstate et l'y laisser, quand ils auraient pu s'en débarrasser par la péniche ? Tu penses qu'il s'agissait d'un message de l'assassin ?

— Oui. Malheureusement, dans mon job, ou plutôt *ex-job*, d'enquêtrice des stups, ce n'était pas si rare. La personne qui a assassiné Eddie voulait qu'il soit trouvé. C'était bien un message, peut-être un avertissement à l'intention de ses amis et de tous ceux qui, travaillant sous les ordres du même caïd, seraient tentés de faire cavalier seul. Les barons de la drogue sont connus pour appliquer ce genre de méthodes. Mais où vient se placer le réseau de cambriolages, dans tout cela ?

— C'est bizarre, oui, reconnut Colton. Je ne vois pas un trafiquant diriger un tel réseau depuis la même base d'opérations. Pourquoi risquer d'attirer l'attention sur soi quand cela peut mettre en péril le gros business ? Avec la drogue, les enjeux sont de l'ordre de centaines de milliers de dollars, sinon de millions, suivant la quantité. Le cambriolage, même dans des secteurs huppés, est loin d'être aussi lucratif. Du moins, si je me fie à la liste des biens volés sur laquelle je travaille. Et la logistique, les acheteurs et les risques sont totalement différents.

— Les deux seraient étrangers l'un à l'autre ?

Il secoua négativement la tête.

— Deux réseaux d'activité criminelle auraient pour centre opérationnel la même petite bourgade, et il n'y aurait pas de lien entre eux ? Difficile à croire. Il doit forcément en exister un. La lettre d'Eddie laisse à penser que les deux sont connectés. Je ne disposais pas d'assez d'éléments pour le traduire en justice pour ses vols, mais avant même sa pseudo-confession j'aurais pu parier qu'il était mouillé jusqu'au cou dans ces réseaux. C'est pour ça que je voulais me servir de lui, le retourner contre son patron, lui proposer un marché. Mais je n'en ai pas eu l'occasion. Quant à la drogue, tu l'as vu toi-même avec un paquet. Même si c'était le premier, ce n'était certainement pas le dernier.

Sur ce, il sortit ses clés de sa poche.

— Nous discuterons de tout ça plus tard. Tu m'as dit que

la péniche ne servait que le week-end ? Le prochain vidage de conteneurs est prévu pour quand ?

— Demain soir.

— Bien. Comme il n'y a sans doute personne là-bas, nous visiterons l'endroit et nous étudierons en détail l'emploi du temps de la péniche, histoire de voir s'il y a une possibilité que notre théorie soit la bonne. Si la réponse est oui, alors nous pousserons jusqu'à l'allée des Alligators, où nous pourrons joindre Drew par cellulaire.

— OK, approuva-t-elle, les poings sur les cuisses. Il pourra ainsi se renseigner sur Cato Green. Et envoyer une équipe à la décharge du comté, avec des chiens détecteurs de cadavres.

12

Silver fronça le nez tandis que la Mustang passait devant le parc des conteneurs, sur l'étroit chemin à ornières qui menait à la péniche.

— Quelle infection ! Je comprends pourquoi c'est si éloigné du village. Personne ne voudrait supporter une telle odeur près de chez soi.

— Oui, répondit Colton. Surtout Buddy, avec ses projets de développement touristique à Mystic Glades.

Les bois s'ouvraient un peu plus loin, révélant de larges pans de ciel bleu.

— L'endroit semble désert, mais faisons comme s'il y avait quelqu'un, suggéra Colton.

Silver tapota aussitôt le bas son jean par-dessus son holster.

— Mon pistolet est chargé. Il n'est plus question que je quitte la maison sans lui.

Colton stoppa la voiture sur une vaste surface de gravier qui devait faire office de parking, puis coupa le moteur.

Ils en descendirent et observèrent la clairière. Il n'y avait pas grand-chose à voir. Juste un bâtiment métallique sur leur droite, avec d'énormes conteneurs accrochés à l'extérieur. C'était sans doute là que les gosses vidaient le camion. De ce bâtiment sortait un tapis roulant qui courait jusqu'au marais, et ressemblait à ceux que l'on voit aux guichets d'enregistrement des aéroports.

— Tout cela paraît bien automatisé, commenta Colton,

tandis qu'ils se dirigeaient vers l'extrémité du tapis, leurs chaussures crissant sur le gravier.

Une petite péniche, version miniature de celles dévolues aux transports fluviaux, était amarrée à une cloison, apparemment destinée à empêcher le marais d'empiéter sur la terre.

— Elle est équipée d'une petite grue, fit remarquer Silver à son tour, le doigt pointé vers l'engin de levage. J'imagine que les ordures sont compactées en balles dans ce bâtiment, et que celles-ci sont ensuite placées sur le tapis roulant qui les amène à la péniche. Tout ce qu'ils ont à faire, c'est de les pousser, puis de les charger à bord à l'aide de la grue. Qu'en penses-tu ? Un travail pour une équipe de deux hommes ?

— Un seul suffirait en cas de besoin. Et l'opération ne requiert pas de compétences particulières.

— Ce qui explique pourquoi Cato a été embauché, observa-t-elle. Sans méchanceté aucune, le gaillard n'est pas une lumière.

Les mains sur les hanches, elle étudia de nouveau la clairière.

— L'endroit est étonnamment propre. Bien plus que ce que l'on pourrait penser d'une installation destinée aux ordures.

— Je me disais justement la même chose. Reste aux aguets. Nous allons jeter un coup d'œil à l'intérieur du bâtiment.

Il sortit son pistolet. Elle l'imita. *Prudence est mère de sûreté*, se rappela-t-elle.

Leur arme pointée vers le sol, ils approchèrent de l'entrée. Il n'y avait pas de porte. La construction tenait plus du hangar d'aérodrome, ouvert d'un seul côté. L'odeur qui y régnait était pestilentielle. Mais sous celle, habituelle, des poubelles... Silver en discerna une autre. Elle renifla, cherchant à l'identifier. Familière, pas vraiment désagréable, mais... pas ce à quoi elle aurait pu s'attendre.

Ils se livrèrent à une rapide inspection du bâtiment. Il était vide, sauf pour le compacteur, fixé à des glissières côté conteneurs.

— Qu'est-ce que c'est ? demanda-t-elle, reniflant de nouveau. On dirait que ça vient de…

— Là.

Colton s'accroupit près du compacteur et ramassa un gravier sur le sol. Il le huma, recula vivement la tête et le tint loin de son nez.

— Oui, ça vient de là !

Jetant le caillou sur le sol, il se releva et pointa le doigt sur la base de la machine.

— Regarde comme la peinture s'écaille à cet endroit.

Elle s'approcha et acquiesça.

— Du chlore.

— Ouais. Et que font les criminels avec du chlore ?

— Ils éliminent les traces de sang compromettantes.

Colton se positionna le dos au mur, son arme prête à tirer, et scruta la clairière par l'ouverture du bâtiment.

— Partons d'ici.

La bouche soudain toute sèche, Silver le suivit jusqu'à la sortie.

Résider dans une bourgade isolée telle que Mystic Glades, nichée au milieu des bois et entourée d'une luxuriante végétation, avec au-delà des hectares de carex et de marais, avait toujours été pour elle un cadeau du ciel, une bénédiction. C'était comme de vivre dans une peinture extraordinaire laissée par un maître à l'intention de ses émules pour qu'ils s'en imprègnent et en tirent une jouissance esthétique. Mais, lorsqu'elle songea soudain à la distance qui les séparait du village, à leur solitude, et à la possibilité qu'un meurtre ait été commis dans le bâtiment où ils se trouvaient, ses mains devinrent toutes moites et son cœur se mit à cogner contre ses côtes comme si elle avait couru un marathon.

Avant de sortir, Colton l'arrêta d'une main levée et inspecta l'extérieur.

Il s'écoula une bonne minute avant qu'il ne l'invite de nouveau à le suivre.

Ils contournèrent l'angle de la bâtisse, puis regagnèrent à la hâte la Mustang. Colton démarra en trombe dans de grandes projections de gravier.

Silver s'accrocha à son siège et elle ne retrouva son calme qu'à l'approche de l'arcade qui marquait l'entrée du village. Enfin, elle put se laisser aller contre son dossier et ranger son arme.

Colton parut alors hésiter, laissant le moteur tourner au ralenti.

— Qu'est-ce que tu fais ? lui demanda-t-elle. Nous n'allons pas jusqu'à l'Interstate pour appeler Drew ?

Il hocha la tête et consulta l'écran de son téléphone.

— Si. Mais, entre le temps que nous avons passé chez tes amis et celui que nous avons pris pour explorer cette installation, il est déjà plus de 18 heures.

— Mme Jones ! s'écria Silver. J'avais complètement oublié ! Et Freddie et son cercle d'amis sont au courant pour Eddie… Il faut vraiment que nous lui annoncions officiellement la nouvelle avant qu'elle ne l'apprenne par quelqu'un d'autre.

— Je pensais à la même chose. Elle habite loin ?

— Environ huit kilomètres. Si tu tournes à gauche ici au lieu de prendre la Grand-rue et si tu contournes ce premier commerce, là, il y a une petite route qui part vers l'est et dessert plusieurs maisons. Celle des Jones est la dernière.

— Très bien. Occupons-nous de ça. Ensuite, nous passerons au B and B où tu te prépareras un sac pour la nuit. Je voudrais voir Drew et les autres inspecteurs afin de faire le point avec eux. S'ils pensent que notre hypothèse vaut la peine d'être creusée, Drew pourra envoyer son équipe à la décharge du comté. Quant à nous, nous ferons venir demain matin des techniciens de scène de crime qui iront passer au peigne fin l'installation que nous avons vue. Le ménage n'a peut-être pas été fait à fond. Nous pourrions requérir un mandat mais, si Buddy Johnson nous donne sa permission, ce ne sera sans doute pas nécessaire. Et, si nous n'obtenons ni l'un ni l'autre, nous encerclerons l'installation et nous bloquerons tout jusqu'à ce que nous parvenions à convaincre un juge d'émettre un mandat. Mais je ne veux rien faire cette nuit qui vienne aux oreilles de quelqu'un qui irait nettoyer l'endroit plus qu'il ne l'a déjà été.

— J'approuve, dit-elle. Tu as parlé d'un sac pour la nuit. Il y a un hôtel près du commissariat ?

— Oui, mais ce n'est pas là que tu iras. Tu viendras chez moi, à mon appartement.

Il lui jeta un regard de biais, l'expression indéchiffrable.

— Ça te convient ?

Elle s'attendit à ce qu'il lui explique ses raisons, par exemple qu'il voulait l'avoir près de lui pour qu'ils puissent discuter de l'affaire. Mais, devant son mutisme, elle comprit. C'était sa façon de lui dire, du moins l'espérait-elle de tout son cœur, que lui faire l'amour n'avait pas été juste un bon moment passé ensemble. Qu'il était question d'un futur. Qu'il songeait à une relation à long terme avec elle.

Et elle n'avait pas l'intention de dire non.

— Je trouve que c'est une très bonne idée.

Il eut un bref hochement de tête.

— Bien.

Il embraya et prit la direction de chez les Jones.

Laissant à Silver le soin de réconforter Mme Jones après l'annonce de la mort d'Eddie, Colton entreprit, avec la permission de cette dernière, d'explorer la maison d'un étage à la recherche d'indices, de tout ce que le jeune homme avait pu laisser derrière lui susceptible de les aider. A savoir : de leur indiquer avec qui il fricotait, et qui tirait les ficelles.

Elle était bâtie dans le plus pur style ranch, mais surélevée d'un mètre vingt environ, certainement afin de la garder sèche lorsque les orages de fin de journée, en été, faisaient monter le niveau de l'eau des marais, qui envahissait alors les propriétés.

A l'intérieur, trois des chambres étaient équipées de lits superposés, et il y avait deux noms sur chacune des portes. Apparemment, à chaque nouveau gosse accueilli, les Jones lui attribuaient un lit et mettaient son nom sur la porte. Pour se souvenir de celui-ci ? se demanda Colton avec amertume. D'après ce que lui avait dit Silver, Eddie ne s'était jamais senti aimé dans cette maison.

A la décharge des Jones, avec tous les ennuis qu'Eddie s'attirait, aimer un tel gosse devait demander une bonne dose d'abnégation. Peut-être était-il injuste de présumer que les Jones ne se souciaient guère des enfants qui leur étaient confiés. Comment expliquer, sinon, qu'une fois au courant du drame Mme Jones se soit ainsi effondrée ? Et elle avait envoyé les autres garçons chez des voisins jusqu'à ce qu'elle parvienne à se ressaisir. Elle ne voulait pas qu'ils la voient pleurer et ruminer son chagrin, avait-elle expliqué.

Pourtant, l'existence de ces trois chambres et le nombre de garçons qu'il avait comptés à son arrivée le firent redescendre vers le séjour avec une question à poser.

Plongée dans ses tristes pensées, Mme Jones avait le regard fixé droit devant elle, mais ses larmes avaient séché et elle discutait posément avec Silver. Assises l'une à côté de l'autre sur le canapé, elles se tenaient les mains comme de vieilles amies.

S'arrêtant dans l'encadrement de la porte, Colton admira de nouveau Silver pour l'attention évidente qu'elle portait aux autres et son désir de les aider, même s'ils ne le méritaient pas toujours. Elle n'avait pas une grande sympathie pour cette femme qu'elle tâchait de réconforter, Colton le savait. Pourtant, une vraie compassion émanait de son regard, de sa façon de la toucher et de lui parler. Silver était vraiment une femme exceptionnelle, songea Colton, et ses sentiments pour elle étaient de plus en plus profonds. Que lui était-il passé par la tête pour lui proposer de dormir chez lui ?

Elle leva vers lui des yeux mouillés et lui adressa un sourire triste. Elle avait dû pleurer avec Mme Jones.

Il lui rendit son sourire, entra dans la pièce et s'installa dans le fauteuil de cuir inclinable placé face à elles.

— Madame Jones, j'ai remarqué qu'il y avait six garçons ici, et six lits superposés. Où dormait Eddie ?

Elle fixa un instant le vide, puis agita son mouchoir d'un geste vague de la main.

— Oh ! Il a déménagé le jour de son anniversaire. Je veux dire : il continuait à venir pour les repas et le reste, mais il voulait son propre espace. Comme il ne pouvait se payer une chambre, nous l'avons laissé s'installer dans la cabane dans l'arbre, là derrière.

— La cabane dans l'arbre ?

Elle eut la délicatesse de rougir.

— Oui, je sais, ça fait minable. Mais en réalité, à l'intérieur, elle est aussi jolie que cette maison. Tony l'a construite il y a plusieurs années quand nous avons compris que nous finirions par accueillir des préados. Il s'est dit que ce serait cool pour eux d'avoir une grande cabane perchée dans un arbre. Il y a même installé l'eau courante, une minisalle de bains et une évacuation pour les toilettes.

De son mouchoir, elle se tamponna les coins des yeux.

— Eddie était fou de cette cabane. Il y passait beaucoup de temps. Lorsqu'il m'a suppliée de lui accorder l'autorisation de s'y installer, je n'ai pas pu dire non.

— J'aimerais la voir, si ça ne vous ennuie pas.

Son regard se perdit de nouveau dans le vague.

— Bien sûr, bien sûr… Faites ce que vous avez à faire, inspecteur. Et, si je puis vous aider en quoi que ce soit dans votre enquête, dites-le-moi. Tony sera très choqué quand il saura, pour Eddie.

Silver échangea un regard circonspect avec Colton. Celui-ci haussa les épaules. Ce que Mme Jones venait de dire ne collait pas du tout avec la manière dont Eddie dépeignait ses parents d'accueil. Mais, quand Silver semblait prendre pour argent comptant tout ce qu'Eddie lui disait, Colton était plus méfiant : le jeune homme semblait avoir eu une fâcheuse tendance à l'exagération. De toute évidence, il n'y avait rien dans cette maison, ni dans le comportement des autres gosses à leur arrivée, qui permettait de penser que les Jones ne les aimaient pas ou ne s'occupaient pas bien d'eux.

Eddie n'avait que dix-huit ans. Et la vie à travers les yeux d'un adolescent, surtout perturbé comme l'était celui-ci, pouvait être très différente de la réalité.

Les deux femmes se levèrent en même temps du canapé.

— Voyez-vous un inconvénient à ce que nous allions tout de suite jeter un œil à cette cabane, l'inspecteur et moi ?

— Bien sûr que non. Je m'en vais moi-même chez Betty pour voir les garçons. Vous avez été si gentille avec moi ce soir, Silver. Vous n'y étiez pas obligée, aussi je veux que vous sachiez combien j'apprécie. Vous et moi, nous n'avons jamais échangé que quelques mots, mais je vous ai toujours admirée.

Silver battit des paupières, clairement surprise.

— Vraiment ?

Elisa Jones hocha la tête.

— Vous êtes allée à l'université et vous avez travaillé dur pour arriver là où vous êtes aujourd'hui. Malgré cela, vous m'avez toujours traitée avec amabilité, et c'est une chose qui me va droit au cœur. Merci aussi d'avoir été l'amie d'Eddie. Je sais que vous l'avez soutenu dans ses études et aidé à s'en sortir. Il ne m'en a jamais rien dit, notez bien. Tout cela, je le sais par le bouche-à-oreille.

Elle s'essuya de nouveau les yeux.

— Eddie et moi n'étions pas souvent d'accord, et ça me fait chaud au cœur de savoir qu'avec vous il avait une amie, ce que je ne pouvais pas être.

Silver la serra brièvement dans ses bras, puis tous trois quittèrent la maison. Tandis qu'Elisa Jones se dirigeait d'un pas pressé vers celle où elle avait envoyé les garçons, Colton et Silver prirent le chemin qui conduisait à l'arrière de la propriété.

— Comment te sens-tu ? s'enquit Colton.

— Un peu… perdue, confia-t-elle en haussant les épaules. Je l'ai peut-être mal jugée depuis le début.

Ne sachant que répondre à cela, il ne dit rien. C'était à elle, et à elle seule, de réfléchir à cette question.

Mme Jones avait beau leur avoir précisé que la cabane dans l'arbre était jolie, Colton ne s'était pas attendu à ce qu'elle soit *aussi* jolie !

Eloignée d'une quinzaine de mètres de la maison, elle se perchait à environ quatre mètres du sol, avec un solide balcon qui en faisait le tour. Afin de préserver l'arbre lui-même, l'ensemble était discrètement soutenu par une structure métallique ancrée dans le sol, manifestement assez robuste pour empêcher la cabane de s'effondrer et peinte en vert pour se fondre dans le décor.

En appui sur des branches secondaires, le « corps » de la cabane était de la taille d'une chambre, percé d'une fenêtre sur deux des côtés, et d'une porte sur la façade.

Ils y accédèrent par l'échelle métallique, et Colton aida Silver à poser le pied sur le balcon.

— Incroyable ! souffla-t-il, admiratif. Mais il n'y a guère de quoi s'étonner, j'imagine. Drew m'a dit que M. Jones était ingénieur. Au départ, c'était sans doute une lubie, un désir de mettre à profit ses capacités tout en concevant un endroit ludique pour les enfants.

Silver glissa la main sur la rampe du balcon, son visage reflétant son émerveillement.

— C'est superbe, oui ! Cette façon de se servir de vraies branches pour fabriquer la rambarde, j'adore. Et puis la forêt est magnifique, ici. Quelle vue !

Sa joie fit sourire Colton. Il aimait sa réaction devant des choses simples que la plupart des gens ne voyaient pas. La vue était magnifique, en effet, même s'il s'agissait d'autres arbres, au feuillage si dense qu'il cachait presque totalement l'environnement de canaux et marais.

Mais en cet instant, ce qui l'intéressait, c'étaient surtout les épaisses plantes grimpantes dont les lianes retombaient de tous côtés depuis les branches supérieures. Plutôt que de s'enrouler sur le tronc, celles-ci avaient été coupées et se balançaient telles des cordes. Il en saisit une et tira dessus. Outre qu'elle était solide, elle était facile à empoigner grâce aux surgeons et aspérités naturelles. Il baissa les yeux sur la rampe devant lui. Puis sur l'arbre le plus proche, lui aussi envahi par les plantes grimpantes.

— Nom d'un chien…

Silver se précipita vers lui, les sourcils froncés.

— Quoi ? Tu as trouvé quelque chose ?

Il souleva la branche et désigna le bois de la rampe.

— Regarde, cette partie est tout éraflée. Et là, cet arbre est encore plus chargé que celui-ci de plantes grimpantes.

Ses yeux s'élargirent.

— A quoi penses-tu ? Qu'Eddie serait grimpé dessus pour jouer à Tarzan avec ces lianes ?

— Je suis prêt à parier qu'il l'a fait. Et souvent, à en juger par la quantité d'éraflures.

Elle plaça sa main en visière pour se protéger des rayons du soleil descendant qui perçaient entre les branches.

— Brrr… Ça fait froid dans le dos. Il y a de la hauteur. Un faux geste, une liane mal attrapée, et c'est la catastrophe.

— Oui. Mais en même temps c'est génial. Si quelqu'un te poursuit et que tu peux grimper dans ces arbres sans qu'il ne te voie, bingo ! Tu as gagné. Un moyen de fuite que personne ne peut soupçonner.

— Sans doute. Mais j'en ai la chair de poule rien que d'y penser. On peut se tuer en jouant à cela.

Elle grimaça et échangea un regard grave avec lui. Quelqu'un *avait* été tué. Eddie. Même si ce n'était pas en se balançant d'arbre en arbre.

Il lui serra l'épaule.

— Attends-moi ici. Je vais entrer le premier pour m'assurer qu'il n'y a pas de bestioles dangereuses en embuscade.

Elle frissonna nettement.

— Bonne idée ! Je ne voudrais pas me trouver face à face avec un raton laveur, ou, pire, une chauve-souris.

A peine eut-il ouvert la porte qu'un cri guttural jaillit de l'intérieur.

— Colton, attention ! hurla Silver.

Il jura et écarta les bras pour stopper l'homme qui plongeait vers lui, armé d'un couteau.

13

Silver lança la main vers son pistolet. Heureusement, Colton tordit le poignet de son assaillant, et le couteau tomba sur le balcon. Colton pivota, roula sur lui-même et projeta l'homme contre la rambarde. Ce dernier poussa un cri de douleur, au moment précis où Silver le braquait.

Ces cheveux blonds. Ce visage juvénile. Oh non !

Colton ramena son poing en arrière pour frapper.

— Stop ! cria-t-elle en rangeant son pistolet. C'est Charlie !

Colton hésita, retenant son coup. Charlie se jeta alors de côté et se précipita vers la rampe.

— Pas question ! grogna Colton en bondissant.

Il plongea vers le gosse, mais au même instant celui-ci se saisit d'une des lianes et sauta dans le vide.

Silver se couvrit la bouche, horrifiée. La branche se tendit soudain sous le poids de Charlie, qui, profitant de l'effet ressort, s'élança vers l'autre arbre. Dans un éclair de tennis blancs, le jeune homme empoigna une nouvelle liane et deux secondes plus tard disparut dans les feuillages.

Colton attrapa celle qui tombait sur la cabane, manifestement décidé à se lancer à sa poursuite. Silver se jeta entre la rampe et lui, les mains levées.

— Non ! Attends ! C'est trop risqué, tu pourrais tomber. Et puis nous ignorons pourquoi Charlie était là et ce qu'il faisait. L'idée ne me plaît pas, mais il s'agit peut-être d'un piège.

Colton considéra l'autre arbre, la mâchoire crispée.

— Grimper à la corde et jouer les Tarzan, je sais faire. Ces lianes ne doivent pas être difficiles : il y a assez d'irrégularités pour assurer une bonne prise. Mais si Charlie s'est planqué exprès dans la cabane…

Il lâcha la liane et recula.

— C'est peut-être un piège, tu as raison.

Il ramassa le couteau de Charlie.

— Lame de quinze centimètres et dos cranté… Dangereux objet, observa-t-il avec gravité. Une arme de combat. Inutile de se demander de quel côté il est. Pas du nôtre, en tout cas.

Posant le pied sur la barre inférieure de la rambarde, il releva le bas de son jean et inséra le couteau dans son boot.

Embarrassée, Silver déglutit avec peine.

— C'est clair. Pardon, Colton. Je n'aurais pas dû m'en mêler. C'est juste qu'il est si jeune… J'avais peur que tu le blesses. Mais toi aussi tu aurais pu être blessé ou pire… Je suis tellement, tellement désolée.

Il se redressa, l'expression radoucie.

— Ton abruti de chef avait raison sur un point. Tu es trop tendre. Mais il a tort de penser que c'est une faiblesse.

Posant une main sur sa joue, il effleura ses lèvres d'un baiser.

— Ne change jamais, Silver Westbrook.

Interdite, elle le suivit du regard tandis qu'il sortait son pistolet et faisait irruption dans la cabane comme dans les manuels, à l'affût d'êtres vivants à deux pattes autant qu'à quatre. Il faisait son boulot dans les règles, quand de son côté elle avait été d'une nullité absolue.

L'entraver dans son action était inexcusable et allait à l'encontre de tout ce qu'on lui avait enseigné. Mais la vue de ce jeune visage lui avait rappelé Eddie, et sa mort atroce sous les coups. Elle avait juste réagi avec ses tripes.

Elle frissonna et se frotta les bras. Crier à Colton d'arrêter était une erreur qui aurait pu lui coûter cher. Pourtant, il ne lui en voulait pas, apparemment. Cette aptitude à la compréhension et au pardon lui était si étrangère qu'elle n'était pas sûre de bien la comprendre. Quoi qu'il en soit, elle ne méritait ni l'une ni l'autre.

— Rien à signaler, lança-t-il depuis l'intérieur. Tu peux venir.

Désireuse de s'amender, aussi bien pour lui que pour elle, elle scruta les arbres environnants. Puis elle fouilla des yeux le terrain au-dessous d'eux. Ne repérant aucun signe de la présence d'intrus, elle pénétra dans la cabane.

Le tronc de l'arbre surgissait au milieu du plancher, lui donnant une forme annulaire d'environ un mètre vingt de section. Un évier et des toilettes de taille camping-car étaient encastrés dans l'un des côtés, tandis qu'un four à micro-ondes et un frigo *table top* constituaient la kitchenette. Un matelas gonflable, un oreiller et un couvre-lit devaient être la couche d'Eddie quand il était là.

— Je me demande ce que Charlie faisait ici, soupira-t-elle.

Agenouillé sur le sol, Colton étudiait une vieille malle à côté du matelas. Il désigna la petite poubelle, un peu plus loin, qui débordait d'emballages de confiseries et de sandwichs provenant de distributeurs, et de nombreuses bouteilles vides d'eau minérale.

— Il squattait les lieux, c'est clair. Il était censé être retourné chez ses vrais parents. Aurait-il fugué ?

— Ça doit être ça. Je me demande pourquoi. J'espère qu'il n'était pas victime d'abus sexuels.

— C'est toujours possible, mais il ne m'a pas donné l'impression d'être un enfant maltraité. Aucune marque, ni trace de coups. Mais ça ne veut rien dire, les violences peuvent être psychologiques.

— C'est vrai. Ce sont souvent les pires, ajouta-t-elle, les bras serrés sur sa taille.

Colton releva la tête.

— On dirait que tu parles d'expérience.

Elle songea nier, mais c'était Colton. Même si elle n'avait jamais parlé à personne d'un certain passé, elle savait pouvoir le faire avec lui. Il ne porterait pas de jugement, ne la couvrirait pas de honte.

— Oui, je parle d'expérience.

Il fit mine de se relever, mais elle l'arrêta d'un geste.

— Tout va bien. Inutile de revenir là-dessus, et certainement pas maintenant. Mais merci de te faire du souci pour moi. Je le vois dans tes yeux.

— Silver, si tu veux m'en parler…

— Je sais. Merci. Une autre fois.

Il hésita, l'air de ne pas savoir que décider.

Elle s'agenouilla à côté de lui, l'embrassa, puis désigna la malle.

— Qu'est-ce que tu fais ?

Mais il persistait à sonder son regard.

— Colton, c'était il y a longtemps. Je vais bien. Alors, cette malle ?

Il fronça les sourcils. Il s'inquiétait pour elle, et cela la touchait au fond du cœur.

Il reporta enfin son attention sur la malle.

— C'est la seule chose ici qui soit verrouillée, dit-il. Et je veux savoir pourquoi. Je n'ai trouvé de clé nulle part.

Il sortit le couteau de son boot et s'attaqua au bois autour de la serrure. Celle-ci finit par sauter. Il ouvrit le couvercle et fouilla brièvement le contenu de la malle.

— Des vêtements, principalement. Et des livres.

Silver l'aida à faire le tri. Elle tomba notamment sur un manuel de maths, dont les pages étaient chargées de notes rédigées de sa main. Une vague de tristesse la gagna.

— Haha ! s'écria alors Colton, en brandissant une petite clé. Si seulement nous savions où elle va…

Il passa la main au fond de la malle, sous les vêtements, puis s'assit sur ses talons.

— Je ne pense pas qu'il y ait grand-chose d'autre là-dedans. Donc cette clé était ce qu'il voulait cacher.

— Elle ressemble à une clé de cadenas, commenta Silver.

Ou d'une cantine. Nous pourrions peut-être demander à Mme Jones s'il a laissé des affaires chez elle. On ne sait jamais.

Colton se releva, l'aida à en faire autant, puis ils regagnèrent le plancher des vaches.

Alors qu'elle se dirigeait vers le sentier qui menait à la maison, il tira sur son bras.

— Je mets ma main au feu qu'il n'y a rien dans la maison qui corresponde à cette clé. Je l'ai fouillée de fond en comble tout à l'heure. En revanche, nous pourrions explorer ce chemin, là-bas.

Il désigna les bois, derrière eux.

— C'est la direction qu'a prise Charlie en s'enfuyant. La terre semble bien piétinée, comme si Eddie l'empruntait souvent. J'aimerais beaucoup savoir où il mène, et le soleil commence vraiment à baisser. Il faut profiter de ce qu'il fait encore clair. On ne sait jamais… Charlie a peut-être filé par là pour faire disparaître quelque chose. Je n'aimerais pas m'y rendre demain matin avec Drew pour découvrir que nous avons raté de peu un élément crucial pour notre enquête. Tu es partante ?

— Un peu, mon neveu !

Après un bon quart d'heure de marche, le chemin déboucha sur une petite clairière, pas très éloignée en fait de la cabane, quelques centaines de mètres tout au plus. Et au milieu se trouvait une vieille remise en bois, d'environ six mètres sur six, d'aspect délabré. Elle aurait paru abandonnée sans sa porte métallique visiblement récente, et ce qui pendait à l'anneau de fermeture. Un cadenas.

— Tu vois ce que je vois ? demanda Colton.

— Oui. La clé va nous servir.

Ils inspectèrent les bois dans le voisinage immédiat de la remise, mais il n'y avait rien de particulier. Ils revinrent donc vers la petite construction.

Silver sortit son arme et surveilla la clairière tandis que Colton essayait la clé.

Clic.

— Bingo ! fit-il.

Il ôta le cadenas, rabattit le passant de métal et empoigna son pistolet.

— Attends ici que j'y aie jeté un coup d'œil.

Elle opina du chef, et fit le guet pendant qu'il disparaissait à l'intérieur.

Quelques secondes plus tard, un sifflement bas lui parvint.

— Jackpot ! annonça-t-il. Il faut que tu voies ça.

Lorsqu'elle franchit la porte, Colton se servait de la fonction lampe de son portable pour éclairer ce qu'il avait trouvé. Le long des parois s'alignaient d'étranges empilements d'une hauteur d'un mètre environ, couverts par de la toile de bâche. Et, comme il avait soulevé un coin de cette toile, elle n'eut pas à deviner ce que celle-ci cachait.

Des pains de cocaïne. Par dizaines. Ou plutôt par centaines, vu la quantité.

— C'est pire que ce que j'avais imaginé…, soupira-t-elle. Si Eddie a fait quoi que ce soit qui puisse être perçu comme une menace par son patron, pas étonnant qu'il ait été tué. Il y en a ici pour des millions de dollars.

Colton éteignit la lampe et tenta de passer un appel.

— Pas de signal. Evidemment.

Il rangea le portable dans sa housse de ceinture.

— On part d'ici. Tout de suite.

Alors qu'ils se retournaient, Colton plaqua une main sur sa bouche et la repoussa dans l'ombre.

— Trop tard, lui souffla-t-il à l'oreille. Ecoute.

Les voix de deux hommes et d'une femme leur parvenaient depuis l'extérieur. Elles s'approchaient rapidement.

Il ôta sa main et sortit son couteau.

— Que fais-tu ? murmura-t-elle. Il faut filer de là.

— Impossible, ils nous entendront. Nous allons nous cacher là, tout au fond.

— Je referme la porte ?

— Non. On ne peut pas la cadenasser de l'intérieur.

Il souleva la toile d'un empilement proche de la porte et perça plusieurs trous dans l'un des pains. De la poudre blanche coula sur le sol.

Puis il rangea son couteau et lui prit la main.

— Vite.

Des cris se firent entendre dehors, tandis qu'ils rampaient au-dessus d'un des empilements. Ils se glissèrent derrière, dans l'étroit espace entre celui-ci et le mur. Colton tira la toile de bâche sur eux et ils attendirent, l'arme au poing, l'oreille tendue, osant à peine respirer.

Pourquoi avait-il crevé ce pain de cocaïne ? Silver voulut le lui demander, mais se retint, ne voulant pas les faire repérer. Les trois personnes entraient dans la remise.

— Nom de Dieu ! s'écria l'un des hommes. Tu n'as pas fermé la porte ?

— Bien sûr, que je l'ai fermée, répondit son compagnon. Quelqu'un a dû entrer en douce.

— Ouais, je vais te dire qui est entré en douce. Un rat, ou un raton laveur. Parce que tu as oublié de mettre le cadenas. Regarde ce gâchis. Il a crevé l'un des pains.

— Pour la dernière fois, je n'ai pas oublié de fermer !

— Raconte ça à Cato, et tu verras ce qu'il te dira.

Silver ravala sèchement son souffle. Colton la mit en garde d'une main sur l'épaule. Avec un peu de chance, les truands ne l'avaient pas entendue, mais elle était si surprise d'entendre ce nom ! Donc il était impliqué. Mais jusqu'où ? Pouvait-il être le caïd qu'elle recherchait ? Toutefois, elle ne l'imaginait pas à la tête d'un business de plusieurs millions de dollars.

Des bruits de pas, tout près d'eux… Puis un chuintement de vinyle contre du vinyle, à quelques centimètres de leur cachette. L'un des hommes retroussait l'une des toiles.

— Tout le reste semble intact.

— Evidemment ! répliqua le premier. La bestiole a eu le flash de sa vie et elle est allée mourir quelque part. Si c'était un humain, il aurait fichu le camp avec la came sans rien gâcher, pauvre idiot.

Une nouvelle toile fut soulevée, et l'air déplacé par ce mouvement vint leur caresser le cou. Silver serra des deux mains la crosse de son pistolet. La main gauche de Colton se posa sur son poignet droit et lui imprima une légère pression. Message reçu : il lui demandait de baisser un peu son arme et de ne pas paniquer. Elle déglutit avec peine et se concentra sur son souffle. Inspirer, expirer, inspirer, expirer. Par la bouche. Pas de bruit.

— Amène-la ici ! ordonna celui qui semblait être le chef.

A en juger par le bruit, celui qui avait soulevé la toile la remit en place, couvrant de nouveau la drogue.

L'esprit de Silver tournait à toute vitesse. Qui était cette femme ? Une otage ?

— Madame Jones. Etes-vous venue ici ?

Mme Jones ? Silver crut s'étrangler. Ses poings se serrèrent de nouveau sur son arme. Comment était-ce possible ? Eddie était mort, et elle était mêlée à tout cela depuis le début ?

— Non, non, monsieur ! Non ! Je n'avais même pas la clé. C'est Eddie qui l'avait.

— Tu vois ? dit l'homme à son complice. Je te l'ai dit, un raton laveur. Parce qu'Eddie n'est pas près de remettre les pieds ici, tu peux me croire !

Il éclata de rire à sa propre plaisanterie.

— C'est horrible, ce que vous dites ! s'insurgea Mme Jones d'une voix qui tremblait de peur et de colère. Pourquoi l'avoir tué ? Nous avons fait tout ce que vous nous demandiez.

De quoi parlait-elle ? s'interrogea Silver. Avaient-ils convenu d'un marché ?

— Ce n'est pas moi qui l'ai tué, protesta le chef. Ecoutez, si vous voulez, je vous conduis chez le patron. Vous pourrez lui poser la question.

La cruauté dans la voix de l'homme était telle que Silver réprima un haut-le-cœur. L'épaule de Colton toucha la sienne.

Il paraissait aussi tendu qu'elle. Mais le rôle de Mme Jones commençait à se préciser. Elle n'était qu'une participante contre son gré.

— Et mon Tony ? Vous m'avez dit que vous le laisseriez partir. Où est-il ?

— Calmez-vous, calmez-vous. Il va bien, comme promis. Tant que vous ne parlez de nous à personne.

— Nous ne dirons rien, je vous le jure. Nous avons fait tout ce que vous vouliez.

— Et c'est très bien, madame Jones. Maintenant, il paraît qu'il y a une paire de flics au village. Un homme et une femme. Vous savez quelque chose sur eux ?

Elle ne répondit pas tout de suite, comme si elle pesait le pour et le contre, puis déclara :

— Oui. Ils sont venus à la maison. Ce sont eux qui m'ont annoncé la mort d'Eddie. Mais je ne leur ai rien dit. Je les ai renvoyés.

— Vous en êtes bien sûre ? Vous ne leur avez absolument rien dit ?

La voix était de nouveau menaçante.

— Rien de rien, Dieu m'est témoin. S'il vous plaît, vous me faites mal au bras.

— Pardon. Toutes mes excuses, madame Jones. Comme ça, c'est mieux ?

— Ça va, répondit-elle. Je fais toujours ce que vous me demandez. Je vous retrouve chaque soir ici pour la vérification.

— Et nous apprécions, n'est-ce pas, Jack ?

Un grognement indistinct fut le seul signe que l'autre était toujours là.

— Vous savez quoi ? reprit le chef. Ce ne sera pas la peine de venir demain. Nous vous donnons votre soirée, pour bonne conduite. Mais nous vous surveillerons, histoire de nous assurer que vous n'irez pas raconter n'importe quoi à de mauvaises personnes.

— Je n'ai pas besoin de ma soirée. J'ai besoin de Tony.

Le jour est venu de le libérer ainsi que les autres, comme vous l'aviez promis. Vous étiez censé le faire après le dernier convoyage.

— C'est vrai. Malheureusement, nous sommes en retard sur notre programme. *Celui-ci* sera notre dernier convoyage. Nous devons attendre le week-end pour amener la péniche, ou nous risquons d'attirer l'attention. Plus que quelques jours, et tout sera terminé.

Il tentait manifestement de la rassurer.

— Rentrez vite chez vous, et tenez-vous aussi loin que possible de ces flics. Dès que la péniche sera chargée, nous laisserons votre mari et tout le monde partir.

— Vous le promettez ? J'ai votre parole ? Vous ne ferez pas de mal à Tony ?

— Vous avez ma parole, madame Jones. Tant que j'ai la vôtre que vous n'irez parler à personne.

— J'ai toujours gardé bouche cousue, et je continuerai.

— Bien, bien. A présent, filez.

Elle soupira lourdement et courut hors de la remise. Puis le bruit de ses pas s'estompa peu à peu dans la clairière.

— Qu'est-ce que c'est que cette histoire ? demanda le dénommé Jack. Notre dernier convoyage ?

Son chef éclata de rire.

— Jamais de la vie. Cet endroit est un Eldorado pour nous. Pas un seul kilo de perdu, jusqu'à la visite de ce maudit rongeur. Non, nous sommes encore là pour un bon moment. Il nous faut juste faire un peu de nettoyage et colmater les quelques fuites. En commençant par Tony. Une fois que ces détails seront réglés et que le chargement sera en route, nous arrangerons un petit accident pour Mme Jones. Et, la prochaine fois que tu dois pisser, fais-le dans ton pantalon. Tu ne quittes ton poste qu'à la relève de la garde, vu ? Nous aurons de la chance si Cato ou le patron ne nous retirent pas de notre salaire le prix de la came perdue. Maintenant, ouvre l'œil. Tu peux faire ça ?

Ils sortirent de la remise en se disputant. La porte se referma et le cadenas cliqueta. Le chef s'éloigna en intimant de nouveau à l'autre de ne pas bouger.

— Nous sommes piégés, chuchota Silver à l'oreille de Colton.

— Pas pour longtemps. Ne bouge pas.

— Mais…

— Attends ici. Ne sors que quand je te le dirai.

Il ouvrit la toile, passa par-dessus les paquets de cocaïne et la rabattit sur elle.

Elle serra les poings, contrariée. Il n'avait même pas pris la peine de lui expliquer le plan qu'il avait en tête.

Un bruit furtif lui parvint depuis la porte, puis un léger grattement, comme celui de griffes sur du bois. Oh non ! Y avait-il un rat dans la remise ? Pire ?

Les bruits recommencèrent, et la porte cogna légèrement contre le montant, comme si on la poussait de l'intérieur. Silver frissonna de répulsion. Mais où était passé Colton ? Que faisait-il ?

Grat-grat. Criic.

Dehors, l'homme jura. Le cadenas claqua contre du métal, puis la porte s'ouvrit.

— OK, sale bête. T'es où ?

Suivit un choc sourd. Puis un craquement. Un grognement sonore. Et enfin plus rien.

— Tu peux sortir ! lança Colton.

Silver rejeta la toile et battit des paupières. Un homme gisait à plat ventre dans la poussière, les yeux fermés.

— Eh bien, eh bien… persifla-t-elle. On dirait que la sale bête, c'était toi.

— Nous allons le ligoter et le laisser ici, annonça Colton. Tu peux lui enlever ses lacets ? Je m'en servirai pour lui lier les mains dans le dos. Comme ça, je garderai mes menottes. Nous pourrions en avoir besoin plus tard.

Pendant qu'elle s'attelait à la tâche, il coupa de longues

bandes du tissu de sa chemise à l'aide de son couteau, puis bâillonna l'homme avec soin.

Une fois l'opération terminée, Jack était troussé comme une dinde de Noël, toujours inconscient.

Après quoi Colton le soulagea de son arme, fit sortir Silver de la remise, referma la porte derrière elle et replaça le cadenas.

— Comme nous n'avons aucun moyen de savoir dans combien de temps vient la relève, il faut partir.

Ils gagnèrent en courant le couvert des bois.

Mais soudain Colton s'arrêta. Silver se tourna vers lui. Il étudiait la clairière et les arbres aux alentours.

Un frisson parcourut Silver.

— Un autre garde arrive ? s'enquit-elle à voix basse.

— Non, je ne pense pas.

Il posa sur elle un regard intense.

— Tu as retenu quoi de cet échange avec Mme Jones ? Qu'ils ont des otages, n'est-ce pas ? Tony et d'autres.

— Tu crois qu'au lieu d'aller chercher de l'aide nous devrions essayer de les libérer ?

Il secoua la tête.

— Non. *Je* vais essayer de les libérer, pendant que *tu* vas chercher de l'aide.

Elle posa les mains sur ses hanches.

— Si tu t'imagines un seul instant que je vais te laisser les affronter seul, tu te fourres le doigt dans l'œil. Pas question. Où tu vas, je vais. Je suis ton équipier. Je surveille tes arrières.

Sa mâchoire se crispa et il s'avança vers elle d'un pas ferme. Si elle n'avait pas eu un aperçu de sa gentillesse et de son sens de l'honneur, son expression sévère et l'éclat dur de ses yeux bleus l'auraient intimidée. Cela dit, intimidant, il ne l'était pas moins en la regardant ainsi.

— Je suis à cent pour-cent pour l'égalité des sexes, le respect dû aux femmes et contre toute restriction de ces deux points, déclara-t-il. Mais il m'arrive d'être un phallocrate primaire. Tu ne *viens pas* avec moi.

— Je suis officier de la force publique, comme toi ! rétorqua-t-elle. Nous bénéficions du même entraînement. Je suis munie d'une arme et je sais m'en servir. Plutôt bien, d'ailleurs. Alors pourquoi je ne viendrais pas avec toi ?

Il lui colla le dos à un arbre et lui releva le menton.

— Parce que je ne peux pas risquer qu'il t'arrive quelque chose. Du reste, il est plus logique qu'un seul de nous deux aille chercher de l'aide. Tu vas jusqu'à l'Interstate, tu appelles Drew et tu lui demandes d'envoyer la cavalerie. De mon côté, dès que j'ai localisé les otages, je fais une diversion et je tiens les gardiens à distance en attendant les troupes. J'appelle ça un bon plan.

Elle leva les yeux au ciel.

— Un bon plan ? Primo, deux pistolets valent toujours mieux qu'un. Et, deuzio, le but d'une diversion est de créer une ouverture pour permettre au partenaire d'agir. Sinon, ça n'a aucun sens.

Il voulut objecter, mais elle posa deux doigts sur ses lèvres.

— J'apprécie le souci que tu te fais pour moi. Il est réciproque, je t'assure. Moi non plus, je ne veux pas qu'il t'arrive quelque chose. Mais je suis aussi têtue que toi, sinon plus, et tu n'obtiendras jamais de moi que je te laisse seul. Rester là à discutailler est du temps perdu. Si tu veux sauver les otages, alors il te faudra accepter mon aide ou devoir constamment regarder par-dessus ton épaule. Parce que c'est là que je serai, à veiller au grain, à te couvrir. Dans cette affaire, nous formons une équipe. Une équipe indissociable.

Il écarta ses doigts de sa bouche.

— Tu es la femme la plus contrariante que j'aie jamais rencontrée.

Elle glissa les mains autour de son cou et pressa son corps contre le sien.

— Tais-toi et embrasse-moi, que nous puissions nous remettre en route.

La bouche de Colton descendit vers la sienne pour s'en

emparer dans un baiser sauvage, presque animal, qui la fit frétiller des orteils dans ses chaussures.

Puis, sans lui laisser le temps de reprendre son souffle, il la prit par la main et l'emmena dans une course folle vers l'endroit approximatif où ils avaient entendu le trafiquant s'en aller un peu plus tôt.

14

Les batteries de leur lampe faiblissaient.

Et, d'ailleurs, que Colton ait été capable de pister le truand jusque-là avec le peu de lumière qu'il leur restait étonnait Silver. A l'évidence, il avait de l'expérience en la matière, ce qui suscitait dans sa tête toutes sortes de questions à lui poser un jour sur son passé. Cela étant, il ne semblait plus très bien savoir de quel côté le malfrat avait disparu.

Il s'agenouilla et tâta le sol, apparemment à la recherche de reliefs indiquant une empreinte de pas.

La lampe s'éteignit définitivement.

Colton étouffa un juron, puis il se releva et se frotta les mains sur son jean.

— Bon… Utilisons nos neurones. Nous savons qu'ils ont pris cette direction. Après, je ne vois que deux endroits où les buissons sont assez clairsemés et la terre assez dure pour un déplacement aisé. Au niveau de ce grand chêne, là-bas, et là, plus à l'ouest, près de ce tronc couché.

— Donc on se sépare ?

— Certainement pas. Nous choisissons l'un ou l'autre ensemble, et nous voyons où ça nous mène. Si après cinq minutes nous ne retrouvons pas la piste, nous rebroussons chemin et essayons l'autre.

— Phallocrate un jour…

— Tu connaissais ma position avant de commencer. Tu serais prête à faire marche arrière pour aller chercher de l'aide ?

— Si j'étais sûre de l'obtenir à temps pour qu'elle nous soit vraiment utile, oui. Mais nous savons l'un comme l'autre que, le temps qu'elle arrive, il sera peut-être trop tard pour les otages. Notre seule chance de les sauver est de travailler ensemble et de continuer à avancer.

Il se frotta le menton et étudia les deux itinéraires possibles.

— Le grand chêne ?

— C'est ce que j'aurais choisi. Le terrain paraît plus ferme, plus sec. Je suis surprise de n'avoir vu personne d'autre. Ne laisser qu'un seul homme pour garder un tel stock de drogue n'est pas très intelligent.

— En effet. Mais tu les as entendus parler des otages et du ménage à faire. S'ils ont un acolyte, il est peut-être actuellement en train de les aider à régler leur sort.

— Alors nous ne devons pas perdre un instant. Allons-y !

Ils longèrent leur piste, scrutant le sol à l'affût de branches cassées ou d'empreintes. Mais leur unique éclairage était désormais celui de la lune. Et elle n'était même pas pleine.

Colton leva soudain une main, et d'un doigt sur la bouche intima le silence à Silver. Elle s'arrêta à côté de lui, l'oreille tendue. Des murmures, oui… Assourdis, comme s'ils venaient de loin. Mais avec la densité de la végétation il était difficile de déterminer la distance.

Sur une nouvelle injonction au silence, Colton s'avança à pas de loup. Silver le suivit, et ensemble ils se rapprochèrent peu à peu des voix.

Ils durent contourner une zone humide impraticable, couverte d'un amas de branches brisées. Puis plusieurs lumières apparurent. Ils s'accroupirent aussitôt. Mais elles ne bougeaient pas. Elles étaient fixes, et provenaient d'une vaste clairière située à une bonne cinquantaine de mètres, estima Silver.

Saisissant sa main derrière lui, Colton l'attira derrière un énorme cyprès tordu, dont les membres noueux émergeaient des eaux saumâtres d'une avancée du marais côté sud.

— Il doit y avoir des gardiens, chuchota-t-il. Je vais m'approcher par un mouvement circulaire, tâcher de déterminer où et combien ils sont. Si je vois les otages, je les compterai et je mémoriserai la disposition des lieux. Ensuite, nous réfléchirons à la meilleure façon de procéder.

Alors qu'il commençait à se retourner, elle lui attrapa la main.

— Promets-moi de ne pas t'attaquer seul à ces types, OK ? Promets-moi de revenir. Promets-moi que, quoi que nous décidions, nous le ferons *ensemble*.

Il plaqua les mains de chaque côté de son visage, et l'embrassa avec force.

— Tu as ma parole, murmura-t-il, avant de disparaître.

Colton se déplaça subrepticement à travers les bois, contournant mares de tourbe et palmiers nains, traçant avec soin un arc de cercle autour de la source des lumières, qui devait être le camp de base des trafiquants.

Il détestait mentir à Silver mais, si la situation était aussi dangereuse qu'il le supputait, il n'était pas question qu'il retourne la chercher. Non parce qu'il ne la jugeait pas à la hauteur — après tout, en tant qu'agent des stups, elle avait déjà dû être confrontée à pire. Mais il était prêt à parier qu'à chaque fois elle était accompagnée d'un groupe armé et entraîné. Aucun individu sain d'esprit n'irait s'attaquer sans appui à l'un de ces commandos paramilitaires spécialisés dans le convoyage de drogue à grande échelle. Lui y compris. Mais cette nuit les choses étaient différentes.

A cause de Silver.

Elle était l'une des rares personnes qui croyaient en la bonté naturelle des gens, malgré son métier et le mal qu'elle avait dû, comme lui, croiser au quotidien. Et elle avait déjà subi une douloureuse épreuve avec l'assassinat d'Eddie. Il ne supporterait pas de la voir de nouveau souffrir si d'autres innocents devaient être tués. Aussi, puisqu'il était a priori impossible de recevoir à temps les renforts, il était prêt à tout risquer, à tenter l'impossible pour sauver lui-même les otages.

Et, pendant qu'il se frayait un chemin autour d'une concentration de palmiers nains afin d'avoir une vue claire sur son objectif, son unique espoir était qu'il ait surestimé le danger.

Il se trompait. Il l'avait largement sous-estimé.

Une grande tente se dressait d'un côté de la clairière. Un espace de quatre mètres environ la séparait des premiers bosquets, ce qui rendait impossible une approche furtive. Tandis qu'il observait la scène, trois hommes armés sortirent des bois et pénétrèrent dans la tente. Quatre autres arpentaient le périmètre de la clairière, un fusil semi-automatique en bandoulière. Quant à la lumière, elle provenait de trois groupes de spots alimentés par des générateurs.

De l'autre côté étaient stationnées deux jeeps militaires, leurs chauffeurs armés des mêmes fusils semi-automatiques. Les bras croisés, l'air de s'ennuyer ferme, ils semblaient attendre quelqu'un, ou des ordres. Silver avait raison. Quelque chose était en cours.

Et il y avait gros à parier que ce *quelque chose* était lié aux quatre hommes ligotés et bâillonnés, dans une cage au milieu de la clairière. Rectification : un homme et trois adolescents, de l'âge d'Eddie ou à peu près. En comptant les chauffeurs des jeeps, les otages étaient gardés par au moins neuf hommes lourdement armés, auxquels il fallait ajouter celui en faction devant la remise, qui pouvait revenir à tout moment.

Oui, c'était pire que ce qu'il avait supposé.

Un souffle suspect au-dessus de sa tête le fit plonger de côté et sortir son couteau en un éclair. Un homme tomba là où il se trouvait la seconde précédente. Il tenta de s'écarter, mais Colton le renversa et lui colla le visage dans la terre pour l'empêcher de crier. L'empoignant par les cheveux, il lui releva la tête et s'apprêtait à lui trancher la gorge lorsqu'il se mit à gémir.

C'était un gémissement de gosse. *Ou d'ado terrifié.*

La lame sur son cou, Colton se pencha pour découvrir son visage. Charlie. Nom de… Il allégea la pression du couteau.

— Donne-moi une bonne raison de ne pas te tuer.

— Nous… Nous aurions pu *vous* tuer… Mais nous ne l'avons pas fait… bredouilla-t-il, les yeux dilatés par la peur.

— Nous ?

Il appuya la lame sur sa gorge.

Charlie frappa le sol d'une main. Des branches craquèrent au-dessus d'eux. Colton jura, releva le jeune homme et, tout en le tenant fermement devant lui, recula vers un arbre sans écarter le couteau. De sa main libre, il sortit son revolver et le braqua sur les six garçons qui venaient de tomber du ciel et se tenaient accroupis devant lui, l'air de vouloir en découdre. Sauf qu'en dépit de ce que Charlie venait de dire ils n'étaient pas armés.

— Reculez, ou il meurt ! ordonna Colton en visant le plus proche.

— Faites ce qu'il dit, murmura Charlie d'une voix étranglée, à peine audible.

Le groupe leva lentement les mains et recula de plusieurs pas. S'infiltrant à travers les branches, la lumière de la lune éclaira plusieurs visages, que Colton reconnut. C'étaient les enfants accueillis par Mme Jones, ceux qu'elle avait envoyés chez sa voisine quand Silver et lui étaient venus annoncer la mort d'Eddie. Mais comment étaient-ils arrivés jusque-là ?

Un rapide coup d'œil confirma la présence de lianes dans les arbres. Les garçons s'en étaient servis pour passer de l'un à l'autre et le surprendre comme des ninjas. Il devait l'avouer : il était impressionné.

Avec précaution, il baissa son arme vers le sol et écarta de quelques centimètres la lame du cou de Charlie.

— Très bien…

Il parlait toujours à voix basse, afin de ne pas être entendu des gardiens.

— Vous avez mon attention. Je vous écoute.

Avec les centaines de pas qu'elle avait faits, une ornière aurait dû se former dans la terre, songea Silver. Elle allait et venait entre les deux mêmes arbres. Son pistolet pendait contre sa cuisse, dirigé vers le sol. Depuis combien de temps Colton était-il parti ? Vingt minutes ? Trente ? Plus ? Assez, en tout cas, pour effectuer sa reconnaissance et revenir la chercher.

A moins qu'il lui ait menti au sujet de libérer ensemble les otages.

Un souffle d'air lui caressa la nuque. Or, il n'y avait pas la moindre brise. Elle leva son arme, la braqua autour d'elle en un mouvement balayant, mais il n'y avait rien. Apparemment…

— Colton ? murmura-t-elle. C'est toi ?

— Silver, baisse ce pistolet.

Elle fronça les sourcils et se retourna.

— Colton ? Où es-tu ?

— Lève les yeux.

Elle fit ce qu'il lui disait, et sa mâchoire se décrocha.

— Qu'est-ce que tu… Comment as-tu…

— Ton pistolet.

— Oh ! Pardon…

Elle le rangea sous sa ceinture et recula.

Il lâcha la liane à laquelle il était accroché, atterrit en roulé-boulé sur le sol et se releva d'un bond. Sans lui laisser le temps de l'interroger, il lui saisit la main et l'attira vers le tronc d'un gros arbre.

Boum, *boum*, *boum*. Plusieurs hommes tombèrent du ciel à l'endroit où il avait lui-même atterri. Lorsqu'il la relâcha, elle en compta six, non, sept, qui la fixaient. Devant leurs visages juvéniles, elle fronça les sourcils. Puis elle les reconnut.

— Vous êtes les garçons de chez Mme Jones. Et… C'est toi, Charlie ?

Le jeune homme s'avança devant les autres.

— Oui, m'dame. J'espère que nous ne vous avons pas fait peur. Nous sommes de votre côté, je veux dire, l'inspecteur Graham et vous.

Elle pressa une main sur sa poitrine. Son cœur semblait vouloir s'échapper de sa cage thoracique. Elle avait eu une belle frayeur, ça, oui, mais ne savait que penser. A l'évidence, ils ne constituaient pas un danger. Sinon, Colton ne les aurait pas amenés. Et puis son arme était rangée. Mais que faisaient-ils là ? Et que voulaient-ils ?

— Colton… Je ne comprends pas. Que se passe-t-il ? Les otages, c'étaient eux ?

Elle posa les mains sur les hanches.

— Tu as risqué ta vie pour les sauver tout seul ? Tu m'avais promis que…

— Holà, holà ! la coupa-t-il, avançant les mains en un geste d'apaisement. Une question à la fois. D'abord, je n'ai sauvé personne. Ensuite, ces jeunes hommes n'étaient pas otages. Pas cette semaine, en tout cas.

— Que veux-tu dire, *pas cette semaine* ?

— Charlie, répète-lui ce que tu m'as dit.

Avec une horreur croissante, elle l'écouta raconter son histoire. Tout avait commencé au lycée. Eddie et quelques autres s'y faisaient humilier par l'un des élèves qui se croyait supérieur parce que ses parents étaient riches. Ce jour-là, l'un d'eux avait dégotté une bouteille de gin, et ils se la passaient tour à tour, tout en maudissant le jeune pédant. Sur un pari alcoolisé, ils décidèrent de s'introduire chez lui et de vandaliser les lieux. Ce qu'ils firent. Mais, dans la maison, ils trouvèrent quelque chose. Un kilo de cocaïne, et plusieurs milliers de dollars en liquide. S'ils n'avaient pas été ivres, ils y auraient réfléchi à deux fois. Mais ils l'étaient, et ils ont emporté la came et l'argent.

— Attends ! fit Silver. Tu veux dire que le père de ce garçon était un trafiquant ?

— Oui, m'dame. Mais nous étions soûls, nous n'avons pas bien réalisé. Sinon, nous aurions mis les bouts tout de suite après avoir découvert la drogue.

— Laissez-moi deviner. Il vous a vus sur les vidéos de télésurveillance, et il savait que vous étiez des élèves du lycée.

Charlie opina du chef.

— Il a menacé de le dire à la police, de leur montrer la vidéo du cambriolage. Personne ne croirait que la drogue lui appartenait, a-t-il ajouté. Notre seule chance de nous en sortir, c'était de lui rendre quelques services.

— Le réseau de cambriolage ! lança-t-elle, comprenant soudain où tout avait commencé.

— Non, corrigea Colton. Les cambriolages sont intervenus plus tard. Cet homme qu'ils ont volé était un second couteau, assez bas dans la hiérarchie. Il venait d'être arrêté pour d'autres motifs. J'ai reconnu son nom quand Charlie l'a cité. Quoi qu'il en soit, il a parlé à son chef de ce cambriolage. Ce dernier a envoyé des hommes de main donner une petite leçon aux gosses et leur proposer un travail contre l'oubli de leur faute.

Silver hocha la tête.

— Qui était de s'être attaqués à l'organisation, je suppose. Même s'ils l'ignoraient sur le moment.

— Oui, m'dame, convint de nouveau Charlie. Car nous lui avons rendu la drogue et l'argent. Mais ça ne suffisait pas. Il a menacé de nous tuer, ou de tuer les Jones, si nous ne faisions pas ce qu'il demandait.

— Convoyer de la drogue pour lui ?

— Oui. Il avait besoin d'un endroit où les flics n'iraient pas fourrer leur nez. Il pensait donc utiliser les canaux et les marais autour de Mystic Glades, et nous lui servirions de guides, de couverture, et même de sentinelles si les choses tournaient mal.

Un second garçon s'avança.

— Nous ne savions pas quoi faire, alors nous sommes allés en parler à M. Jones. Mais ces types nous surveillaient. Deux hommes ont fait irruption chez M. Jones et l'ont emmené, ainsi que Todd et moi, précisa-t-il en désignant son voisin.

— Que s'est-il passé après ? Vous êtes parvenus à vous échapper ?

— Non, m'dame. Ils savaient que les services sociaux interviendraient si nous disparaissions. Ils nous ont donc libérés, tout en gardant M. Jones prisonnier. C'est à ce moment-là qu'Eddie a eu une idée pour sauver tout le monde. Il a organisé des cambriolages. Le but était de rassembler assez d'argent pour payer cet homme afin qu'il nous laisse tranquille et libère M. Jones.

— Tu te souviens de Ron Dukes ? intervint Colton.

Elle acquiesça.

— C'était le cerveau du réseau, un petit génie des systèmes d'alarme et de protection. Ils l'ont donc recruté.

— Attends un peu. Alors Ron… ne travaillait pas pour le trafiquant de drogue ?

— Non. Il voulait juste aider Eddie et les autres à racheter leur liberté.

— Oh ! Seigneur. Et il l'a payé de sa vie.

— Non, madame. Ron est l'un des otages.

Elle cligna des yeux, un peu perdue.

Colton prit ses mains dans les siennes et lui offrit un sourire compréhensif.

— Ça fait beaucoup à la fois… Ce chlore que nous avons remarqué au hangar de compactage n'était que cela, du chlore. Pour ce que nous en savons, il n'avait rien à voir avec Ron ni quoi que ce soit. C'était juste un désinfectant. Le nœud de l'affaire, c'est qu'Eddie et ses potes se sont retrouvés embringués dans ce réseau de drogue par accident. Ils ont tenté de payer leur liberté en volant des objets de valeur et en les revendant. Ce qu'ils ignoraient, c'est qu'une fois que l'on a mis le doigt dans l'engrenage…

— Il n'est plus possible de revenir en arrière, termina-t-elle. Mon Dieu ! J'ai si souvent vérifié cet adage au cours de mes années chez les stups. Eddie aurait donc développé son business pour libérer tout le monde ?

Colton hocha la tête.

— Et il en est mort.

Silver luttait pour retenir ses larmes.

— Et les otages, ils sont quoi ? Une assurance contre les petits malins qui seraient tentés d'imiter Eddie ?

— Oui, m'dame.

— Qui l'a tué ? Je veux le savoir.

— Pour pouvoir répondre, il faudrait que nous sachions qui est au sommet de l'organisation, souligna Colton.

Silver se tourna vers Charlie.

— Je ne comprends pas. Chacun de vous sait pertinemment qui mène la barque dans ce trafic…

— Cato ? lâcha Colton. Non, il n'est que l'homme à tout faire du big boss. Nous pensons aussi que c'est lui qui a réglé son compte à Eddie. Mais seulement parce qu'il en avait reçu l'ordre.

— Alors qui est *le* patron ?

Colton regarda les garçons l'un après l'autre. Tous haussèrent les épaules.

— Nous n'en savons rien. Nous ne l'avons jamais vu.

Silver secoua la tête pour marquer sa frustration.

— Ecoute…, reprit Colton. Les otages se trouvent dans un camp pas loin d'ici. Apparemment, ils sont sur le point d'être transférés ailleurs. Or, il n'y a aucune raison de les déplacer, sinon pour…

— Faire le ménage, soupira-t-elle.

Il opina.

— Nous ne pouvons attendre plus longtemps. Il faut les sortir de là.

— Un camp, dis-tu ? Combien de gardiens ?

— Une dizaine, peut-être plus. Equipés d'armes semi-automatiques.

Elle baissa les yeux sur son pistolet, sous sa ceinture. Deux armes de poing : la sienne et celle de Colton. Trois, en comptant celle récupérée sur le type dans la remise. Insuffisant pour neutraliser dix hommes entraînés.

De l'index, Colton lui releva gentiment le menton.

— Hé là, ne te décourage pas. Ce n'est pas terminé.

Le sourire aux lèvres, il lui présenta la clé du cadenas.

— Les garçons et moi, nous avons un plan.

15

Colton tendit les clés de sa Mustang à Charlie, mais hésita au dernier moment.

— Tu es sûr de savoir te servir d'un levier de vitesses ?

— J'ai appris à conduire avec. Mais je n'ai jamais eu de Mustang entre les mains. Ça va être cool !

— Colton, nous n'avons pas le temps pour ça, lui rappela Silver.

Avec une grimace, il laissa tomber les clés dans la main de Charlie.

— Allez, file. Mais sois aussi discret que possible. Et dis-toi que Cato ou son patron ont peut-être posté des hommes dans les bois à ta recherche. Ne prends aucun risque. Une fois au village, ne t'arrête pas. Nous avons besoin de véritables renforts : flics, SWAT, forces spéciales… Et pas que Freddie et son escouade du troisième âge débarquent ici et se fassent tuer.

Il lui remit également son portable.

— Va jusqu'à l'Interstate et presse la touche d'appel. Le numéro de mon chef est déjà composé. Dis-lui d'envoyer la cavalerie.

— Ça marche.

— Go !

Charlie tourna les talons et disparut dans les bois.

— Maintenant, à la remise. Venez.

Colton partit à grandes foulées, devant Silver et les garçons.

Arrivés près de la construction, ils s'arrêtèrent et il fit signe à deux des adolescents de s'approcher.

— Ned, c'est toi qui as le briquet, n'est-ce pas ?

— Oui, monsieur.

— Parfait. Robert et toi, vous savez ce que vous devez faire. Attendez quinze minutes, le temps que nous ayons pris position. Puis, Ned, tu allumes le briquet. Après ça, tu arrêtes de fumer, c'est mauvais pour ta santé. Compris ?

Ned sourit et lui fit un salut militaire.

— Oui, monsieur.

— Aussitôt que le feu prend, vous grimpez dans un arbre et vous disparaissez façon Tarzan. Pigé ?

— Pigé ! répondirent-ils d'une même voix.

Colton rendit son salut à Ned, puis avisa le reste du groupe.

— A présent, lequel de cette brochette de petits délinquants a un canif sur lui ?

Silver lui cogna le bras. Il lui fit un clin d'œil.

Les trois derniers garçons levèrent la main.

Il fronça un sourcil pour lui dire : « Tu vois ? »

Elle leva les yeux au ciel.

— Très bien. L'agent spécial Westbrook et moi, nous accomplirons notre part. Rappelez-vous. Crevez juste les roues de la seconde jeep. Nous aurons besoin de la première pour transporter les otages. Tout le monde est prêt ?

Ils opinèrent avec énergie. Il se pencha alors vers Silver.

— Et toi, tu es prête ? Si les choses ne tournent pas comme prévu, ce sera la bataille de Gettysburg. Il ne faudra songer qu'à sauver notre peau. Et la leur, ajouta-t-il en désignant les garçons.

— Allons-y ! décida-t-elle.

Ils s'engagèrent l'un derrière l'autre dans les bois, Colton en tête. Il savait comment progresser sans bruit, tel un félin, évitant les brindilles et tout ce qui pouvait alerter le camp ennemi.

Une fois la clairière atteinte, ils gagnèrent en catimini son extrémité, où les jeeps étaient garées.

Colton désigna un buisson proche de la première. Dès que les garçons s'y furent cachés, il leva ses deux pouces. Puis il s'enfonça avec Silver dans les arbres pour contourner le périmètre. Arrivés à la moitié de sa longueur, ils s'accroupirent en face de la cage où étaient retenus les otages. Colton sortit son couteau, Silver, son pistolet.

Et ils attendirent.

Attendirent…

Colton était sur le point de suggérer de retourner à la remise voir où en étaient les trois autres lorsqu'une lumière jaillit justement du côté où elle se trouvait, dans un faisceau d'étincelles qui s'éleva dans la nuit. Le crépitement distant des flammes fit tourner les têtes des otages dans cette direction.

— Au feu ! cria l'un des gardiens. Ça vient de la remise. Allons-y !

Les autres gardiens surgirent comme un seul homme, y compris ceux qui étaient dans la tente, et même les chauffeurs des jeeps. Ils se mirent à courir vers l'incendie. Colton avait basé son plan sur ce qui devait être le plus important aux yeux du chef et donc de ses hommes. Entre quelques otages et des millions de dollars de cocaïne, le choix était vite fait.

Mais il ne faudrait évidemment pas dix hommes pour éteindre un petit feu. Colton et son équipe ne disposaient, au mieux, que de quelques minutes.

— Couvre-moi ! intima-t-il à Silver.

Elle leva son arme et surveilla l'autre côté du camp, d'où pouvaient revenir les gardiens. Pendant ce temps, Colton courut vers la cage, le couteau à la main. Il trancha la corde qui maintenait la porte fermée, puis l'ouvrit à la volée.

— Dépêche-toi ! le pressa Silver. Je vois du mouvement.

S'engouffrant dans la cage, il coupa les liens des chevilles des otages, mais délaissa ceux des poignets.

— Courez vers la première jeep, ordonna-t-il. Vite !

Il les aida à sortir, mais l'un des garçons avait une vilaine coupure à la jambe. Colton tenta de le soulever pour le porter. En vain. Il était trop grand et trop lourd. Il passa alors le bras du jeune otage sur son épaule et le traîna, cahin-caha, jusqu'à la jeep.

Une fois devant le véhicule, il l'installa à l'arrière et compta les autres. Ils étaient tous là. Et les creveurs de pneus avaient fait leur boulot : les roues de la seconde jeep étaient à plat.

— OK, les gars.

Des cris retentirent derrière eux. Il se retourna. Depuis les bois, deux gardiens couraient vers le camp, pistolet au poing. Aussitôt, Colton se tourna de nouveau vers la jeep, s'attendant à ce que Silver l'ait rejoint. Mais non, elle n'était pas là. Et près de la tente non plus. Elle n'était nulle part !

— Silver ? appela-t-il. Silver ?

Un coup de feu claqua dans la clairière. Colton plongea tout en sortant son arme, et fit feu sur le gardien qui l'avait pris pour cible. Ce dernier s'affaissa sur le sol. Le second gardien le visa. Colton tira deux fois. L'homme disparut derrière des buissons.

Il frappa sur le panneau arrière de la jeep.

— Partez, vite.

Celui qui devait être M. Jones sauta derrière le volant.

— Venez ! lança-t-il à Colton.

— Non, pas sans Silver. Filez ! Nous vous rattraperons. Une balle siffla à son oreille.

La jeep démarra, et s'éloigna à toute vitesse dans des projections de terre et de feuilles.

Colton tournoya sur lui-même et se planqua derrière un arbre tout en cherchant Silver des yeux. Bon sang ! Où pouvait-elle être ? Elle aurait dû se trouver juste derrière lui.

Un hurlement lui parvint alors depuis quelque part sur sa droite. Son sang ne fit qu'un tour. Il tira deux fois pour se couvrir et se lança dans un sprint désespéré.

Seigneur, faites qu'elle n'ait rien, je vous en supplie !

Un nouveau cri.

Il cracha toutes les injures qu'il connaissait.

Son pied s'enfonça dans une poche de boue, et il s'étala brutalement dans de l'eau croupie. Il se releva, s'ébroua et repartit aussi vite que possible.

Un puissant moteur se mit soudain en marche. Il connaissait ce bruit. Un hydroglisseur. Il accéléra, tirant au maximum sur les muscles de ses jambes.

La lumière de la lune se refléta sur une coque blanche. Le bateau se trouvait juste devant lui. A bord, deux silhouettes se dessinaient. Celle de Silver, et celle d'un homme avec qui il s'était déjà battu.

Cato.

L'hydroglisseur démarra et s'éloigna d'un embarcadère de fortune.

Un brutal flux d'adrénaline envahit son système sanguin. Dans un sursaut d'énergie, il plongea vers l'embarcation, tomba dans le marais en faisant un grand *splash*, mais se jeta en avant et parvint à accrocher l'arrière du bateau, entre la cage de protection de l'hélice et la coque. L'hydroglisseur frappa l'eau, tressauta sur les hauts-fonds, le ballotant de tous côtés comme une poupée de chiffon.

Il lutta pour ne pas lâcher prise, et sa deuxième main put enfin rejoindre la première. Avec le ventilateur géant entre lui et l'avant, Cato ne s'était pas aperçu de sa présence. Silver était assise à ses pieds, et il tenait son arme braquée sur elle tout en pilotant le bateau à fond plat.

Les dents serrées, les bras et les mains douloureux, Colton s'avança centimètre par centimètre vers tribord. Au passage d'un banc de boue, l'hydroglisseur sauta quasiment en l'air.

Par miracle, Colton fut projeté vers l'intérieur plutôt que dans le marais, et atterrit brutalement sur le fond métallique. Cato et Silver tournèrent en même temps la tête et le découvrirent.

Son pistolet devait être depuis longtemps au fond de l'eau.

Quant à Silver, elle n'avait certainement plus le sien. Sinon, elle s'en serait servie contre Cato.

Celui-ci pointa son arme vers lui. La balle allait le transpercer, le tuer, il en avait pleinement conscience. Impossible que Cato le rate à cette distance. Il se prépara au choc, envahi par une grande paix intérieure : son sacrifice allait permettre à Silver de se sauver, soit en poussant Cato par-dessus bord, soit en se jetant elle-même à l'eau. Elle survivrait. Et c'était tout ce qui comptait.

— Noon ! hurla-t-elle alors.

Le pistolet de Cato revint sur elle.

Colton en profita pour se jeter sur lui, lui frappant le genou avec sa chaussure dans un craquement sinistre. Puis il lui assena un coup violent dans l'aisselle, qui fit voler l'arme en l'air. Le coup de feu partit, mais celle-ci tomba dans l'eau noire du marais, qui s'avançait vers eux à une vitesse vertigineuse.

Cato rugit de rage, serrant son genou brisé tout en luttant pour rester debout, accroché à la roue.

Colton allait le frapper de nouveau quand son attention fut attirée par une masse noire qui venait vers eux à toute allure. Lâchant un cri d'alarme, il plongea sur Silver, la ceintura et s'élança avec elle par-dessus le bastingage, avant de couler jusqu'au fond limoneux du marais.

Un bruit sourd se réverbéra dans l'eau tandis qu'une boule de feu éclatait au-dessus d'eux.

Lorsqu'ils refirent surface, émergeant tels des bouchons de liège, ils contemplèrent ce qui restait de l'hydroglisseur. Il avait foncé plein gaz sur les racines dressées d'un énorme arbre mort, et explosé sous le choc.

Colton tira Silver vers lui et la gratifia d'une féroce étreinte.

— J'ai cru mourir quand je ne t'ai plus revue au camp. Puis je t'ai entendue hurler.

— Je suis navrée, tellement navrée… Il m'a sauté dessus par-derrière.

La tenant contre lui, il plaqua ses deux mains sur ses joues.

— Est-ce que ça va ?

— Je me sens…

Elle baissa les yeux et fronça le nez de dégoût.

— Sale, puante, mais, à part ça, ça va.

— Tu sens merveilleusement bon, pour moi.

Il l'embrassa jusqu'à ce qu'ils soient tous deux à bout de souffle. Puis ils se tinrent par la main et, tout en riant, pataugèrent dans l'eau trouble pour atteindre la rive boueuse.

Lorsqu'ils furent sur un terrain à peu près sec, ils se retournèrent vers le marais : le feu dévorait l'épave du bateau et attaquait les racines de l'arbre. Quelque chose de blanc flottait, juste à côté. La chemise de Cato. Il gisait dans l'eau, face vers le bas, les vêtements déchirés et brûlés.

Silver frissonna fortement et glissa le bras autour de la taille de Colton.

— Dis-moi que les otages sont saufs.

— La dernière fois que je les ai vus, ils étaient secoués à l'arrière de la jeep, et M. Jones conduisait comme s'il avait le feu à son pantalon. Ils rigolaient, même ! Ils vont s'en sortir.

— Dieu merci ! soupira-t-elle. Dommage que nous n'ayons ni jeep ni barque. Je suppose que tu n'as pas un canoë caché quelque part, si ?

— Hélas, non. D'après toi, nous sommes loin du village ?

— Tout ce que je peux te dire, c'est que la nuit sera longue.

Un sifflement guttural se fit entendre dans les hautes herbes derrière eux.

Ils se retournèrent d'un bond.

— Qu'est-ce que c'était ? demanda Colton.

— Un alligator, je crois.

— Tu *crois* ?

— OK. *C'était* un alligator.

Un second sifflement leur parvint, plus près, sur leur gauche, en même temps que ce qui ressemblait à un grondement bas.

Colton fit reculer Silver vers l'eau. Un *splash* brisa le silence végétal. Puis un autre.

— Oh oh, je crois que nous avons des problèmes, grommela-t-il.

La lumière du feu, qui consumait le bateau et l'arbre, révéla une paire d'yeux verts qui les regardait depuis l'eau.

— Ça court vite, un alligator ?

— Moins que ça ne nage, mais en ligne droite ça vous rattrape un homme en quelques brèves accélérations.

— D'accord. Voilà mon plan. On évite l'eau, on court en zigzag dans l'herbe et on prie pour arriver vivants à l'arbre en feu, en espérant qu'il le tiendra à l'écart jusqu'à ce que nous ayons trouvé autre chose. Si tu as mieux, je t'écoute.

Un magnifique sourire éclaira son visage.

— Demande, et tu recevras. Ecoute… Tu entends ?

Il tendit l'oreille… Et oui… C'était le vrombissement de l'hélice d'un hydroglisseur.

Quelques secondes plus tard, les faisceaux de puissants projecteurs glissèrent sur eux.

— Silver ? C'est vous ? demanda la voix rocailleuse de Buddy Johnson.

Silver agita la main, sautillant comme un enfant.

— Je n'aurais jamais cru être aussi heureux de voir un autre hydroglisseur, confia Colton.

Moins d'une minute plus tard, ils étaient à son bord, riant et échangeant des poignées de main avec leurs sauveteurs, Buddy Johnson, trois hommes que Colton avait déjà vus au Callahan's, et Danny Thompson à la barre.

Tandis qu'ils reprenaient la direction de Mystic Glades, Buddy tendit à ses passagers des bouteilles d'eau minérale sorties d'une glacière.

— Ça fera quatre dollars. Chacune.

— Mettez ça sur mon ardoise, grogna Colton.

Buddy éclata de rire et lui assena une claque sur l'épaule.

— Je plaisantais ! Je suis heureux d'avoir pu vous aider, que Charlie se soit arrêté au Callahan's, et…

— Attendez. Il n'est pas allé à l'Interstate contacter la police comme je le lui avais dit ?

— Il n'en a pas eu besoin. En entrant à Mystic Glades, il a vérifié les barres sur son portable, et par chance il y en avait. Il a donc passé l'appel et filé droit au Callahan's. Votre chef est en route. Il a dit qu'il vous y retrouverait et qu'il avait alerté la cavalerie. J'imagine qu'elle est déjà à la recherche des mercenaires qui gardaient ce camp. Ces salauds ne s'échapperont pas.

Colton acquiesça.

— Dès que le premier se sera mis à table, ils tomberont comme des dominos et cracheront tout ce qu'ils savent sur leur patron pour obtenir un allégement de peine. En un rien de temps, nous aurons la tête du trafic, et l'assassin d'Eddie. Avec un peu de chance, il restera même assez de cocaïne dans la remise incendiée pour servir de pièce à conviction. Sinon, les résidus et les témoins oculaires suffiront à l'incriminer.

— Ce sera aussi la fin du réseau de cambriolages, souligna Silver.

Colton grimaça.

— Bien entendu, tu voudras que je parle pour les garçons, que j'essaie d'obtenir que les charges pesant sur eux soient levées en échange de leur témoignage contre les trafiquants.

Elle lui tapota affectueusement la poitrine.

— Bien entendu.

Il l'embrassa.

— Bah, je peux bien faire ça pour toi.

L'hydroglisseur ralentit, avant de toucher le quai en douceur.

— Terminus, tout le monde descend, annonça Danny en amarrant l'embarcation.

Silver le gratifia d'une étreinte amicale et sourit.

— Merci beaucoup. A vous aussi, Buddy. Merci à tous. La perspective de passer la nuit avec les alligators ne nous emballait pas outre mesure, Colton et moi.

Tout en remontant le chemin vers la Grand-rue, ils discutèrent de la succession des événements.

Une fois le petit groupe arrivé devant le B and B, Silver tira Colton à l'écart.

— Je suis crasseuse. Je vais me prendre une douche. Et je veux voir comment les choses se passent pour Tippy et Jenks. Ils doivent s'arracher les cheveux à l'heure qu'il est. Ils ne s'attendaient certainement pas à devoir tout gérer par eux-mêmes. Va au Callahan's, Drew est peut-être déjà arrivé. Je vous rejoins dans quelques minutes.

Il hésita, et tourna le regard vers l'auberge, tout éclairée. Les lumières étaient allumées au rez-de-chaussée, ainsi que dans plusieurs chambres à l'étage. Il y avait du monde dans l'établissement, avec ses huit chambres, se rappela-t-il. Silver ne serait pas seule. Il n'avait aucun souci à se faire.

Buddy se tourna vers lui.

— Vous venez, Colton ? Votre chef doit déjà vous attendre.

— Vas-y, insista Silver. Tout ira bien pour moi.

Sans attendre sa réponse, elle remonta l'allée d'un pas léger, gravit les marches du perron, lui fit un petit signe de la main et entra dans son auberge. Une fois à l'intérieur, elle écarta le rideau d'une des fenêtres, lui lança un baiser puis disparut à sa vue.

Buddy lui tapa dans le dos pour qu'il se dépêche.

— Vous pourrez vous débarbouiller là-bas.

Il ajouta dans la foulée :

— Pendant que nous y sommes, si vous me disiez comment vous vous êtes rencontrés, Silver et vous ? D'après mes antennes, ça remonte à loin. Pourtant, je n'ai pas le souvenir de l'avoir jamais entendue parler de vous.

Peu désireux d'aborder le sujet, Colton noya le poisson et dévia habilement la conversation vers le petit empire que s'était bâti Buddy à Mystic Glades. Dès que celui-ci commença à évoquer les techniques pour gagner de l'argent, il ne s'arrêta pas. Ce qui convenait tout à fait à Colton, qui ne l'écouta qu'à moitié.

Sa Mustang était garée devant le Callahan's, et semblait impeccable. Mais il faisait nuit, et le tableau serait peut-être différent à la lumière du jour.

Il y avait beaucoup de monde à l'intérieur du bar, ce qui le surprit un peu. Presque chaque table était occupée. J.J. courait dans tous les sens, chargée de lourds plateaux de bière et de nourriture, riant et flirtant avec les clients. Charlie se trouvait à une table du fond, en compagnie de quelques filles avec qui il semblait beaucoup s'amuser. Il se vantait sans doute de ses exploits, embellis pour la circonstance, songea Colton avec amusement.

Freddie se précipita vers lui comme si elle voulait le serrer entre ses bras épais, ce qui lui donna des sueurs froides. Mais elle fronça le nez et s'arrêta à deux pas de lui.

— Il y a un évier au fond de la cuisine. Vous débarrasser de cette boue ne sera pas un luxe. Venez, je vais vous montrer.

D'autorité, elle lui fit franchir la porte battante, ce qui le dérangea d'autant moins que Buddy avait retrouvé ses amis, à qui, en bon génie des affaires qu'il était, il expliquait comment tirer avantage de l'actuel marché touristique. Deux cuistots branchés sur dix mille volts claquaient des burgers sur un gril et jetaient des nachos dans un four à pizzas.

Arrivée près de la porte du fond, Freddie lui désigna un grand évier carré, avec un robinet prolongé d'un tuyau souple. Le sol était muni d'une grille d'évacuation. Pendant qu'elle attendait, appuyée au mur près de la porte, Colton se livra à une toilette rudimentaire.

— On m'a dit que Silver et vous, vous aviez eu une nuit assez chargée. Où est-elle, au fait ?

— A l'auberge. Elle se nettoie.

Saisissant le savon posé au-dessus de l'évier, il s'en frotta les mains et les avant-bras.

— Vous aussi, vous avez une nuit chargée, observa-t-il. Je ne crois pas avoir déjà vu le bar aussi plein.

— Ouais, eh bien, Tippy et Jenks ont atteint leurs limites en matière de nombre de clients à gérer et à nourrir. Je leur ai donc suggéré de les envoyer ici pour le dîner.

Les mains sous l'eau, Colton hésita, puis finalement désigna du menton l'un des cuisiniers, qui faisait la navette entre la cuisine et la salle.

— Vous dites que les clients du B and B sont là ?

— Exactement.

Il détacha plusieurs longueurs de papier d'un grand rouleau et se sécha les mains.

— Et Tippy et Jenks, ils sont restés là-bas ?

— Non, ils sont ici. Pourquoi ? Y a un problème ?

Il haussa les épaules. Peut-être, peut-être pas. Il n'aimait pas du tout savoir Silver seule, surtout avec le caïd présumé du réseau de drogue toujours en liberté.

Il se hâta de terminer sa toilette.

On frappa alors à la porte de derrière. Freddie l'ouvrit en grand pour laisser entrer le second cuisinier, chargé d'un carton de victuailles provenant d'une réserve. En passant derrière lui, Colton se figea soudain. Stationnée sur le parking, derrière le bâtiment, se trouvait une Mercedes bleu ciel datant des années quatre-vingt. Et il était prêt à parier qu'il s'agissait d'un modèle diesel.

— Freddie, à qui est cette voiture ?

Elle avança la tête pour regarder.

— C'est Cato qui la conduit, généralement.

— Généralement ? Qui d'autre l'utilise ?

— Danny, quelquefois. En fait, je crois que c'est lui qui l'a prise aujourd'hui.

Danny, le capitaine de l'hydroglisseur. L'une des personnes recrutées par Buddy au début de l'été, c'est-à-dire à l'époque où avaient commencé les cambriolages et les opérations liées à la drogue. Danny connaissait par cœur les canaux. Et il savait qui était venu à Mystic Glades et qui en était reparti, puisqu'en tant que pilote c'était lui qui amenait les touristes jusqu'au village. Pendant que ces derniers prenaient leur petit déjeuner « gratuit » au Callahan's avant leur virée en hydroglisseur, il écoutait tous les ragots qui circulaient dans le bar. En un mot, il était au courant de tout ce qui se passait à Mystic Glades.

Et, comme il avait été sur le bateau plus tôt dans la soirée, il les avait entendus évoquer la fin de l'opération et le témoignage attendu des gardiens du camp contre leur chef. Il les avait aussi entendus parler de la destruction du stock de cocaïne dans la remise. En d'autres termes, il savait que la partie était jouée. Il n'avait plus rien à perdre.

Et toutes les raisons de les haïr, Silver et lui, conclut Colton.

— Où est-il ?

Il traversa la cuisine en courant.

— Qui ? demanda Freddie dans son dos.

— Danny.

— Dans la salle, je crois.

Il poussa à la volée la porte battante. Elle se referma d'elle-même sur ses gonds, faisant sursauter J.J., qui s'en approchait justement.

— Hé là ! Du calme, monsieur Graham ! Vous êtes bien pressé !

— Danny, le pilote de l'hydroglisseur. Où est-il ?

Il fouilla des yeux la salle, examinant les visages des groupes attablés.

— Je ne sais pas. Cherchez. Il doit être là, quelque part. On dirait que tout le village s'est donné rendez-vous ici.

Elle éclata de rire et disparut dans la cuisine.

Perché sur un tabouret au comptoir, Buddy bavardait avec un ami et se tourna vers Colton.

— Vous cherchez Danny ?

— Vous savez où il est ?

— Vous n'avez pas remarqué qu'il était resté sur le

bateau ? Il a dit qu'il voulait faire le plein et le préparer pour la promenade de demain.

Les demi-portes battantes de l'entrée frappèrent le mur de chaque côté tandis qu'un homme entrait, essoufflé, dans le bar.

— Le feu ! s'étrangla-t-il. Le B and B est en feu !

Un tir éclata à l'extérieur.

Silver !

Colton faillit renverser l'homme en se précipitant dehors. Il sauta par-dessus le passage en planches, et s'élança aussi vite que possible vers l'auberge sans cesser de prier.

Seigneur, faites qu'elle n'ait rien ! Je vous en supplie, faites qu'elle n'ait rien… O, Seigneur !

16

Colton s'arrêta net devant l'allée, se protégeant le visage de la chaleur de l'incendie. Tout le rez-de-chaussée était déjà la proie des flammes. La chaleur était si intense qu'il ne pouvait s'approcher à moins de six ou sept mètres de la maison.

— Silver ! Où es-tu ? Silver !

Tout en longeant le flanc de la propriété, il leva les yeux vers l'étage. Les fenêtres y avaient déjà explosé, laissant échapper une épaisse fumée.

Autour de lui, des hommes s'activaient, Buddy lançait des ordres où il était question de pompes, de tuyaux, et d'amener au plus vite l'eau depuis le marais. Mais il les écoutait à peine.

— Silver ! cria-t-il de nouveau, cherchant désespérément un moyen de pénétrer dans les lieux.

Il se rua vers l'arrière, où il dut slalomer entre les hommes accourus pour maîtriser le sinistre.

— Silver ! hurla-t-il, les mains placées en porte-voix.

— Ici ! Colton, je suis ici !

Silver !

Il virevolta sur lui-même, cherchant à déterminer d'où venait sa voix.

— En haut !

Une main devant les yeux pour se protéger de la lumière, il leva la tête. Silver était penchée à la fenêtre du grenier. Couverte de sang !

Il en eut des frissons.

— Tiens bon !

Il scruta la façade arrière, courut à droite, à gauche, mais il n'y avait aucun moyen de grimper jusque-là. Aussi, il agrippa le bras de Buddy, qui amenait une lance d'incendie avec l'aide de Charlie.

— Buddy, une échelle ! Avez-vous une échelle ?

— Pourquoi ?

Il leva le doigt vers Silver.

— Dieu tout-puissant ! Non, je n'ai rien qui puisse atteindre cette hauteur. En bas, c'est la fournaise. Même si nous en avions une, nous ne pourrions pas nous en servir.

Un grondement terrible les fit se retourner. Charlie désigna l'énorme chêne derrière la maison.

— C'est une panthère, là-haut ?

La panthère noire que Colton avait déjà croisée à deux reprises se tenait sur une grosse branche, à mi-hauteur environ de l'arbre. Mais l'attention de Colton fut aussitôt attirée par autre chose. Quelque chose de bien plus positif : les épaisses lianes qui pendaient à côté du félin. Son cœur se gonfla d'espoir. Sans hésiter, il bondit vers la plus basse et se hissa dans l'arbre.

— Que faites-vous ? lui cria Buddy. Cet arbre est trop loin de la maison. Ça ne sert à rien.

Colton l'ignora et s'éleva dans le grand chêne, qui s'avéra pourvu de bonnes branches préhensibles, comme l'avait indiqué Silver. Lorsqu'il approcha de la panthère, celle-ci feula. Mais il n'y prêta guère attention et continua à grimper jusqu'à se trouver trois mètres au-dessus du niveau de la fenêtre du grenier.

Charlie le suivait dans l'arbre.

Un soudain halo de chaleur émana de la construction tandis que les flammes commençaient à s'attaquer à l'étage, et que des vrilles de fumée noire s'élevaient depuis la fenêtre de la chambre.

Agrippée au rebord, Silver se penchait dehors, la tête protégée par une serviette.

— J'arrive ! lui lança Colton d'une voix forte.

Les premières lianes étaient trop courtes pour atteindre la maison. Il en sélectionna de nouvelles et sortit son couteau pour en dégager une.

Au même instant, Charlie l'interpella. Il se tenait sur une branche juste au-dessous de lui.

— Elle est trop épaisse. Vous n'aurez pas une bonne prise. Choisissez plutôt celle-là.

Colton attrapa celle qu'il lui désignait, sectionna la partie inférieure et tira dessus. Elle semblait en effet solide et bien accrochée. Il glissa la main dans l'un des nœuds que formait le complexe réseau de fibres.

— Il vous faut un bon point de départ, ajouta Charlie. Placez-vous sur cette branche, là, puis courez et lancez-vous !

Colton sauta dessus. Plus mince que les autres, elle ploya sous son poids. Il dut écarter les bras en balancier pour garder son équilibre.

— Colton, sois prudent ! cria Silver, la voix rauque et voilée par la fumée.

— Prépare-toi !

Il se déplaça sur la branche aussi loin qu'il l'osa, assura sa prise sur la liane, puis s'élança en courant vers l'autre côté de l'arbre.

— Sautez ! lança Charlie. Maintenant !

Il plongea dans le vide.

Après une rude secousse, la liane se tendit et le projeta vers le grenier à une vitesse sidérale. Il leva les pieds pour franchir la fenêtre, et tout à coup fut à l'intérieur. Sans qu'il ne puisse la retenir, la liane lui glissa des mains et repartit vers l'ouverture.

— Silver ! La liane !

Il se rua vers la fenêtre tandis que Silver parvenait à la

dernière seconde à s'en saisir. Mais elle perdit l'équilibre et commença à tomber.

— Colton !

Il lui attrapa les jambes juste avant qu'elle ne bascule à l'extérieur, et la ramena dans la chambre.

— Je l'ai eue ! Je l'ai eue !

Elle levait la liane avec le sourire le plus rayonnant qu'il lui ait jamais vu.

— Tu es incroyable ! dit-il en lui offrant un baiser express.

Il voulait examiner ses blessures, stopper ses saignements, mais ils n'avaient pas le temps. Déjà, le plancher se déformait et craquait sous la chaleur du feu au premier étage. Il pouvait s'effondrer à tout instant.

— Il faut que nous sautions.

Elle pâlit et toussa.

— Je sais.

Il la souleva dans ses bras.

— Referme tes jambes sur ma taille, tes bras sur mon cou, et accroche-toi bien, OK ? Ne lâche pas.

Elle colla son visage contre sa gorge.

— Je ne lâcherai pas.

Une fois ses mains solidement arrimées à la liane, il grimpa sur l'appui de la fenêtre.

Une explosion fit alors trembler la maison derrière eux, et un souffle brûlant les enveloppa.

— Maintenant ! cria-t-il en sautant dans le vide.

La liane claqua, puis les ramena vers l'arbre en un arc majestueux. A leur arrivée, Charlie empoigna cette dernière d'un geste précis, et les aida à se rétablir sur sa branche.

— Oh ! mon Dieu ! balbutia Silver. Oh ! mon Dieu ! Je ne peux pas croire qu'on vient de faire ça !

Une seconde explosion retentit. Ils se retournèrent. Les flammes jaillissaient du grenier, là où ils se tenaient quelques secondes auparavant.

— Tu connais l'expression *sentir le vent du boulet* ? lança-t-elle à Colton.

Il éclata de rire et la serra contre lui. Elle se mit à tousser. Il s'écarta et la regarda.

— Tout ce sang…

— C'est surtout celui de Danny. Mais il y a un peu du mien. Je t'expliquerai plus tard. On peut descendre de cet arbre, à présent ?

Un peu du mien. Ces quelques mots firent courir en lui un frisson glacé. Il la ramena contre son torse.

— Charlie, il nous faut une autre liane.

— C'est prévu.

Il leur en tendit une qui pendait jusqu'au sol.

Silver toujours accrochée à lui, Colton empoigna la liane, l'enroula sur ses jambes pour freiner la descente et se laissa glisser jusqu'en bas.

Charlie fit de même avec une autre liane, et atterrit à côté d'eux.

Colton souleva Silver dans ses bras.

— Charlie, tu peux nous conduire à l'hôpital ?

— C'est comme si c'était fait, chef.

Le jeune homme s'empressa de gagner l'avant de la maison, suivi de Colton chargé de son précieux fardeau, tandis qu'un groupe de pompiers projetaient l'eau du marais sur le B and B.

Une nouvelle quinte de toux secoua Silver. Le dessous de son nez était noir de suie. Elle ferma les yeux.

— Tiens bon, ma chérie. Tiens bon.

17

Silver détestait les hôpitaux, et celui-ci, à Naples, ne faisait pas exception. Mais cette fois c'était pire. Parce qu'en plus d'avoir été palpée, sondée, déplacée, intubée, manipulée et tripotée, ces deux derniers jours, elle avait été soumise à de multiples interrogatoires. La police, mais également les stups et le FBI, qui espéraient tous pouvoir clore diverses enquêtes ayant pour personnage central Danny Thompson. Ils voulaient savoir tout ce qu'il avait fait. En détail. Et comment il était mort.

— Je vous ai déjà tout expliqué cent fois, martela-t-elle à l'enquêtrice assise à côté de son lit d'hôpital.

Une main chaude lui effleura doucement la joue droite. Colton. Il se pencha vers elle et l'embrassa.

— Je te promets que c'est la dernière question à laquelle tu auras à répondre aujourd'hui. Explique juste à l'agent spécial Williams ce que tu m'as déjà dit sur Thompson.

Elle poussa un soupir et reprit sa relation des faits. Alors qu'elle gravissait l'escalier pour prendre sa douche, elle avait senti une odeur de carburant. C'était celui des hydroglisseurs, que Danny Thompson avait versé sur les soubassements de l'auberge. Il y avait mis le feu, et elle était redescendue en courant pour quitter la maison. Il l'en avait empêchée et ils s'étaient battus. Il lui avait bloqué l'accès à la porte, mais n'avait pas anticipé la vitesse à laquelle se propagerait le feu, et ils s'étaient retrouvés piégés tous les deux.

— Nous avons fui les flammes par l'escalier. Je savais

que j'avais une arme dans ma chambre, au grenier. Donc, quand j'ai réussi à me libérer de lui, j'y suis montée. Il m'a suivie, et je l'ai tué.

— En état de légitime défense ? demanda Williams.

— Bien sûr, rétorqua Silver, les sourcils froncés. C'est bon ? Vous avez fini ?

— Juste deux ou trois questions encore.

Silver grogna et laissa choir sa tête sur l'oreiller.

— Demain, décréta Colton, tout en faisant sortir l'enquêtrice. Revenez demain pour terminer votre interrogatoire.

L'agent Williams voulut protester, mais Colton se montra inflexible, et ils se retrouvèrent seuls dans la chambre. Ce qui n'était pas nécessairement une bonne chose, songea Silver après coup. Parce que, vu les petites attentions dont il l'entourait, il n'allait pas aimer ce qu'elle allait lui dire.

Il s'installa dans le siège libéré par l'agent Williams, et prit sa main dans la sienne.

— Tu respires mieux.

— Oui. Mes bronches sont de nouveau propres.

Il écarta doucement les cheveux de son visage.

— Les points de suture se présentent bien. Je suis sûr qu'il ne restera même pas une cicatrice du coup que ce salaud t'a donné. S'il était encore en vie, je le lui ferais payer, et cher.

— Eh bien, il ne l'est plus. C'est donc une chose de moins à faire pour moi, ajouta-t-elle en libérant sa main.

Il grimaça.

— Qu'y a-t-il ? Et ne me réponds pas « rien ». Je te connais. Il y a quelque chose qui te chiffonne.

Elle laissa échapper un long soupir.

— Tu ne me connais pas, Colton. C'est ça qui me chiffonne. Tu devrais reprendre ta vie au lieu de traîner ainsi dans ma chambre d'hôpital.

Son sourire disparut, et il fouilla son regard.

— Pourquoi tu me dis ça ?

— C'est juste que… Nous ne nous connaissons que depuis

quelques jours. Et les circonstances étaient extraordinaires. Nous ne savons pratiquement rien l'un de l'autre.

— C'est faux. Ces circonstances ont fait que nous avons partagé des moments intenses en un laps de temps très court. Tu comptes beaucoup pour moi, Silver. Beaucoup. Et je… Pourquoi tu secoues la tête ? Tu ne me crois pas ?

Les doigts nerveux, elle tripota sa couverture. Elle détestait cette situation. Rien ne lui avait jamais paru aussi difficile, parce que ce qu'elle ressentait pour lui était si fort que son cœur se déchirait. Mais c'était la juste chose à faire. La seule.

Il fallait qu'il parte.

— Silver…

— Je crois qu'il faut que tu t'en ailles.

Il se figea.

— Quoi ?

— Tu m'as bien entendue. Je te dois ma vie. Je te dois l'avenir de notre village. Tu nous as sauvés. La famille Jones, ces garçons… Jamais nous ne pourrons assez te remercier. Mais… Il n'y a pas de futur pour toi et moi, Colton. Laissons les choses comme elles sont.

— Laisser les choses comme elles sont ? Quel est le problème ? Tu m'en veux de ne pas t'avoir dit que je t'aimais ? Je croyais que c'était évident. Mais je vais te le dire. Je…

— Non. Ne le dis pas.

Son visage s'assombrit.

— Et si tu m'expliquais ce qui se passe exactement ?

Elle battit des paupières pour refouler les larmes qui lui embuaient les yeux.

— Tu ne le vois pas ? Tu crois que tu… Que tu m'aimes, mais c'est à cause de tout ce qui s'est passé. Deux personnes ne peuvent pas tomber amoureuses après seulement quelques jours. Je ne connais rien de toi, et tu connais si peu de moi. Je n'ai jamais rencontré ta famille. Je ne sais rien de ton enfance, de tes amis, de tes centres d'intérêt. Rien de tout cela n'est réel.

Il agita une main en l'air.

— Toutes ces choses, notre passé, notre famille, notre enfance, c'est ce qui a fait de nous ce que nous sommes aujourd'hui. Et nous nous connaissons. Je sais que tu es une artiste, que tu es intelligente, très soucieuse de ton prochain, surtout des jeunes. Je te soupçonne d'aimer les bébés, de vouloir fonder un foyer.

— Tu le soupçonnes, mais tu n'en sais rien.

— Si tu trouves que nous allons trop vite…

— C'est le cas.

Les plis sur le front de Colton s'envolèrent.

— C'est ça qui t'inquiète ? Alors pas de problème. Quand tu auras quitté cet hôpital, je ferai les choses dans les règles. Je t'inviterai au cinéma, au restaurant, je découvrirai quelle cuisine tu aimes. Et nous rendrons visite à nos parents respectifs.

— Colton… Tu effectues des missions d'infiltration, souvent de plusieurs mois. C'est ton travail, et tu l'adores. Je ne veux pas que tu l'abandonnes à cause de moi. Tu n'es pas prêt à te poser, ni même à fonder une famille.

— Qu'est-ce qui te fait dire cela ?

— Lorsque ton chef, Drew, m'a interrogée, nous avons également parlé de toi. Il m'a dit quel policier talentueux tu étais et combien tu aimais ton métier. Il m'a aussi expliqué que tu voulais rester agent sous couverture pendant encore au moins plusieurs années.

Il fronça les sourcils, l'air contrarié.

— Il n'avait pas à discuter avec toi de mes projets personnels et professionnels. Il ne sait pas ce que je veux.

— Que veux-tu, alors ? Rester assis à un bureau ? Il te manquerait l'excitation de travailler sous le manteau, d'endormir les truands, d'avoir une double vie, et la fierté d'éradiquer des activités criminelles. Je sais. Je l'ai vécu. Je connais les poussées d'adrénaline. Mais c'est derrière moi. Je veux désormais me poser, et c'est pour ça que j'ai créé mon B and B.

Elle pesta.

— Qu'il va me falloir reconstruire, soit dit en passant.

Ce que je veux dire, c'est que tu n'en es pas là. Tu n'es pas prêt à te poser.

— Tu me dis que nous ne nous connaissons pas, et néanmoins tu prétends savoir ce que je veux ?

Elle soupira.

— Tu as raison. Je ne le sais pas. Mais il faut que je te dise une chose. Après m'avoir rencontrée, tu n'as pas annoncé à ton chef que tu abandonnais le travail d'infiltration auquel tu tenais tant, n'est-ce pas ? Eh bien, j'ai vécu une telle situation dans le passé. Je veux dire : j'ai été amoureuse d'un garçon qui a décidé de changer de vie, d'abandonner ses rêves pour que nous puissions vivre ensemble après une histoire d'amour enflammée. Je l'ai épousé, Colton.

La couleur reflua de son visage.

— Tu es mariée ?

— Quoi ? Oh non ! Bien sûr que non. Plus maintenant. Nous nous sommes mariés juste après le lycée. Après seulement quelques mois, il m'en voulait déjà pour ce qu'il avait sacrifié afin d'être avec moi. Il avait raté une bourse sportive universitaire dans un autre Etat, où il savait que je ne voulais pas vivre. Il s'est mis à me détester. A la moindre occasion, il me le reprochait. C'était horrible. L'autre jour, je t'ai parlé des violences psychologiques, qui étaient les pires. C'était à cela que je faisais allusion. Nous avons divorcé au bout de six mois. Je ne veux pas revivre un tel cauchemar. Je t'aime beaucoup, Colton. Sincèrement. Mais nos rêves sont différents. Je ne veux pas que tu abandonnes les tiens pour moi, et que tu me détestes ensuite pour ça.

— Je ne pourrais jamais te détester, assura-t-il avec douceur.

— Tu n'en sais rien.

Un silence tendu emplit la chambre. Son regard se perdit au loin, par la fenêtre.

— Tu y as beaucoup réfléchi, n'est-ce pas ?

— Oui.

Cela la tuait qu'il s'en aille. Mais elle ne pourrait jamais plus se regarder en face en sachant qu'elle avait détruit ses rêves. Même si lui dire adieu détruisait les siens.

A la fin, il se leva, se pencha et l'embrassa sur le sommet de la tête. Ses incroyables yeux bleus étaient opaques, indéchiffrables. Sa bouche remua, comme s'il cherchait les mots parfaits pour la faire revenir sur sa décision.

Mais il se contenta d'acquiescer avec raideur, se retourna… Et sortit de sa vie.

— Un poil vers la gauche, Charlie !

Charlie et Ned étaient perchés sur des échelles dressées de chaque côté des marches du perron. Ils tenaient les extrémités de l'enseigne bleu pastel en forme de lit, qui annonçait : *Under The Covers, bed and breakfast*.

— Pour moi, c'est parfait, commenta Tippy.

Silver lui sourit.

— Tu penses ? OK, les gars ! lança-t-elle à ses deux ouvriers. C'est bon comme ça.

Charlie leva le pouce, et le bruit des marteaux retentit à l'entrée du village de Mystic Glades. Il avait fallu quatre longs mois pour rebâtir l'auberge, mais celle-ci était enfin prête à accueillir de nouveaux clients.

— Ils sont là, annonça Tippy en désignant la route de la main.

Silver se retourna. Une file de voitures descendait la Grand-rue.

Elle jeta un coup d'œil à sa montre.

— Les Larson sont en avance. Ils doivent bouillir d'impatience de commencer leur réunion familiale.

— Qu'une seule famille réserve ainsi l'auberge pour deux semaines, c'est top ! s'enthousiasma Tippy. On ne va pas s'ennuyer.

Silver la serra brièvement contre elle.

— Et, puisque désormais tu as ton diplôme, je suppose

que tu es prête à t'occuper de tout et de tout le monde si je m'esquive de nouveau, n'est-ce pas ?

Devant l'air paniqué de la jeune fille, elle éclata de rire.

— Ne t'inquiète pas. J.J. doit arriver d'un instant à l'autre. Je t'ai promis que cette fois tu aurais de l'aide, et ce n'est pas une parole en l'air. D'ailleurs, je ne vais nulle part.

Le souvenir de Colton flotta un instant dans son esprit, douloureusement. Mais elle garda son sourire en place pour accueillir ses hôtes.

— Tippy, au bureau, vite !

— Bien, madame, répondit celle-ci en souriant, avant de remonter l'allée à la hâte.

— Mademoiselle Westbrook ?

Une belle jeune femme aux yeux d'un surprenant cobalt s'était arrêtée devant elle et lui tendait la main.

— Je vous en prie, appelez-moi Silver. Vous êtes Celia, je suppose ?

Un franc sourire éclaira les yeux de la femme, ce qui lui rappela une autre paire d'yeux bleus. Son cœur se serra.

— Celia Larson, en effet.

Sans prévenir, elle gratifia Silver d'une chaude étreinte.

— Je suis si heureuse de vous rencontrer.

Silver se tendit, puis lui rendit son étreinte en riant.

— Moi aussi, je suis heureuse de vous rencontrer. Mais donnez-vous la peine d'entrer. Tippy va vous montrer vos chambres.

Celia s'écarta, lui serra la main puis s'empressa de rejoindre les autres, qui pénétraient dans le B and B avec sacs et valises.

Leur échelle à l'épaule, Charlie et Ned se dirigeaient, eux, vers le magasin de Buddy pour les lui rendre.

Silver demeura seule devant l'auberge. Elle avait besoin de quelques minutes pour retrouver toute sa contenance et affronter cette joyeuse et sympathique famille.

En entrant, chacun de ses membres lui avait souri et adressé un signe de la main. Elle était impatiente de les connaître, mais avant cela devait évacuer la mélancolie qui l'envahissait chaque fois que quelque chose lui rappelait Colton, à l'instar des yeux de Celia. Il n'était jamais loin de ses pensées. Pas plus que les sentiments qu'elle avait eus pour lui, auxquels elle n'avait pas voulu croire. Parce qu'ils étaient survenus trop fort et trop vite ? Depuis son départ, pourtant, ils n'avaient fait que s'affermir. Elle était bel et bien amoureuse de lui. Malheureusement, c'était sans espoir.

Même si elle reprenait les rênes de sa vie et trouvait de la joie ailleurs, comme ce que semblait augurer cette rencontre avec les Larson, il y aurait toujours un vide dans son cœur, l'espace laissé vacant par le seul homme qu'elle ait jamais vraiment aimé.

Le ronronnement d'un puissant moteur la fit se retourner. Son cœur rata un battement. Une Mustang GT noire remontait la rue dans sa direction.

Non, c'était impossible ! Elle devait rêver.

Le véhicule se gara sur le seul emplacement resté libre devant le B and B, deux places plus loin. Le moteur se tut. La portière s'ouvrit. Et Colton Graham apparut.

Silver plaqua sa main sur un cœur qui grondait comme l'orage, et fit un pas vers lui. Avant de se raviser. Si le laisser partir avait été une erreur de sa part, cela ne voulait pas dire que c'en était une en ce qui le concernait. Elle lui avait rendu ses rêves, ou plutôt ne les lui avait pas volés. Il faisait ce qu'il voulait de sa vie. Elle ne devait pas interpréter autrement sa présence. Ils avaient été amis, un bref laps de temps. Aussi, peut-être sa visite était-elle juste de courtoisie.

La seule chose qu'elle espérait, c'était ne pas se désintégrer à ses pieds en le revoyant.

Mais il descendit de la Mustang, et elle en eut la chair de poule. Ses cheveux avaient été coupés court, juste comme il fallait. Et, même si elle aimait le côté sauvage de son ancienne coiffure, ce nouveau look collait plus à sa personnalité, tout en mettant en valeur les angles et méplats de son beau visage.

Oui, elle l'aimait ainsi — *l'aimait* ainsi.

Sans la quitter des yeux, il ôta ses lunettes de soleil et les jeta dans la voiture par la vitre ouverte de sa portière. Avec le temps plus frais, il portait un blouson de cuir sur son T-shirt et son jean noirs.

Tandis qu'il s'avançait vers elle, ses boots brillants résonnaient sur le macadam.

Il s'arrêta si près qu'elle dut renverser la tête en arrière pour croiser son regard.

— Bonjour, Silver.

Le timbre grave de sa voix fit courir un délicieux frisson sur sa nuque.

— Colton. Tu… Tu as bonne mine.

Il sourit.

— Et toi, tu es magnifique.

Elle ne put s'empêcher de sourire à son tour.

— Toujours aussi charmeur, hein ?

Il désigna l'enseigne.

— Tu as changé le nom. Et la couleur.

— Je voulais un nouveau départ.

Il reporta les yeux sur elle, son sourire envolé.

— Moi aussi, répondit-il.

Il lui tendit la main.

— Au fait, je ne pense pas que nous ayons été correctement présentés. Colton Graham était mon nom d'agent sous couverture. Mon vrai prénom est Cole.

Elle lui serra la main, déconcertée.

— Cole. Et ton nom de famille ?

Il hésita, et tout à coup elle sut.

— Larson, dit-il. Je m'appelle Cole Larson.

Elle cligna des yeux.

— Ta… Ta famille… Ils…

— En cet instant, ils sont tous dans ton auberge. Il n'en manque pas un. Enfin, à part mes oncles et tantes de Jacksonville, qui n'ont pas effectué le voyage, mais mes trois frères, ma sœur, ma mère et mon père, plus une poignée de neveux et nièces, sont venus. Celia n'aurait jamais laissé passer l'occasion de te rencontrer. Il paraît que nous nous ressemblons beaucoup.

De nouveau, Silver cligna des yeux. Un léger vertige la saisissait.

— Celia… La couleur de ses iris, de ses cheveux… Vous êtes jumeaux ?

Il opina du chef.

— Alors, c'est elle…

— L'artiste. Oui, je ne t'ai pas menti sur ce point.

— Je vois.

Elle secoua aussitôt la tête.

— Non, non, je ne vois pas. Colton… Cole… Que fais-tu ici ? Et pourquoi ta famille est-elle là ?

Il avança vers elle une main tremblante, mais s'immobilisa et la laissa retomber.

— J'ai essayé de rester à distance, de t'oublier, puisque c'était ce que tu voulais. Mais ça n'a jamais été ce que moi, je voulais. J'ai repris mon job de flic sous couverture, et j'ai détesté ça. Alors j'ai arrêté.

Elle ravala son souffle.

— Tu as arrêté ? Tu n'es plus officier de police ?

— Oh si, je suis toujours inspecteur. Mais les missions d'infiltration, c'est fini. Ce qui signifie que j'ai maintenant des horaires réguliers, sauf pour les cas d'urgence. Et je me suis rendu compte que j'aimais ça. Non, *j'adore* ça. J'étais prêt à effectuer ce changement, Silver. Travailler constamment sous le manteau me prenait le meilleur de moi-même. Maintenant, je découvre la vie à côté de laquelle je passais.

Il désigna l'auberge.

— Et je redécouvre ma famille. J'ai passé beaucoup de temps avec eux ces derniers mois.

Il avança sa main, mais cette fois ne s'arrêta pas. Il la posa sur sa joue, et elle trembla de nouveau.

— Je ne faisais que leur parler de toi, jusqu'à la saturation, jusqu'à les soûler. Ils m'ont dit que si je n'allais pas te voir, te demander de nous donner une chance, quitte à me mettre à genoux devant toi, je serais le roi des imbéciles. Parce que tu ne m'as pas enlevé mes rêves, Silver. Tu m'en as donné un nouveau. Celui d'un avenir avec une femme belle, merveilleuse, capable de tirer du plaisir des choses simples, et qui me fait voir le monde à travers ses yeux d'artiste.

Il saisit son visage entre ses mains.

— Je t'aime. Ce n'était pas juste une passade, un coup de cœur, dus à ces moments intenses que nous avons partagés. Mes sentiments sont aujourd'hui plus forts, plus lumineux que lorsque je t'ai laissée dans ta chambre d'hôpital. Tout ce que je demande, c'est que tu nous donnes une chance. Sors avec moi. Fais l'effort de me connaître, de connaître mon passé…

Il désigna de nouveau l'auberge.

— Ma famille. Et, si après cela tu ne ressens toujours pas ce que je ressens, ça me tuera probablement mais je m'en irai. Je te ficherai la paix si c'est ce que tu veux. Parce que ton bonheur est ce qui compte le plus pour moi. Je t'aime. Tu es tout pour moi.

Elle ne put retenir un sanglot et lança les bras autour de sa taille.

— Colton… Cole… Oh ! Seigneur, je ne m'y ferai jamais.

Il éclata de rire et lui rendit son étreinte.

— Appelle-moi du nom que tu veux, tant que ça te rend heureuse.

Elle s'écarta et glissa les mains autour de son cou.

— Tu… me rends heureuse. J'ai été si stupide de te laisser partir. Depuis, j'ai été malheureuse comme les pierres.

Son regard bleu plongea dans le sien avec une intensité qui lui coupa la respiration.

— Qu'es-tu en train de me dire ?

Les larmes se mirent à couler malgré elle. Elle sourit, et glissa les doigts dans les courtes boucles de sa nuque.

— Je te dis que je t'aime, Colton Cole Graham Larson. Je

t'aime depuis le moment où j'ai croisé le bleu incroyable de ton regard. Et j'aspire de tout mon cœur à faire la connaissance de ta famille, à découvrir ton passé. Mais ce n'est pas le plus important.

Elle plaqua ses deux mains sur son torse.

— Le plus important, c'est la personne que tu es aujourd'hui, et de savoir que tu m'aimes aussi.

Le sourire qui éclaira son visage lui évoqua un lever de soleil sur un splendide champ de bleuets, une peinture de bonheur et de joie chargée de promesses, et qui faisait battre son cœur sur un tempo magique.

— Je t'aime, Silver, dit-il d'une voix gonflée d'émotion. Je t'aime.

— Tais-toi et embrasse-moi.

Il rit, puis lui offrit un baiser qui lui fit recroqueviller les orteils dans ses chaussures et déclencha de drôles de sensations dans son ventre. Trop tôt, beaucoup trop tôt, il s'écarta. Elle soupira de frustration.

Soudain, il fixa la façade du B and B.

— Oh non.

— Quoi ?

Elle suivit son regard, mais ne remarqua rien de spécialement inquiétant.

— Il y a un problème ?

— Ma famille. Ma mère et mon père sont là. Et la seule chose que j'ai en tête, c'est de faire l'amour avec toi.

Elle le considéra avec une tendresse mêlée de désir, prit sa main entre les siennes et l'emmena vers l'établissement reconstruit de frais.

— Nous aurons tout le temps qu'il nous faut pour ça, c'est promis. Viens. Présente-moi à ta famille.

La bouche de Cole se fendit en un large sourire et il la souleva entre ses bras.

Elle ne parvint à s'arrêter de rire qu'arrivée à la porte, et il lui en fit franchir le seuil d'un air solennel de jeune époux.

Retrouvez prochainement,
dans votre collection

BLACK ROSE

Au-delà du mensonge, de Carla Cassidy - N°742

ENQUÊTES À COYOTE CREEK – 2/3

« Nous ferons comme si nous étions amoureux... » Muette de stupeur, Carrie fixe Luke King. A-t-elle rêvé ou, pour piéger l'homme qu'il soupçonne d'avoir tué son père, Luke lui demande de faire semblant d'être sa petite amie ? Un rôle de composition, risqué sans doute, mais qu'elle est prête à jouer car son cœur, depuis longtemps, bat en secret pour le beau cow-boy...

La maison des mystères, de Rita Herron

En arrivant dans la maison de son enfance, Macy Stark n'a qu'une envie : la vendre au plus vite et fuir son passé douloureux. Mais une macabre trouvaille vient bientôt contrecarrer son projet. Une découverte qui ravive en elle souvenirs et cauchemars, et la lance dans une quête dangereuse. Seul soulagement dans cette épreuve : le soutien de Stone Lawson, le séduisant shérif de la ville...

Un allié inattendu, de Leslie Marshman - N°743

Dans la petite bourgade de Resolute, des jeunes filles disparaissent... Déjà focalisée sur l'enquête concernant le meurtre de son père, Cassie Reed, shérif de la ville, se demande comment elle va réussir à mener de front les deux affaires. Mais, alors qu'elle sent la panique la gagner, un homme se présente à elle : Tyler Bishop, un détective privé très charismatique qui recherche sa nièce et lui propose son aide...

L'angoisse dans tes yeux, de Danica Winters

Veiller sur Natalie DeSalvo... Pour Evan Spade, garde du corps efficace, la mission ne semble pas très compliquée. Bientôt pourtant la menace contre la jolie juge se précise et les attaques se multiplient. Qui veut sa mort et pourquoi ? Décidé coûte que coûte à protéger celle dont il est en train de tomber amoureux, Evan découvre que des secrets entourent le passé de Natalie...

Retrouvez prochainement,
dans votre collection

BLACK ROSE

Enquête à Grizzly Creek, de Cindi Myers - N°744

Quel secret cache Courtney Baker derrière ses silences et ses regards d'animal blessé ? Persuadé qu'une menace pèse sur elle et sa fillette de trois ans, Ronin Doyle, nouveau policier à Eagle Mountain, fait des recherches discrètes… Sur le compagnon de Courtney d'abord, un personnage ambigu qu'elle « couvre » pour une raison inconnue, et sur ses fréquentations qui semblent plus que suspectes…

Emma a disparu, de Juno Rushdan

En apprenant la disparition d'Emma Rhodes, Madeline Striker sent son cœur se serrer : car sa propre sœur – enlevée à l'âge de six ans, comme Emma –, n'a jamais été retrouvée. Touchée personnellement, émue par la détresse de Jackson, le séduisant P-DG qui élève seul sa fille, elle se lance dans une enquête aussi complexe que risquée…

Un père à l'épreuve, de Barb Han - N°745

Maribel a été enlevée… Le cœur étreint par l'angoisse, Dylan repose le téléphone. Ainsi, l'homme qui, des années plus tôt, a kidnappé plusieurs enfants vient de frapper à nouveau. Mais, aussitôt, Dylan se ressaisit. Il va retrouver sa fille de trois ans et arrêter le criminel qui a osé s'en prendre à elle. Et pour cela, il sait déjà qui l'aidera : Samantha, son amour de jeunesse…

Une mystérieuse menace, de Cassie Miles

Comment a-t-elle pu accepter que Dylan Timmons, cet as de l'informatique, devienne son garde du corps ? C'est la question que se pose Jayne Shackleford, fille d'un magnat du pétrole. Pourtant, alors que le danger grandit autour d'elle, elle comprend que son intuition ne l'a pas trompée : sous ses allures d'intellectuel, Dylan est bien plus qu'un simple agent de sécurité…

Retrouvez prochainement,
dans votre collection

BLACK ROSE

Les brumes de Coral Cove, de Carol Ericson - N°746

Impossible, et pourtant… C'est bien Kieran qu'elle aperçoit sur la plage de Coral Cove. Gagnée par une indicible joie, Devon se jette dans les bras de son fiancé, qu'elle croyait mort depuis cinq ans… Mais, très vite, son bonheur se teinte d'angoisse. Car le Kieran qui se tient devant elle est froid, distant – l'exact opposé de celui qu'il était autrefois…

Rencontre avec le passé, de Tyler Anne Snell

La directrice de l'agence l'a prévenu : la femme avec laquelle il va enquêter sur une affaire d'adultère risque de lui compliquer la tâche. Mais, en entendant le nom de sa coéquipière, Oliver retient une exclamation de surprise et des images défilent dans sa tête : celles de Darling, la jeune fille blonde avec laquelle, huit ans plus tôt, il a vécu une brève aventure…